飞鸟对老树说

邓加荣散文集

人民文学出版社

图书在版编目(CIP)数据

飞鸟对老树说:邓加荣散文集/邓加荣著. —北京:人民文学出版社,2016
ISBN 978-7-02-011635-5

Ⅰ.①飞… Ⅱ.①邓… Ⅲ.①散文集—中国—当代 Ⅳ.①I267

中国版本图书馆 CIP 数据核字(2016)第 096397 号

责任编辑 徐广琴
责任印制 王景林

出版发行 人民文学出版社
社 址 北京市朝内大街 166 号
邮政编码 100705
网 址 http://www.rw-cn.com

印 刷 三河市鑫金马印装有限公司
经 销 全国新华书店等

字 数 306 千字
开 本 890 毫米×1290 毫米 1/32
印 张 15.25 插页 1
印 数 1—2000
版 次 2016 年 9 月北京第 1 版
印 次 2016 年 9 月第 1 次印刷

书 号 978-7-02-011635-5
定 价 48.00 元

目　录

第一辑　哲理的红蜡烛

第二辑　庭院交响曲

第三辑　百年夫妻重晚情

第四辑　我的家在东北松花江上

第五辑　万水千山总是情

第六辑　教育诗篇

第七辑　我与几位文化名人面对面

第八辑　异域情怀

第一辑

哲理的红蜡烛

飞鸟对老树说

老树的独白

村外路旁，一株老榆树孤独地摇曳着疲倦的影子。西北风还没有呼啸吹过，它已落尽叶子，只剩下枯黑僵直的枝丫，在撞击着灰蒙蒙的苍穹。

黄昏的道路遥远且长。它，忘记了要在月光下踯躅荒原的神游，只在朦胧的夜色里暗暗絮聒，追忆着过去满身是榆钱的美好时光。

走过的道路一条又一条，流逝的时光一年又一年。疲倦的黄昏拖着万古愁怅，去掩埋泣血的残阳。

潮湿的雾冉冉地升起来了，模糊了河滩，模糊了草地，模糊了一片梦幻的山岗。

撕下的日历一张又一张，采撷的岁月一篮又一篮。快要枯竭的山泉，裹挟着生命的激越奋亢，去倾吐心底里的一滴滴的悲凉。

惨白的月亮缓缓地升起来了，映照着往事如烟，岁月如烟，芳草如烟，歧路如烟；映照着一幅幅褪了颜色的人生画卷。

秋灯一盏盏地熄灭了，露珠儿一颗颗地滴落了。荒芜的冷月，荒芜的寒星，带着沉重的忧伤，去抖擞微芒黯淡的宇宙萤光。

心头的烦恼，漫无情思地泛溢起来。聚也难说，散也难说；情也难说，恨也难说，得与失换来的都是一片苦涩。

莽原有一篇诉说，黄昏有一篇诉说。遗弃的河流带着无可掩饰的浑浊，默默地从崇山中流过，从榛棵中流过，从村庄前流过。

我们看到的一切，一切的一切，都匆匆地过去了，过去了！不论是衰草的瑟索，枯叶的婆娑，还是虽则让人忧怨，但却依然让人留恋的生活。

童年的梦

快到黎明时刻，弯月西沉，星星像雨滴似的唰唰地坠落。这时，长空和大地搂抱得更紧了，颤抖得更厉害了。它，村外的老榆树，昏昏地睡着了，做着一片片金黄色的梦。

童年是一片叶子，一片叶子，嫩得鹅黄鹅黄。太阳有点偏爱，送来过多的温暖，过多的阳光。于是，我的躯体里，我的脉管里，胀得鼓鼓的欢乐，胀得鼓鼓的生命要素——常青的绿色汁液。

童年是一只小船，一只小船，船帆软如云烟。大海有些偏爱，送来海风的无限温柔，送来海水的透明湛蓝。于是，我的船舱里，我的甲板上，堆得满满的珍珠、扇贝，堆得满满的珊瑚、玳瑁——大海的一切家私。

童年是一支笛子，一支笛子，系着五彩的丝穗。歌手有些偏爱，吹出来的都是甜润的笛声，都是抒情的歌曲。于是，我的整个腔体里，我的每个笛孔里，都流出汩汩的爱的清泉，都流出欢乐融融的幸福祝愿——邃密心声的最美好的和弦。

老树对飞鸟说

蓝天像大海一样的清澈，白云像散开的放牧羊群。在闪光的白云上，映印着时来时去的飞鸟的影子。忽然，在小河边上啁啾地鸣起一片清脆悦耳的鸟声。一只丰姿俊采的黄鹂鸟停落在老榆树上，用细长的嘴梳理鲜艳的羽毛，多情地依恋着枯黑的枝头。老榆树仍然操着它那嘶哑的絮聒碎语，像是对着飞鸟又像是对着自己说：

直到现在，我才明白。叶子落了，绿色的梦已醒；悲剧演完，不会再有悲哀！

期待、幻想、追求，诳去了我多少激情；红的、紫的、黄的，都不是生活的色彩。她虽有柔情似水，但那却不是爱，不是爱！直到现在，我才明白。该去的，一定会去；该来的，一定会来。

激荡的是，心田里的潮生潮落；无情的是，时序里的花落花开。心底里虽贮满了思恋的苦水，但那却不是爱，不是爱！直到现在，我才明白。采撷的虽是泪珠，但却凝结不成红豆；燕子不是为着春天，它才飞来。

该奉献的,都已含着温情奉献了;该索取的,却是永远也讨还不清的债。夏夜虽有多少美好的梦,但那却不是爱,不是爱!

飞鸟对老树说

黄昏时候,落了一阵子雨,冰冷凄凉的雨。空气阴暗潮湿,西风吹来,残留的叶子瑟瑟抖动,悲凉无助地死死抱住枝头。没有抱住的,便一片片飘零而去,无言地坠落到泥泞的田塍上和垄沟里。黄鹂鸟栖息到残破凋零的鸟巢里,淋湿的羽毛得到了一丝丝的温暖。

"不要问我今天从哪里来,明天又飞到哪里去?我的朋友,请不要抛弃我吧,不要吝惜你那黄叶半已残落的枝头!尽管外面世界天高地广,云山万重,有无边无垠的春归之路;但我却苦苦地依恋着你,我的朋友,你这寒村路旁的一棵老榆树!我今夜,缱绻地依恋你枝头上的这个旧巢,就像古诗中说的,鷦鷯只择一枝宿。"

"十载岁月,十载炎凉,十载思乡的梦,十载异域的水阔天长。你该知道,我的朋友,你该知道我的梦幻与追求。难以述说的是,另一种难言苦涩。尽管是终朝管弦悠扬,锣鼓铿锵,轻歌曼舞,翠袖红裳,昼夜不停地旋转,昼夜不停地奔忙于粉墨登场。但我始终疲倦地寻觅着,寻觅着一支难以捕捉的曲子,一个难以捕捉的影子。"

"你该知道,我的朋友!多少年前的今夜,也像今天这样的凄风冷雨夜晚,曾经发生了什么?那天,时光只微微地发生了一次小小痉挛，大地便在不显眼的地方，创造了一个极为弱小的生命——我。从此，清风明月、淙淙流水和你枝叶的窸窣碎语，都伴随了我的歌声。你那不断向上伸长的枝桠，将我向蓝天高高地托举。你的无穷的爱，已经满满地倾注到我的小小肢体里，我还在张着嘴，等候你叶片上滴落下的甜蜜的生命露珠。岁月，使我翅膀上的羽毛一根根地丰满起来；岁月，使你的叶子从生命之树上一片片地脱落下去。今天，我已有很多的荣誉，很多的财富，但我却饥渴得要命，就像长途跋涉在荒漠中已经筋疲力尽的行人。”

荒凉的小夜曲

乌云撕开了破绽，天空中露出一轮苍白、忧郁的月亮。它那寂静的、凄伤的无言之美，让人感到惊悸，销魂，心灵震颤，也使人怆然泪下。黑色的模糊影子远远地退去，银色的雾漂浮在田野上，大地沉入到冷气逼人、恍惚困惑的无垠大海里。

“问世间，情是何物？这是八百年前，北国的一个诗人向天地发出的直语。我，曾经穿越万里凝云，千山暮雪，千百度地翱翔在五光十色的大千世界里，一直在痴心地寻觅着，寻觅着爱的真谛。有的人说，爱是燃烧，但燃烧的只是生命的激情，而不是激情的生命。有的人说，爱是幸福，但幸福总伴随着一个物欲的情敌，它总是无休止地和你纠缠在一起。有的人说，爱是冲动，随青春而来，伴青春而去；若要是如此，哪里还有天长地久，生死相许？海有潮生潮落，月有阴晴圆缺，时有秋冬春夏，人有生离死别；而爱，却是永恒的物体。因为,爱是两个心灵的直接撞击,哪怕只发生在一瞬息之间,也不会被无际的时光波涛给冲逝而去。”

“你不要问我会不会离去,我的朋友!只要你心底里明白,我的根一直培植在你这里。世间有两种爱:永恒的和瞬息的,无限的和有限的,心灵的和肉体的。有限的爱,要求占有,绝对的自私;无限的爱,追求的只是爱的本体。肉体的爱,是烈火一般地燃烧;心灵的爱,是夜露滴进湖水里的沉溺。它永生在岁月之中、视野之外,永生在天地万物生生不息的运行里。”

(原载1995年第5期《啄木鸟》)

绿

绿，是生命的颜色，是青春的颜色。

歌德说“生命之树常绿”，那是因为生命存在于绿色之中。无论谁看到了绿，心田都会得到滋润，心灵都会得到慰藉，灵魂都会感到净化。萨缪埃尔·沃尔曼说过：“谁能够从自然界、人类社会或神灵那里领悟到美丽、喜悦、勇气、高尚、力量……谁就富有青春的活力，心里就留有一块青翠的绿地。”但愿，人们的心里都能留有一块青翠的绿地！

传说在远古时候，生命的本体是动植物合二而一的，生命之树的两根杈桠：一根是绿色的植物，一根是杂色的动物。后来，天帝用神斧将其劈开，从此，动物活蹦乱跳地行走四方，而植物则固守在母亲的巢穴里。二者虽然从形体上分离了，但生命磁场却是相通的。首先，呼吸上相通，生命物质的新陈代谢相通。动物作为生命体的一部分，永远把重心倾向到植物一方。它追逐的不是另一方，而是自身的另一部分。

人作为一种高级动物，从一生下来就把他的生命寄托在常青的生命树上，寄托在一片绿色染色体中。唯有枝繁叶茂，林密草丰，人类才能生存得好，生活得好。追逐绿色，是生命的本能。

绿，又是美的基因，是所有艺术的最根本的、最深厚的基调，它有一种离合的神光，能够召唤世间多少心灵在它身上产生迷恋、陶醉、钟情和遐想，产生超凡脱俗的空灵感应。有一次不知怎的，我在富春江上便突然产生了这种感悟。

我抬眼望，看到那里的山，像一个个伏踞的碧螺，绿得冒着青烟，一弯幽娴舒缓的江水，绿得沉静而又浓重。我不知道，是山把水围堵得这样狂绿呢，还是水把山浸泡成这样个苍翠模样？总之，这里无论是山，是水，都浸沉在一片醉人的绿色梦幻中，各自消失了灵魂和肉体、理智和感情、有涯和无涯、有知和无知之间的分野。绿把一切都吞没了，又把一切再现出来。我们在山水之间所要寻觅的那种诗情，在林壑之间所要追求的那种画意，都蕴藏在这绿色的无涯与有涯里。

近来，我对于绿又有了新的感悟，新的理念，新的价值观。绿，应当是组成自然界和人类社会的价值量最高的要素。它有充分的理由可以涵盖一切，包容一切，提携一切，引领一切，同时，也能够衡量一切。它是衡量人类生活质量的最高标准。因此，绿也是所有人的一个共同心愿。人们，所有的各种肤色不同的人们，都希望我们地球村能够成为一个绿色的花园，成为太阳系里的一艘绿色方舟。人们生活中最大的一个心愿，就是能让绿色陪伴我们的每一天——从日出到日落，从黄昏到黎明。

人们都愿意生活中充满着绿——吃的是绿色食品，用的是绿色能源，住的是绿色建材筑建的房屋，过的是绿色低碳生活，抚摩着我们的，是从田野上吹过来的绿色的风，互联互通的都是绿色的信息。

绿，也是一种行动，约束我们大家共同的行动——绿色出行、绿色旅游、绿色餐饮、绿色指标、绿色规划、绿色发展、绿色价值取向、绿色生态平衡、绿色的理念和举措。我真心地希望世上所有的人，所有人的心灵中，都怀有“一花一世界，一树一菩提”的感念。

记得我小时候学语文，有一篇课文叫作《我愿》。学过之后老师当堂以《我愿》命题作文。当时我写了些什么，早已忘记了。如果今天老师还要以此命题作文，我就首先要写，我愿绿环绕着我们的每一天；我愿所有人都知道追逐绿色是生命的本能，都能感知到“一枝一天地，一叶一春秋”的奥秘，都能看到枝枝叶叶无不传情、传神、传递着宇宙间的空灵。

（原载1995年第6期《中国林业报》内刊《编通之友》，
发表时标题为《一封绿色的信》）

湖水、森林和年轻学者的话

我的窗外是一片湖水。

湖水是浓郁阴沉的，因为，天空也是浓郁阴沉的。湖水是天空的一面镜子，天空是怎样一个面孔，湖水便是怎样一个面孔。眼前这面镜子好大好大，因之，天边的风吹草动和云长云消，全都影印在湖水里。

蓊郁苍翠的树木围绕着湖的四周。树木浓密幽森，密得绝无人迹，一切都是原始的，自然本色的、浑然天成的。好邃密的湖山和森林呀！

"沙沙沙沙"，不知是从什么时候起，湖水响起均匀的窸窣声。它苏醒了，还是沉醉了；是解脱了，还是被蹂躏了？我拉开了窗帘，雨滴一直淋到阳台上，淋到玻璃窗上。透过树叶的缝隙，我看到湖面上一片微微颤动的涟漪。风倾斜了，云低沉了，雨滴随之一阵紧似一阵，很快，落到森林里的雨滴便从枝头上流淌到湖水里。随着流去的雨水，也冲来一层深绿的颜色，使湖水也由阴苍转为翠绿。

雨，让我激动，让我兴奋。望着空蒙的群山、浩森的湖水和在一片烟雨苍茫的云水中往来行驶的小船,我的思维变得更加活跃,想象力更加丰富空灵。

清晨,我从湖畔走进滴着露珠的树林里。林中紧锁着幽深的神秘:且不说阳光从叶隙中射进来时竟像一束束金针那样耀眼,且不说一堆白嫩的蘑菇是什么时候突然从地底下拱出来,就是那草木的清香已足够使人迷惑与沉醉的了。你不用十分留意,便会感觉到一股苦中带甜的幽香,淡淡地沁入到你的心肺,它比醇酒和清泉水更让人感到甘甜,爽快,心旷神怡。

“啊,多么奇妙的香味,一定是从天国里飘过来的气息!”我感叹地说。

“不,没有那么神秘!这是大森林的呼吸!”

什么,大森林的呼吸?我回头去看看,说话的是东北林业大学一位三十几岁的年轻教授。

“人类是从大森林里走出来的,人森林是人类的摇篮。人森林的呼吸是从母体中散发出的气息,对于人的生命是最有益的,它给人体增添的精神气力,无异于安泰从大地母亲身上所取得的那样。”年轻的教授说。

“不仅如此,”另一位年老的教授接过来说,“森林还是人类最初的生产场所,最初的生产手段。现在,历史学家只承认石器时代,铜器时代和铁器时代;而不知道,在这之前还有一个漫长的木器时代。”

木器时代?又使我大吃一惊。

“没有什么诧异的,历史确实横亘着一个漫长的木器时代,用一根木棍击落树上果子和钻木取火，就足以说明这一切。到目前为止，历史学家都只是依据从地底下发现的出土物做出论断，而木器是不易保存的，因而也就忽略了一个木器时代。”

多么难以发现和难以识辨的历史呀！人类已经跨越了多少个历史阶段了。今天，我们已经登上了文明的高峰，但是技术进步却又在无意中毁坏了我们自身的生存环境。它使大森林呼吸不畅通，堵塞住母体气息的溢出，无异于堵塞住自己的呼吸。

月亮从远山后边升起，树林一片寂静，湖水一片寂静。我从没有见过这样纯洁明净的月亮，它让人们的身心清澈透明。溶溶月色，使湖水的每一道丝纹都闪出发光的银边。湖岸的每一座岗峦都披着用月光和银雾织成的披肩，在奇幻迷蒙的氛围里款款地走向离童话很近很近的世界。

“吁——”我和年轻学者在林中散步，无意中听到他发出轻轻的一声叹息。我回头看了看他，我怀疑那是被洁白月光所感染而产生的心灵颤动。

“多么美好的大自然呀！”我赞美地说。

“要知道，可以保护住我们美好环境的森林，更需要人类对它悉心地保护！”

我们——生存在大地上的人们，多么需要记住这句话呀！多多增强一点绿色意识吧！

（原载1996年9月第504期《文艺报》）

时间琐谈

时间,你居于何方?

什么是时间?如果有谁提到这个问题,我们会情不自禁地低下头去看看那滴滴答答走动的表。在没有表以前呢?人们会抬头看看日月星辰。然而,那日月星辰,或者是滴滴答答走动的表,并不就是时间的本身。那么,时间本身又是什么呢?问苍茫大地,鸿蒙太空,我想知道,你这个无法捉摸的东西究竟居于何方呢?有时,我们觉得时间是具体的,可以把握的,因为我们看到了寒来暑往,花开花落,日居月诸,晨昏朝暮;但是有时又感到它是不可把握的,因为如果我们离开这些外在的物体,就时间本身来说,它又是什么东西呢?谁能来给我回答这个问题?

时间是无声无影的,虽然我们都感到时光如涛,年华似水,哗哗不停地在我们身边流去,但我们谁也看不到它的面容,哪怕是用显微镜也无法找见它的身影。因为,时间并不是物质,或者确切一点地说，不是一种具体的物质，而只是物质运动的一种形式，是物质不断发展演变的一种刻度。没有运动着的物质，时间也就失去了意义。因此，时间虽不等于月转星移，但却存在于月转星移之中。这正像马克思形容资本和流通之间的关系时所说的那样："资本不能从流通中产生，又不能不从流通中产生。它必须既在流通中又不在流通中产生。"

时间，人类文明的起点

查看一下各个国家的科学发展史，你会发现一个共同的规律，那就是最先发展起来的科学几乎都是天文和历法。因为人类要生存和发展，就要劳作和休息。什么时候劳作什么时候休息合适呢？昼兴夜寐，是最为理想的事。而且人们对于昼夜的划分也比较容易把握，地球总是有规律地二十四小时自转一圈。人类的第一个时间概念，就是昼夜。所以，人们都把时间称作"光阴"。什么是光阴？光，即是明亮的白昼；阴，即是晦暗的黑夜。光和阴合起来，即是昼夜。

后来，由于生产发展的需要，特别是农业生产发展的需要，人们对于地球围绕太阳公转一圈的理解，就显得非常重要了！春种秋收，春华秋实，农业生产必须掌握这些客观规律。于是，人们便根据地球公转相对于天体中某个恒星的固定位置，确定了一年四季。埃及根据相对于天狼星的位置，我国根据相对于北斗星的位置，确定出一年的时间。我国史称"斗柄回寅"，即北斗星的杓把子又回归到正南方的位置，把它定为一年之首。这样，年便成了人类的第二个时间概念。所以，人们又把时间称作为“年华”。

后来，随着生产的进一步发展，人们又把年等分为十二个月，定十二个月为一年。每过一年，人们便增长了一岁。所以，管时间又叫做“岁月”。越往后来，时间的概念也就变得越来越精细，不仅把昼夜等分为二十四小时，把每小时等分为六十分，把每分钟等分为六十秒；而且，近代科学的发展，使得秒已经不能作为计时的最小单位了，还要继续往下细分下去。

人类，在时间里生存，在时间里繁衍；社会在时间里发展，在时间里进步。所以，一个人，一个单位，一个团体，一个社会，最最重要的一条就是：“与时俱进！”

时间就是生命

生命在于运动。而运动着的生命，只能在时间和空间里展现。一个人的生老病死，婴幼青壮老，无论是哪一个阶段，哪一种生态，无一不是在一定时间里存在的。时间，就是生命。给人以时间，就是给人以生命；荒废别人的时间，就是剥夺别人的生命。

虚度年华，空掷时光，是极为可惜的！因为，你所抛弃的不是别的什么身外之物（例如金钱、衣物、家具、名玩、古物等等），而正是你的生命本身。你愿意把你的生命无代价地抛掷出去吗？不会的，当然不会的！如果你不愿意轻掷，那就珍惜你的每一分钟时间吧！富兰克林说得好：“你热爱生命吗？那么别浪费时间，因为时间是构成生命的材料。”“劝君莫惜金缕衣，劝君应惜少年时！”“莫等闲白了少年头，空悲切！”

虚度自己的年华是可惜的，浪费别人的时间更是罪过。鲁迅说过：“无端的空耗别人的时间，其实是无异于谋财害命的。”我们有些人，今天仍然在做无端浪费人们时间的事，例如，搞烦琐的公文旅行，开马拉松的会议，办事搞“踢皮球”战术等等，难道不应当到“时间牧师”那里去好好地忏悔忏悔吗？

时间就是价值

什么是价值？价值就是劳动效益。一个人在单位时间里贡献出的有效益的劳动越多，这个人的价值就越大。

单位时间对于一个人来说，是有限的；但是，每个人在单位时间里所能贡献出的有效劳动的价值，却是无限的。这正像雷锋所说：“人的生命是有限的，可是，为人民服务是无限的。”一个人要生活得有价值，就要向社会多多地贡献自己的有效劳动。

对于一个工厂、企业、事业和集体来说，也是一样。怎样衡量一个单位是先进还是落后呢？其中一个重要的指标，就是看你劳动生产率水平的高低。而所谓劳动生产率，就是在单位时间内平均每个劳动者所创造的价值。谁在单位时间内所创造的价值越大，谁就是先进。一位外国企业管理家说得好：“时间是构成社会财富的材料。”好好地节约这些材料吧，切莫要浪费它！

怎样才能赢得更多的时间呢？

时间，对于每一个人来说都是一样，它是最公平的！一年，同是三百六十五天；一昼夜，同是二十四小时。时间老人是决不会偏袒什么人的。岁月是无情的！“无情最是鬓中雪，依样爬上玉人头。”

但是，人们有没有办法赢得更多一点的时间呢？有！欲求其径，也并不难。唯一的方法，就是勤奋。勤奋的人，会较其他的人赢得更多的时间。无情的岁月，会对勤奋的人表现出格外的慷慨，中国有句古话，叫作“天道酬勤”。依靠勤奋，可在有限的生命里，挤出更多的单位时间；并且，能在单位时间内创造出更多的价值来。古今中外，许多有作为的名人的亲身经历都证明了这一点。俄国的雷巴科夫曾经说过：“用分来计算时间的人，比用小时计算时间的人，时间多出五十九倍。”

反之，荒嬉怠惰就会把许多宝贵的时间，不知不觉地输掉。英国有句民间谚语说得好：“拖延，等于时间的盗贼。你愿意将自己的宝贵财富——时间，被窃走吗？”如果不愿意，那就将你身边的时间盗贼——拖延、荒嬉、怠惰，统统地赶跑吧！

（原载1982年7期《益友》）

天上的日落

在高山上和大海里看日出、日落，一向被人视作是一项壮丽的景观。

从古至今，不知已有多少篇诗文对此做了有声有色的描述。我也曾经泛过沧海，攀登过泰山，对于那里的日出日落，做过了多少次难割难舍的苦苦追逐。

那磅礴欲出的喷吐和夕阳残照里的苍山，都曾使我震撼，使我战栗，使我狂喜，使我困惑，使我对于造化的神奇和大自然的雄浑气魄，产生无穷的冥思。

然而这一切，比起我今天所见到的景观，简直算不了什么！今天我在天上所见到的日落，完全是另一番壮观，是我在大地上从未见到过、也从未想象到的一种近乎童话的景象。

傍晚时分，我乘波音747离开桑青麦绿、小桥流水的江南，穿过云层，航行于九千米以上的高空。

这时已是薄暮，浑圆的红日在灰黑色云层上面，慷慨激昂地摇曳着，跳动着，沉落着。云层很厚，高高低低起起伏伏，犹如万顷波涛的大海。红日缓缓地坠落到青天碧海之间,它那灼热的脸庞染红了云海。在它沉落的地方,大海在燃烧,流淌着火焰,好似金属的溶液在微凸的海面上沸腾着。

大自然是没有哀伤和怜惜的,它的无限深情,都融注于永恒的运转之中。

这使我想起冰心前年在一篇文章里写的一段话:“宇宙内的万物,都是无情的,日月经天,江河行地,春往秋来,花开花落,都是遵循着大自然的规律。只在世界上有了人——万物之灵的人,才会拿自己的感情,赋予在无情的万物身上。”

太阳完全沉落下去之后,云层的颜色变得更深沉了。波涛汹涌的云海凝固成黑黝黝的一片,犹如板结的大地。在西边地平线上,有一条鲜艳绚丽的光带,由茄紫向橙黄的颜色逐层次地向上过渡着。光带上面是蓝蓝的天空。那种纯正的蓝色,是我在地面上从未见过的。没有一丝纤尘,没有一块阴翳,没有一点污染。

过去,在童话片中见到画师们用这种颜色涂抹天空,觉得过于理想化,过于抽象,在现实中是不存在的。

现在我才懂得了一条真理:天空的净蓝、理念的纯正,在现实中不是不存在的。关键在于升华,在于升华的高度。升华得越高,就越接近于纯正的颜色和纯正的理念。宇宙间的万事万物,无不遵循这样一个法则。

这时,在净蓝的天空中,有一颗又大又亮的星星升起来。那颗星星也是我在地面上所未曾见到过的。它是那样的大,那样的明亮,也只有在童话片中才能看到这样的星星。而且,它离我们是那样的近，那样的亲切，好像它不是遥远的天体，而是我们身边的旅伴，我可以毫不夸张地呼唤它：“我的小星辰！”就像亲切地呼唤村头的篝火、马路上的灯光和墙壁上的挂画一样。

这时我才真正感触到：宇宙真是广袤无垠，而我们的感知又确是太狭窄有限了！在生生不息的大千世界里，有多少我们尚未感知到的纯正和与纯正掺杂在一起的色彩，有多少难以理喻的粗犷和温柔的感情，还有多少遥远而又亲近的物体，有多少能够解释和尚不能解释的运行呀?!

（原载1993年3月15日《中国统计信息报》）

愿新年的钟声，给你带来一个新的黎明

亲爱的朋友，不管是我认识的还是不认识的，见过面的还是没有见过面的，我都想在此时刻，向你说上这么一声："愿新年的钟声，给你带来一个新的黎明！"

进入新世纪后，我已经用过六本台历了，每当我掀翻到最后一页，看到那用绿色字体写着的"12月31日"时，禁不住怦然心动，冥思片刻，好像能够神奇地听到从天际线上传来的阵阵悠扬悦耳的新年钟声，听到那充满着召唤、启示和向往的声音。

每一个年宵夜晚，我都带着不可名状的激奋与冲动，期待着一个崭新的黎明。我热烈地期待着它，就像沙漠里的骆驼期待着绿洲、雾海夜航中期待港湾的灯火、雨后期待天边的彩虹、归家期待着含情脉脉的眼睛一样，期待着一个崭新的黎明。而且我深深地相信，新世纪定然会给人们带来这样的一个充满着无限生机的黎明。

天地守信，日月守时，随着地球在椭圆形轨道上的运转，年宵午夜钟声过后，果然迎来了一个让我心悸的崭新黎明。这时，在霜

花与晓星都在纷纷降落的天空里，泛溢着淡蓝色的光波和玫瑰色的氤氲，充满着壮丽的肃穆和庄严的朦胧。空气是无比的清新，也无比的爽快和甜润。周围一片沉寂，但却感觉到像有鼓声、号声与管弦乐声混杂在一起，奋力地鼓荡着一股股蓬勃的生机和洋溢的热情。我知道，这是大地苏醒后在它那粗壮的脉搏里为其生命血液汩汩流动而发出的声音。

新世纪里，果然有着一个个不同寻常的黎明！而我们，每一个享受着新世纪黎明的人，都会感觉到这个黎明所带来的喜悦。当我带着这种清新的感觉走进生活时，果然看到新世纪的生活焕然一新，不同于以往寻常。它大大地高过以往，跨越寻常。我高兴我们生活在这个新时代里，高兴地看到我们飞跃发展、日益强大的祖国。是它，给人们带来这许多充满着希望、憧憬和崭新的黎明。

同时，我也在提醒自己，也希望每一个与我有同感的朋友，每一个热爱生活的朋友，伸开你的双臂，欢快热烈地迎接每一个崭新的黎明的到来吧。莫要错过大好时光，莫要错过新世纪里的每一个时辰。加快脚步，努力前行，就像我们常说的那样，同这崭新的黎明一起“与时俱进”“与时偕进”吧！

（原载2007年1月1日《新民晚报》）

第二辑

庭院交响曲

庭　院

我的庭院前面有两棵树:一棵是枣树,另一棵是杨树。

每天清晨我都到树下活动,伸伸胳膊弯弯腿。读书写字累了,打开窗户向外看看,一眼就望见那两棵树,春华秋实,一年四季都有它的姿色,颇能调节心情,增加一些生活的情趣。

每当我望到这两棵树时,便不由自主地想起孙犁同志写的《风云初记》中的一段话。书中说,一个北大学生出身的女县长去到农村,问农家妇女春儿说:"你喜欢枣树,还是喜欢杨树?"春儿觉得这个问题提得很怪,说自己从来没有想过这事,一般来说,凡是青枝绿叶的树她都喜欢。女县长问:"比较起来呢?"春儿认真地思索了一会儿(她生了这么大,还从来没有想到这类问题),腼腆地说:"如果硬要我比较,我还是喜欢枣树。杨树好是好,毕竟没有多大用处;枣树每年都能给人们结枣子吃。"女县长笑了,说:"其实,杨树也有杨树的好处。它发芽早,绿得快,每年都能最早给人带来春天的信息!"读到这里,几乎使我拍案惊奇,我真佩服这位大作家刻画人物性格的巧妙,下笔的空灵。一段平平淡淡的对话，两个女子简简单单的琐琐细语，立即勾勒出两个不同环境出身、不同文化素养女子的心态，以及她们思维方法和观察生活的不同视角，和处在同一时代潮流中各自不同心境上种种小的差异。

同时，我也佩服作家观察事物的细微和格物致知的悟性，是那样的高。在读过《风云初记》的以后几年里，每年我都注意到，杨树报春的功能确实较别的树要早。残雪未退，早春的寒风还强劲地割人面孔时，那杨树枝头就鼓起了一串串的小苞苞。不久，那小苞苞就变软了，脱去了黑褐色的硬壳，绽开不大被人发觉的小口，于是就有像春蚕似的长绒条呈露出来。孩子们都叫它“毛毛狗”，奔走地捡拾起来戏耍。“毛毛狗”一脱落，便是杨花泛白，飞絮满天涯的时候了，那嫩绿嫩绿像小猫耳朵似的卷卷叶儿，也就唰地一下子绿满了枝头。这时你再看看其他的树，特别是枣树和槐树，还是一树枯枝，没有一星星绿色的影子。每当这时，我越觉得孙犁说得准确，写得真情。我便把这些话给小女儿讲，她也很赞赏。

不过，最近我又有新的发现，新的感悟。前几天，一场秋雨过后，又是一番深深的秋凉，树的叶子在西风残照中都有了变化，有的发红，发紫，有的变黄，有的飘落，我庭前那棵杨树，叶子已有一半变黄了。没有变黄的一半，也已失去了昔日翠生生的光彩，变得蔫渍渍，无精打采的样子了。再看那棵枣树呢！却还是青枝绿叶，郁郁浓荫，仍然给人一片生机。因此，这又给了我一番感悟：杨树好，它能给人们极早地带来春天的信息；可枣树呢,却能把绿意迟留给人间,让人们更多地感受到夕阳桑榆的晚景,不也很美好吗!

我又把这话说给小女儿听,她也觉得这番感悟颇有点意思。

(原载1998年11月14日《生活时报》)

屋　顶

独倚楼窗。眼底是一片屋顶的世界，房脊连着房脊，檐瓦连着檐瓦，密密匝匝，起起伏伏，很像细雨微澜的湖面。

初看上去，屋顶的世界是单调的，缺少生机的，老是那么一幅深灰的色调；但是，你如果能够细心地、长久地观望下去，你就会发现，那个缺少变化的世界却是在不停地变化着。

清晨，天空刚刚泛起明亮的曙光，微风刚从梦魇中醒过来还带着夜的深沉时，屋檐上就已凝聚起一层细微的露珠，密密麻麻，互相紧靠着；而后，便有一大颗一大颗水珠顺着檐瓦悄声地滴落下来，悄悄地，悄悄地，完全是寂然无声，连刚从窝里探头飞出来的小麻雀都未曾注意到。

不久太阳出来了，给向阳面的屋檐涂上金辉的暖色，有氤氲的水雾朦朦胧胧地蒸腾起来。这时，屋顶上最活跃的生灵，就是那群刚刚放飞出来的鸽子了。它们带着响亮的哨子，向着蓝天振翅飞翔，经过几匝喜滋滋的盘旋，又回落到屋顶上，咕咕咕咕，你拥我挤，你掐我啄地觅寻食物，追逐嬉戏，欢腾雀跃，把它们爱的热流分赠给同伴,分赠给饲养鸽子的人,分赠给充满希望的黎明。

月光下,屋顶也是极好看的。一弯新月,从老槐树的叶隙中间把一缕缕银光洒下来,屋顶上便铺满了斑斓的影子。天空幽蓝,空气清爽,在银雾一般浮动的月光下,一切景物都失去了正色,只有明和暗两种颜色。有风吹过来,树叶发出沙沙的声响,那屋顶上的树影就更加婆娑,更加迷离,不时地变幻着只有扬州八怪的水墨丹青才能描绘出来的画面。

深夜,有乌夜啼,是树影的摇曳惊醒了鸟雀们的梦,也给屋顶的树影更增加扑朔迷离的感觉。

屋顶上如霜似雪的月光固然好看,但还不如真正的雪景更有情趣。每当一夜风雪过后,清晨起来到窗前一看,屋顶上便是厚厚一层银色的堆积了,反射着白皑皑的回光,恰如铺满砸碎的月亮。鸟雀不再飞落回来,只是缩头缩脑地立在枝头惊呆地望着那完全变了样的故乡。

每当眺望雪后的屋檐,我便情不自禁地想起少年时候曾经背诵过的一首打油诗:“大雪往下捅,房瓦没了垄。黄狗身上白,白狗身上肿。”当时只觉得这诗可乐、好笑,现在仔细品味起来,却着实地佩服这位民间诗人手法的高超,他能用那样淳朴的言语如此情趣盎然、准确无误地写景状物,我眼前那一座座为白雪覆盖早已没了檐瓦垄沟的屋顶,就是最好的印证。

要说起来,我最喜爱的还是静听房檐滴雨的丁冬。因为我自幼生长在北方,干旱少雨,因此对于屋檐滴雨的声响就格外钟情。遗憾的是,我现今住在高楼上已无法听到檐头滴雨的声音了,因此每到下雨时候我就走到窗前，俯身下望那片屋顶，不能听雨却能观雨。因此，我给我的楼屋起了个文雅的名字，不叫“听雨楼”，而叫“观雨楼”。

观雨，最好看的不是柔如藕丝的春霖，也不是缠绵悱恻的秋雨，而是夏季里的暴雨。这时的屋顶是最奇妙的了。大雨哗啦啦成片地砸落下来，屋顶上充满了激情热烈，往日里的沉寂和落寞早已一扫而光了。白亮亮的雨水，不仅每次滴下来作为生命的殒落都有一次强烈的回声；而且，在融汇到总体之前都能各尽其妙地展现出自己的风采，或变成水花，或变成水泡，变成雪崩玉碎时的水沫和湿雾，在屋顶上漂浮着好长好长一阵子。接下来，便是高屋建瓴地倾泻了。雨水从房瓦的垄沟里，从屋檐的接缝处，像开闸的河水般奔流着，倾落下去。一切都在奔流、倾泻、跌落、融汇与回归，凝固的只有那多情的房檐和屋顶。

因此我说，那深灰色的屋顶绝不是沉寂的，单调的，只要你仔细地观察，那上面确实是生生不息，变化无穷，有着读不尽的文章。

（原载1999年6月17日《人民日报》海外版）

窗　外

清晨,我经常站在窗前,望着窗外。

窗外是一所小学校,学校的操场不偏不倚正好嵌入到我的窗口里。

每天清晨,我看着孩子们背着书包精精神神地走进学校。他们欢畅,他们严肃,特别是迈进校门的那一刻。这一点,你只要看看他们向守候在校门口的值周生恭恭敬敬行举手礼就够了。说来这也难怪,他们走进生活,走进人生,不就是从跨进校门这一庄严神圣的时刻开始的吗?

我经常爱站在窗前,望着那块属于孩子们的小天地。因为望着他们,望着这天真烂漫的小生命群体,总会在我心灵中引起召唤,引起我对社会、人生、宇宙的诸多联想,总会在我生命的琴弦上奏出往事的回声和追求真善美的和弦。

孩子们欢蹦乱跳的脚步,常常带我走回童年。

铃声响过,孩子们集合到操场上,黑压压、齐整整的一大片。土地赭黄的操场立刻明光璀璨,变成为鲜花盛开的公园。我之所以爱经常地守在窗前，只因为窗外有这么一个一年四季永驻的春天。

我记起在山村里，在一个秋风萧瑟、秋雨凄迷的寒夜里，我同一位老人对坐在土炕上。突然，他那满是皱纹的脸像是绽开的菊花一般露出微笑，眼里射出兴奋的火焰向我说："你知道，世上什么是最有趣的吗?"这个题目太宽，我一时难以回答。他便自顾自地说："最有趣的是，当你奏起风琴，望着孩子们仰起一张张笑脸，随着琴声齐声歌唱的时候!"老人是一位退休多年的乡村老教师。

孩子们做操了。我站在窗前，望着他们整整齐齐地排成队列，又整整齐齐地抬胳膊举腿，心中也有山村老人对我讲的那种感受。

孩子们的衣服很鲜艳，配得上我们时代的光彩。做起操来明光耀眼，就像孔雀开屏和春燕展翅一般。听说那是他们的校服，做成羽绒服式，有几条红杠杠和黄杠杠穿插在一片绿地里。不知是什么人设计的？我羡慕他熟知孩子的心和孩子世界的欢乐。

记得清楚，我在童年时的学校里也有校服(不过，那时不叫校服，而是叫操衣)，是草绿色的，用极糙的粗布做成的，像士兵穿的军装那样，下边有两个兜，上边没兜。就是这样一套粗布操衣，也要父母愁上几天几夜，费尽心思去东挪西借，或者狠咬牙根卖掉几斗仅够吃到春脖子的口粮。为了这套操衣，回到家里不知要哭闹多少次，才迫使父母下了这个决心。

老师很严格，逢到上周会和体育(那时叫体操)课时挨个检查，没穿操衣是绝对不允许的。为了操衣的事，我经常挨打受罚。有时家里实在凑不上钱，不能按时买到操衣，这就使得母亲更加作难了。逢到我有体操课时，她便要陪着笑脸、说着好话向邻居家孩子去借。借来的操衣非大即小，衣不合体穿在身上特别地别扭，走正步时经常走错。为了这事不知挨过老师几次板子，小手心被打得又红又肿。回到家里还不敢说，痛时只好用手捂在墨盘子（即砚台）上。

叫我更为伤脑筋的，还有那副裹腿（那时叫腿绑）。上体操课时，必须裹腿绑。我的腿绑也是借的。大都是大人用的，裹到我的小瘦腿上哪里缠得住？因此，走过几趟就散开了，于是只好出列蹲到一旁去缠腿绑。由于出列次数太多，别的人觉得碍事，都用讥笑和埋怨的眼光看我，弄得我一堂课下来总是羞愧满面，狼狈不堪。所以，小学时代印象最深的事，就是害怕上体操课。一见课程表上又有体操课，我和母亲头天晚上一宿都睡不好觉！

现在，每天清晨，我经常爱站在窗前，望着学校的操场，望着那个属于孩子们的小天地。

（原载1993年4月12日《北京日报》）

墙　脚

人们，很少有谁注意到墙脚那个犄角旮旯。谁有功夫会细下心来，留神一下那个不显眼的地方呢？匆匆的脚步，总是使人匆匆地从它身旁走过；急促的生活节奏，容不得人们在它身边停留。

可是有一天，当我蓦然回首的时候，无意之中却又发现了它，原来，它也是那样生机勃勃，充满着无穷尽的生息，有着令人说不尽的爱慕和怜惜。突然间，我像是一个经过了长途跋涉的旅客，猛地找到了丢失已久的东西。原来，在那甚不显眼的角落里，埋藏着我早已淡忘了的童年时光。许多人可能都忘记了，那儿原本就是孩子们的乐园，孩童时的我们，不都是在那里扑蚂蚱，掏蟋蟀，斗蛐蛐，还有许多说不清的淘气吗？只是长大走向生活之后，才逐渐把这片乐土丢失了，忘却了。而今，已经走过了沸腾生活的我，又有着充裕的时间去享受孩子们的悠闲了。

一场春雨过后，在墙脚那个不显眼的地方，破土而生长出来的是许多绿芽。绿茸茸的，像是小鸭子头顶上的绒毛。不久，那绿芽就伸枝分瓣，长成一簇簇叫不出名的小草。有的竟然也开了花：红的、蓝的、白的、紫的。不过，他们都是很小很小的，不特别仔细地留意，谁也不会发现它们的存在。

这些花儿，草儿，也会结实，也会完成生命的全部过程，留下种子传续后代，像天地间一切有生命的物种一样。不显眼的原因，只是它们太平凡、太渺小罢了。

不过，它们也像歌中唱的那样："从不寂寞，永不烦恼"，照样生活得有滋有味的。因为，尽管是小吧，不起眼吧，却也照样会招来与自己兴味相投的伙伴：每当夏日炎炎，只要你在它们身旁停留一会儿，你就会发现不仅有小蚂蚱、金龟子在他们身边出来进去嬉戏玩耍，而且也会像那些名花奇葩一样招来成群的蜂蝶。不过，到这里来的可不是那些头戴金冠、身系绿裙的蜜蜂，而是和墙脚一样颜色的小土蜂。它们也会嗡嗡地叫着，只是声音很小，好像在唱着只有小花、小草们才能听得懂的歌儿。有时蝴蝶也会飞来，它们不是花坛草地上飞舞的那些大花蝴蝶，而是那种很不显眼的灰褐色小蝴蝶，个儿小小的，刚好能在墙角的小花上站住。

写到这里，我不禁想起了林奈草。那是山林里面最小最小的一种小草，叶子圆圆的，只有米粒大小，茎儿纤细，伸直起来也只有半支铅笔那么高。走进山里的人，谁也不会注意到它的存在。二百年前，瑞典大生物学家林奈在编写《植物志》时，给每一种植物都定下了个学名，有人劝他也用自己的名字给一种植物命名，以作为纪念。他先是不肯，后来禁不住人们的再三劝说，于是他便选过来选过去，在那纷纭庞杂的植物丛中选择了这个小小的林奈草。今天，人们面对那纷纭庞杂的植物界仍然在使用林奈的命名时，却很少有人注意到藏在林丛草莽中间的那棵小草——林奈草。因为，它实在是太小太小了，太不显眼了！

“我爱林奈草！”假如有人问我，你在林林总总的草木中间偏爱哪一种植物，我会毫不犹豫地这样回答他。

为什么呢？因为我爱的就是这种平凡中的伟大，伟大中的平凡。

遗憾的是，至今我也没有在北京的墙脚旮旯里找到林奈草。

（原载2000年6月20日《中国绿色时报》）

鸟 鸣

我的院子里没几棵大树，仅仅有那么一点点稀稀疏疏的绿荫；但就这一点点绿荫，便招来不少的鸟雀。清晨起来到院子里遛早散步、活动筋骨时，望着树上时来时去的飞鸟，听着一片悦耳的啼鸣，真是爽快极了！

记得春节时候，我曾用“鹊踏枝”为题写了一首古诗：

走出高阁步堂西，清晨喜见鹊踏枝。
只因生态维护好，寒树犹招雀鸟啼。

诗中说的是寒冬季节里的事，而如今已是阳春三月，杨柳风、杏花雨，无不在悄悄地温暖人间的时候了，枝头上招来的鸟雀也就更多了。除了喜鹊、寒鸦之外，还有家燕、金腰燕、蓝颏、勾嘴和知更鸟。最好看的是，有着长长尾巴整个身体像一柄汤勺子似的小山雀和头上有两撮绒毛像戴着盔甲似的燕雀。鹡鸰更是可爱，有一身黑白分明、剔透洁净的羽毛，见人时总是略带惊诧，然后稍稍迟疑一下便摇晃着小小的尾巴起飞了。戴胜鸟胆子大，对人的感应亲切极了，见有人来总是瞪着一双小眼睛，骨碌骨碌地傻看，憨态可掬。灰沙燕的样子也十分可爱，肩背羽毛全是麻栗色，只有翅翼下面带有一片白羽，当它们成群地在天空飞翔时，蓝天下便闪烁出一片光亮的星点，在微风中轻轻地颤动。

我不知道人们注意到没有，观看鸟飞，会给人们带来无穷的乐趣。杜甫曾经写诗道："荡胸生层云，决眦入归鸟。"望飞鸟望得眼角都瞪裂了，可见诗人的痴情和飞鸟的吸引力。我自己也有这样的感受。每天清晨若是能在树上看到喜鹊，心中总会产生一种莫名的喜悦。而喜鹊飞翔的样子，更是十分的好看。它不像一般鸟儿那样扇动翅膀的飞，而是抖动，挺进式地抖动，它多半是靠着向前挺进后所产生的一种惯性在空中滑翔。而鸽子的飞，则是另一回事了。这些小生灵天生是合群的鸟儿，它们总是成帮结伙地飞，你偎我傍，你追我赶，忽忽喇喇地打着圆圈在飞旋，欢腾雀跃，热热闹闹，一圈又一圈；若是腿上带着哨子，生命欢动的响声就更热烈了。

其实，只要你用心地观察，就是麻雀的飞也很有特色。这些小家伙因为体形小、身子轻，飞起来非常灵活，特别是起飞的时候，简直就不费什么力气，出溜一下子从一个枝头飞到另一个枝头，从一间屋顶跳到另一间房顶，简直就像鱼儿游在水里，倏然不待眨眼，落脱得不留一点痕迹。燕子的飞翔，也像麻雀那样灵巧，但显得更加轻盈，俊俏飘逸，盘旋时丽影星驰，身如闪电，绝不像鸽子那样不停地扇动翅膀，还带着一片响声。当然，不仅麻雀和燕子是这样，天上的各种鸟儿，包括枝头上可以常常见到的那些鸟儿——勾嘴、蓝颏、山雀、知更鸟，都各有各自的飞翔形象，各有各自的姿态、风度和美妙。正如宋人程颢的诗中所写："万物静观皆自得，四时佳兴与人同。"细心地观察那些飞鸟，能够让你找到言语所不能表达的情趣。

而要想听到鸟鸣，就更得静下心来不可，任何粗心和浮躁都听不出个所以然来的。记得我刚出来遛早时，能够听到的鸟鸣，只有乌鸦和喜鹊，而且又常常是以鸟语而变换自己的心情，一则以喜，一则以忧。有时两种声音同时聒聒入耳，就不免烦躁地念叨一句元人的散曲："晨鸡初叫，昏鸦争噪，哪个不到红尘闹？"自以为是超凡脱俗，实际上，俗气得连纯自然主义的观念都没有。

后来，心态逐渐冷静了，平和了，再细心地一听，那树上，除了乌鸦和喜鹊的"哇哇"与"喳喳"的高音部啼鸣之外，还有低音部的一片啁啾，而且音调繁多，音色各异：有的"叽叽"，有的"咕咕"，有的"叽哩叽哩"，有的"吱溜吱溜"，高高低低，此起彼伏。有的似在召唤，有的似在倾诉，有的似在窃窃私语，有的竟在纵情地欢唱小夜曲或咏叹调。听那声音，有的似一片童心，天真烂漫；有的似深情热恋，如醉如痴；有的则似油嘴滑舌，巧言令色，各有各的追求，各有各的情调。高音的，高接行云，低音的，低遏流水；长音的一波三折，短音的急如骤雨。高低音、长短音，互相间错杂纷纭，和谐交融，真是一部美妙天成的交响曲，人工是很难合成的。无怪乎古往今来的人，都喜爱听鸟鸣，把鸟语与花香合起来，看作是天地间最美好的事物。

但是爱归爱，喜欢归喜欢，却未必人人都爱得得法。有的人不大关心树上的鸟鸣，却钟情于将天上的飞鸟圈到自己的笼子里，挂在屋檐下或提携在手中，以图时时独享悦耳的鸟音，岂不知这正违背了鸟的天性，破坏了物的自然，损坏了天地间的鸟语花香，用现在的话来说，就是破坏了“生态平衡”。有人做过调查，笼中多一只鸟，林中就要少十只鸟，看看，这破坏性有多么大呀！所以，我特别佩服郑板桥，他早在二百年前就说过：

“平生最不喜笼中养鸟。我图娱悦，彼在囚牢，何情何理，而必屈物之性以适吾性乎？”“而予又未尝不爱鸟，但养之有道耳。欲养鸟莫如多种树，使绕屋数百株，扶疏茂密，为鸟国鸟家。将旦时，睡梦初醒，尚展转在被，听一片啁啾，如《云门》《咸池》之奏；及披衣而起，颒面漱口啜茗，见其扬羽振彩，倏往倏来，目不暇给，固非一笼一羽之乐而已。”

大家看看，斯人之乐何其大也！何其顺乎天然而不违背物性也！对于维护生态平衡，又是何等的卓识高见！而如果天下人若皆依了那些贪心之人的所为，恣情放纵自己的私欲，屈物之性以适自己的性，试想有朝一日，林中之鸟皆变成了笼中之囚，不知天地会因之而变成什么样子，大自然不知要改换成什么颜色？真是令人担忧呀！

（原载2002年6月25日《人民政协报》）

养　花

母亲喜欢养花。现在，母亲死了，妻子也跟着莳弄起花来。

母亲一生喜爱养花，什么花都种。那时，我家住在一个小四合院里。说是个小四合院，实际上就是一个大杂院。原本那是个大户人家的庭院，弟兄三人，就前后贯通地建了三座小四合院。解放后，大户人家迁走了，小四合院就膨胀起来。由于当时北京人口骤增，民用建筑又跟不上，便都在小四合院里搭建起一排排砖瓦小平房来。院内原来只有北屋正房和东西两廊，现在则是四面八方都盖上房子，住上了人家。好在，院子当心还留出一个小小天井，于是人们便各自在自家窗前栽种起花果草木来。母亲更是首当其冲，一则是她喜欢养花，二则是我家占得点地势，住的是向阳北房，阳光充足，窗前的空地也比较多些。

母亲什么花都种，不过那时条件差，也没有什么好品种，更不要说什么名贵的花草了。我看看摆在窗台上的，都是什么玉簪棒、绣球花、骨刺梅、指甲草、玻璃翠等平常的花，而最多的是死不了。这种花不娇嫩，插到土里就活，不择瘠土，不用上肥，怎么着都能活，而且是一年四季花开不败。

最喜人的是，母亲在窗前空地上栽种的那些爬蔓的花儿。这些花儿好莳弄，只要在小小的空地上挖个坑，撒下种子，然后在不占地方的空间里横竖给它搭上架条，它就不停歇地向上伸展着，在你没注意的工夫，蓦然回首已经是绿叶满枝头了。再过几天，它已好心地为你搭起一座遮荫的棚架来。

棚架能够遮荫的时候，也正是一年之中最好的季节。每当歇晌之后，或者是傍晚时分，人们都爱坐在瓜棚豆架之下，一边手里做着家务活，一边闲唠家常。地上落着叶间碎影，架上爬满小果小花，坐在下面十分惬意。母亲是个大能人，虽然一天书没念，但却能够讲南朝道北国的，历史上那些演义长篇，她都能成本大套地给人讲述出来。院子里的老奶奶，大妈和孩子们，每晚都围坐在棚架下，有滋有味地听母亲讲故事。人们一边听，一边称赞说："这老太太，记性多好！什么都知道！""若是搁到今天能够念书进大学，早就是一个老教授了！"听到人们这么说，母亲心里更加得意，故事讲得就更加有根有梢，有枝有蔓的了。

母亲种的爬蔓的花儿，品种很多，有喇叭花、窝瓜、丝瓜、爬墙虎、梅豆角等，大多数是既可看花，又能吃果的。最有意思的是葫芦。它跟其他爬蔓的花一样，也是地上不占地方而在空间长得密密实实的。藤上开着白色小花，镶嵌在圆圆的翠绿的叶子中间，煞是好看。人们坐在葫芦架下，总比坐在其他什么棚架下面觉得更有些韵味。不然，元人散曲中怎有"闲来几句渔樵话。困来一枕葫芦架"的诗句呢？待到初秋，架上结满葫芦时，就更是喜气盈人了。一个个小葫芦排着队，仨一群，俩一伙地随风摇曳着，谁走到跟前都要踯躅止步，又喜又爱地看那形态精巧俏皮的小葫芦。看不够，还想用手去摸一摸，恨不得咬下一口咽到肚里去。霜降以后，葫芦长成了，由鸭青色变成鹅黄色，用手指弹一下，里面发出悦耳的响声。这时母亲就更忙了，摘下葫芦一个个地送人，大的送给大伯大娘切开作水瓢，小的送给孩子们作玩物。大杂院里孩子多，二虎、三虎、老五、老六一大群，每个孩子手里捧着一个。小姑娘用它做贮钱罐，那帮小小子则用它捉蛐蛐、装蟋蟀。没事的时候，总是举起葫芦放在耳边，听里面小虫儿唧唧的叫声。

孩子们喜爱那葫芦，就跟捧着个宝葫芦似的。每当外院孩子馋羡地问他们是从哪里弄来的时候，他们总会骄傲地说："是我们院里邓奶奶给的，她家房前结好多好多的葫芦！"母亲听了，心里更是高兴。第二年种得更多了，外院的孩子也能分到一个两个。

可惜，后来这爬蔓植物种不成了。地震那年院里人们都搭起防震棚，防震棚后来变成了简易房，院子中心一家占一块地方，天井被切割成仅可容身的小道。哪还有地方种花草呢？这时，母亲只能在窗台上莳养骨刺梅、玻璃翠和死不了啦。冬天，将花盆搬进屋里，开春再搬出去。好在那些花儿皮实，什么条件下都能活。死不了嘛！

现在危房改造，我们已经迁进楼房里，向阳面有很大的阳台，有好大一个空间可以种花。可惜，母亲没有搬进楼房就死了。现在妻子继承了母亲的事业，在阳台上种满了各式各样的花，而且，档次比从前高得多了，八十年代是扶桑、文竹、君子兰；九十年代是杜鹃、米兰、水仙花，进入新世纪又上了一个台阶，连郁金香、康乃馨、龟背竹也搬进屋来了。不过妻子养得最多的，还是芦荟，据说这种植物有奇效的治疗作用。

是不是从养花这件细事上，也可以看出我们的生活在节节地拔高呢？

（原载2003年2月10日《人民公安报》）

母亲肚子里的民间文学

母亲的性格，是很豁达开朗、乐观向上的。无论生活怎样困难，她总是能冲破那阴霾冷雾的氛围，努力地去寻找与追求生活上的一点点情趣。而且，她也总是要把自己的这种乐观开朗的精神和积极进取的生活态度，传导、感染给周围的人。她希望人们不论逢到了什么样磨扇压住了手的事儿，都能带着一副笑脸走向生活，走向明天。母亲最看不惯那些一天到晚总是愁眉苦脸的人，她常说："亏他还是个男子汉呢，心眼竟比针鼻儿还小，总是两眉扣一眉地出来进去，弄得他自己心里不好受，也平白无故地给这响晴天空抹上一片乌云！"前两天，女儿帮助我回忆往事时，讲了一件也很能开人心窍的事。她说，她有一次碰见了一件难心的事，总是犯愁，奶奶便劝她说："有啥过不去的火焰山？堂堂正正地往前走就是了，脑袋掉了，也不过是碗大的一个疤瘌！"

我切身地感觉到，母亲的这种乐观豁达精神，感染人们最深之处，莫过于逢年过节的时候了。每当到了大年根底下时，她总是早于其他的人，张罗着筹办过年的事。人们一见到她从一大早起来就乐哈哈的那股忙活劲儿，无不受到传染，感受到日近一日、时近一时地扑面而来的过年气氛。人们虽然受苦受累一年了，甚至是忍饥挨饿地度过一年了，可是这个大年却总得要过好，总要过得有滋有味的。只有这样，才能够通过这个大年，给我们的苦和累带来一点安慰和补偿。而更主要的是为着来年，为着能够给来年种下一片希望，一片通过自己的努力可以争取得到的美好希望。

母亲常是这样的对人们说，便也总是这样带着头儿去做。一到腊月二十几儿，她便一大早就起床，把被子、褥子都叠好，把屋子归弄得整整齐齐之后(不管怎么穷，她总是喜欢把屋子收拾得干干净净的)，便风风火火地张罗着怎样地糊窗户，怎样地糊墙。窗户纸是要崭新的，糊墙的纸要雪白的，这些东西她是早就预备下来了，是她靠卖废品积攒下来的钱买的。由于她那么热心，我们这些做子女的和做子女的子女的人们，便不管怎么忙也得赶上前去帮助她一起来干。因为她是小脚，那登高爬上爬下的事，便只能出别人着手去干。她便站在地当间作为总指挥，指点着人们这一张纸要往哪儿糊，那一张纸又应当是要稍高或稍低一些。缝儿没对整齐的，有露边露角的地方，她一定要你揭下来重粘，质量关她从来都是把得严严的。邻人们过来看了看，都说:“看人家邓奶奶，窗户像窗户，墙像墙，弄得满屋子里都亮堂堂的，这才像个过年的样子!”

母亲听了，心中自然更是高兴。于是，接下来就按照儿歌中所数落的那一套，什么“二十四，写大字;二十五，糊香斗;二十六，割年肉;二十七，杀只鸡”等等，一样一样地来置办年货。虽然由于当时的经济条件所限，不能够都置办到，但她总也要想尽办法应个景儿。割年肉，还好办，尽量地在二十六那天排着长队，把早已积攒下来的肉票拿出来去割年肉。可是二十七杀只鸡，就不好办了，到哪儿去弄那只鸡呢？可是母亲偏能想出办法，她用面捏出几个小鸡来，蒸馒头时放在锅里一起蒸。晚饭时候，大家会惊喜地看到有几只小面鸡摆在自己的面前。

她对过年期间的各种民风民俗，更是比谁都清楚，当时的许多讲究，许多礼数，她不仅都能够一一地给你指点出来，而且还常编有一套嗑儿。邻居有不明白的地方，都过来问她："邓奶奶，这事儿应当怎么办？""这事当是怎么样个礼数？"母亲听了，便兴致勃勃地给人讲了一套又一套，有时还要走过去帮你着手去办。

母亲的手很巧，不仅是针线活儿样样都拿得出手，而尤工于苇席编织。不论是屋子里铺的炕席，还是店铺里用的茓子，她都能编，而且编得又快又好。那些三、六尺长的小席子，她一天能编两个；丈二尺长的大炕席，稍微贪点黑儿也能织出一领来。伪满期间，父亲为了躲避鬼子抓劳工，多年逃亡在外，一家人全靠母亲编席子度过那艰难的岁月。好在母亲织的席子好，逢到有结婚办喜事的人家，她还会格外用心地给织出一些吉祥如意的花纹来。再加上她的人缘又好，喜欢联系人，因之人们都愿意过来买她的席子。她编出来的席子从来没有压过手，一出来就为左邻右舍的人家买去。就是住得远一些的人，听人讲说有个邓大娘的席子织得好，也会大老远跑过来预付下订金，要求她在什么日子里给织出个什么尺寸、什么花纹的席子来。

母亲的这种豁达开朗、乐观向上的精神，都是从她自小就喜好的说唱戏曲和通俗民间文学中汲取来的。母亲没念过书，连一个字也不识，如果有人若问，她肚子里的那些民间文学和为这民间文学所支撑起来的乐观向上精神，都是从哪里来的？说起来可能有人不大相信，她肚子里的那些东西，都来之于她天生的秉赋——好记性！

姥姥的家里很穷，母亲姊妹五个，还有两个哥哥，全都没有念过书，都是一个大字不识的人。可是她，却偏能靠着一个好记性，记下了多少文人从纸面上才能得到的东西。我从开始懂事的时候起，就听到她为我背诵那一大段、一大段的戏剧和曲文，听她为我背诵至少有多半本的《三字经》和《百家姓》。她还着意地告诉我说，我们姓邓的那个“邓”字，是《百家姓》到了小半本时才出现的那句“丁宣贲邓”之中。为了帮助我记忆，她还在念出的每一句《百家姓》的句子后面，还要加上一个古人名字，这样一来念起来更是好听，而且又便于记忆。例如：“赵钱孙李李存孝，周王郑王王彦章。冯陈褚魏魏老将，姜沈韩杨杨六郎。朱秦尤许许小姐，何吕施张张子房”，等等。

对于她来说，无所谓什么背诵和读诵，因为她一个大字也不认识，你给她把书拿来，她也念不出来。那么，她的那半本《三字经》和《百家姓》是从哪里来的呢？告诉你一个窍门，全是偷听来的，然后暗暗记住在心里头。那时候，姥姥家住在学堂的旁边，母亲五六岁的时候，当别的小姑娘都手牵手地在野地里玩耍时，她却偷偷地躲在学堂屋外的某个背阴角落里，偷听学生们一遍遍的读书声。她自己好像也没有特别用心地去记，但却能跟着那些读书的孩子一起，把课文给记住了。记住了还不算，因为觉得好玩，她便不时地念给那些在野地里闲跑的小伙伴们听。大家听着也觉得新鲜好玩，有的人也跟着她一句句地背诵。背诵完了过后，便是一阵天真无邪的伢妹子们的咯咯笑声。

她背诵了那一本本的书，并不知道那书里说的是什么个意思，更不用说那里面含寓有什么文学性和思想性了！只是因为那些句子合辙押韵，朗朗上口，读起来好听；而且，还常会因此而得到大人们的夸奖。而她真正能够明白那些词语里说的是什么意思，那是在她略长大一些时候之后，在她每年庙会里所看到的社戏里面知道的。庙会里演的戏，也叫“野台子戏”，完全同于鲁迅所写的《社戏》一般。不过，在我们那里不叫社戏，而是叫庙会。因为选定的日子，大都是在阴历四月初八和四月十八，传说这是祭奠关老爷和送子娘娘的日子，所以也称作“关帝庙会”和“娘娘庙会”。此外，也有祭奠龙王爷和火神爷的，但都不如关帝庙会和娘娘庙会那样红火。

姥姥住的地方是个较大的集镇，在远近村落里边颇有点名气。每到庙会期间，各个村子都在争着举办这种庙会，但是有的村子小，没钱单独举办；有的虽然有钱能够举办，但因为没有这里力量大，请不来好的戏班子。从而，都不如姥姥这里的戏演得好，演得时间长。一般地来说，每年都要搭台演唱个十天半月的。所以逢到庙会期间，远近各村的人都起早贪黑地赶过来看戏，凡是有嫁出去的女子,都要坐着小驴车子赶回来住娘家,一住就是十天半月的,就为着看这野台子戏。母亲便是其中最积极的一个,不论是在她嫁出去之前,还是在她嫁出去之后,都必定要天天赶到戏台子底下,从头到尾地看个不停。

听母亲讲,各村镇为了争办这种社戏,还时常引起纠纷来。她说有一年,有一个村子的会首(即当时的村长或镇长)为着争办社戏而吵翻了天。有个村子的会首一赌气,朝着火神庙上了大供,祷告说:“我们不是不给你老人家演戏,只是咱们村子的会首没有人家大高坎村的会首硬,戏班子被人家霸占过去了,咱们想请也请不到呀!你火神爷要是真有灵验的话,你就烧他们一把天火,从东头烧到西头!”后来,姥姥住的那个大高坎村,就真的着了天火,从东头一直烧到西头。有个挑担子的人,幸灾乐祸地从街上走过,说:“烧吧,烧吧!我是灶王爷贴到腿肚子上的,人走家搬。看你的那把天火,能烧着我什么鸡巴毛!”那人还正在得意呢,不提防他自己的裤裆外边真就叫火星子给迸上,很快地冒出火苗子来。

这也许是那一带人编制出来的传说故事吧,实际上未必当真就有此事;或者是虽有,但也未必就如同传说中所讲的那样神气。

母亲得天独厚地生在大高坎那个集镇里,能有机会看到那么多的社戏。她酷爱那些戏曲,准确一点地来说,凡是民间文学的东西她都酷爱,因此逢到庙会的时候,她便特别兴奋,不吃饭不睡觉也要盯在那野戏台子下面,一场也不肯落下。这时候,又到了能够发挥她那记性好的特长的时候了,她每看过一出戏,不仅能把故事情节一铺一节地给你讲述出来,而且戏中的一些好的唱词儿,她也能够给你一句不落地背诵出来。所以,她每次看过戏回来之后,便能对家里边的人和周围邻居中没有过去看戏的人们,从头到尾地讲说一遍,甚至还念出那些主要段子的唱词来。以后过了多少日子,乃至于过了多少年,她还能依然如故地把这些戏讲给人们听。所以时间长了,家里的人和邻居们都推她出来做“戏代表”,大家有不能去的,或者是一时间不愿意去的,都可以放心地去干自己的营生,回来之后找“戏代表”再给他们补上这一课。

除了戏曲之外,她也爱听评书、大鼓、相声和莲花落子,也爱听人讲故事和说笑话。听了,她就能记得住。那些小故事、小段子不用说了,就是成本大套的评书,诸如《三国》《水浒》和《西汉演义》《东汉演义》什么的,她也都能够记下来。只要有了适当的机会,她就会很高兴地一遍又一遍地讲给别人听。

后来,她熬到了我能读书识字的时候,便真正地感到了解放,因为从此之后,她便得到了一个来之容易、随手可得的汲取源头——可以由我来给她阅读那些通俗演义小说了。那时候,我们总是不惜余力地四处去收罗寻觅,只要能够找得到的书都想尽办法淘换过来。那真是无书不读呀!什么《薛仁贵征东》《薛丁山征西》《杨文广征南》《罗通扫北》《呼延庆打擂》《十粒金丹》《瓦岗寨》《济公传》《飞龙传》等等,几乎是现在人们听到过的和没有听到过名字的书,我们都看过了。

我读小学四年级的时候,正是家境最为困难的时候。母亲白天织席子养家糊口,一天忙到晚已经累得够呛了,但是一到了晚上,她却偏有浓厚的兴趣让我给她读那刚刚从邻居家里借到的一本《薛丁山征西》。大家都知道,东北的冬天是很冷的,我们家里因为没钱生炉子,屋子里冷得如同冰窖一般。坐着读不行,只能全家都躺在被窝里听我来念。念的时间长了,我伸在被窝外拿着书本的手冻僵了,抗不住劲了,便由母亲接过书来举着让我念。她举的时间长了也抗不住了,便由睡在我身旁另一侧的二姐接过来捧着。冬日里天黑得早,我们这种被窝里捧着读书的接力棒,有时甚至一直传递两三个小时。

最近,我看到台湾作家唐翼明回忆母亲给他写的信中说:“明儿,妈妈有了你,就比当皇帝还富有。”听起这话来真叫我惭愧,因为,我从来没有使母亲富有过。解放前,我跟着她过的是穷困的生活;解放后,她跟着我过得也不富裕,除了精神上还有点慰藉之外。我对于母亲没有任何别的什么安慰与回报,除了小时候给她读了许多章回小说让她开心之外,其他的事情一无所有,甚至连一个普通的孝顺儿子能够做到的事情,都没有做到。虽然,打我懂事的时候起,她就指着过年时贴着的年画,一次又一次地给我讲那《二十四孝》的故事,还有什么乌鸦反哺、羊羔跪乳的传说。而让我记得最深刻的是,有一次邻居老太太带着儿子过来吃茶,她感情非常真挚地对邻家老太太说:“只要听到别人说儿子一句好,我就比吃了蜜糖还要甜。”我听了这话,心灵大受震颤,难过得差不多要流出眼泪来。因为非常遗憾,我一生里很少听到有人真挚地称赞我一句好,特别是当着母亲的面(当然,那些客套的、敷衍门面的、有意奉承的除外)。我十分难过,我没有什么值得母亲骄傲的地方。至于说到反哺,那更是让我感到愧疚,母亲病重的时候,我知道她很喜欢花，但却只买了一小盆皱皱巴巴的矢车菊放到她的床头。但就是这样一盆花，她看到了还是满脸带笑，不断地用手爱护着那不甚展颜的小花朵。早知她将要不久于人世，为什么不为她买一盆高贵的名花，诸如米兰、郁金香和君子兰呢？何况，我还是以一篇《君子兰之谜》的文章弄得小有一点名气的呢！

反过来说，我从母亲那里吸吮过来的，又岂止是她那哺乳我幼小生命的乳汁呢？她那让我怎样做人做事的乐观向上的生活态度，而尤为让我特别得到滋养的，是她那一肚子的民间文学。我从牙牙学语就跟着她一句句地背诵《三字经》，直到跟着她一起热衷地迷恋于那些《杨家将》《呼家将》等的章回演义小说。而所有的这一切，都是我以后写文章和进行文学创作的天生养料。而特别是我从她那里听来的许多生动鲜活、维妙维肖、不加任何修饰而情趣自会油然涌现的土语方言（随便地举几个例子，例如“不管子午卯酉”，“别听他那套三千鬼画符”，“什么花三五、四五六的”，“弄得茅连草肆”“云苫雾罩”的，等等），毫不夸张地说，这都是我永远取之不尽、用之不竭的写作源泉。有一段时间，我曾经听从我的任课老师巴乌巴托夫斯基（苏联作家、《金蔷薇》作者）的指导，尽量地去追逐卢梭、屠格涅夫等人那种激情奔放的、用一连串优美动听的修饰语组成的欧式散文体语句。写到后来我改变了主意，觉得应当要返朴归真，决心返回到母亲的怀抱，还是用土里土气的家乡俚语来写作为好，因为这样更能使人产生一种亲切感、真实感和乡土味。而且，这更便于读者阅读，特别是在今天我们这个信息传媒非常发达的年代里，谁有功夫咬文嚼字地去品味你那扁担长句子里边的文字美呢？

母亲讲的故事和笑话，更是妙趣天成，富含很深的人生哲理。记得前年我曾给儿子讲了一个母亲在我小时候说的故事。儿子听了直拍大腿，感慨万千地说："奶奶的这个故事说得真是太好了，她说的那个人跟我一样，简直就是我，我就是那个穷神爷有意相帮，财神爷却相助无力的人。怪不得这些年来，我东一头西一头地乱撞，把一切发财的机会都让我闭着眼睛给放过去了！爸爸，奶奶这么好的故事，你怎么不早给我说呢？"我说："其实，奶奶说的这个故事的含意，在英国大哲学家弗兰西斯·培根的《论人生》中也早已说过了。他说，命运之神（也就是机会）是很公平的，会均等地出现在每个人的面前，不过有人会抓住他，有的人却眼睁睁地把他放过。命运之神初次从地心里冒出来时还是满头的乌发，你一把就能将他揪住。可是，你错过了时机，他的头发就变得花白，再过几天已经是秃顶了，这时你再想伸手去抓住他，把他从地心里抓出来，那已经是比登天还难了！当然，像这类哲理故事，在古希腊神话中也还有一些！"儿子听了大不以为然地说："我不管西方那些哲人是怎么说的，反正我感到我奶奶说的那个故事太亲切了，太生动了，也太能够帮助我把这把生锈的锁打开。你若早把奶奶讲的这个穷神爷和财神爷打赌争辩的故事说给我听，我也不至于在人生中走了这么多的弯路！"

说过这后，他还非常遗憾地在裤子上搓搓着一双手。

母亲给我的东西实在是太多太多了！

母亲是我真正的老师，她给我的东西，不论是物质上的还是精神上的，都是无尽无休的，都是永远也诉说不完的。我今天还能够写出几本稍为一些人能够称道几句的作品来，都是得之于母亲的滋养传授和潜移默化，特别是她传导给我的母体语言和口头的民间文学。当我写到这感情深沉，心情也为之而冲动的时候，灵感突然叫我总结出来这样一句话，我的母亲，我永远忘记不了的母亲，她应当是：

“我的第一个启蒙老师，也是我永生永世的一个启蒙老师。”

（原载2014年第9期《北京文学》，
编入作家出版社《我们伟大的母亲》）

一捧素洁的睡莲

今天，是大姐姐的生日，我捧来一束素白的睡莲，小心翼翼地放到案头上，算是对她的怀念。

母亲喜欢养花，影响到我们姐妹兄弟各个皆都喜爱，而大姐尤甚，难怪她的名字就取了个花名——素莲。她在自家的堂屋里、窗台上和院心的一小块绿地里，到处栽种上各种花草，什么花儿都种，有我叫得出名字的，也有叫不出名字的。

我也是对各种花儿都喜爱，都莳养过，都亲近过的，但惟独对这个睡莲却偏偏陌生。主要原因，是它生长的条件。它要生在池中，长在水里，而在北京这样一个人口稠密、各种车辆挤得透不过气来的地方，上哪去找一个可以栽种莲花的水池子和池塘来呢？今天，为了纪念大姐姐的生日，孩子们特地从花卉市场上买来这么一束。

一枝白玉葩，凝寒沁冷香，素娥唯与月，青女不饶霜。亭亭水中立，孤芳引凄凉，恬静凌波睡，无语向斜阳。

我翻遍了各种古诗选本，想找一首咏叹睡莲的诗，可惜在所有的诗选中都没有找到。这可能是因为莲这种东西生来冷僻孤傲，不太入时人眼，所以宋人周敦颐说，爱菊、爱梅、爱桃花、爱牡丹者甚多，而“莲之爱，同予者何人”？一般的莲花尚且如此，而独守深夜、只有在月光下才见其芬芳的睡莲，自然也就更为人所冷落了。无奈，我只有一个人对着案头上的那束洁白的睡莲，东拼西凑地吟诵出这么一首不入格调的五言律诗来。

名如其人，大姐姐的命运好像与这睡莲相似。我的孩子们都没有见到大姐姐年轻时形象，他们所看到的，只是一个干枯清瘦的老人，所以每当我讲起大姑年轻时的许多事情时，他们总爱向我打听大姑当年是怎样一个形象，她的穿着打扮，她的音容笑貌。可惜，在那个年月里没有条件留影照相，翻遍相册也找不到一张她的青春之照。现在让我来讲，遗憾得很，我是怎么想像也回忆不出她的当年来。因为她是我的大姐姐，我看到的，只有血脉相连的敬与爱，惜与怜。在她的一切身形举止中，所能看到的和感受到的，只有敬爱、惜怜这几个字，除此之外，别的都未曾注意，也都未曾留下什么影子。

姐姐年轻的时候，活泼爽朗，虽然生活很贫寒困苦，但她却天生乐观，脸上总是带着微笑。她聪明灵慧，只在小学里念过两年书，便能读书识字，而对于音乐旋律更是特殊地敏感，不论什么歌儿，她听过两遍就会唱。

家里穷，她十三岁就在纱厂里当童工，年龄稍大了些，成为正式工人，转到日本人开设的一家卷烟厂里当女工。虽然工资是很微薄的，挽救不了一家人饥一顿饱一顿的生活状况，但是姐姐依然是很乐观的，没有一丝儿抑郁哀愁，每天都是带着灿烂的微笑去迎接一个个新的黎明。她那活跃的身躯，焕发出来的一股股青春气息，让身边的人都受到感染，得到鼓励，增强人们与贫困生活做顽强抗争的勇气。

姐姐爱唱歌，由于她有音乐的天赋，歌儿唱得非常好!她的嗓子清亮亮的，像刚从山涧里流淌出来的清泉，脆脆的，甜甜的，灿烂的音色和饱满的热情，洋溢着春天的温暖，从窗外走过去的人都会驻足屏息，为那感人的声音攫住，受到陶冶，受到感染，得到融和。

每个星期天，大姐都会与大杂院里的几个同龄女伴，聚到谁家的屋子里，从早到晚地唱着歌。她们又没有受过什么专门的训练，对于发声、吐词、换气什么的，全不讲究，只凭着淳真的天然。天然是怎么理解的，怎么感受的，就怎么唱，毫无修饰，也毫无掩掖，因此歌声也是一片淳真的天然，人们日常生活中所常见到的喜怒哀乐感情色彩，她都会唱出来，也都能唱出来。她会唱的歌儿很多，但也只是街头上流行的那些曲子，什么《蔷薇蔷薇处处开》《何日君再来》《天涯歌女》等等。我记得，一到唱歌的日子来了，姐姐一大早就叫我跑出老远，去到一个读书人家里借回《流行歌曲集》来，有时是一本，有时是二本、三本，然后，她们就翻开那些歌本一首首地唱，一整天地唱。那歌声既让她和她的女伴们得到欢畅、抚慰，也让大院里过着清寒贫苦、特别是那些被生活担子压得苦不堪言、满肚子苦水的人，也享受到了一点点生活乐趣。因此，院子里的人都盼望着星期天的到来，他们可以一边干着繁重的家务活儿，一边倾听她的歌声。如有哪个星期天大姐有事外出不能再歌唱时，院子里的人们就像缺少了点什么似的，都在互相打听着；“怎么听不见莲子姑娘的歌声了？她到哪里去了？”

“莲子姑娘哪里去了？”想不到这句探询与期望的问话，日后竟然成了悲凉的谶语。日益加重的生活压力和接连不断的噩运打击，终于摧残了她那灿烂的歌声。但是，她的天生坚强性格，还是让我和我身边的人钦佩，有时那不幸的滚滚浪涛劈头盖脸、一个接着一个打过来时，连我们站在她身边的人都感到挺不住的时候，她还是能够咬牙挺住，坚强得连那些硬梆梆的男子汉都要靦然，自愧不如。

就只这“坚强”二字，便是她那形容不尽、言说不出的身形，便是她那无言也能动人的品貌。她虽然一生中并没有做出什么轰轰烈烈的事来，也没有建树什么可歌可泣的功勋，但是她那为着生活欢畅起来而唱出的歌声，她那在艰难竭蹶、凄风苦雨中从不弯腰低头的身影，她那向不幸遭遇做着永不妥协的抗争的坚强性格，都在熟悉她的人们心中，留下永远难以磨灭的印象，为我们这些依然活着的弟弟妹妹们，做出了一个人应当怎样生活的榜样。

昨天虽已消逝，
分别难重逢，
怎能忘记你的一片深情。
你的身影，

你的歌声，
永远留在我的心中。

我望着案头上那束洁白的睡莲，不由得哼出当年曾经激起一片新潮的几句歌儿来。

两盆蟹爪兰

深秋的几番风雨过后，树木的叶子都无可奈何地飘落下去了。窗外，残留着最后的一抹斜阳和漫天吹拂过来的霜信，远近皆是一片凄冷萧瑟的景象。就在这惆怅寥廓之际，蓦然回首，屋内的两盆蟹爪兰却一先一后地开放了，像一团燃烧的火焰，使我眼睛一亮，心头一热，情绪不由得又活跃起来。

我喜爱花，自从以一篇《君子兰之谜》步入文坛之后，就更加喜爱花了。虽然那篇文章写的是社会现象，但既然是以花为题，也就免不了有许多地方涉及花草的事。自此以后，我便自以为是与花儿缔结了三生石畔的因缘，每当看到一种好花好草，都不免要留连忘返地欣赏一番，产生许多抚今思昔、望花兴叹的感念。自己认为，是能够理解花的，是能够窥见到花的美妙之处的。

这是最初的自我感觉。后来，仔细地思量思量，自己对于各种花的理解到底有多深，有多广，又不禁黯然自惭起来。各种名花奇葩的美究竟在哪里，它的情趣和韵味究竟表现在什么地方，却道不出个所以然来。有的，也是前人的评价、吟咏和赞叹。说起梅花，无非就是“梅须逊雪三分白，雪却输梅一段香”，“疏影横斜水清浅，暗香浮动月黄昏”；说起荷花，无非就是“接天莲叶无穷碧，映日荷花别样红”，“出淤泥而不染，濯清涟而不妖”；说起菊花，无非就是“采菊东篱下，悠然见南山”，“宁可枝头抱香死，何曾吹落北风中”，等等。那么，你自己对于花，对于这种美的生命，又观察到了什么，理解到了什么呢？除了前人的那些表述之外，恐怕确实是要等于零的了！说真格的，确实是像朱自清先生说的那样：只是“念了些看花的诗，才觉得看花颇有些意思”而已。

按道理来说，我们应当像法国作家法布尔写《昆虫记》那样，要用自己的眼睛去观察和认识那些小动物的生生息息，出出进进。可是我，却……

而今天，就在这众芳摇落、百花凋谢的时刻，我开始怀着试探的心情，想以拙钝的目光，下决心去寻找那花的灵魂、花的品格和花的美妙。直到这时，才在眼前的两盆蟹爪兰身上，看到了过去似曾相识但并未真正相识的此花的真善美；看到了过去像是看到但并未真的看到的此花的情韵。这正像霍姆斯在《早餐桌上的教授》中所说：“瞬间的洞察力，其价值有时相当于毕生的经验。”这一观察使我顿然感悟，这蟹爪兰的不同凡响之处，就在于造物主赐予了它以出类拔萃的优美形体和超凡脱俗的色彩情调。

婀娜多姿的二寸长筒状形的花，便是一篇完好无缺的美的宣言。初发时，在碧绿茎节的顶端泛起一片红色繁星；待到含苞时，已经是娇羞欲语、脉脉温情了，像是初露头角的小荷在吐露芬芳，努力地想把她们的美的召唤伸向所能达到的空间。后来，喇叭形状的花筒儿便层层打开了。每打开一层,便是一层美的新绽;层层打开,便是美的完善。那情景,真像是在绿云中间不断地点亮起一盏盏大红灯笼来,美不胜收,妙不可言。微微向上翘起的花瓣儿,就像张开翅膀的蝴蝶,正欲飞向那高远的蓝天。再看看花冠上伸出的长长花蕊,蜷曲得那么自然,那么可爱,就如同蝴蝶的银亮触须,只要望一眼,便会勾惹起人们无限缱绻缠绵的感情。

下面再说说那蟹爪兰的色彩情调。毫不夸张地说,它的确是独特的,敏感的,是百花众卉之中很少见到的。那一簇簇像是叶子的茎节,绿得比翡翠还要深沉;而花儿又是那样深红,红得如同血色丹霞。虽然娇艳,却很纯正;虽很浓重,却不纷杂。如果用爱情来比喻的话,它是属于那种纯情色调的爱。而且,不论是花还是茎叶,都闪动着质感的亮光,润泽出绸缎一般深厚的、亮丽的光彩。这证明,它的爱是深厚的,质朴的,是完全可以信赖的!

蟹爪兰还有一宗好处,便是花朵繁茂,花期长。一盆花最多时可开几百朵,在一个小小花盆里,简直挂满了数也数不清的大红灯笼。花期长达一个多月,我的两盆花错杂地开,因此花期将长达两个月,而且又是开在隆冬,是在万花凋谢、大地和天空都缺乏鲜妍颜色的时候,有它像一团火似的在你身边闪动,心头该有多么温暖啊!何况它又不像火焰那样闪烁不定,让人难以把握,而是久久地、娴静地呈现在你的面前,毫不回避地让你随意地去观赏,去抚爱,去和它说话,说着你想说而对别人又不便说的话。

以人来喻，我们喜欢的是，心地纯正、感情专一、能恒之以天长地久的爱；而对于花来说，蟹爪兰就完全具备了这种品格。

（原载2000年5月1日《文汇报》）

第三辑

百年夫妻重晚情

怎么做“少年夫妻老来伴”

请允许我用俄国启蒙作家车尔尼雪夫斯基的一部著名小说《怎么做》(也有翻译为《做什么》)的标题,来做我的文章标题的主语,因为他用人性化的观点来解读人生,告诉人们应当怎样生活。据说,列宁很喜欢这本书。

《怎么做》是在婚姻、恋爱、家庭的层面上揭示人生、解读生活的,我也想从这个层面说说我的感悟。一般地来说,人到了老年都有自己的感悟,不过有深有浅而已。我的感悟,无疑是属于浅层次的,只是想学着那位名人也从人性化的角度,来审视一下我的人生,也许,它会对人们产生一点新意,没准对你也有一点什么启迪。

夫妻,既是生活的结合点,也是生命的结合点。人过中年,特别是进入到老年之后,回首往事,想想两个凭空来到世间的人,这样紧密地契合在一起,甘苦与共、风雨同舟几十年,这是多么大的缘份呀!若不是冥冥之中有天作之合的奇遇,哪得会有这个福份!戏词里唱的那两句“百年修得同船渡,千年修得共枕眠”,真是太刻骨铭心,太逼近人的性情了!所以我说,过了金婚,乃至于钻石婚和水晶婚的人们，好好地珍惜这比金子还珍贵的老来伴的夫妻生活吧！

“少年夫妻老来伴”，这是中国老话中最朴素不过的一句话了。没到老年的人，是很难体会到其中的深厚意味的。歌德说过：“人的一生中，每一个十年，都有着各自不同的幸运、希望和渴求。”感情的青春、奋斗的中年、思考的晚年，自有它各自不同的幸运、希望和渴求，自有着它各自不同的生活内容和生活方式。夫妻生活是生活的一个重要方面，自然也会随着十年一转换的年轮而转换着。

青春的帆船上，总是满载着感情与浪漫。那爱恋的追求，会让感情的火炽烈地燃烧，而夫妻的结合，则是让炽烈燃烧的感情变得更为牢固。因为，用婚姻的红线牵绊起来的夫妻，已变成生命的胶合，使炽烈的感情变得更为纯洁、神圣，含有了理念上的、理性上的因子。它既是心心相许，又是心心相印，相印得已不在那朝朝暮暮上了。夫妻，使爱的感情得到了升华。

而奋斗的中年，则需要的是更多的支撑、互助、理解与信托，需要有患难相扶、同舟共济的伙伴与战友的感情，甚至需要有甘愿做人梯、人墙的奉献精神。在茫茫人海中，谁能最无私、最心甘情愿地做出这种奉献呢？最能够靠得住的，只有夫妻了。当然，古往今来，自有诸多方面的患难之交与生死之交的知心朋友，但夫妻总是另一个意义上的相助相扶。因为他们是如出一体的同呼吸，等同自身的共命运，受奉献的不是他人，而是自身的另一半。所以人们常说，“每一个成功的男人身后，总站有一个伟大的女性”；反过来说也是一样，“每一个成功的女人身后，也总站有一个甘心奉献的男性。”

人到老年，疾风暴雨的日月已经基本上度过了，生命的航船已开进了一个宁静的港湾。而越是在宁静悠闲的深处，越是需要有一个伴侣，就像白居易说的，“每因暂出常思伴，安居岂可不择邻？”夫妻相处，不是比暂出与邻居更为血肉相连、攸切相关的吗？谁能够与你朝夕相处，不论是花好月圆之时，还是风雨如晦之际。没有人能够胜过自己的老伴。老伴，老伴，走向金婚和已进入金婚之后的老伴，真是比金子还珍贵呀！难怪李商隐说：“天意怜幽草，人间重晚晴”。珍重这份晚晴吧！

最后，我想给所有的老年朋友奉献一句话：老年时也要像青年时一样，高高兴兴地生活！青年，好比百灵鸟，有他的晨歌；老年，好比夜莺，也有他的夜曲，应当充分地相信，也同样会十分地优美动听，耐人品味，特别是当你与老伴携手同行的时候。这句话的前半句，是歌德说的，后半句是我加的。

（原载2010年第1期《老人世界》）

我和老伴千步走

前两个月总是雾霾天气，空气污染严重，一个星期里只有一两天是空气质量良好，余下的四五天，PM2.5指数都在100–200或200–300之间，有时甚至高达500和700。电视广播中总在提示，老人和小孩易感人群尽量减少户外活动。我们这些身为老年的人该怎么办呢？难道一天到晚总坐在沙发上看电视吗？在无可奈何之中，我不由得想起古今两位贤人的故事来：一位是古代的陶侃搬砖，一位是现代的马寅初数豆。

陶侃搬砖故事，还是我小时候在《自修》课本里学到的。说东晋时候的陶侃做官很忙碌，但他仍然不忘锻炼身体，日间忙于公务，没有闲暇工夫，于是便在自家屋内放了一摞子方砖，利用一早一晚的时间，把那些砖头从屋子这边搬至屋子那边，无论冬夏，也无论是刮风下雨，从不间断。所以，他的身板一直很硬朗。

马寅初数豆，是我在采访他时，他和他的子女亲口对我讲的，当时我就深受感动，所以一直也没有忘记。马老说，他到了九十来岁时，下半身子开始有些瘫痪，走动十分困难，但他生性倔强，不肯向病魔低头，总是与命运做顽强的抗争，于是每天都要坚持锻炼，从不松懈。他行动不便，于是便围着一张桌子走，一边用手扶着桌子，一边迈动艰难竭蹶的步子，走一圈差不多就要流一身汗。但他从不因此而停下来，总是要咬着牙坚持下去。他自己给自己定下了个目标，一定要走过五圈，方肯罢休。为了记住五圈这个数目，他在自己口袋里装了五个豆子。走过一圈，便掏出一个豆子，等到口袋里的豆子都掏光了，这五圈的任务也就完成了。人们都知道，他一直活到百岁。

古今贤人都能做到户内运动，我们何妨不去仿效呢。再说今天的屋内条件都比过去好，远不必去搬那些砖头子了。于是我便与老伴坚持在户内运动，空气质量好时再走出户外。开始时，老伴在屋子里走，我在走廊里打太极拳。后来，因为走廊里总是有人出来进去，动作起来很不方便，于是我便也退缩到了屋内，与老伴一起做千步走。

怎么个千步走呢？就是从屋子的这一头走到屋子那一头。我们没有采用马老数豆子的方法，为了简便行事，就掐手指头记数。走过一个来回，就屈一个指头，等把两只手的指头都弯曲下来，变成了两个拳头时，那就是十个来回了。然后，再把十个指头一一地松开，等到双拳又变成了两手时，便又是十个来回。前后两个十回加起来，就是整整的一千步。一个上午的千步行走下来了，虽然没有通身是汗，但是身上也微微有些津液，身子骨和呼吸道都觉得轻松多了，畅快多了。下午三四点钟之后，再来这么一次千步走，于是又有那么一点微汗。这样一来，饭吃得香了，觉也睡得好了，感到屋内运动也不比户外运动差。

老夫妻两个这么一个千步走，也可以说是“身心双健”。

我觉得印度诗人泰戈尔的一句话说得很好：“如果错过了太阳你流了泪，那么你也要错过群星的。”

（原载2013年第6期《新天地》）

百年夫妻重晚情

去年，单位组织一些离休老干部环游雁栖湖，面对着有限青山、无边风月，我即兴地赋了一首诗：

湖山有约述平生，渔歌晚唱夕阳红。
携手并立黄昏下，百年夫妻重晚晴。

人们常说，爱情之花是需要不断地培植与浇灌的，许多人都以为这只是指少年夫妻而言的，老年夫妻已是生成的骨头长成的肉了，已经耳鬓厮磨了一辈子了，还有什么培植与浇灌之事呢？于是乎，一对老夫妻不是相对默默，便是聒噪絮叨，久而久之，爱情之花也就日渐枯萎起来，生活上没得了一点情趣。因此我说，越是到了晚年，夫妻之间的感情越是要精心地培植，这样才能使黄昏时节也能享受到生活的温馨与甜蜜，而且越是到了老年越有滋味。

春节期间，我们留苏的老同学举行了一次年会，盛中国学长在给大家演奏小提琴协奏曲时，满怀着倾诉不尽的激情说："我们都曾有过激情燃烧的岁月，现在头发虽然都白了，都把青春献给了祖国的有益事业；但是，我们今天仍然是人老心不老，仍然要把内心里的激情燃烧起来！”听到他的讲话，会场上一片欢快的笑声。我望了望坐在身旁的老伴，互相对视了一下，都会意地抿然一笑。因此，我常对人们说，而更多的时候是对自己的老伴说，人生就是要“百年夫妻重晚晴！”

我和老伴之间的晚情，是怎样培植的呢？主要是在继续燃烧余热的激情中培植起来的。我看报上介绍百岁老人黄苗子，他在临终前毫无遗憾地说：“我要做的事情都做完了。”回过头来想想，我们每一个人退休下来之后，总会有些事情本来要做而没有做完。更何况有许多事情，在岗位上的时候因为有行政工作负担，腾不开手来精心去做；现在好了，无官一身轻，反倒有了足够的时间，足够的清闲，让你静下心来精雕细刻地去做。拿我来说吧，我在少年时期便有过一个志向：想把失传了三百余年的“十大才子书”，从浩如烟海的古籍中搜索出来，编纂辑校出来，然后作为一套系列丛书奉献给广大读者。让世人都知道，我国除了有“四大名著”之外，还有“十大才子书”一宗瑰宝。

老伴退休前，原来就是搞编辑工作的，她支持我的建议，于是两个退休老人，便不避酷暑严寒，顶风冒雨地奔走于北京各大图书馆之间。根据我多少年来认知得到的一点点零星线索，每天在浩瀚书海中去查找那早已湮没在岁月风尘之中的所谓“十大才子书”。那时候，还没有现在如此完备的电子检索系统，只能翻看那一盒子一盒子的卡片，借以由一而推引到二，由已知推引到未知，用了将近两年的时间，才算把那十大才子书的名字，顺序地排列出来。

书名是排列出来了，但有些书却是借不出来的，也不准翻印，只能抄。图书管理员说："这是国宝，必须完好地保存！"他说的，自然是有道理的。因此，抄写时不能用钢笔和圆珠笔，他们很怕你滴上钢笔水给弄脏了，只能用图书馆里专门预备下的铅笔。你想呀，那一部部的厚书，再加上金圣叹、毛宗岗等人的批注，该有多少万字呀！你都得一个字一个字地抄。抄写完了，还得一遍又一遍地校对。于是，老两口子便你搀扶着我，我搀扶着你（因为我俩都患有关节炎），一天两三遍地攀登那陡峭的楼梯。

图书馆里不准吃东西，据说是掉落食渣会招引来虫子，损害图书。而我们中午时候，又舍不得耗费太多时间去附近饭馆里吃饭，只好将早晨带来的食品——两个面包和一瓶矿泉水，拿到楼外树荫底下，依靠着木墩和石凳，匆匆忙忙地把饭吃完，然后又返回阅览室里继续抄写。

暑假里，在大学里攻读历史的外孙子得空，也自动地参加到我们的行列里来，于是祖孙三口，都去到图书馆里挥汗如雨，日复一日地去做那枯燥无味的事。真得感谢图书馆的同志，不知磨尽了他们多少支铅笔，可他们总是有充分的爱心，把磨秃了的铅笔，不断地给你削出来。

还得感谢医院里的大夫，我的手指磨出了个囊肿，他们除了精心地做了切除手术之外，还给我找了个比较安静一点的房间，让我得以在养伤时候也可以捣腾那些方块字。多情的老伴，每天都到医院里来看我,她的情义最让我动心的,不是每次都携带些我最喜爱吃的东西来,而是她能够代替我的手,记录下我事前已经拟好了的《编者的话》。本来我是打算用左手写出来的,可是写了一段之后,连自己也看不清楚写的是啥。无疑,又是老伴帮了我的大忙。

书出版了,许多媒体都做了评价和报道,有的还说,“填补了中国文学史上三百年来的一段空白”。说是那么说,实际上也没啥。不过是,下一点苦工夫而已。后来,电视台的同志知道了,在《夕阳红》栏目里给做了一个专题节目。说实在的,看着屏幕上那对白发苍苍的老夫妻,还扮演着那几近乎才子佳人的角色,真是羞死人了!不过,也有人出来勉慰地说:“夕阳红,就是夕阳红嘛!夕阳是迟到的爱,夕阳是晚天上的虹……”话虽那么说,心里边到底是有些不好意思!不过,后来又有些地方电视台,也不远千里地找上门来,又重版制作了一套类似的节目。

后来,我更加清楚地认识到了,夕阳红的晚情,尤其是需要精心地呵护和不间断地培植的。只有如此,它的坚贞和热情才能永不减退。于是,我们又联手地编辑出版了《古文真正观止》、《华夏千古文化精品选粹》、《中国古代诗文精读丛书》……

我们的年龄越来越老了,但我们的感情却丝毫没有减退,细思这份晚情的培植,便是在那余热的不断燃烧过程中。

(原载2009年第10期《中国老年》)

“走进”与“走出”孩子天地

越到老年，越是陷进到孩子的天地里。回首一望，不独是我，身边的几个老友也皆都是如此。某个老友是某大医院里的外科主任，现如今，却把手术刀换成了孙子的削铅笔刀，而其紧张程度丝毫也不比过去差。他退休后，不用上下班，每天却要按时准点地去接送孙子。每天要早早起来，和老伴两个照顾孙子起床、刷牙、洗脸、吃早点，然后陪着孙子乘地铁，穿过整个北京城区去赶赴学校。下午四点，又是如此，从城东头到城西头往返不下几十公里。回家后，又是一番琐琐碎碎，以孙子为中心忙活，直到孩子睡下为止。由过去围着手术台转，变成今天的围着孙子转。

遗憾的是，我也像老友一样每天围着孙子转，但也不知怎的，却怎么也走不进今天孩子的天地里。为什么呢？我反复地思索过后才发现，今天的孩子生活圈子实在是太狭窄了！更要命的是，多数孩子都生活在一个以“我”为中心的圈子里。由于是独生子女，家中自有爷爷、奶奶、外公、外婆一大群人围着转，犹如饲养宠物一样，事事顺应着他，让他事事都不用自己动手（除了做作业之外）；

再加上电视剧里不切实际的宣传引导，让这个以“我”为中心的圈子越来越牢固。

我为孩子们讲小时候是怎样在念书时还要帮助家里做农活，甚至满怀兴趣地为他们读《爱的教育》，但他们听了却一片茫然。我讲自己在读小学二年级的时候，每天都是自己走十多里山路去上学。他们都说这是怪事。我讲我在儿童团里的事情：一边上课一边站岗放哨，他们都笑说：“那是啥年月的事情了！”我越是想走进孩子的天地，越是感到隔阂与距离，而这不只是年龄上的，更多的是生活方式、思想观念上的。

是啊，时代不同了，孩子天地里的内容与从前是大不一样了。是不应当用当年的生活方式和思想观念去约束今天的孩子们，但是，却无论如何也要想法子把孩子从以“我”为中心的圈子里引领出来，我深深地感觉到，不然的话对于孩子的成长确实是不利的。因为，当他们随着年龄的增长，这个圈子的半径必然会随之而不断地增大，划到他生活圈子里的人与事也将越来越多。在原来那个狭小的圈子内人人皆依他、事事皆顺他的情况自然会越来越少。这样，他那个以我为中心的圈子也就划不成了。他就会觉得事事不如愿，处处不能适应。在这种情况下，性格懦弱者便会变得忧郁内缩，封闭自我；骄横者就会粗暴鲁莽，越格的事情难免时有发生。

如此一想，今日孩子的生活圈子缩小，也还是跟我们这些一天到晚围绕着孩子转的老家伙们有关系。谁让你事无巨细地把应该由他们自己做的事情，都包揽下来呢？现今最重要的是，要让他们破除自我的小圈子，尽早地接近人群，融入集体，调整好自己在人际关系中的位子。这不仅需要家庭中父亲、母亲、外公、外婆们的引导,也需要社会的共同努力。

几天前,有一件事情就叫我喜不自胜。在陶然亭公园里,看到老师引领一些孩子们拿着采访卡片,正在有礼貌地做社会调查。采访调查,人际交往,是使他们走向生活,走向大的人际圈子里的一种方法,当然不是惟一的方法,它们可以促进他们产生观念互换,思想交流。很容易把孩子们从那个以"我"为中心的小圈子里引领出来。

我希望老师们能多为孩子组织这一类的活动,也希望我们这些老家伙们能够多放开一些,别把孩子封闭在以"我"为中心的小圈子里,也别把自己封闭在孙子和孙女的小圈子里,要想法子走进、走出孩子的天地。

(原载2006年第1期《老人天地》)

第四辑

我的家在东北松花江上

巍峨长白山

我国明代著名地理学家徐霞客曾对天下名山做过综合性的评述说:“五岳归来不看山,黄山归来不看岳。”遗憾的是,由于当时历史、交通等条件的限制,徐霞客没有能够出塞去到古肃慎、扶余之国,不然他会改称:“惟长白山绮丽奇绝甲天下!”

各位爱山的朋友,我这样说,千万不要以为我是出于个人的偏私与偏见。不,绝对不是!我说长白山奇绝甲天下,是有充分理由的。

首先,就说它的高吧,长白山主峰白云峰海拔2691米,是我国东北部的众山之首。就以闻名遐迩、早为人们称颂乐道的三山、五岳来说吧,没有哪一个能够赶得上它的。衡山不过1290米,嵩山不过1449米,号称五岳之首的泰山,也不过1524米,华山也只有1997米,五岳之中最高的是恒山,也不过2017米。其他的名山,黄山不过1814米,庐山不过1474米,武当山不过1612米,较之长白山均差得很远。因此,人们只有登到长白山上,才能真正像杜甫诗中所说的那样“一览众山小”哩!

其次，值得特别提出的是，长白山顶上的天池。我国以“天池”命名的高山湖泊有十五座，而面积最大、湖水最深的，则顶属长白山天池。它南北长4.85公里，东西宽3.35公里，总面积达9.82平方公里，比我国第二个高山湖泊新疆“天山天池”，大出一倍多。

而一山能够成为三江之源头，这在世界上也是罕见的。古人云：“渊远而流长”，长白山正因为山顶上有如此深而且广、藏水量如此之多的天池，又加上长白山区降水量非常之大，所以，才有积水源源不绝地从山顶上倾泻下来，使我国东北部的三条大江——松花江、鸭绿江、图们江，皆都源出于此处。请想一想，当年八路军的战歌“巍巍长白山，滔滔鸭绿江，收复失地逐强梁”；还有中国人民志愿军的战歌“雄赳赳，气昂昂，跨过鸭绿江”，唱得多么响亮，多么激动人心呀！

更为珍稀的是，长白山有着国内仅有、世界上也很少见的植被垂直分布带。因此，早在二十世纪七十年代末，他便被联合国教科文组织确认为需要重点保护的“人与生物圈”的活标本。

当你乘车向山上行驶，海拔尚在550米以下时，车窗外面映入眼帘的，是一些白桦、青杨、榆、柞、楸、槐、槭、椴等阔叶树。这在学名上，称之为蒙古栎林带，即阔叶林带。当车行进到600米以上时情况就变了，这时你就会发现在那些阔叶树中间，又杂生着许多红松、落叶松等针叶树，学名称之为红松阔叶混交林带，即针阔混交林带。而当车行至1150米以上，你又会看到另外一种完全不同的景象，那种枝繁叶茂的各类树木混杂丛生的森林，忽地变成了清一色的针叶树了。那些杨、柞、榆、槐、椴，一棵也不见了，都让位与高大的云杉、冷杉。在这些树的巨人身上，大都披有青绿色的苔衣，一缕缕地挂在苍苍郁郁的枝头上，像是老树公公颌下生满的绿胡须；又像身材高大的冷杉皇后身上披挂着一缕缕鸭青色的绿丝绒飘带，这就是学名称之为云冷杉林带，简称针叶林带。

而当车行至1700米以上时，你又会发现，松、杉等高大树木也突然绝迹了，呈现在眼前的，是一些只有几米高的、被称为高山岳桦的低矮乔木。它们密密麻麻地丛生在陡峭的山坡上，高山上强劲的北风吹得它们一律向东南倾斜，七歪八扭，有的像蟠龙似的横奔斜驰，有的竟像蟒蛇似的盘旋起来，简直是一个惊人的神奇王国。这便是高山岳桦林带。而当车行至2000米以上，便又从岳桦林带走出，像变魔术似的，一棵树木也不见了，眼前是一望无际的坦荡荡的苔原。

这里的山地犹如铺上了一层厚厚实实的绿色大地毯，人走上面，喧腾腾、颤巍巍的，好像是走在海绵上面，让人产生一种似在仙国里一般的感觉，这便是高山苔原带。在这里，由于山高风大，高大植物难以生长，因而也只长些植株矮小、一般只在20厘米以下的小灌木，它们又与苔藓、地衣等低等植物结合成群落结构，这样，便为高山铺盖上这块天然保护层的绿色衣被。这种为高山顶部铺盖绿色衣被的自然现象，是自然界中很难得见的一种景观，不仅中国少有(在青藏高原的高山顶上，大都是高山草甸子)，在世界也很少见，因此，引来许多国内外植物学家专门来研究这里的植被，准备揭开高山地衣之谜。

这片地衣的价值实在是太大了，如果说长白山是个大美人，这苔原便是美人颈上的绿宝石。长白山之所以至今郁郁葱葱，没有一点风化裸露之迹，全仗这块绿色地衣保护。如果没有这块地衣，高山上长年强风劲吹，暴雨狂淋，山顶上的水土流失早将下边的林木给冲毁了，三江之水源也早就干涸了。

当车再向上行驶，行至2500米以上时，便到了高山荒漠地带。这里没有地衣覆盖，但也并不荒漠。你低头细看，在颗粒大小不一的砂砾与火山灰上，也还零零星星地开着一些红、黄、蓝、白的小花，其中有红景天、高山罂粟、牛皮杜鹃、毛毡杜鹃、笃斯越桔、松毛翠等低矮植物。因为高山顶上无霜期极短，因此这些花草必须在短短时间内开花结果，完成全部生命过程，否则便会被大自然所淘汰，因此在七、八月间，遍地花开，五彩缤纷，非常艳丽。像这样的景观在其他地方，也是很难见到的。

长白山风光秀美，景色迷人，山势高大，林海茫茫，藏龙卧虎，水远山长，有着许许多多神秘奇幻的景点，既让人惊心动魄，荡气回肠，又让人产生无穷回味，联翩遐想；而那清秀妩媚之处，又让人心旷神怡，飘飘欲仙，身临其境，犹如置身于仙国之中。

说起长白山之美，毫无疑问就要首推天池了。它真是美丽极了，深深地凝聚着周围群峰的绿意，像一坛青梅煮酒，望一眼都让人心醉。长白山顶的气象变化很快，一会儿晴光潋滟，山水通明，天光和云影都倒映在那一泓孔雀蓝色的湖水里；一会儿从对面峰峦上泻下一团烟云，扑的一下子就把山和水都围裹在灰茫茫的五里雾中。再过一会儿，像有一只巨手又揭开了大自然的帷幕，把山青水绿的优美景色又和盘托出。面对这样奇妙的景色，人们便给天池编了许多优美动人的传说。有一段神话说：天池本是九天仙女梳妆台上的一面镜子，是玉皇大帝赐给他的亲生女儿的。仙女每天对着这面镜子梳洗打扮，使天国也要为之绚丽生辉。不成想有一天，仙女正在披着朝霞浴着晨风梳理发髻时，忽然一失手将镜子跌落尘埃，她正要俯身拾起时，镜子竟然化作高山顶上的一湾湖泊。从此之后，仙女因为没有镜子梳妆打扮，只好每天早晨站在云端上窥望天池。水面上的云影，就是仙女的羽衣霓裳；晶莹的波光，就是仙女含睇流眄的目光。因怕凡人看见仙子的面庞，故而湖面上经常飘忽烟云冷雾，遮挡住许多贪心人的眼睛。

湖水是极清的。有人将一枚小小的硬币投到二十几米深靠近岸边的湖底，但一眼就能看到。因此有人作诗曰："请君若到天池畔，务将银壶灌水来。"你如果到了天池之畔，用水瓶或水壶灌上一瓶天池水带回去分赠给亲友品尝，那也将是一份极为珍贵的礼物。

当年火山爆发时，有几百亿吨的岩浆从地心里喷吐出来，全都堆积在当时的火山口、今日的天池畔的四周，这便形成了环堵在天池四壁的十六座奇峰。它们依肩并立，珠联璧合，都如同青铜宝剑似的锋锷犀利，直刺云天，俨然十六个金盔银甲的勇士，守护着那湾很怕为人沾染的碧清湖水。

这十六座山峰个个挺拔危峙，气势磅礴，云崖绝，怪石崚嶒，千姿百态，气象万千，绝不让于黄山的峰奇岭峻，峨眉山的峭拔纵横，且都拥簇在一处，实为观山的最佳境地。

在这十六座山峰中，有一座山名曰天豁峰。山峰的形状十分奇特，从前曾有人形容其状曰："峰起双尖，中辟一线，有豁然开朗、令人不可思议之趣，故而名之。"天豁峰中间这一道缝隙，相传也是大禹治水时用开山斧劈出来的。此处峰石多呈赤褐色，远处望去霞光瑞气，不同凡响。山上多巨石，有名驼峰石的，有名雨燕石的，有名黑熊背朝天石的，而其中最大的，名字便叫"补天石"。曹雪芹写《红楼梦》时，即根据这块石头而联想到女娲补天炼石三万六千五百零一块，单单剩下此石一块未用，弃之在青埂峰下，因为不得入选而自怨自愧，遂日夜悲哀。

在长白山西侧锦江河畔的原始密林中，深藏着一条神秘奇绝的大峡谷。因为藏之很深，一直未为人所识，直到近年才被发现。一经发现，立即震惊宇内，因为就其规模、气势和景观来说，绝不亚于美国科罗拉多大峡谷，中央电视台曾多次派人乘坐直升飞机深入到峡谷里面拍摄，制作专题节目在中央台播出。此谷有百余里长，均趋行于茂密的原始森林之中。不经专人引导，是绝难走近它的跟前的。

峡谷深邃，站在崖上探头下望，不见其底。谷内巉岩危迭，断壁怒突，怪石空悬，奇峰联袂而立。在峭壁怪石中间，丛生着苍松翠柏，古藤老槐，千年灵芝，百年瑞草，涧苑仙葩，瑶林名卉，景观壮丽秀绝，美不胜收。它较之美国那光秃秃的红岩裸露的科罗拉多大峡谷，另有一番别开生面的情趣。到长白山旅游的人，如果不到锦江大峡谷一观，实在是终生难以挽回的遗憾。因此，你要想尽情享受纯天然，想要返朴归真地回到大自然的怀抱，想在原始生态环境里体验人与生物自然圈的依存关系,想在茂密大森林里充分地呼吸负氧离子,我劝告你,最好的地方莫过于到长白山来了!

(原载1980年第5期《中学生》,
编入中国经济出版社《长白山——神话的王国》)

我爱林奈草

人们都称他为“白山老人”。

我第一次见到他，是在长白山温泉之侧。当时他正匍匐在草丛中，将头深深地俯到地面上去寻找，像一个悭吝人在旷野中寻觅不知什么时候遗失了的金子。难以想象，一个六十多岁的老人，还那样地执著、迷恋、渴望和痴情，带着度数很深的老花镜，一棵草一棵草地翻拨着，整日整日地在那苍莽无际的榛棵草莱之中。他日复一日，风雨无阻，已把生命融入到长白山上，化成了山的风骨，山的精魂，山的标志，山上一道闪光的风景线。人们路经此地都满怀敬意地望着他，就像望见名山顶上一位虔心修炼的圣洁隐士。

终于有一天，老人走下山来，手里擎着一棵草，嘴里呢喃地说道：“终于找到它了！找到了！”人们接过来看，原来是一棵三寸多长的青草，在椭圆形的叶子上面顶着一个孢子囊，形状很像个插花瓶子，玲珑剔透，精巧可爱。老人又珍贵地将草接过来说：“它叫瓶儿小草，是世界上少见的稀有植物，过去我在加拿大见过，学名叫加拿大山茱萸，只生长在含硫较高的温泉附近。长白山的地理条件与加拿大差不多，我断定这里也一定会有，虽然，东北林学院的师生在这里找了三年也没找到，但我相信……”

老人是中国科学院森林土壤研究所森林生态研究室主任王战教授，自从中国与联合国教科文组织协议在长白山建立“人与生物圈”自然保护区以来，他又担任了长白山森林生态系统定位站的学术研究负责人。每年夏秋两季，他都奔忙在长白山深山密林里，足迹遍于每一个峰岭沟壑。他这样栉风沐雨、痴迷不悟地寻找的，又岂止是一个瓶儿小草。他的老师刘慎谔教授根据植物分类学的推断，长白山上应当有偃松这种名贵的树，但是教授穷尽了毕生精力找了几十年也没找到。老植物学家死不瞑目，在临终前将遗愿嘱托给自己的学生。王战教授接过这份科学遗嘱，踏遍了长白山的万顷青山，终于把偃松找到。此事，在中外林学界中引起了很大的震动。

长白山是生物资源和生物基因库资源都极为丰富的山区，有着许多珍稀名贵的植物，因而，素有天然药材库的美称。王战教授深究长白山上的每一种花草、每一种树木，耗尽半生之力地考定下来，山上共有一千五百多种高等植物，他亲自做过生态考察和标本采制的，就有一千三百余种。山上许多很有价值的植物，例如刺五加、草苁蓉、牛皮杜鹃、长白瑞香、三尖九叶草等，从前没有人认识，都被当作闲花野草弃之一旁，是王战教授指出它们的使用价值，告诉人们，它们的价值原不在关东三宝人参、貂皮、乌拉草之下。就说那长白瑞香吧，虽然结的果只有高粱米粒般大小，但吞下一颗就会叫你浑身发烧，吃下两颗便会燥得你晚上睡不着觉。无疑，开发出来对于冬季野外作业的人是大有好处的。再说那三尖九叶草吧，内含一种神奇的兴奋剂，山羊和兔子吃了会莫名其妙地在草地上跳舞的。不言而喻，长白山人得益于王战教授的地方，是无法估量的。

他拥有对大自然所认知的一切，但却还在孜孜不倦地去认知，用他那永远不知疲倦和日渐衰老的身躯，在森林草莽之中风雨无阻地去寻找；在紧锁无穷奥妙的长白山上熬尽心血地细心谛听，谛听着大自然所发出的每一声呼吸。他不遗一漏地辛勤采撷着，采撷山上成千上万种说不出名字的花草树木种子。因此我说，他是世上最富有的人。当然，我说的是精神财富，不是通常意义上的金银财宝。

不管天空中怎样电闪雷鸣，风云变幻；不管大地上怎样陵谷交替，冰冻雪消，他总是痴迷不悟地在密密林海中挖掘，在崇山峻岭中探索，在同大自然频频地进行信息交流，破译着大自然诉说的许多人们听也听不懂的话，描绘着人们看也看不见的各种植物生命钟的摆动轨迹。因此，我说他是一个背负得最多最重的人。当然，他包袱里装着的不是通常的器皿什物，而是宝贵的知识。

但是有一次，我当着客人的面，当着他的学生兼助手的面问他，在世上这么多花草树木中间，你最爱的是哪一种？我这样问，是因为我感到他就是众多花草树木中的守护神，是他用知识和汗水呵护着山上的一草一木。但他听了，只是淡淡地一笑，说："大自然中的一切花草树木我都爱，但我最喜爱的是林奈草。"我看看客人，看看他的助手，人们的脸上都显露出崇敬、思慕、美感和圣洁的心灵反映。

学过生物学的人，都知道林奈这个名字。二百年前，瑞典的这位大生物学家在编写《植物志》时，给每一种植物都定下一个学名。有人劝他，你也用自己的名字给一种植物命名吧，以作为永久的纪念。他先是不肯，后来禁不住众人劝说，才对山林中一种最小最小的草，冠上自己的名字。一种平凡中的伟大，谦逊中的崇高，都浸透在那棵极不显眼的小草身上。今天，人们面对着那样纷纭庞杂的植物界仍然使用林奈的科学命名时，很少有人注意到林中那棵极不显眼的林奈草。

"我爱林奈草！"老人面对幽蓝纯净的天池，合上眼睛再一次地重复说。

最近，有从长白山上下来的人告诉我说，白山老人在去年冬天病逝了，我听了很是震动，心里荡起万顷的思恋之波。我久久地思念着这位已与地上生物永远合而为一的学者，一位长白山上智慧圣洁的长者，他的身影一直在我眼前闪现。我知道，他不论是活着还是死去，即使是已经飞往那浩渺太空中的火星国里，他仍然会日以继夜地在那里追求、寻觅、探索、挖掘，仍然三百六十五天瞪大眼睛观察花草树木的一枯一荣、繁衍更替，他仍在风雨无阻地栖身于林海草莽之中，在寻找瓶儿小草、三尖九叶草，以及许许多多说不出名字的小草。

这种探索和追求的精神是永存的。而他的这种永存的探索精神，便来自于像林奈那样的永不满足的伟大谦逊中。

（原载2001年5月3日《文汇报》，
编入文汇出版社《卧听风雨》）

挖野蒜

“小根菜，大脑袋瓜儿。有人吃，没人挖！”

在我们老家长白山里，人们都管野蒜叫小根菜。人们都喜欢这种山野菜，喜欢它那像嫩韭菜般细小叶子下面藏着的指甲大小的蒜头。孩子们一边挖野蒜，一边唱着那儿歌：“小根菜，大脑袋瓜儿。有人吃，没人挖！”那股喜气洋洋的劲儿，就像赶野台子戏似的。

说起挖野菜的儿歌，记得还有好多首，好像每一种山野菜，都有一首儿歌。采蕨菜时唱：“薇菜短，猴腿长，牛毛广伸出鸭巴掌。”采苦苦菜时唱：“苦苦菜，开黄花，十八岁的姑娘找婆家！”还有一种野菜叫走马芹，样子长得玲珑可爱，但是毒性却很大。挖菜时很怕误采了它，因此也唱着儿歌互相提醒着：“走马芹，药死人。药死丫头不要紧，药死小子活坑人！”里边虽有重男轻女的意思，但那些小姑娘们唱得更欢；也许，她们根本不知道其中的人生苦涩。

长白山里的野菜很多，听说有上千种，但在我的记忆里，最受人欢迎的就要算那野蒜了。这种野菜味道鲜美。似蒜，但没有蒜那么辣；似葱，但没有葱那么荤。既可生吃，也可熟吃。生吃，可以用盐渍，也可以蘸酱；熟吃，可以炒，也可以做汤。而在我家里，最多的吃法是用野蒜炒豆腐。豆腐本来很香，用野蒜来陪衬，就更增添了香鲜味道。好在东北大豆多，豆腐一般人家还都吃得起，所谓“贵人吃贵物，穷人吃豆腐”嘛！

野蒜招人喜爱还有一个原因，就是它生得早。刚一开春，冰雪稍微融化，江河里还流淌着夹带着冰凌块的“桃花水”时，苏醒了的土地上就长出绿茸茸的野蒜苗苗了。挖野蒜时，孩子们都很兴奋。长长的冬天终于过去了！整整一冬天，北国的严寒把孩子们都禁锢在狭小的屋子里。长白山风雪特别地大，风雪天连大人都不敢出门，嫩芽子们自然更是不会放出去的了。真像人们唱的那样：“三九、四九，在家死守！”现在好了，春天到了，大家都可以从死守的小屋子里走出来，孩子们就像刚飞出笼子的小鸟，冲着蓝天、冲着白云，扑愣愣地扇动着稚嫩的翅膀，别提心情有多舒畅了！何况，这时山脚下的泥土中又钻出那么多绿茸茸的嫩苗苗，每根嫩苗苗底下都像变魔术似的藏着一个小蒜头。孩子们一手提着小筐，一手握着小锄或小铲，东一下西一下地寻挖着埋藏在地下的“宝贝疙瘩”。

傍晚，太阳落山了，林梢上的晚霞像火一般地鲜亮。孩子们提着小筐，握着小锄、小铲，又说又笑地从山坡上走下来，高高兴兴地返回家去。路上，免不了要互相查看和比较一下，看看谁的篮子里的野蒜最多。挖得最多的人，自然是很得意的，心里就像王军霞、伏明霞捧来世界冠军奖杯似的。

春天来了！春天真好！孩子们像刚出笼的小鸟似的，一边蹦跳着，一边高声唱着儿歌："冰河开、大雁回，春暖花开谁怕谁……"

（原载1998年7月3日《中国食品报》）

采 蕨 菜

蕨菜有好多种，山里人根据它们的形状和味道，分别给它们起了些很形象的土名，诸如“猴腿”（茎部簇生着金丝猴颜色的茸毛）、“牛毛广”（有牛毛似的细叶）、“野豌豆”（叶片上有小小的绿豆粒）、“拳头菜”（茎的顶端握成小儿拳头状）等等。

我的家住在长白山里。山里人穷苦，在日本鬼子统治时期，更是衣不遮体，食不果腹。打下的粮食都被日本人征走了，中国人只准吃糙粮，吃大米就被定罪为“经济犯”。当糙粮也吃不上时，人们只好到山上去采食野菜。长白山上草木繁茂，可食的山野菜甚多。其中，蕨菜是最为主要的，一则好采，漫山遍野都是，一棵接一棵，不一会儿便可盈筐；另一则就是出货，不用掐头去尾，从茎到叶整体可食，一煮就是一大锅，既可当菜，又可当饭。虽然蕨菜的味道不甚好，有一些苦涩味儿，但是，穷苦人吃点苦，已是习以为常的事了。

最苦的日子，是在抗日战争最后的那两年。日本发动太平洋战争已将自己折腾得山穷水尽，几乎耗尽了全部物资，最后连军粮供应也捉襟见肘了。于是，便强迫山里人不分大人小孩，统统上山去给“皇军”采山葡萄和蕨菜。穷苦人自家里吃糠咽菜还不算，还要饿着肚皮去给日本人采蕨菜。记得当时，我们小学校里的学生，全都被拉到山沟沟里去采蕨菜。一班一个宿营地，带着干粮，夜里就住在看守庄稼人住的窝棚里。蕨菜采得堆积如山，被一车车地运走，而孩子们却被拖累得像烧焦了的土拨鼠似的。

最难忘的是，一天中午，劳动了多半天的孩子们又饿又累地围坐在篝火堆前，烧烤着自己带去的干粮。忽然，我觉得脸上冰凉，有一个软体动物在蠕动。我急转身一看，是一条蛇，是日本副校长金山将捉到的一条小蛇放到我的脸上。我惊叫一声猛向后躲，一下子跌到篝火堆里。日本校长看了，哈哈大笑……

此事给我留下的痛苦烙印太深了。每当我摸到身上留下的被灼伤的疤痕时，苦痛的往事便展现在眼前。所以，虽有近代科学检测证明蕨菜是最好的一种绿色蔬菜，含有多种有益于人体健康的物质，但我还是咽不下它的那种苦涩。

（原载1998年6月15日《中国食品报》）

在与祖国亲近的日子里

我记起了五十年前的一天，一个永远无法忘记的一天。那天，我随着人群走上街头。人们都张开了笑脸，因为山外传来消息说，满洲国倒台了。在我们那个偏僻荒远的小县城里，既看不到报纸，又没有广播，一切消息都是从山外传来的。真是天大的喜事：日本人投降了，伪满洲国倒台了！人们都很高兴，痛快，因为伪满洲国压榨得我们太苦了。中国人不能吃大米，吃大米就是经济犯，只能吃橡子面或混合粉，只能穿用旧棉花纺织的更生布，还要做劳工、交出荷粮。一举手一投足，都有反满抗日之嫌，都有被关进监牢压杠子和灌凉水的危险。

人们早就期盼着伪满洲国倒台，互相间悄声地传说着这个期望：说有一个人跌落到一个山洞里，见到一位白发苍苍的老太太在喂一口大得出奇的猪。那人诧异地问："这么大的猪怎么还不杀？"老太太说："等十二斗糠全喂完就杀了！"那人回来后告诉人们说：老太太是神仙，这十二斗糠就是暗示康德十二年，一到时候伪满洲国就完蛋了！

康德十二年，就是公元1945年。1945年8月15日这一天，伪满洲国果然倒台了。人们兴高采烈、欣喜若狂地走上街头。这一游行集会没有人动员，也没有人号召，都是自动地走上街头的，手里一律拿着纸糊的小旗。有一家老字号药店还从地底下抠出一面一直埋藏了十四年的中国国旗，呼啦啦举到半空中摇晃着。

就在这一天里我被告知：我是中国人，而不是什么满洲国人。有一位长者走到小学校里来做报告说："孩子们，你们太可怜了！我的孩子常常问我：爸爸，中国人什么样？我告诉他：你看见我，也就是说，看到你自己，就看见中国人了。我们都是中国人！"

"我们都是中国人"，这句话太振奋人心了！于是，我们做操喊口令、回答问题、出示规则都用中国话，而不是用日本话（开始还觉得不习惯）。我翻开地图看看我们的国土，有许多我早已闻名久仰的地方，像苏州、杭州、黄山、黄河，现在，都成了我们国家的名胜；许多我崇拜景慕已久的文人学者，像韩愈、苏轼、王安石、祖冲之等，我得知他们都是我们的祖先了。做一个中国人，真是太幸福了！太骄傲了！

就在那天晚上，我做了许多梦，醒来后嘴角上还挂着微笑。在梦里，我遨游在祖国广袤神奇的土地上和悠久文明的历史河流里，看到了许许多多美好的地方，拜会了许许多多崇拜已久的名人……

（原载1995年8月26日《北京晚报》）

三角龙湾与五个归来人

心灵的本质,在于追求永恒。

眼前是一湾幽深如梦的湖水。周围是郁郁葱葱的树木,枝头有翠鸟在幽静地啼鸣。在这山也静谧、水也安然之间,我们一行五人,拿着三张模糊不清、早已褪了颜色的老照片,踏着往昔走过的林间小路,趟着昔日趟过的露珠和水雾,相约来到了长白山下那个号称为三角龙湾的这块故地,想要按图索骥,一起去寻找半个世纪以前早已逝去的感觉,追求心灵中蕴积已久的激情。青山依旧,湖水悠悠。湖水中,深藏着无穷尽的岁月。多么深厚的岁月积淀呀,整整的半个世纪!隔在我们面前的,是一片广漠的、铺陈着纵横交错的历史辙痕的时空。在这隔开深厚的岁月积淀而风光却依旧的湖水里,能够寻找到当年的感觉吗?古希腊的先知赫拉克利特早已说过:“不能两次进入同一河流。”现在,我们能够进入吗?

理智告诉我:否。感情告诉我:能。

因为,充满感情积液的心灵,总在追逐永恒;甚至可以说,总在开发永恒,塑造永恒。而眼前,这种永恒也果然奇迹般地出现了。

当我第一眼看见了她，依然心头顿时一颤，依然涌现出难以想象的青春的涌动，褪了颜色的晚霞又发出了瑰丽的亮光。不用回忆，不用执著地去想，记忆的底板上立时映现出她那豆蔻年华时的身影。

绰约窈窕的身材，举止轻盈恬静，虽然穿着军装，仍然是一身未退的稚气，甚至脸上还留有几块尚未隐去的癣迹。身后两根长长的大辫子，走起路来左右摇摆，似垂柳临风。更能引起我遐思的，是她在会上讲话时的声音，清脆悠扬，恬静得如同眼前的这湾湖水，即使是在激烈的划分阶级成分和分田分地的评议会上。

不知什么时候，天空降下雨来。开头是淅淅沥沥，细雨蒙蒙；后来，风劲斜了，云脚低了，雨也一阵紧似一阵，森林和湖水都发出喧嚣的响声。幸好我们五个人都带着伞，于是，便有五柄颜色深浅不一的雨伞覆盖住小径，在湖畔上缓缓地移动着。五个人默默无言地走着，各自寻找自己半个世纪前的感觉。

每条小径上，都留有记忆的辙痕，多么惬意呀！直到现在我才发现，原来在世界上许多美好的事物中，还有回忆这个东西。

“就在这里！对，就在这里！我坐在一根倒木上看书，看周立波的那部新著《暴风骤雨》。”老大(现在和当时，我们都这样称呼他)感慨地说。

可是，可是那根倒木呢？

“不，不是那里！是这儿！我还扶着这块大岩石走进湖水里洗脚呢！”她记忆犹新地说。

可是，可是谁能确定这就是当年那块大岩石呢？

“对，就是这个地方！我还摘下草帽挂到歪脖树上，那草帽是老贫农孙大爷送给我的。”另一个人说。

可是，可是当年那棵歪脖树呢？

岁月悠悠，逝水无痕。感情的触觉犹在执著地搜寻，搜寻已为时光击得粉碎的历史碎片。世上，还有什么东西比记忆更顽强的呢？

“喂，那二张照片呢？”

“对，我们还有三张老照片！”可惜，照片已为风尘翳蒙，为时光氧化，变得晦暗斑黄，模模糊糊，虽然还影影绰绰地可以看出，前景是五个穿军装的土改工作队员，背景就是这湾永远泛溢着暗绿颜色的湖水。

雨停了，森林里的空气变得格外清新，树叶上的水珠闪动着诱人的亮光，湖面上漂浮起银灰色的轻纱。一层薄薄的水雾，不落痕迹地遮住了美妙如画的青山倒影。开始时，那雾荡荡漾漾如同泛溢的湖水，但很快就随着凉爽的清风移动出去，飘散到远方的密林里。

忽然间，奇迹又不期而遇地出现了。就在那片盛开着淡蓝色小花的青草地上，正如照片上所显示的那样，我和她依序站到最前排，旁边还有一棵临风摇曳的白桦树。就在快门将要揿动的那一刻，她转过头来朝着站在身旁的我，露出天使初醒的神情，莞尔一笑，透露出一个完全稚气的、未解人生的朦胧意识，一次还没有成熟的青春涌动。

时光，在暴风骤雨中疾驰；青春，在战火纷飞中度过。我们在急风暴雨的推动下各自去跋涉艰难的人生之路；以至于现在我们走在这里，犹自感到那个时代的沉重的脚步声音。

无意中，不知是谁带头唱起那个时代的歌曲来。曲调，自然都是慷慨激昂、威武雄壮的了；但是唱起来，总不免有些苍凉之感。

翠绿的远山上空升起了晚霞，像火焰一般地燃烧，铺满半个天空，向下一直垂挂到树梢上，然后，漫无情思地将一片片锦灿灿的霞光洒落到湖水里，落日的余晖也随着露水珠儿，闪亮到不久以前还是潮湿阴暗的树林里。

我们走到一座小桥跟前，桥下的流水夹带着雨后泛溢起来的清凉水波，在光滑圆润的小石子中间淙淙地流淌着，然后不假思索地流进湖水里。想不到竟是这样地执著，我还一直浸沉在天使初醒般的回眸一笑的记忆里，真就像《酒干倘卖无》的歌中所唱："从来没有想起，但永远也不会忘记。"

"你们还记得这座小桥吗？"有谁在耳边提起，我这才注意到横跨在弯弯的溪水上面的这座造得坚固牢实的小石桥。当初可不是这样！记得那时河上铺的是两棵并排的圆木，雨水和苍苔使得桥木总是滑溜溜的，女孩子走上去无不心惊肉跳，两腿发颤迈不开步子。想到这里，我不由得回头望了望她，她也朝我无心随意地笑了笑。在她的记忆脉冲里，是否也感应到往昔的那一瞬？当然不会的，隔断的时空，定然不会使感情之波朝着一个方向流动。

但是，我们走出很远很远时，却仍有人在桥上踯躅。手抚栏杆几乎拍遍。我知道他为什么这样忘情地留连，当年就是因为这座难行的圆木小桥，促使他下决心走进桥梁工地。

晚霞隐去之后，天空幽蓝幽蓝，一颗星星在晚霞消失的地方发出颤抖的闪光。湖水变得更加深邃幽静，远处传来几声尖唳的鸟鸣，水里边也有鱼儿跃出水面啄食飞虫的喳喳声。林中有雾，但湖边小径仍然清晰可辨。我们一行五人，在依稀可辨的黄昏小径上，一路走着，一路找寻着，各自找寻自己美好的、难以忘记的感觉，各自生命中的永恒。由于半个世纪里，每个人所经历的风霜雨雪不同，所经历的悲欢离合不同，因而，在这同一的历史河流里所能找到的已逝感觉，自然也不会是相同的。但是我相信，他们想要追求生命中永恒的心，想要感受历史回声所撞击出的声音，毫无疑问是相同的，也是相通的。

"喔——"身后不知是谁发出一声轻微的叹息。我怀疑，那不是被无边优美的景色所感染而产生的心灵震颤，而是他寻找到历史遗留下的感情碎片时所发生的惊悸，是他寻找到半个世纪前的感觉而产生的醒悟与感怀。从前许多大师都说：爱，是永恒的主题。而实际上，世间一切美好的东西，都是永恒的主题。这就是我们的心灵为什么在追求永恒，而且也是能够寻找得到的原因。因为，永恒就是真，就是善，就是美，就是世间一切最美好的东西，不管是外界的还是心灵中的，或者是心灵与外界融合到一起的。

追求永恒，就是对美的向往，对生命甘泉的渴望，对人性崇高的思慕。而这一切，都是我这次在龙湾湖畔对于已逝感觉的追寻中，所醒悟出来的。

吉林雾凇

我看过许多篇冬天的童话，虽然有些佳篇也曾让我感叹不已，激动得心跳，但都没有像我今天站在吉林松花江畔看到的这一篇，让我的心灵如此震颤，迷惑得如醉如痴。这是一篇最精彩，最生动迷人的冬天童话，而且它是立体的、有声有色的、能够呼吸的童话；因为它不是写在纸上的，而是大自然用它神奇的手笔直接铺陈在地面上的。

没有管风琴的招引，也没有独脚的小锡兵领路，我只是在星光刚刚隐退，当扇动着曙色翅膀的玉蝴蝶扑朔迷离地开始飞翔时，早早地来到了松花江畔，特别是离松花湖较近的那段江湾时，一下子就走近了美得像一个梦似的神话王国。

一切物体都是通明的，一切物体都是闪光的，一切都模糊在没有香味的香雾之中，模糊在如同月光似的银色朦胧里。此时，不是万物生长的季节；此地，也不是在四季常青的南国，但我的眼前却是一派花繁叶茂，落英缤纷，含苞吐蕊，斗艳争芳，眼前是连做梦也想象不到的神奇景色。忽如一夜东风来，千树万树梨花开。也不知地心里迸发出一股什么神奇力量，使得伫立在江边上的千万株冻僵的枯树全都苏醒过来，甩掉冬天的梦魇，让无数的仙花奇葩一齐怒放。而且更为叫绝的是，每一株树都是银白色的，闪闪发光的，剔透玲珑的。在这里，婆娑的不是绿色的窈窕，绿色的梦魂，而全都是银色的装束，一片缟素的纯情，一片最晶莹的爱，使人如同走进了天山雪莲国，富士山下的樱花丛和太湖边上的香雪海。而且我敢断言，即便是在雪莲国、樱花丛和香雪海里，也没有这儿神奇、绝秀、空灵，它完全笼罩在一片不可言状的至美至善的氛围中。

我说的是，被人称之为中国四大奇观的吉林雾凇。雾凇这个名字有点新奇，过去人们都习惯地称它为雪挂，但事实上它不是雪，不是天上落雪垂挂在枝头上。它地地道道是雾，是松花江里升腾起的雾（因为松花湖下边有丰满水电站，江水不冻，遇到天寒时便不断升腾起水雾来），是江雾结晶在枝头上。

清晨时节，江面上的雾气最大，白茫茫的，汤汤漾漾，使得松花江不见一丝波光水影。河谷里容纳不了这许多的雾，于是便泛溢出来，使江边的马路也成为流动着的雾的河流。周边是一片银白色的梦幻，人们好像在银河里徜徉踱步，牵手留连，这就使得江边上的一切景物变得更加奇异神秘、扑朔迷离了。

江畔上生长得最多的是柳树，现今全都披散着银白色的柔丝，像仙子们的秀发一般迎风飘逸，婀娜多姿。在树梢的纤枝细梗上，开满了亮晶晶的冰凌花，就像大理泉边飞落下无数白蝴蝶，玉翅翩翩翕动，银须缱绻勾连。

江畔也杂生着柞树、松树和杨树。柞树的白色枝丫交错纵横，就像海底下丛生的白珊瑚,从那树下走过,就像在海底漫游一般。至于那些毛茸茸的小松树更是可爱,一根根挂着霜雪的树枝就像白猫竖起的小尾巴,有时,还调皮地在你面前轻轻地摇动。令人心悸的是,大杨树身上缠绕着一条条银蛇,在寒冷的气流里不住地颤抖和蠕动。我疑惑地走近跟前用手扯了一下,霜雪唰的一声全都脱落下去,银蛇踪影不见,只剩下一根纤细的菟丝草的枯梗。

总之,每一棵树都是一首诗,一首童谣,每一棵树都有自己的性格和情趣,都用自己的风采编写着人们看不大懂的文章,都有自己超凡脱俗的灵气和哲理深邃的内涵,都用身上的银丝银线,穿连着仙女们随手撒下的纤巧,收缀着南海鲛人流下的泪珠。一树的花,一树的梦,一树迷人的魅影。我总觉得每一株水晶般的树里,都藏着一个小精灵,因此我总想走近树的跟前,细心地谛听它那结晶的胴体里的奥秘,谛听它的心跳、呼吸和不同于凡人的喜怒哀乐之情。

我在不停地选择,想要从哪棵树上折下一根枝条,像古人在灞桥送别时那样,用一条柳枝赠送远行的友人。可是我审视又审视,迟疑复迟疑,终究没有伸出手去。因为这里的柳枝太柔嫩了,不堪一折,只要你的手稍一触动,一根晶莹剔透的柳枝便倏地化作一团烟雾不见了。

九点钟以后,浓雾渐渐地消散了,太阳把一束束亮丽的金光照射到银花灿烂的树上。这时,树上的银花变得更加晶莹了,更加闪亮了,从雪白的花蕊里还迸发出一颗颗耀眼的金星。天空响晴,在一片娇蓝的天幕下,衬托得水晶树更加别致。枝梗的线条都清晰剔透，丝丝如画。真是一枝一天地，一叶一春秋。枝枝叶叶都在传情、传神，传递着宇宙间的空灵。

由于浓雾的消散，在江边水晶树林后面显露出一段段构造精巧的红楼屋角、绿瓦亭台，在与这些建筑物的珠联璧合中，使得江边的玉树银花走进更高层次的审美领域，洋溢着更多的风雅，更多的神韵与和谐。

我站在这些景物面前，如同站在梦幻与现实、仙境与人间、历史与未来的结合点上，真不知道再向前走进一步，将会闯进到一个什么样的天地里。

这就是我在一个冬日里，在吉林江边上所看到的奇迹。有人在评价祖国的名山胜水时，曾把吉林雾凇与长江三峡、桂林山水、昆明石林并列为祖国的四大奇观。而今我说，真的若是如此，那么，吉林雾凇当列为四大奇观之首。桂林山水、长江三峡、昆明石林，是一年四季皆可看到的风景，而吉林雾凇则是极难得见到的。只有在三九天极短的时间里，还必须有适当的气温、气压才能出现。因此我说：

"一年好景君当记，最是雾凇结挂时。"

（原载1996年第5期《啄木鸟》）

兴凯湖，北方的一颗明亮的星

兴凯湖好像一个隐士，潜形敛迹，有意躲开人们顾盼留连的眼睛。它虽然像大海一样的辽阔深邃，像天池一般的银光熠熠，但却很少被人们称道和讴歌，因为它隐居得太深了，躲到遥远的边陲，远离人烟稠密、车船辐辏的闹市。

晨风吹开慵困懒散的云层，青山顶上燃烧起一片耀眼的红光，霎时，山岗、田畴、树林、小溪和披着夜露的公路，全都改变了模样。我们乘车从鸡西市出发，越过那座像鸡冠形状的山，就到了鸡东县，然后又向北行到了密山。兴凯湖，就在密山县境内。

十点多钟，来到了兴凯湖畔。翠绿的岗梁，绵亘不绝，犹如一道天然的堤坝遮掩着那波浪滔滔的大湖，岗梁上簇生着赤杨、柞栎、白桦和柳树，还有一片低矮的灌木丛，浓密地覆盖着树林中间的空地。有紫晶般的山葡萄和朱红的山丁子与漆黑的老鸹眼，点缀在浓绿丛中。岗梁是由湖底的细沙堆积而成的，一条天然的黄沙公路便在岗梁中间向前伸展着，据说有六十多公里长，一直可以通向乌苏里江边。

越过密林从岗梁上走下去，便看见了那隐居得很深的兴凯湖了。啊，好大呀！这哪里是湖，简直是海，地地道道的大海。眼前的所见，跟我在北戴河海滨、大连湾畔所见到的景象完全一样。水阔天长，烟波浩淼，无垠的浪花从天边滚滚而来。岸边是金黄色的沙滩，平展展的，像一匹闪光的锦缎。我想，如果阳光下，人们在浪花里追逐嬉戏；傍晚时，在沙滩上信步徜徉，其情趣绝不亚于国内外有名的海滨浴场。遗憾的是，到目前为止来这里旅游的人还不多，这里的天空、树木、浪花、水鸟，一切一切，都还保留着原始的、质朴的、粗犷的气质。

啊，兴凯湖，你这神秘的湖！

同行的人告诉我：大兴凯湖有四千三百余平方公里，就其面积来说，仅次于鄱阳湖，而远远超过洞庭湖，因此在辽代，人们不管它叫作湖，而称它为北琴海。当地的赫哲族人称它为“肯卡”，取其谐音，后来才改称为兴凯。现在，这湖有一小半在我国境内，一大半在俄罗斯境内。

翻过岗梁走到另一侧，我们又看到了一座长五十公里、宽三十公里的小湖，人们称之为小兴凯湖。原来，这座岗梁便是两座湖的分水岭。小兴凯湖的湖水较浅，湖边蒹葭苍苍，雪白的芦花像波浪一样地起伏动荡。湖里的水鸟很多，在一个水浅草密的沙角上，我见到了一只披着黑绿色羽毛的鸬鹚，它迈着又细又长的腿，骄傲地伸长脖子，旁若无人，活像欧洲贵族充满自信地在踱着步子，那样子可笑极了。

在大兴凯湖和小兴凯湖之间，原有一条狭窄的水道相通着，洪水时期小湖的水流到大湖里去，枯水时候大湖的水灌到小湖里来。至今，水道的岸边还存有清代的一块石碑，上边镌有“新开流”三个字。解放后，在“新开流”水道的东边四十余里处，新建了一座现代化的泄洪闸，规模宏阔，气势磅礴，可以从容自如地调整两湖的水位。泄洪闸附近游人很多，渔船也常在这里停靠。游人们到这里来不仅可以下水游泳，在岸边拣拾晶莹可爱的石子和贝壳，在堆满浪花的岩石上抢拍最理想的镜头，还可以在那热热闹闹的鱼市上徜徉，选购水产品：有晒干的小白鱼和干鱼片，有白生生的小干虾，还有腌干的大鲤鱼。卖鱼姑娘会笑吟吟告诉你，把这腌干的鲤鱼和米饭蒸在一个锅里，味道是极为可口的。有一群朝族青年从归航的渔船上买来一筐活蹦乱跳的大鲤鱼，就在湖边剖膛洗净，放到大铁锅里，用湖水煮出两锅鱼汤，原汁原味，真是鲜美极了！

望着那翠带似的岗峦和无边无际的湖水，听着那阵阵充满生活情趣的渔歌和鱼市叫卖声，好像置身于诗和画的意境之中，不由得让人想起陆游的几句诗来：“红树青林带暮烟，并桥常有卖鱼船。”此外还有一首：“鱼市人家满斜日，菊花天气近新霜。重重红树秋山晚，猎猎青帘社酒香。邻曲莫辞同一醉，十年客里过重阳。”

因为我到兴凯湖的时候，正是将近重阳的季节。沽酒烹鱼，自然也是情理之中的事了。

（原载1985年10月15日《中国旅游报》）

黑 河 一 日

黑河地区,原是鄂伦春族和达斡尔族的故乡。我近日有幸,来到了北国边陲的这块黑土地上旅游。

1984年,黑河还是一个很不起眼的荒凉小镇时,胡耀邦同志来到这里,便预测地说:“南有深圳,北有黑河。南深北黑,比翼齐飞。”今天,这个预言真的实现了,每天,有上万的人从四面八方涌到这块热土上来,就像当年滚滚人流涌向深圳、海南一样。不同的是:一个向南,一个向北。淘金者来了个逆向运动,开始把命运的口袋、发财的梦想背向北国的边陲,踏上了昔日真正淘金者所走过的艰难而又荒凉的路。

天黑之后,我们来到了古称瑷珲,如今满载着机遇和梦寻的黑河。时间,成了一个大魔术师,一眨眼的工夫,黑河便由一个边陲小镇变成为威威赫赫、热闹非凡的大城市。

现在,全国已有二百多个省、地、市、县在这里设立了代办机构,有数千家企业在这里投了资。一些有眼光的日本人、韩国人、东欧人、俄罗斯人、澳大利亚人,也都来到此地开公司、办商社。

走在宽阔的中央大街上，道路两旁全是摊位，一家挨着一家，商品琳琅满目，摆着国产的和进口的各种器物，其中，以俄国的大衣、礼帽、照相机、望远镜、手表、各种餐具、厨具和家庭小摆设为数最多。那些说话南腔北调、穿着花样款式迥异的顾客们云聚潮涌，摩肩接踵，前浪拥着后浪。他们对这些商品都很感兴趣，讨价还价之声嚷嚷嘈嘈，不绝于耳。

一到傍晚，市场就更热闹了。这时，不仅原有的小商小贩，就是各机关企业的职工干部、离退休人员和家庭妇女也都出来练摊抢位了。黑河的商品经济意识很浓，没有内地那些清规戒律和陈旧观念，政府鼓励居民出来经商，活跃黑河市场。这里有十分开明的政策：不论是本地人还是外地人，不论是做什么工作的，都可以入市经商；不论是国货还是洋货，价格全都放开，免收一切税赋，只收少量的管理费。

你看看那街头，真是热闹极了！不仅摊位上灯火通明，人群拥簇，而且在街口上还站着两排衣冠楚楚的人，好像机场道路两侧欢迎外宾的仪仗队。其中大多数是女士，中间偶尔也穿插着一两位男士。他们的穿戴既庄重又滑稽，既潇洒又古怪。女士都穿着高贵的银鼠和紫貂毛皮大衣，头上戴着卓别林式礼帽，有的甚至戴两顶、三顶。经过这么一打扮，没有风度的人也有风度了。

这是一支什么队伍呢？初来的人无不感到惊愕，但思量一会儿就全明白了。这是一个简装的模特队兼售货员，那些没有地方摆摊的人，就采取了这种奇特的推销方式。

黑河人具有强烈的开拓意识，有了中央大街市场他们意犹未尽，又仿照中缅边境的“中缅一条街”、香港边界的“中英一条街”（现在香港回归，应称深港一条街了），在黑龙江主航道我方一侧的大黑河岛上，建立起中外民间贸易市场，人们就简称为“大岛贸”。这个名字也很吸引人，让人想起了不久前还在热播的一部日本电视剧《血疑》。

这是一个方圆足有七公顷的江心岛，黑河人在岛上建起一座有四千多平方米的贸易大厅，厅里设有五百多个柜台，前来买货和换货的外地人、外国人非常之多，其中最多的是隔岸的俄国人。他们渡过江来，兴高采烈地挑选自己中意的商品，然后从旅行袋里掏出自己带来的商品进行以货易货交易，就像《诗经》里说的“氓之蚩蚩，抱布贸丝”一样。想不到，现代化的商品生产竟然采取了最古老的交换方式。这里的大人小孩都能说几句俄国话。他们对待外国人、外国货的那股热情劲，使进岛的人很少有空手回去的。

大黑河岛的交易量是相当可观的，国内有十八个省市在这里设柜台，从这里换出去的货物远销到莫斯科、基辅、立陶宛、爱沙尼亚和东欧各地。大黑河岛一下子有了名气，人们都称赞说：“南有沙头角，北有黑河岛！”

在黑河游了一天，意犹未尽。与几个同伴一商量，决定到江对面的布拉戈维申斯克再去观光一番。

早晨五点多钟我们就起床了，赶紧收拾收拾就奔向海关，准备凭着“一日游”的出国护照，到国外去旅游一番。

薄雾笼罩着江面，使得碧绿的江水也变得白茫茫的。旅客的装束十分可笑，除了头上一顶旅行社发的遮阳帽外，许多人身上都穿着清一色的运动衫，有的还不止一套，而是两套、三套、四套，最多有的穿了八套，而且，随身都带着两个大编织袋，大得连半个家当都能装进去。

薄雾飘散了，我们的渡轮航行到彼岸。两个码头相距三点五公里，但却都是两个泊位极高的口岸。我方年吞吐量一百二十万吨，是东北地区仅次于大连的最大港口。对方布市的泊位更大，年吞吐量要在三百万吨以上。自从边贸开放以来，两个口岸都繁荣起来了。边贸的数量由1987年的八千万瑞士法郎，增至1991年的二十亿瑞士法郎，增长二十余倍。最近，我们已与对方达成协议，我们的船只可以借用共青城、伯力等港从黑龙江直驰海口，这样便可通往太平洋各口岸了。届时，黑河便可以直接面向海洋，成为东北亚经济圈里一颗璀璨的明珠了。

上岸后，我们改乘汽车，一个旅游团一辆大客车。汽车在与黑龙江平行的列宁大街上行驶，行速不甚快，使我们有机会领略到昨晚还是像猜谜一般在眺望的这方土地。

大街很宽阔也很干净，行人很少，来往的汽车也不甚多，充满着安详、温馨、宁静的气息。马路两旁的建筑物显示出异国情趣：造型奔放，线条突出，且总是涂着粉色、橙色、绿色等鲜艳色彩，和我们总是方方正正的造型与多以浅灰色为基调的建筑群落迥然不同。有趣的是，除了现代化楼群之外，在稍微偏僻一点的地方，还留有一些俄罗斯独有的小木屋（俗称木刻楞）。

街上行人衣着很朴素，同我们在五十年代里见到的那些苏联人差不多，有些中年妇女甚至还穿着布连衣裙，只有一些年轻人和小孩在追求时尚，都穿上从中国换来的阿迪达斯运动衫。最可爱的是那些孩子，凡在十岁以下的不论是男孩还是女孩，个个都生得活泼可爱：曲卷的头发，凹陷的眼窝，雪白的皮肤，丰富的面部表情，真像一群洁白的小鸽子。只是他们见到有中国游客时都围拢过来，伸出稚嫩的小手到你跟前，悄声地要大大泡泡糖时，让人不禁觉得有些那个。

我同几个小女孩聊天，她们的样子自然都是极可爱的。我问几个政治性的问题，她们都报以无所谓的回答，而当问起是否喜欢中国时，几个孩子都饱含热情地说："喜欢！"有个长得最漂亮的女孩还说："我爸爸、妈妈是买卖人，每天都去中国一次。"我问她们："你们愿意去中国吗？"她们异口同声地说："愿意！"

布市被称为学生城，在这座二十几万人口的城市里，就有大学六所、中专十五所、中学三十所，平均每五个人就有一名大学生。世界上第一个探索太空的勇士加加林，就生在这个城市，他读书的第五中学现在还专门开设了汉语课，学校门口塑有加加林的铜像。遗憾的是，所有这些我们只能在旅游导图里读到，我们一到这里只在市府门前广场上合影一张照片，紧接着汽车就把我们拉到阿穆尔交易大厅里去，好像游人的兴奋点都只在这里似的。汽车的门刚一打开，我们便都背着大编织袋拥进交易大厅里去了。

国营商店里看不到的东西，在这里却应有尽有，而且为了迎合买主的口味，柜台上摆的尽是中国人比较喜欢，换句话说，也就是以货易货时比较容易为对方所接受的一些商品。

在这里，货币失去了作用，砍价时人们已不再说人民币或卢布，起一般等价物作用的是阿迪达斯运动衫。因此，买卖双方虽有语言上的隔阂，但却很好理解。你用手一指柜台上某件商品，摊主立刻就会回答说："四个！"（或者是三个）。这四个或三个不是别的，就是阿迪达斯运动衫。说时可能用中文，也可能是用俄文或英文。如果双方都不懂外语，伸四个手指头也可以。你把他四个指头伸给他再屈回一个，那就是砍价到三个运动衫了。不过，一般来说那些摊主都会几句中国话，比如"两个运动衫"、"一双旅游鞋！"或者是："一个换一个！"发音还挺准确，比南方人说普通话还顺溜。

有趣的是，这种以货易货的交易双方都感到满意，都倾注着高度的热情。一件三十元的运动衫，可换一块、两块，甚至三块"曙光牌"手表；两件运动衫可换一个国内价值二百元以上的高倍数望远镜；十几件运动衫就可以换一件价值千元的裘皮大衣。买主高兴万分，觉得赚了很大的便宜；卖主也很高兴万分，看得出来他们也会赚到不少于对方的利润。天晓得，这里边是个什么数学？价值和交换价值是怎么发生如此神奇的错位？

我还发现，在柜台前面留连时间最长、换回的东西最多、背的包袱最沉的竟是妇女，尤其是中年妇女。不知道她们怎的会迸发出比男人双倍的力气和精明来。在回来的路上，她们背着沉重包袱依然精神抖擞，没有感到一点吃力。我接过来试试，压得我直打趔趄。

换回商品，又回到友谊餐厅里去吃晚饭。吃的是俄式西餐：烤鸭、烧牛肉、猪肉丸子、土豆泥、西红柿、卷心菜等。虽然每道菜里都有牛奶的味道，但确也不难吃，特别是俄罗斯民间饮料——克瓦斯，那味道真醇，在吃完油腻的食品后喝上一大杯，是很爽口惬意的。

这一日，是游、赏、购、换、吃，内容极其丰富。这一日游，是生活旅途中最开心的一刻。所以，直到暮霭苍茫万家灯火后才返回黑河，人们却一点也不觉得累。

改革开放，给人们带来了许多新鲜的感受，这些，都是小时候在土炕上听到的童话里和老爷爷灯下讲的故事中，连想都想不到的事。

（原载1993年1月16日《文艺报》）

冰城　冰节　冰心

世界上有许多的节,各以不同的名目为题:有以时令命名的,如春节、元旦、中秋节等;有以人际关系命名的,如母亲节、情人节、愚人节等;有以食物命名的,如元宵节、香饼节、啤酒节,等等,多得不可胜数。但以冰雪为节的,则除了我国的冰城哈尔滨之外,在别处还真没有见过。

你如果在冬天时节,来到了冰城哈尔滨,又走进了被称之为冰岛的兆麟公园,我敢保证地说,你会立即被眼前的景色所迷惑。你眼前所看到的,到处都是冰雕的亭台楼阁,雪塑的寨堡城墙,一座座银桥玉塔,一栋栋玉宇琼楼,琉璃市井,水晶牌坊,冰花雪树,粉团山川,再加上这中间又有千万盏彩灯一齐闪耀,千万道霓虹霞光一起璀璨争辉,使你好像看到了一篇立体的童话,走进了梦想不到的神奇王国,好像感到自己已经走出时空的极限,迷离于现实与梦幻之间。我曾突然间产生奇想,我真的就想要走近那座雕有盘龙翔凤的通明玉柱跟前,去看看上面是否真的悬挂着一份奇异的挂历,上面标明着“天上宫阙,今夕是何年?”

我自幼生长在北方,对于冰雪有着一种天生的深厚感情,一种说不清楚的爱。那漫山遍野呼啸奔驰的烟泡雪,那崖头上悬挂着狼牙犬齿似的百丈冰柱,虽然一听起来就叫人肌寒肤栗,但我却能在它的里面看到一片片欢乐的云,听到许多美妙无穷的欢乐响声。没有到过北方的人是无法想象得到,在那一尘不染的冰雪世界里,呼吸着清纯甘洌的空气时,心灵有多么清爽,周身有多么通明!至于日丽中天之时,看那红装素裹的天地,万千景物就更加妖娆迷人,满山满谷里都开放着冰花雪葩,千棵万棵大树上都挂满着雪挂和雾凇,真是叫人万分陶醉,一片痴情。此处,还有那些叫人开心不已的冰雪活动:堆雪人,打雪仗,放冰车,坐马爬犁,雪地里撵狍子,凿开冰窟窿捕鱼,等等。在那冰雪世界里,真有说不尽的乐趣。所以,我一辈子忘不了冰雪,无论是走到何方。我曾多情地对家乡的人赋诗说:“北方子弟如相问,一片冰心在玉壶。”

然而,当有一天我真的来到了被称之为冰岛的兆麟公园时,看到了那些奇光异彩、耀眼生辉的冰灯雕塑时,昔日里对于冰雪所蕴藉的情愫,顿然得到了高度的升华,一种由质朴纯真到完美完善、由素妆淡抹到国色天香,由平面构图到时空立体交错的升华。我从来没有想象到,一块平平常常的冰(虽然它们也有着质朴的美),能够雕塑得如此绝妙神奇、夺魂醒目,让没有生命的物体,取得了如此闪光的灵魂,显露出如此惟妙惟肖的神态,表现出如此情趣横生的韵味,实现着由沉睡到苏醒,由粗犷到灵秀,由有限到无限,由无情到有情的超越和解脱。

我走进冰岛公园里时,看到了冰的花树,也是一片的桃红李白，百般地争芳斗艳，无不尽情地在寒风里抖擞着一片生机盎然的春意。再看那冰的鸟兽，也是奔腾雀跃，戏水扬波，开屏振翼，展翅欲飞。看冰的长城，也是蜿蜒起伏，恢宏壮阔，雄关雉堞，刁斗箭楼。再看那冰的曲桥上，也是人来人往，笑语欢歌；在冰的亭榭里，也有人休憩小坐，缱绻缠绵。这里，也像别的微缩景观公园里一样，有柬埔寨的吴哥窟、巴基斯坦的伊斯兰堡、巴黎的凯旋门、伦敦的大本钟和莫斯科的克里姆林宫。但不同的是，不管是哪一种艺术风格的建筑，不论是俄罗斯的巴洛克式也好，北欧的哥特式也好，印度的佛塔式也好，都是用冰雪雕建的。每一扇窗口，都亮着温馨的灯光，每一个房檐屋角里，都响着风铃铁马的悦耳清音。在这小小方圆里，汇聚着古今中外的全部名胜古迹，在这座小小冰岛里，囊括了天地万物、春夏秋冬。

人们走在这样一个童话世界里，不仅是一步三叹，感慨万千，而且有时真的就是如醉如痴，心旌摇荡，感到那些由冰雪组成的飞禽走兽，正在成群结队地走在如梦如幻的时空里；那一座座嵯峨雄伟、拔地撑天的建筑物，已不再是冰雪的结构，而是智慧和灵感的结晶，是远古哲理和现代思维的巧妙结合。毫不夸张地说，这些有声有色的诗，能言能动的画，就是人类与大自然之间的全息感应，就是人们对于真善美之神的虔诚无悔、执著迷恋的追求。

古道　黄金　白夜

我走向寒冷，走向荒远，走向祖国纬度最高的那个顶点上。正像人们走向江南、走向南国时心里充满着温暖、妩媚一样，在走向这极北地区时，我的心境是苍凉的，激越的！

路，是一条充满着扑朔迷离和稀奇古怪的幻想的古道。一串串淘金者的脚印，一串串沉重的梦魂，就是一路上那一串串的地名——十八站、十九站、二十站、二十一站……这就使人产生足够的联想，想到古时那鸡声茅店月、关山度若飞、云塞路断、铁马冰河了。而浮现在眼前，闪烁得次数最多的是，那些负着沉重的命运口袋的淘金汉。

沙沙的车轮声，碾碎了那古老洪荒的梦。

我睁大了眼睛，从车窗向外张望。路上，一个脚印也没有！也没有像日本浪人小野一太郎说的那样："在路上一走，脚底下沾的都是黄金末子。"眼前，是用砂石铺成的公路，平展展的，像一条紫檀色的油纱腰带，逶逶迤迤地在密林中飘摆着。好潇洒呀，也可以说是好悲凉呀！

山无重数，水无重数，那路就在这无重数的山水之间飘摇着，飘摇着……

路两旁的树密密匝匝的，像两道树墙。而在墙外边，也还是树，树，树！

使我从荒凉古梦中醒回过来的，首先便是那漫山遍野的小花——鞑子香（这是当地人们的俗称，它的真正学名叫作北国杜鹃）。它开得那么玲珑剔透，倾心炽烈，在山崖上，在小溪两岸，在林中空地，在道路两旁和林下灌木丛中，它们都争着把春天颜色和春天气息带到这遥远的天空和遥远的土地上来。人们只要一看到那热情的小花，便把一切荒凉、冷寂、僻远的偏见都打碎了。真想不到，这里也有美丽的春天！

而且，你如果不是亲自来到这里，也许无法让你信服，这里的春天有着别样的旖旎，和它那粗犷的体魄、豁达的性格决不相干。

淡青色的晨雾在树梢上浮游着，只要伸手摸一下，便能感到大兴安岭的温柔。空气老是清爽爽的，甜丝丝的，让人沉醉。那林木美极了！憨直的樟子松遒劲挺拔，树冠苍翠；白桦树则娇娜窈窕，楚楚动人，柔嫩的枝头刚刚吐出猫耳朵状的小叶子，就像刚刚苏醒过来的女神一样。在女神脚下开着的鞑子香，就是她们裙摆上镶绣的花边。在这幅长阔无边的画卷里，到处都是用健美与娇美两种不同品格互相交替编织成的情趣与和谐。

古道走完了，车轮越过最后一个驿站——二十五站，于是，我们便唱完了一首遥远的歌。日影缩得越来越短，淙淙的小溪流里也有着日影闪动的流光。这时，在一条狭长的沟壑里传来了迷惑人的声音;不过,无论我怎样努力地去辨认,也听不到往昔那苍凉忧怨的流浪汉的曲子。轰隆轰隆,横在眼前的是向着那矿床深处掘进的庞大的钢铁躯壳——采金船。嘿,好吓人哟!好威风哟!它毫不费力地掘开河床底下的大小石块,把宽三四丈、深三四米的河床石头,像犁田似的翻耕了一遍,石罅砂隙中的金粉金粒便被它贪吝地吸到一条大管道里。这条已被开采了二百多年的老金沟,今天还在开采,从那让人迷恋的沟底里,每年采出几千两的黄金。

从老金沟再往北走,不远,就到了我憧憬多年的小镇——北极村。至此,我便完全觅到了老祖母在土炕上讲过的童话。一幢幢尖顶的小木屋,还有仿照这个格局建造的明窗亮檐的砖瓦结构房子。我猜不透那些小木屋里藏有多少神秘!可是,在有的木屋门前却也高挑着店幌,挂着醒目的大牌子——"天涯客店""北极旅舍""月明宾馆"……一排美妙的北极旗帜。

那条雄浑宽阔的黑龙江,就在村子外边流淌着。河水深厚丰盈,荡荡漾漾,浸漫着江心的点点绿洲和江畔的鹤嘴沙角。两岸那些默默无闻的群山,都低眉颔首地环绕着这条名震遐迩的大江,但它们却并不争高下,只是各把自己的深沉、静穆、旷达和含蓄,付与那浩浩东流的江水。

江边上有堆积如山的圆木,那是准备装船远运的贮木场。江中停泊着长长的驳船,体察着六月的江水能够给予它们多么大的承载力量。从这里——祖国的极北顶端启碇,那装满木材的驳船半个月就可以到达佳木斯,一个月就可到达哈尔滨,当然,这是一条极其曲折回溯的航道,就像《诗经》中所说的那样:"溯洄从之,道阻且长。”

我住进月明宾馆。夜里,突然从梦中惊醒过来。不是被嘈杂的声音惊醒的,不是的！与声音完全无关,我是被奇异的光线给惊醒的。屋子里通亮,就像是在白昼,起码也像是黎明。可是我看了看表,正是午夜一点钟。一道迷人的光线就是从窗帘的缝隙里挤进来的。

我胆怯地掀开了一角窗帘,立时就惊呆了！在幽蓝的天空中有一条像彩虹一般的光带,绚烂夺目,五彩缤纷,而以红光最为突出和强烈。啊,这就是我梦寻多年的极光,北极村里的北极光！它让我感到震惊,战栗,不知道该用什么样的虔诚来表达我对大自然洵美的皈依和信服,怎样来诉说我对造物主的神奇的赞美！

我无法再睡下去,完全无法。我披衣走出屋外,徜徉在北极村的白夜里。太阳的女儿——绚烂的极光已经隐退下去了,但是,夜却像睡莲一样地洁白。温和的风甜丝丝的,亮晶晶的,轻轻地擦脸而过,随风吹送过来的是,安徒生的童话故事和普希金在涅瓦河桥头上所写的诗。空气中,有许多美妙的声音都溶解在那白色的夜里。

我的心,就像天上的白云一般飘逸起来,想要荡走多远就荡走多远。

（原载1988年第10期《啄木鸟》）

我向火区走去

在步步走近火区的路上，我的心不免一阵阵胆怯起来，恐惧的意识开始在体内弥漫。一路上，听到灾民的种种讲述，那火，那无情的大火被说得实在是太可怕了：火头有几十丈高，排山倒海地压过来；火速跟吉普车一般快，一分钟一公里左右，连惯跑的麋鹿也被烧死在火堆里。在火头还未烧来之前，热浪已能摧屋折木，老远就可看到屋顶的瓦片噼里啪拉地纷纷坠地，等你再一转眼的工夫火头已经到来，青堂瓦舍顷刻化为灰烬，钢筋水泥也东倒西歪。过去我没有见到这样的大火，从来也没有听说山火有如此大的威力。今天，我竟然自己钻到这个恶魔的胳膊窝下来了，很有可能，火也会像吞噬别人一样把我吞噬掉的。

渐近塔河时，烟气越来越浓，像冷雾一般在空中弥漫着，焦煳的气味呛人鼻子。太阳的颜色异乎寻常，没有一点光彩，就像用红纸剪成的一个圆圈，贴在昏暝的天顶上。有位退休的林场主任指着前边的山岗说："你们瞧见了吗，那里就是山火！"我擦擦眼睛，注目地向前方眺望着，但除了烟雾蒙蒙之外什么也没看到。老主任对大伙解释说:“你们看,山岗上面有一条粉红色的亮光带,颜色很淡,微微颤抖着,那就是燃烧的山火!”现在,丝毫也不用怀疑了,我们是径直地奔向那山火走去。

一面杏黄色的禁火旗,在高楼顶上令人心神不安地飘动着,这是我走进塔河县城的第一个怵目惊心的印象。人们告诉我,四级风以上的天气就挂出这种旗帜来,通告全城人们一律禁烟禁火。没想到,头一天就让我们赶上了!住进招待所后,果然都是冷粥、冷菜、冷馒头,有如在古代的寒食节一样。我吃着又冷又硬的烤饼时,心里不禁冒出一句唐诗“杜陵寒食草青青”来。我再抬眼看看眼前的山山水水,遗憾的是,在五月中旬的大兴安岭,那莽莽山林至今还没有从残冬的寒梦里苏醒过来,草木都没发芽,狭谷激流和林中小溪不是漂浮着冰凌,就是蒙盖着厚厚的冰层。临来时我把毛衣毛裤都穿上了,还从报社里借来件棉大衣,但是,这时身上还是不时地打着冷战。

我终于走到了火的身旁,这个怪物实在是太令人恐怖了。在它还没烧过来之前,已是浓烟滚滚,遮天蔽日,熏得人们像窒息一般地难受。汽车在公路上看不见路,只有凭司机往日对道路的熟悉和望着公路两旁树梢所划出的一条模糊不清的轮廓,摸索着向前开。

在浓烟后边紧跟上来的就是大火,它奔腾呼啸,发出凄厉恐怖的响声,烈焰熊熊腾空而起,先在树冠上烧,像一条赤龙,张牙舞爪地在树梢上蹿奔着,飞跑着,紧接着又从树冠上爬下来,一直烧到地面上的灌木丛和地底下的腐殖层。热浪形成强大的气体涡流,随着火焰向前狂卷着，滚动着，摧折它所能遇到的一切障碍物。这是我去塔河县盘中林场路经17支线和18支线时所见的现场情况。

山火很可能把吉普车困住，并把它毁灭在浓烟烈火之中，就像它在育英林场困住消防车，在马林林场困住三辆大卡车一样。我坐在吉普车的前排座上，两手紧紧地握着座前的把手。一边望着林中飞扬跋扈的山火，一边望着司机的脸色。只见他脸色凝重，像块铁板一样，肌肉一动也不动，两眼紧紧盯着道路两旁的树梢，依靠那条仅有的弧线勉强地寻找我们出生入死的路。这时，我的心情无疑比他那双不断转动方向盘的手更为紧张。但当时都想了些什么，后来在认真回忆起来时，好像却也回忆不出来什么。人在高度紧张时，思维倒也简单化起来。冲，冲，希望能够尽快地从烟火中冲出去，这就是当时能够思考的一切。这时，好像人与自然，都处在简单的两极之中。人和火，火和人，天地间只有这简单的两极；至于两极的大小是如何的不均衡，不等量，不可比拟，不可约分，则被完全舍弃掉了。这就像德国作家恩斯特·卡西尔说的一段话一样："如果我们处在极端激动的情绪中时，我们就强化了对事物的戏剧性观念；它们不再现出平常的面貌，而是突然地改变了它们的相貌，带上了特殊的感情色彩——爱和恨，恐惧和希望。"我这时，就是这样用戏剧性的夸张眼光来看待眼前的事物的，至于清楚地意识到自己在那种威力无比的山林大火面前是如何的渺小，那则是以后稍为舒缓时的清醒意识了。

等到了被大火洗劫一空的盘中林场时，我所得到的则完全是另一番感受了。虽然在十天前这里有过惊心动魄的生死搏斗，但是现在，黄昏街头却依然像湖水一般的悠闲、静谧、恬淡。路上行人款款地走着，几个刚从食堂里出来的工人，手里拿着钢精饭盒子，一边用匙子搅动里面的食物，一边嬉笑地辩论着。住在简易帐篷里的人们，有的坐在门口圆木墩上饮茶聊天，有的甚至打起扑克来。马路的另一侧，是瓦砾和废墟以及在废墟上修建的地基和房架。

生活在进行新的构思。这些经历过一次死亡的人们，怎的会这样安然、坦荡？他们都在想些什么？我怀着极大的兴趣问到一个中年妇女，她恬静地笑了笑说："既然已经活下来了，就要好好地活着！"说着，她又低头去抚育筛子里盛着的几十只小鸡雏。我环顾一下，注意到棚子里有人在修理家具，拆缝衣服，有的在削土豆栽子，准备天气稍暖后播种。使我触动最深的是，摆在窗台上的一盆绿油油的发芽葱。它栽在一个破洗脸盆子里，土质瘠薄，地方狭窄，而它竟长得那么蓊郁旺盛。这是我在大兴安岭见到的惟一的一抹绿色。大火居然没有把它烧死，它还是那样的绿。我震动了，感受到了生命呼吸的强大声音。生，就是一种巨大的力量。它不仅是一种渴望，而且是一种权利，是什么力量也抹杀不了的。要生活，就要生活得更美好些。俄罗斯作家车尔尼雪夫斯基曾经说过："对美的追求，按照人们行动的自然规律来说，总是人的本性中某种要求的体现。"

盘中小学的姜校长对我说："大火烧进镇子里来的时候，人们都躲到学校操场的空地上，甚至连小猫小狗也自动地跟着跑过来。人们默默地忍受着威力巨大的山火在逞凶肆虐。对于大自然的如此狂暴，人们固然无法与之抗衡，但人们却有一颗不可毁灭的信心。在突然爆发的灾祸面前，人群会自发地形成一种无声的秩序，一种互相依傍、用心灵互相默默传递的慰藉力量。当大火烧过去之后，人们从地上爬起来，望着顷刻之间化为灰烬的家业财产、劳动果实、生活积累时，没有一个人落泪！这便是对生活怀有充分信心的人们当时的实际情况！”

当我现在亲自感受到这种信心和力量时，我的心室好像突然扩展了一倍，眼睛大大地提高了可视度。因此，在返回的路上从浓烟烈火身旁穿越时，紧张的心情就比来时减轻了许多。

（原载1987年第10期《百花洲》）

大兴安岭森林大火一周年祭

一

在邃密幽深的额木尔河边，有几点微弱的火光闪动着，像河水中沉落的星星，闪烁着迷离的光芒。

那深黑色的荡荡漾漾的额木尔河，人们都称它为生命之河，救命河，因为它在那惊天动地的“五·七”炼狱之夜里，曾用它坦荡的胸怀和清凉的河水拯救了在河两岸居住的上万人的生命。

人们默默地来到了河边，摆上了几样果品，有人甚至烧了几张薄薄的黄纸，祭奠一年前的那个可怕夜晚和在那个夜晚里丧生的亲人、故友。

好多人都说，那个夜晚是一场梦。梦一醒，什么都没有了，什么都被大火焚烧尽了，甚至于朝夕相处、同床共枕的亲人和孩子们。一场多么可怕的噩梦呀！它突然之间，把人们推到生与死的河流两岸。

人们默默地走到墓地上。在大兴安岭北麓缓缓倾斜的山坡上，排列着一百九十三座掩埋着被火焚焦的尸体的坟墓。花圈和果品摆放在野草萋萋的坟头上。

一年前我曾来到这座倾斜的山岗，看过那并排摆列的尚未掩埋起来的一百九十三具小小棺柩。我掀开棺盖，看到烧焦的尸体都萎缩得很小很小，一具成人男尸只有婴儿一般大小，都被盛殓在一个大塑料袋子里。

如今，棺柩已经掩埋起来，那些痛苦的灵魂不再脸对脸地望着天上的孤星冷月和泣血残阳了；但是，却怎么能够掩埋住那些痛苦焚烧的记忆呢？每一座坟头里，都掩埋着一部焚烧的历史，都有一段摧魂裂魄的故事。

据说，流逝的时光可以冲淡记忆底板上的一切影像，可以冲淡心底里蕴藏着的一切悲欢离合的感情色彩；但是我敢绝对有把握地说，它决不能冲淡坟头里掩埋着的焚烧记忆。

阿木尔林业局副局长杨福成来到了妻子的坟前，这个男子汉的腮上也挂着人间最酸心的眼泪。那天晚上他不在家，正在加格达奇开会，等他知道消息赶回家门时，眼前只有一片残砖碎瓦，邻人告诉他，妻子和两个孩子都烧死在大火里面。现在，他只剩下形单影只的一个人，同他一道来到坟前的，有特地从千里之外赶来的岳父和内弟。他岳父用手拍着坟头悲痛地说："桂兰呀，桂兰！你死得好惨呀！你十八岁来到大兴安岭，在林子里生活了二十多年，想不到一朝竟带着两个孩子全走了！全走了！哪怕留下一个呢，也让我再见见亲人的面！"

晚风中,飘散老人哽咽悲怆的声音!

在轻轻浮动的雾中,走来一个中年妇女,手里领着一个三四岁的孩子。她挨个地把供品摆到八个坟头上,那坟里躺着的是她在一个夜里失去的八个亲人。她的父亲赵喜荣是劲涛贮木场的党总支书记。老人在失火的那天晚上没有睡觉。老年人的觉一向很轻,何况肩膀上又压着贮木场里几万米的上等木材。他看到火来时,本可以唤醒家里人从从容容地逃出门去,自寻一条生路。可是他没有自顾自地逃走,他知道家里人都已醒过来,而邻人还都在梦中。于是他便跑出来挨门挨户地去呼唤。等到他把邻人们都唤醒再回去领家里人时,门口已是天崩地裂一片火海,逃生的门被堵死了。他无奈,只好领着家人躲进地窖里;后来大火把房子烧落了架,一家八口人都惨遭不幸。今天,到这八座坟头上洒泪的,不止是这个远嫁到外地的女儿,还有多少被他从梦中唤醒的邻居。他们都眼含热泪地说:“老赵啊,老赵!那天晚上若不是你来唤醒我们,我们早就烧死了!你用自己的命,救活了我们大家的命!”在老赵的坟头上,堆放的花圈最多。老赵啊,老赵!有多少人走过来亲切地呼唤着他的名字。虽然从此之后,天地间再没有你呼唤人们的声音了,但却久久地响着人们呼唤你的声音!

我跟着那个老实巴交的汉子,十几年来一直握着方向盘的老司机孙忠超,一道走向坟地。他的脸,像夜幕一样的颜色。这个硬汉子没有一滴眼泪,就像当年返回家门看到烧成焦人的妻子和孩子仍然搂在一起时一样,没有滴下一滴眼泪。他的眼泪都是在心底里流的。脸上的肌肉被岁月的风霜吹得太粗糙了,经不住热泪的浇烫。去年，在大地流火的那个时刻，他还在山上扑火，家里只留下老婆、孩子，还有一个十几岁的妻弟。等他们从梦中惊醒时，鞋也顾不得下地去穿，推开窗户腾地一下就跳出去。妻弟跑了，可是妻子却突然想起了孩子。她从窗外探身回来到炕上去摸孩子。等她摸到孩子向外拉时，大火扑过来，母子便活活地被烧死。老孙驱车赶回家里时，看见妻子拉着孩子的手，一个站在窗外，一个站在窗里，尸体都立着没倒。那情景太凄惨了，让铁石之人也要心酸落泪。老司机收敛起妻儿的尸骨，又开车扑火去了。

一年来，他的心只有握着方向盘时才觉得平稳，沉静，踏实。行车在大兴安岭密林中的蜿蜒曲折的公路上，客观驱使他的目光永远只能盯住前方，朝着他奔去的方向看，其它的一切思虑都排空了。因此，他总不愿意离开汽车，离开那间狭窄的驾驶楼，不愿意给自己留下过多的空闲时间，因为一有空闲时间他就会去想，去思念！他疼爱孩子，他常常看到那双稚嫩的小手向他伸过来，准备扑到他的怀里。可是，他到底没有拉住孩子的手，不幸地竟被妻子拉到那个世界里去了。

他在那个小坟堆前久久地徘徊着，默默地踱着沉重的步子，踏得草梗下的碎石咚咚地响。他烧过几沓纸之后突然停下了脚步；然后慢慢地蹲下来，从怀中掏出一支胶皮熊猫和一把铁皮制的小手枪，俯身放到小坟头上。尔后，便是默默地、默默地伫立着。

薄暮中的雾遮住了他的脸，看不清是什么表情，看不清……

二

大兴安岭在反思。

今年5月6日，大兴安岭地委和林管局确定这一天作为整个大兴安岭林区的反思日。全民的反思！整体的反思！

这天，各林场职工、家属、机关干部和中学生都组织起来，收看电视台播放“五·七”大火的实况录像，收听地区和各县、局领导在电视中发表的讲话，然后进行座谈。

大兴安岭人，为大兴安岭一方水土所养育的大兴安岭儿女们，看看自己有什么对不起大兴安岭的地方。

电视荧光屏上再现了去年大火纷飞、天红地赤的场面。火旋风鼓动着冲天烟柱，抛着流星似的火球，狰狞咆哮地扇动着魔鬼的翅膀，飞速地把一片片森林，一栋栋房屋，拖进火海里去，然后把它们摧毁，吞没。排山倒海，势如雷电！大火过后，地上立刻变成一片废墟！砖瓦烧成酥土，玻璃化成稀水，铝锅变成面团，水泥的电线柱子东倒西歪，外面的水泥一块块剥落下来，里面的钢筋烧得弯弯曲曲，像一条条乱爬乱窜的红蚯蚓。最可怜的还是大兴安岭的树木，一棵棵都变成了流泪的红蜡烛。

大火又燃起人们心头的痛楚、激愤和焦虑，激起人们局促不安的万千感触和万千思绪。历史的镜头再一次曝光，让人们更清楚地看到在大火的炽烈强光下，所暴露出的许多过去未曾看到或未曾注意到的东西：社会内的和社会外的，心灵内的和心灵外的，意识内的和意识外的……

大自然是无情的,大自然对于人类的惩罚也是威力无穷的,有谁违背了它的运行规律,它就会对谁举起无情的惩罚之手!

遗憾的是,在现实生活中,特别是经过了扭曲人们灵魂的十年灾难之后,人们多把注意力集中到政治变化和个人的升迁荣辱上来,而对于大自然却缺乏应有的尊重和关注;错误地以为决定自己命运的只有人际间的交换关系,不知道还有人与大自然之间的交换关系;因而,许多人只关心上级的脸色,而不去关心大自然的脸色;只注意长官的脾气,而不注意大自然的脾气。

人们透过这场重大火灾,看到了我们制度上的弊端,工作上的失误,条例上的漏洞和思想上的陋习,在错位、越格的林火行为中,看到了我们自己行为的错位和越格。

去年火灾过后不久,我便去北京和平里访问已被撤职的林业部副部长董智勇。他是个学者,有着丰富的林学知识,当时虽然已赋闲在家,但却很豁达开朗。他很有远见地说:"这场火虽然烧去了很多林子,但也烧出了林业的希望!你看吧,自今而后国家才肯把钱花到护林防火上。过去,总是把钱口袋扎得紧紧的。我们长期以来,只知道向林区要木头,却不肯向森林进行规模像样的投资,不知道去抚育它,防护它!从这个意义上来说,这把火也有它积极意义,它可能烧出我们林业的希望来,就像火中能够烧出一只新的凤凰来一样!"

这次我去大兴安岭前,没有再去看望这位前副部长,但在大兴安岭的森林里,却果然见到了他所说的这种新生的希望。

过去国家给大兴安岭每年拨下的护林防火基金只有几百万元。拿它去修防火公路,只够修十几公里长,让蜗牛去爬行倒是足够了。拿这钱去建瞭望塔,建不几座;买通讯器材,装备不了多少;购买灭火机械,购买不了几台,更不要说去添置灭火飞机了。因之,当山火来了时,绝大部分人还只能用最原始的工具——桦树条子去抽打火。今年国家对大兴安岭下了大注,投资五千万元,林业部又从其它方面增拨了二千万元,一共是七千万元。阿木尔林业局一位干部说:“这一把火,把大兴安岭的防火工作向前推进了二十年!”

在去年扑火中发挥了重大威力的风力灭火机,虽然伊春老工人郭耀尊早在1981年就设计出来,1983年就已正式投产,可是直到火灾前才只生产出一千多台,有的还远在陕西,到扑火时现用飞机把它们运来。那时,在整个北四局里边只有几十台,现在每个局都增添一二百台。

修筑防火公路,是保护森林最重要的措施。有了路,既方便了人与自然之间的交往,而且一条公路又是一条防火隔离带,打火人员可以以公路为依托进行打火活动。因此,经济发达国家十分重视修筑林中公路。据统计,全世界的林中公路平均每公顷为六至八米,而在大兴安岭,平均每公顷只有一点一米。

现在国家已经下定了决心,决定在大兴安岭林区里大修防火公路,去年已经修筑了七百多公里,今年计划再修二百七十公里,合起来将近一千公里。此外,还要修建瞭望塔四十余座,加强通讯设备的建设,逐步形成一个森林防火灭火的信息通讯、传输和指挥的有效系统。

每年的4月中旬到6月初,定为春季防火期;10月至11月,定为秋季防火期。我来到大兴安岭时,正赶上春季防火期。我发现,大兴安岭人已经睁大了警惕的眼睛。他们把去年被大火烧红的眼睛对准了潜藏的火源,对准了可能引起林火行为的一切蛛丝马迹上。不论是站在瞭望塔上,还是在防火哨卡上,在防火日志上,都可看到那双瞪大了的眼睛。

三

树!树!树!莽莽苍苍的大兴安岭,密密匝匝地遍地丛生着树。这里是密林的山,密林的谷,连崖头和山褶,都是用树组成的世界。

我是从森林的东北边缘,沿着昔日淘金者之路走进林区的。这里过去虽然也经过了几次堵截林火的著名战斗,但是,火烧的痕迹现在已经留下的不多了,生机盎然的绿色掩盖住焦黑的伤疤,有些被火烧黑了的枯树又复苏了,萌发出嫩绿的像猫耳朵状的新叶。今年的雨水特别勤。一场接一场的春雨,有力地催生着转机,催生着萌发的力量,催生着绿色的希望。

可是越往里走,烧焦的迹象越是显眼,越是沉重,进而出现了一片片目不忍睹的凄惨景象——森林的墓地。有的林子就像经霜的衰草,东倒西歪,凋零破败;有的像一排排倒插在地上的烧火棍,焦黑的一片。在靠近公路的岗峦和谷地里,有的地方已经把树木像剃头似的给一抹而光了,露出了一片片光秃秃的土地,像一个老年妇女，悲凉无助地袒露着皱皱巴巴的黑胸脯子，一任刚劲的风和荒冷的雨去吹打浇淋。

去年六、七月份，林业部组织了三十多人的专家综合考察组，对灾区进行了一个多月的实地考察，测定出过火面积约占全部有林地面积的55.3%，其中受灾严重，将要造成死亡林带的地区约占43%左右。因此专家们提出建议，要赶快组织力量采伐烧死木，因为这些木材尚还可用，如果困在山里时间过长，不仅材质腐朽，而且还会招来虫灾。

但是，在下达文件时有人将“烧死木”误写成“火烧木”，结果过伐了许多本来可以复苏的火烧木。

今年，勤快的春雨帮了大兴安岭的忙，原来判定必死的枯木竟然出人意料地复活了一些。在去冬今春抢伐的那些火烧木中，若留到今天必定有许多会活过来的。

错误的决断，使得许多过火林便被无情地砍伐一光了，看到那祖裸的、丑陋的光秃地面，让人心疼！现在那些空地上连一棵母树都没有留下，哪里还有种籽来实现天然更新呢？而且，地面空旷日久，还会出现沙碱化与沼泽化。

四

人间大火最无情，烈焰滚滚天地懵。

半生积蓄顷刻尽，当日失火当日穷。

这是去年火灾后我在漠河的一片烧焦颓垣上，所见到的一首不知是谁用粉笔题写的诗。

这里居民的生活都很富裕。毫不夸张地说，每家都是万元户。富饶的大兴安岭，对于在这严酷条件下劳作的人们，给予了很高的酬劳。因之，当那场可怕的大火烧来时，多少人家的积蓄和配备有全部家用电器的财物，顷刻之间化为灰烬。地上，流淌着的是金水、银水。

此后，大兴安岭人便是在一无所有的条件下度过那艰辛的一年。

地处北纬53度的大兴安岭北麓，是个高寒区。大火烧毁他们家园时，河里还漂着冰凌，林子深处还有没化的雪。夜里，有刺骨的寒风在等待着几万无家可归的人们。

但是，大火无情人有情，这些无家可归的人很快就有了家。去年，党和政府动员一切力量，专门组建了大兴安岭恢复生产重建家园指挥部，从全国各地调集了大量的建筑材料和施工队伍，在入冬前的短短几个月里，就建成了五十点三万平方米的房屋，使70%的灾民搬进了新居，余下的也是两户暂居在一套住宅里。

5月6日晚上，阿木尔第二小学的孩子们，坐在由废墟堆里新建起来的教学楼前，举行《党啊，亲爱的妈妈》主题会议。额木河上吹过来湿冷的晚风，抚摸着孩子们激动得涨红的脸。一年前，这些孩子跟随大人从火的陷阱里逃出来，焦黑的小手，焦黑的小脸，除了身上那身衣服之外，什么都没有了，连书本和红领巾都在火中烧了。学校也烧毁了，昔日摆放他们小课桌的地方变成了一堆瓦砾。他们失去了读书的地方。可是没过三个月的时光，一间间更明亮更可爱的教室建成了，里边的桌椅、黑板、教具都是新购买来的，都亮得发光，亮得照见了人影。孩子们爱惜这些新的课桌和椅子，有人竟带着扳手上学，见到有松动的螺丝就上前去给拧紧。今天，在“五·七”大火发生一周年的晚上，他们面对着像火一样鲜红的队旗，汇报他们向附近灾民所做的社会调查。

被大火烧得一无所有的人们，又逐渐地富裕起来！

五

“大兴安岭特大森林火灾已成为历史，然而，这场特大山火的火行为及其特点，却并未全部被人们所揭示、所认识。这场大火留下了许多重大课题：火灾区的生态及其森林、植物、动物的演替；土壤、永冻层、地下水、周围气候等事物在新环境中的变化；社会经济结构、产业结构与其经济发展战略的研究和论证等等，都有待于诸多学科、诸多门类的专家们去研究，并用其宝贵的成果以飨后人。”

这是塔河县县长、林业局局长荆家良最近写出的一篇探讨林火行为的科学论文的结束语。他写了一系列对林火行为的科研文章：《历史罕见的大兴安岭林火》《小根河火烧迹地考察报告》《大兴安岭特大森林火灾行为特点》，不仅在专业性的报纸杂志上一再地转载发表，而且，还被邀请到全国林业历史研究学会年会上做了发言，受到与会专家学者们的普遍重视。他最近还整理出一部《火场实况》的电视录像，里边有火旋风、火暴、飞火、对流柱、热流等特异林火现象的真实写照，据说，在世界上都是很难找得到的，具有很高的学术价值。

荆家良是去年扑火时期远近闻名的打火英雄。军队里有一个大胡子师长，地方上有一个塔河县县长，被人当作了传奇式的人物到处传说着。有一次，大火凶猛地扑向铁道线，几百名职工眼看守不住了，忽然有人喊了一声："荆家良来了！"人们立即重新振作起精神，又像下山猛虎一般与烈火拼搏起来。从远处赶来的荆家良，奋不顾身地用喷灯点起迎面火，很快把林火给攻下来了，守住了保卫塔河的一条生命线。在大火燃烧的二十八个夜与昼里，他跑了将近十万公里的路，磨坏了三个汽车轮胎，最后连话都说不出来了，只好由别人代他传达命令。

熊熊燃烧的大火已经过去了，现在需要的是，如何把火的惩罚，转化为火的教训、火的知识，人们已经开始在这方面进行着种种的努力。国家计委、林业部和黑龙江省科委都已拿出很大一笔科研经费，进行特大林火能力的研究，而那个被称为降服火神爷的神话人物荆家良，在紧张繁忙的工作之余，却偏能挤出时间来从事这方面的科学研究工作，他对大兴安岭这场特大森林火灾，依据他丰富的实践经验进行理论上的升华。这位当年东北林业大学的高材生，自有这种功底和志趣。

我国对林火科学的研究，尚处在襁褓中，虽然在这方面已经付出了昂贵的代价，被掏空了整整一块绿色宝库，现在亟需的，是如何尽快地填补上这一块空白。

（原载1988年第5期《追求》）

第五辑

万水千山总是情

我站在枫桥上

我有一个愿望，不是现在才有的，是很早以前，还在少年时代刚刚学会翻阅《唐诗三百首》的时候就有了。我希望把唐诗中所吟咏过的地方都跑去看一看，因为这些诗给我的印象太深刻了，每一首诗都创造了一个美的方域、美的境界。如果我能身临其境，把我自己也溶到那个境界之中，哪怕是一分钟，一秒钟也好，它必定会使我体会到难以想象的妙趣。

愿望，虽然在心底里蓄藏了很久，但并不是很容易就能实现的，因为，祖国大地之广袤，诗人足迹之深远，是很难追踪的。几十年过去了，愿望，依然美好地保留在心田里；而岁月，却在很现实的生活中度过了！一生中，谁没有过这样一些梦幻呢？

然而事情也并非完全如此，这不，现在我就悠闲地站在向往已久的枫桥上了。

哪个枫桥呢？自然就是《枫桥夜泊》中的枫桥，就是姑苏城外寒山寺畔的枫桥了。我的愿望实现了，我站到一首最使人留恋难舍的诗的意境之中。

当我站在这座洋溢着诗情画意的枫桥上时，我在想些什么呢？想了些什么，也没想什么。因为，我虽然浸沉在旷远深邃的思绪中，但却没有一个清晰的可以感触到的意念。天上白云淡淡，脚下流水潺潺，寒山寺的粉白影壁把整个轮廓都倒映到河水里，让游丝似的波纹牵惹着它那流逝已久的梦。无垠的时空消失着一切，也容含着一切。一股淡淡的清愁和怅惘的深思，袭上了我的心头。眼前，虽然已经找不到醉如晚霞的枫叶和闪烁迷离的渔火，也听不见那清亮悠扬的钟声，但是，《枫桥夜泊》中所创造的诗的意境仍然历历在目，如画似的清晰。我要寻找的，终于找到了。

然而，当我从枫桥上走下来步到寒山寺院里时，又觉得这里的景物完全不同于我心中用想象力早已塑造出来的景物。庙山门是那样僻狭局促，五百罗汉造型是那样呆板平淡，就连那座已经响了千年的铜钟，也远非我想象中的模样。这就是那充满着神奇色彩的寒山寺吗？从墙壁上雕刻的历代文人的题咏上，得到了充分肯定的答案。回过头来再问自己，你说寒山寺该是个什么样子？想一想，好像也就是这个样子。

那么，它的神奇和魅力又在哪里呢？为什么，我在空旷的桥头上看到了它，而在景物环堵之中又迷失了它；在庙山门之外看到了它，在庙山门里又丢失了它？我琢磨了良久，最后总算彻悟出这样一番因果：寒山寺的神奇和魅力不在寺院本身，而在于诗人凭借寒山寺所创的意境。固然，没有寒山寺便不会有《枫桥夜泊》；但的的确确是由于有了《枫桥夜泊》，才使寒山寺名传古今，召唤起人们对它的无际遐思。诗歌的魅力，艺术的生命，远比那金雕粉饰的建筑物要大得多。这正如山西的鹳雀楼，虽然它的遗迹早已荡然无存，然而，有谁会忘了诗人王之焕曾登上斯楼所发出的“欲穷千里目，更上一层楼”的呼唤呢？

（原载1982年5月26日《新民晚报》）

三 峡 抒 情

在祖国历史的河流里

人们通常把悠悠古今,说成是历史长河。仔细一想,可不是嘛!时光如涛,年华似水,那一明一暗的昼夜,不正如河流中一起一伏的波浪吗?然则,我们虽然人人都在历史的长河里游弋,都感觉到时光的波涛在我们身旁哗哗地流淌,弃我而去的千千万万个昨天就像那飘飘荡去的片片浪花渺无踪迹,但是,我们有谁能够看见历史长河的真正面貌呢?无论是凭着肉眼的直观或者是借助于多么大倍数的望远镜,都无法把它望到。

但当一个夜晚,我在三峡里航行,周围是影影绰绰的崇山峻岭,峡谷中是幽暗深邃的江流,星光在江水里闪动着蝌蚪文字的曲线,惊涛拍岸激荡起千古不绝的回音时,我不禁产生一种奇幻的感觉:我这不正是置身于祖国历史的长河里嘛!“逝者如斯夫,不舍昼夜?”“大江东去,浪淘尽千古风流人物!”真是这样,那滔滔流去的江水,不正象征着我们祖先遥远的过去?那不尽滚滚而来的波涛,不就是我们无垠的未来吗?啊!大江,你是我们母亲的河流!在你的身上,我们看到了生身母亲的身影,看到了祖先以及我们自己所走过的每一步路,和在这路上所留下的每一个足迹。

夜色还未退尽,含着冷露的晓风像水一样的清凉。我披着大衣站到船头甲板上,凭倚栏杆望着那悠悠流淌的江水,冥思着那些被浪花淘尽的千古风流人物。突然广播喇叭里传出声音,说是白帝城到了。我抬头向前方望去,只见苍冥的天底下隐现着如簇如聚的峰峦,峰峦上闪着满坡的灯火,高高低低,明明灭灭,如同一座喷射着火焰的山,映得黑黝黝的江水也跟着摇曳着琥珀色的光华。

啊,这就是公孙述称帝、刘玄德托孤的白帝城呀!这些故事,虽然都是发生在耶稣纪元刚刚开篇的古老年代,但还不是巴山蜀水的历史源头,在白帝城的历史博物馆里陈列着从新石器时期以来的各种文物几千件,这就足以证明这里确如李白诗中所说的:"蚕丛及鱼凫,开国何茫然?"五千年古国,五千年文明,在这江流峰转的航道里,到处可以找到那历代兴衰的碑碣和岁月流逝的纹痕。

辞别白帝,大江就闯过夔门,进入令人惊心动魄的三峡了。两岸悬崖耸立,巉岩崚嶒,长江在两堵石壁之间狂奔着,汹涌澎湃,喧嚣鼎沸,漩涡裹着漩涡,湍流套着湍流,水势就像离弦的箭,一瞬千丈地直泻下去。我不禁想起,当年那些弄潮儿在这风波浪里驾着一叶扁舟,是怎样舍死忘生地和这激流争夺?古往今来的文人墨客又是怎样在这非生即死的绝境里,唱出千古传诵的诗篇来?今天,我乘着这历史长河的风浪,喘吁吁地飞渡这急流险滩时,怎能不想起“朝辞白帝彩云间”的李白,“便下襄阳向洛阳”的杜甫和“晓入大谿口,是为瞿塘门”的陆游呢?但是,当我凝视那波寒潭冷的江水,追逐那片片流逝的浪花时,又从哪里能够觅到他们的踪迹呢?我能够做到的,只有默默地吟咏着“怅望千秋一洒泪,萧条异代不同时”而已。

多情最是故乡的颜色

船进巫峡时,天气逐渐阴晦起来,稀稀零零地飘落起雪花。船在千山万壑之间寻路前进,有时顺流直下,犹如惊脱了猎人之网的麋鹿;有时呜呜地鼓动着风轮彷徨不前,如同搏斗前伏踞在地的怒狮。江的两岸高峰险岭,画面奇绝。有人说这里是:“有峰皆绝壁,无水不飞泉。”还有人说:“二百里三峡,便是二百里长的山水画卷。”这些形容对于眼前的风景,可以说没有丝毫夸张的成分。

看过了神态各异的诸多峰岭之后,在大江南岸突然展现出一排联袂而立的青山,犹如一行踏青归来的姊妹,那就是有名的巫山十二峰了。山巅缠绕着迷蒙的烟云,峰埂上披散着晶莹的白雪,那神采飘逸的仙女峰正立在荒烟残雪之间,凝眸眺望着万里东行的江水。她那绰约的丰姿,脉脉的痴情,依衬着烟雨朦胧的巫山作背景,可真是千古传神之笔、大自然的惊人杰作呀!无论是谁见了她,都会产生无限的思慕与留恋。如果有人想用它来象征着什么,寄托着什么,那便是我们民族历来追求的美、我们酷爱生活的心灵和对于祖国的热爱之情。

过去，我对以山水为题材的国画，理解得很肤浅，总觉得它不太真实，那些泼墨的浓云沉雾和耸峙垒叠的峰峦，都是些故作的惊险笔墨，与自然的背离太远。今日身临其境，我才真正地感觉到，只有用水墨画才能栩栩如生地描绘出这表里山河的本来面目和造物的自然色彩。不论是印象派还是写实派，不论是现代派还是未来派，都不能得力地描绘出这巫山云雨的神韵来。多情最是故乡的颜色，它让人看不厌，看不够！为什么那么多的人寄情长江，思慕三峡？即使他们远渡重洋万里，在异国他乡生活了几十年、多半辈子了，也不会使他们热烈的乡情有丝毫减退。因为，这里有最适宜他们感情的色彩，有最能够牵绊他们思绪的线条。那依稀似梦的回忆，不绝如缕的乡思，都寄寓在这云雨苍茫、笼烟凝雾的高山流水之间。那拳拳的游子之心，脉脉的故人情意，都蕴藉在这墨一般的深厚、诗一般的含蓄的山水画面里。啊，我心灵中的三峡！

我的眼前，好像展现出张大千的手迹、关山月的笔墨、傅抱石的画卷！

啊！深情的山，深情的水，深情的画面，深情的心灵，这眼前的和胸中的一切，都像不绝如缕的丝绒线一般缱绻缠绵在一起，索系在每个怀有乡思的人的心头上，而那个情深似海的仙女峰，她所瞩望的，不正是对着所有拳拳恋归的游子吗？

要寻找，就一定能够找到

"群山万壑出荆门，生长明妃尚有村。"我乘坐的轮船到达王昭君的故乡香溪的时候，正是在月色溶溶的夜里。山高月小，景色朦胧，江上浪花一片接着一片地向着淹没月亮的地方冲撞过去，好像都想要在不断流逝的时光中留下一点清晰的影子。周围一片寂寥，万物无声无息地沉浸在伟大而动人的静穆中，沉浸在纯净而又透明的银光里。就在这时，一条清柔细嫩的溪流，默默地注入到东去的大江里。大江只是略微地舒展了一下它那宽大的胸怀，便把溪流一滴不漏地容纳进去，就像历史容纳每个事件、大地容纳每颗种子一样。

“泰山不让土壤，故能成其大；河海不择细流，故能就其深。”我们中华民族源远流长的古老文明，不也正是由无数在历史长河中闪光的名字所组成的吗！荷兰有句名言说：一个民族的伟大该用什么来衡量呢？完全可以用它所产生的伟大人物的数量和质量来作标志。而我们呢，远的不说，仅仅就在这江流一转的地方，就产生了两位数千年来一直活在人们心中并为人们常常传诵的人物：一个是曾在这香溪河畔浣过纱的王昭君，一个是在秭归城里做过三间大夫的屈原。王昭君是个为了民族团结甘冒万里风沙去和番出塞的奇女子，屈原是位留下了千古不朽名著的大诗人，他们都把自己一片天宽地广、如海之深的爱国痴情，系留在这高山流水之间。如今，几千年的时光虽已同那滔滔不绝的江水一起流逝了，但是，凡是关心我们民族悠久的过去、探索它灿烂的未来的人，都会在这山水之间找到他们的身影的，因为爱国者的踪迹永远不会泯灭，正像他们眷恋祖国大地一样，祖国大地也必以同样的深情眷恋着他们。

这时我站在船舷上，凭借着清亮的月光翻看着屈原的《九章·惜诵》，在这首诗里我找到了这样一句惹人遐思的话："言与行其可迹兮，情与貌其不变！"它使我和几千年前的爱国者产生了情感上的交流和思绪上的往还。

轮船在这里没有停泊，可惜我不能走到那通往香溪的小径上去寻觅、探索，但我倒很有把握地相信，只要我在那里走上一遭，就一定能在香溪两岸找到他们的踪迹的，因为书上明明地写着："言与行其可迹兮，情与貌其不变！"诗人的话是绝对不妄的，《圣经》上也说："要寻找，就一定能够找到。"

（原载1980年5月12日、15日、18日《中国旅游报》）

昆明石林

假如你有机会来到昆明，如果恰巧又是在明媚娟秀的早春，或者是溢满浓香的盛夏，色彩斑斓的深秋，你乘一段长途汽车，绕过碧色参天的群山和波光粼粼的湖泊，来到被誉为“天下第一奇观”的石林，我敢担保，你会得到意想不到的满足的。

森林，特别是那郁郁葱葱的原始森林，总是给人一种幽美、深邃而又神秘的感觉。而当你来到距离昆明二十公里的路南彝族自治县境，走近那方圆数百里密密麻麻全是无生命的石质树林中时，对于原始森林所产生的那种感觉又会增加十培、百倍。这是一幅多么奇伟瑰丽的画卷呀！那一片片俊俏挺拔、枝柯纵横、疏密相间、婀娜多姿的树林，竟然不是青枝绿叶的松杉桧柏和垂柳白杨，而是颜色一律青灰的非光合的“植物”。但是，它并不因此而显得死一样的寂静；相反，却处处充满了生机。那出岫的彩云在石树枝头上缱绻缠绕，潜藏的溪涧在石树的根下潺潺流淌，碗口粗的翠竹夹在石林中间攒直地生长，鲜艳的桃花躲在石树的背后偷偷地开放，再加上石壁上攀援的青藤野葛和葛藤上开着的五颜六色小花，使得有生命的植物和无生命的“植物”搭配得如此匀称、和谐、美妙，以致使这数百里的丛山，犹如一座巨大的盆景。

在密林中，有铺砌的石子小路曲曲折折，引人入胜地把你导入奇妙的境界之中，让你探索林海深处的各种奥秘。这些小路有时在石材的盘根错节之处回绕；有时在石树的丫杈之间盘旋；有时又被石墙迎面挡住，不得不从仅可容身的壁缝中间穿过。最窄的一道石缝只有三十多厘米宽。这石林，便是阿诗玛的故乡。相传阿黑到这里寻找阿诗玛的时候，为石壁挡住去路。孔武有力的阿黑一拳打通一个窗，一脚踢开一扇门。至今有个石壁，上面开的天窗状如拳头，石门状如脚掌，就是阿黑撞击的结果。

林间小路不知穿过多少壁缝，踅过多少道弯曲，最后竟然奇妙地走到石树梢头，站在石峰的尖顶上了。在这犬齿狼牙的石峰上，能工巧匠居然建造了一座重檐飞脊的八角凉亭。凉亭跨越沟壑，犹如落地的一段彩虹，其名曰“望峰亭”。这个名字起得太确切了！站在亭子上极目一望，远近石峰林立，树海翻腾，莽莽苍苍，漠然一片。你再回顾自身和所凭依的凉亭，就如同乘坐一叶扁舟，临万顷大海之茫然。

在这一宏伟壮观的景色面前，人们总是先放眼纵览，在一声惊叹叫绝之后，才慢慢把眼光收缩，细细辨认微观中的一景一物。当人们细细辨认那些亭亭玉立的石峰石树时就会发现，它们是一石一姿，各具风格；有的像凤凰用嘴梳着翅膀，有的像两只鸟儿在亲吻或争食，有的像爷孙闲坐，有的像母子偕游，有的像狼犬警视，有的像骏马嘶鸣……石林使你打开思维之门，展开想象的翅膀，在这近乎童话的世界里，任意地翱翔。

从望峰亭走下来，随着峰回路转，无处不是奇峰异洞，险境佳景，有些惊险之处让你惴惴不安，看那累卵似的石景，不能不产生“杞人忧石倾”之感；而有些绝妙的幽境又让你流连忘返，不忍心拔腿走去。更使人难忘的是，在这石林深处，居然也有一块芳草如茵的林中空地。草地平坦极了，阳光从疏密的石林空隙中透射进来，草地上散落着白云和飞鸟的影子。这里称为“跳月坪”，是阿诗玛的兄弟姐妹（撒尼族的姑娘小伙子），在月光之下、篝火之旁欢歌酣舞的地方。

离开跳月坪不远，绕过几个山环，便是一泓碧清的池水——金鱼池。在池水旁边有一簇石峰，状如临风梳妆的仙女，她们的倩影都清楚地倒映在碧水之中，而那水中的影子比其真容更加缥缈不定，给人以更深的迷离和梦幻之感。在那些仙女峰中间，有一个最为人们所熟悉的身影，她包着头巾，背着柴禾，抱着臂膀，含情脉脉地顾盼着白云深处的家乡。“阿诗玛，你在哪里？”原来她竟栖身在这风月无边的石林之中。当你凝视那一片青峰中间的阿诗玛俏丽身影时，定会产生一种奇异的感觉，好像阿诗玛明亮的目光透过历史的深邃所要寻找的人，就是你的熟人或者是你身边的伙伴；我们笃笃跳动的脉搏，竟和那承风饮露的石人血肉相连地结合在一起。那山鸣谷应的回声，不就是我们共同寻找的语言吗？那石林中的流水潺潺，不就是她那已经消逝但却永远在太空中回荡的歌声吗？

在这充满无边魅力的石林里，民间的故事和优美的传说，就像天上的星星和地面上的芳草一样多。关于整个石林,就有这样一个古老的神话:说在很久很久以前,恶神阿斯阿伯为害人间,他用魔法驱赶一群石峰去堵截南盘江水,妄图淹没江畔的千里沃野。这一罪恶行径被撒尼族一个赶马英雄得知,他便连夜赶来与恶神搏斗。激战直至天明,恶神被击败,扔下被驱赶的群峰踉跄窜逃。在这些石峰身上,至今还残留着被恶神鞭笞过的遍体伤痕。

但神话毕竟是神话,石林形成的真正原因,是几百万年的无情雨水溶蚀石灰岩地貌的结果。据地质学家考察,昆明石林的发生和形成,距今已有二百万至三千万年的历史了。沧海桑田,大地几度升沉演变,才塑造出今天这样壮丽的景观。

江山如此多娇,引来万邦游客。现在,到石林旅游的中国与外国游客千千万万,它已与长江三峡、桂林山水、吉林雾淞一起,构成我国最著名的四大景观了。

（原载1980年4月27日《光明日报》,
选入1980年第6期《新华文摘》）

漓江烟雨

漓江好,烟漠漠,波如染,山如削。

这本是宋代文人柳永的一首词,我只改了一字,将桐江改成漓江,便自觉得是对烟雨漓江的最好写照了。

那水波怎么似染的呢?用什么染的呢?回答是:用山的秀色。染成了什么样颜色呢?自然是“春来江水绿如蓝”了。但,这绿不是一般的绿,而是一个多层次、多辈份的绿的家族,绿的世界。在天光云影下面,那江水似鸭蛋青般的淡绿,在有青山倒影的地方,又是一块块的翡翠绿,在树木掩遮的地方,是一片墨绿,而在山脚下面则是蓝绿,像孔雀蓝一般的深厚浓重的绿。

再问,那山怎么似削的呢?答曰:确实是像用刀斧刻削出来似的,刻得座座山峰都如同一座雕塑。而且,不是一般的雕塑,而是罗丹、吕德、米开朗其罗等艺术大师的杰作。它们有的雄浑苍劲,有的亭亭玉立,有的异峰突起,有的群玉联袂,各有各的性格,各有各的灵气,各以不凡的千姿百态显示着各自的深邃和神奇,显示着参悟造化的智慧和古往今来的哲理。

初春，自然是动情的季节，却偏巧又来到这画山绣水般的漓江上。那斜风细雨，那漠漠烟云，更使人一往情深，触景生情，完全陶醉于它那梦幻般的奇境(如果不说仙境的话)里。许多人都沉静地立在船头上，甲板上，也不撑雨伞，一任那条条如丝的细雨，扑落到身上、发上、面颊上。

雨从飘忽松散如同缕缕炊烟般的浮云中，从浮云与浮云之间，轻飘飘地洒落下来。雨滴落到江里，被碧绿的江水悄然无声地融化了，那江水变得更加温柔恬静，清澈晶莹，把两岸的青山翠林和时来时去的飞鸟，都影印到自己的怀抱里，使得岸上和水中出现两个决然相同的世界，孰个是真，孰个是幻，连最老练的摄影师都惑于迷失而选错了方向和角度。泊在江面小木舟上的鱼鹰，也为这扑朔迷离的景象所困惑，痴呆呆地蹲在船头上，像个练摊的小老板。

两岸桃花开了，杏花开了。人道是“杏花春雨江南”，其妩媚的韵味，果然与我们在北方田畴山野上所见到的不同。况且，这里的夹江两岸还有鲜艳的木棉花、象牙红，还有像火焰一般燃烧的茶花和杜鹃，现在，都被那细如游丝般的春雨浇润得红得模糊，红得可怜，映衬在浓荫蓊郁的乌椿树、罗汉竹、小叶榕，还有成片成片的桂树林中。这些树丛中间，都闪烁着灿若朝霞般的光辉。大自然把多么美好的幻想和深厚的感情，施舍给这里的山水草木呀！

突然间，雨滴大了，密了。哗哗的雨声、水声，从四面八方传过来，江面上溅起一层水沫，水沫中开放出千万朵珍珠般的小白花，旋即又凋谢了。船头上站着的人都回舱了，只有几个执著的人仍迷恋于漓江烟雨的景色。

暴雨中，青山的面目改色了，方才还是绿溶溶的，现在变得阴沉铁青起来，碧森森地发黑发暗，一下子就老了几百年几千年。这时，山好像一下子裂开了许多口子，有水从山脚溶洞和缝罅里咕嘟嘟地喷涌出来；在不着一片纤尘的崖壁上，也都挂起一条条白练似的瀑布，真可以说是无山不流水，有壁皆飞泉了。

江水因之泛溢了，因之而更丰盈了，因之有更深层次的蕴藉和内涵了！

但这时还毕竟是早春时节，虽有大雨，终究不会像伏天里那样下个不停。正当人们惶惑之际，蓦然回首，西边天角下已有乌云露开破绽，在破绽之处，又见到红彤彤发着金属亮光的斜阳。随之，风也停了，雨也歇了。风停雨歇之后，很快又是满目青山夕照明了。你再细看那江上群峰，都甩掉一身重负，从湿漉漉的雾气中显露出头角，有鼻子有眼，而且眉目传情，好一派雨后青山呀！那些默默无言的峰峦都在金辉辉的阳光下，浮动起生命的意识流，凝聚起更加高贵的庄严和无限的完美。

（原载1993年8月28日《文艺报》）

西湖夜色

夜晚，我独自来到西湖边上。

浓重的夜色掩藏起湖光山色中惹人分神、令人怜爱的一切。曾经是层次分明的浓妆淡抹，都融合到一个奇幻迷蒙的梦的深谷里。那座状如伏牛的孤山，被赶入乌黑的牛棚里；那个如剑峙立的保俶塔，已被插入乌皮的刀鞘之中；那一条弯如眉梢的苏堤，被罩上了黑色的面纱。周围是一片幽深、微茫和沉寂。空气中，荡漾着草叶和花蕊的甜馨。湖水深沉似酒，闪着油黑发亮的光泽，在柔细如丝的波纹里，映着天上几颗飘零散落的星星。

“湖光潋滟晴方好，山色空蒙雨亦奇。”这两句诗算是把西湖的美说透了。但我总觉得诗人所描绘的形象，不论是艳丽的晴妆也好，或者沐雨的潇洒也好，都未免太绚丽、太光彩照人了。人们对于这种无可挑剔的美，常常要产生一种偶像感、神秘感；在惊赞和崇拜之余，不免产生一种可望而不可即的生疏，可羡而不可亲的隔阂。而惟独在这深深夜色里，在天际垂下黑色的羽纱、六合弥漫于幽深迷谷之时，西湖卸下簪环钗佩，洗去胭脂粉黛，我们看到的西湖才是她的本来面目与天生性格。

这时的西湖,除了天生的素质和坦诚的感情之外,没有一丝一毫故作的矜持、炫目的娇嗔、夺情的高傲和逼人的笑靥。一切都在自然之中,都在自我之中。在一片柔和的夜色里,一切没有个性的装饰和掩藏真实感情的姿态都消失了,应当说,这时的西湖才是大自然最有力的杰作。

这时,我好像已经听到了西湖款款移动的碎步和衣裙所带起如丝如缕的微风,感到了她那像睡莲于静谧之中所呼出的芳馨气息。这才是我们长久寻觅的她——至善至美的本体。只有在这个时候,我们才感觉到她是那样的贴近和知己,在物我之间消除了任何隔阂。

我如醉如痴地坐在西湖畔,全然不顾夜色是怎样无怨无悔地深沉下去。终于,苍黑的山头上露出弯弯的一钩眉月,几缕银色月光像游丝一般垂落到湖水里。这时,幽暗的朦胧转换成白茫茫的昏晕,那些山树亭榭又隐隐约约露出黝黑的影子。湖水被月光搅动,泛起几片鱼鳞般的细碎波纹,一浪接着一浪地向着微弱的白光撞击过去。望着那不断流去的波纹,我好像是看到了悠悠历史长河中的往古来今。真是这样,流年似水嘛!那一明一晦的昼夜,不就如同那向着消逝的永恒中流去的一起一伏的浪花吗?那些别梦依稀的往事,不就是眼前那些飘飘荡去、渺然无踪的波纹吗?

在淡淡的月光下,我仔细地寻觅着诗的影子、梅的影子、鹤的影子。但终因月色太淡,无法冲开暗哑的昏暝,觅不到它们的踪影。梅，自不待说了，不是季节，就是眼下的菱花和睡莲，也不知它们在哪里暗自滴落生命的露珠呢？鸟雀都已沉睡了，没有一声啾啼。我期待夜鹤能够戛然一声飞出来，在凝聚着旷古沉思的湖面上掠过，让画面转换一下色调。然而，它终于没有从梦的巢穴里飞出来，让我看到那思慕已久的“寒塘渡鹤影”的谜一般景色。

那么诗呢？我知道它正徜徉在苏堤窄窄的小径上。因为隔开茫茫的水面，我隐约地看到了那些古风古貌、捻须拄杖的影子。“孤山寺北贾亭西，水面初平云脚低”，那是白傅的清歌；“凤凰山下雨初晴，水风清，晚霞明”，那是东坡的酣唱；“驿外断桥边，寂寞开无主”，那是放翁的苦吟。当然，也看到了身着一袭长衫手握书卷的徐志摩与俞平伯先生的身影，听到他们吟诵《月下雷峰塔影》和《孤山听雨》。但是，很快就飘忽过去了，眼前只有涔涔的水声和寂静的夜风，用空洞的语言来叙说大地上的岁月更迭。我此时的心境正如泰戈尔所说：“隔开了我因生得太晚而不能相见的人们，它重重地压在我的心头，使我心酸。”在那如闪电疾驰、似流水消逝的时序里，我只能默默地吟哦“怅望千秋一洒泪，萧条异代不同时”而已！

清瘦的眉月耐不了多久，就悄然地沉落了。我身边又恢复了曾使我十分惬意的温馨、柔和、恬淡和幽暗。我爱这种无思无虑的沉寂，淡泊憩适的情趣。然而，方才那几缕月光破坏了这种和谐，搅乱了这种意境。它让我在显露出层次和轮廓的山水中抚今追昔，思绪纷纭，在默默青山中揭示过去，在静静湖水里探索未来，从而无故增添了许多激奋、高亢、惊悸和倾心的情绪，咀嚼着混杂着浓郁的甘与苦的滋味。现在好了,一切又都回到使人沉醉的朦胧里。我静静地坐着,领略西湖在深沉夜色中的纯真的美。

(原载2001年12月29日《文汇报》)

悠悠秦淮

如果把人类的悠悠古今，比作历史长河的话；那么，秦淮河便是一条历史的溪流，它满载着千百年的古国文明、千百年的诗文词藻和动人的传说，以及那使人动情和伤感的一切，都在欲言犹止、欲罢难休地日夜不停地流淌着。

站在文德桥上，手扶栏杆向远处望去，烟树茫茫，笼罩着一条枯萎干瘦的小河。枕河人家七高八矮，密密匝匝地挤成两排零乱不整的行列。河水黝黑黝黑的，像洗砚池里泼出来的残墨，连树梢上的一弯眉月，也映照不出一丝清亮的银波。

啊，这就是桨声灯影的秦淮河？

历史的幻影翩翩地飞舞过来，一只接着一只，扇动着五彩缤纷的翅膀，响着笙管笛箫的清脆谐音，闪烁着迷人的灯光烛影，在这似醇酒一般的河水里，亮着一双双梦的眼睛。

嘟嘟，几声汽车喇叭响过，历史的幻影都飞走了，眼前只剩下暗淡的水波，那深厚的岁月风尘，已经湮埋了秦淮河俏丽的影子，就如同希腊的巴狄农神殿和罗马的竞技场等恢宏建筑，都被剥去了昔日炫目的光彩一样。岁月不饶人呀！

正当我们浸沉于淡淡的怀古怅惘中，地方志办公室的张铁马先生，陪同我们走进了贡院街。当我们穿过夫子庙时，立刻就开始怀疑起自己的视觉神经来，不相信眼前的景物是否真实？一座座雕梁画栋、朱门绣户的店铺，栉比鳞次地排列在街道的两旁，幌帘飘曳着清香，华灯争相辉映着奇异的光彩。游人摩肩接踵，熙熙攘攘，好一派繁华似锦的盛况，宛如过去在画中见到的《清明上河图》。而那古色古香的店铺更是包孕着无限风光，无限的诗情画意。其中，有专营文物古玩的萃文楼，有专营碑帖字画的书香阁，有专营文房四宝的墨缘轩……

如锦似画的街，一直延伸至桃叶渡。“桃叶复桃叶，渡江不用楫！”耳畔好像又响起了王献之的诗。

真的，它又把昔日的秦淮繁华再创造出来！看那边，吊塔林立，铁臂纵横，多少人正为重建秦淮风光而日夜忙碌着。

“听说，你们已经找到了李香君的故居，正在按照古书上所描绘的样子在修整复建？”

他笑着点了点头，精神抖擞地把我们领过了桥，走到大石坝街，复又西行了一段，来到“乌衣巷”。这条东晋时代的禁街重地，已经变得又弯又窄，两旁全是低矮破旧的民房，旧时那些名门望族的亭台楼榭已经荡然无存。因为气候已经进入寒冬，自然也就看不到“飞入寻常百姓家”的燕子了。

张铁马先生告诉我们说，不要好久，乌衣巷里就将重现王、谢两家的部分宅第，巷口还要竖上石碑，镌刻上刘禹锡的诗：“朱雀桥边野草花，乌衣巷口夕阳斜，旧时王谢堂前燕，飞入寻常百姓家。”而在杜牧的那首“烟笼寒水月笼沙，夜泊秦淮近酒家”的《泊秦淮》处，将拓宽金陵闸，使秦淮河与白鹭洲的水沟通在一起，还要在那里立上一块杜牧的诗碑呢！

“这就是李香君的故居——钞库街38号！”铁马老人又指着墙基石上面在离地三尺多高地方有几个雕镂成鼻钩状的物件，说：“这是古人用来拴马的。”

“你们怎么断定这里就是李香君的故居——媚香楼呢？”我不能不寻根追底地问。

“三十年代初期，有人在这一带旧房基地底下挖出一块石界牌，上面刻有‘媚香楼界’四个字。由于当时一般人认为妓院，是个不吉利地方，加之又怕引起房地产纠纷，因此很快就把石碑毁了！”

我们进了大门，穿过几堵残垣，来到了后院，只见临河有一座明清时代建筑风格的两层小楼，虽然描金画栋和曲槛朱栏都已毫无颜色，但那框架格局就很不凡。楼下是宽敞的客厅，门窗紧对秦淮，当年，河里的如织画舫和笑语歌声，全都飘逸在它的脚下；当然，厅里也另有一番欢乐场面。后来，慧心侠骨的李香君为了抗拒阮大铖的威逼利诱，誓不与丧尽气节的权奸同流合污，自杀未遂，血溅在桃花扇上。几十年后，大戏剧家孔尚任曾多次来到此巷里凭吊，归去后写成流传千古的剧作《桃花扇》。

朦胧的夜色笼罩着秦淮风光带，远近亮起一片灯光，犹如天上的一片彩色的星星。昔日的繁华之梦又被人们追寻回来了！湮埋的只能是历史上那些污浊的东西；而美好的、有价值的东西，是不会湮埋的，它终会在人们的不断追求中再现出来。正像在重建的思乐亭石柱上新刻的那幅楹联说的那样："一带秦淮河洗尽前朝污泥浊水，千年夫子庙辉兼历代古貌新姿"。

我们在贡院街上走着，不仅看到了古香古色的店坊铺肆、金陵盛影和六朝文明，而且也听到了兴衰交替、革故鼎新的历史长河的涛声。

（原载1987年7月17日《北京日报》，与武勤英合写）

在古踏歌岸上

“李白乘舟将欲行,忽闻岸上踏歌声。”

一个偶然机会,我来到李白将欲乘舟的青弋江上。

一条镜明的青弋江,由南向北潺潺地流淌着,江水清澈湛蓝,恬淡悠然,娴静得像一个少女,在泾县的青山翠野中间蜿蜒地回环,极尽天然曲折之美。在波平如镜的水面上,映印着天上缱绻的白云和空中时来时去的飞鸟,同时,也将寒来暑往、往古来今的岁月,收藏在那山也静谧、水也安然的深邃里。

两岸青山苍翠欲滴,像一个个伏踞的碧螺。山峦后面,桑青麦绿,芳草连天,眼目所触及的地方,都绿得冒青烟。山野不要说了,就是依山环绕的江水也绿得晶莹透亮,浓重深沉,难怪那位古代大诗人李白愿意在这里流连忘返呢!

“桃花潭水深千尺,不及汪伦送我情。”

青弋江从黄山背后流出,涌进了太平湖之后,再越过涩潭、罗浮潭,就到了两岸桃花夹古津的桃花潭了。昔日汪伦,就是在这桃花潭岸边踏歌送行李白的。

在我刚刚十一二岁学会背诵几首唐诗的时候，就被那有人踏歌赶来送行的情景给迷住了，就被那水深千尺的桃花潭景色给迷住了。我想象不出踏歌送客是个什么样子，而能使李白这样久久不忍离去的桃花潭风光又该是个什么样子？我真想能够身临其境地去感受一下，把自己也融进那个情趣与景象之中，哪怕是一分钟、一秒钟也好！

今天，当我真的来到了这个多少年来一直让我魂牵梦萦的地方时，一下子就浸沉在桃花潭的优美风光和李白的诗的意境之中了。说来也不怕有人笑话，由于那永恒魅力的感召，竟然让我流下眼泪来！我站在后人修建的"踏歌岸阁"之上，眼望脚下雨后又涨深了几篙的潭水，看它用深邃莫测的清幽将对岸的悬崖峭壁和崖壁上的苍苔和顺着隙缝攀缘生长的青藤，都清晰如画地倒影在水中，那真是如诗如画呀！再放眼望，又见蓝天之下，还映衬着远处的深山古刹和临水的楼阁亭台，伴着悠然唱晚的江上渔舟。这时我绝对地相信，人们不要怎么用心就可以想象得出，在这欸乃一声山水绿之中，会荡出一叶李白乘坐的轻舟来。他正站在船头上，眺望着远山近水，拈须长吟。正在这时，岸上忽然传来了清亮的踏歌之声。他动情了，思念起这位曾任过泾川县令的汪伦的盛情邀请，想起来几天里他们开窗畅饮，对月长吟；还有汪伦的近邻，被李白赞之为扶风豪士的万钜，他们三人一起，不惜破费千金以求共江山美景而一醉。李白于醉中写出了"五花马，千金裘，呼儿将出换美酒，与尔同销万古愁"的千古绝唱。

桃花潭两岸的风光，无疑是十分美丽的，有十里桃花，枕水酒店，清泉风洞，古寺斜塔，到处都充满着诗情画意。李白在这里盘桓了许久，还对附近的景点写出了《游罗浮潭》《姊妹石》《涩滩》《石壁山》《早过漆林渡》《过汪氏别业》等诗，给这里的奇峰、峻石、江上风光，都增添了不少迷人的色彩。所以，我们应当特别地感谢汪伦，是他盛情好客邀得诗仙李白来，让这里的好山好水成为产生那样千古传唱、绝妙好诗的平台。假如青弋江能有思维理念，桃花潭的含羞眸子能够闪动出善解人意的眼神，它们一定会好生地感谢诗仙李白，还有到这里踏歌送行的汪伦。为了表示这种永恒的怀念，人们便在桃花潭西岸，修建了太白楼和怀仙阁，在古松岗上还留下有汪伦的墓。

所以，踏歌岸阁陈列馆的同志让我留下点文字时，我便写下了如下几句话：

有限河山，无边风月；
桃潭千尺，万古诗魂。

（原载2005年5月26日《新民晚报》）

牡丹和牡丹花城

人人皆道牡丹花好，称它是“百花之王”，在一部《聊斋志异》里就有好几篇故事是专门咏颂牡丹的：有的幻化为风流名士，有的幻化为多情少女，或朴或雅，或灵或痴，都给人留下美好的印象。

按说，牡丹花别的地方也有，我所以独念洛阳，一则是那里花多，据说有一百多万株，被称为牡丹花城；二则是那里的花好，有许多品种是别的地方看不到的，像“姚黄”、“魏紫”，自古就享饮盛名，尽管如今已采用科技手段，培育出了许多新品种，但还没有能盖过它的。

来到洛阳，果然来到了一座花城，满街满巷都是姹紫嫣红的花：有火红的石榴，有荷灰的藤萝，有窈窕清秀的白丁香和紫丁香。桃花是残了，但仍然一大团一大团地抱在枝头上，默念着往日的璀璨时光，不肯轻易地随风飘去。但最多的还是牡丹，你随便走到哪里，都能望到它那雍容华贵、超凡脱俗的芳姿。

但要说看牡丹，还得去王城公园，因为那里是牡丹的大本营。一到清水塘畔牡丹亭边，就如同临近波涛万顷的大海一般，眼前是一片花的海洋，牡丹的海洋。株连着株，叶连着叶，花连着花。香雾袅袅的花浪，一波拥着一波，一浪推着一浪，无边无际，无涯无垠……

唐代诗人刘禹锡说："唯有牡丹真国色，花开时节动京城"；宋代文豪欧阳修也说："洛阳地脉花最宜，牡丹尤为天下奇"。可见，当时人们是何等地喜爱牡丹，赏洛阳牡丹又是何等地牵动着众人的心！

为什么古人那么喜欢牡丹，把它看得那么高贵呢？按说，牡丹没有桃花那么璀璨绚烂，没有兰花那样文秀高雅，没有荷花那么婀娜婷婷，也没有梅花那么孤标傲世，俊俏风流。说不好听的话，倒有些泰泰和和、迂迂阔阔的样子，正像《红楼梦》里形容薛宝钗的那句话："装憨守笨"。可是为什么有那么多古人独爱牡丹，偏偏推举它为花王，独领众芳之首呢？我带着一片虔诚和几分困惑，在牡丹国里久久地徜徉，想去寻觅和探求这不解之谜。经过苦思冥索，终于悟出了几根经络。

首先，我说牡丹花好，好就好在它的大气上。花重瓣复，花团紧包；大得像盘向日葵，像轮明月；厚实得像盏金樽，像个绣球，像颗大玛瑙珠子。油光碧绿的叶子本来是很繁茂的，密密层层，可是被那硕大无朋的几朵花儿在枝头上一压，纷披的叶子倒显得疏疏朗朗无有余地了，好像已从人们的视野里消逝。

其次，我说牡丹花好，好就好在它的仪态上。雍容华贵，磊落大方，端庄凝重，从容自若，哪种花儿也没有它这极不寻常的气质。

再有，就是它的品格。牡丹虽然状若金樽银盘，华贵无比；但却不妖不冶，不以器重而矜持，也不以华贵而媚俗。它不过分地突出自己,也不忘情地表现自己。它虽有紫、红、黄、蓝、粉、白诸种颜色,还有稀世珍奇的黑色花与绿色花,但却不灿烂炫耀,流光溢彩,始终能保持其本色。这正符合中国士大夫的气节和心态:宁静以致远,澹泊以明志;也像有人写的对联中说的:“唯大将军能本色,是真名士自风流。”这大概就是古人喜爱牡丹的真正原因吧。周敦颐曾把这种品格赋予莲花。为了涵养这种气节,他在自家的小花园里挖了一方池塘,种了许多莲花,经过周密的格物致知之后,写出了那篇千古流传的《爱莲说》。可惜,周敦颐住在南方,南方不宜牡丹。如果他住在北方,我相信他会在自家园子里种上几株牡丹,《爱莲说》兴许会变成了《牡丹说》。

但是,天生丽质难自弃,牡丹这种高贵品格即便没有寄寓到周敦颐的《爱莲说》里,也终于寄寓到李汝珍的《镜花缘》里。李汝珍在《镜花缘》里转述了这样一个故事,他说:武则天为了给自己祝寿,命令百花同时开放。众花畏惧她的权势,都无可奈何地同时开放了。惟有禀赋一身傲骨的牡丹,不肯苟且开花,它有一种孟子说的“威武不能屈,富贵不能淫”的精神。武则天一怒之下,将它由宫中给贬落到民间洛阳。

谁知坏事也变成了好事,由此洛阳竟成了牡丹花城。每年花期一到,洛阳城里遍地都是牡丹。刘禹锡说的“花开时节动京城”,一点也不假,现在,每当牡丹盛开的时候,惊动的就不止是洛阳的几十万市民了,而是来自全国各地,甚至于世界各地的赏花人了。

(原载1992年9月17日《中国统计信息报》)

山环水绕越女乡

剡溪，娴静得像一个温柔的少女，在嵊州的青峰翠野中间缓缓地流淌着。

“霜落荆门江树空，布帆无恙挂秋风。此行不为鲈鱼脍，自爱名山入剡中。”这是李白在《秋下荆门》这首诗里表达他对剡溪两岸山水风光的思慕和渴望。我为古诗、古文激起浓郁的游兴，早就向往到这布满历代名人足迹的山水画廊里走一走。前些时候恰巧碰到一个机会，装在心头足有多半生的夙愿终于实现了。待到来到这里一看，果然是山青树茂，水碧沙明，清秀得像一块晶莹瑰丽的翡翠。令人感到更加兴味无穷的是，这里还是人们颇为喜爱的剧种——越剧的故乡。

路，随着剡溪在山谷中蜿蜒着，河的对岸襟连着一座漫岗，一排青砖红瓦粉墙的新盖房舍，井井有条地从河边向漫岗上扩展着，构成了江南新式的典型村镇。有人告诉我：“王文娟就生在这个村子里。”转过一个山头，又有一排新的砖瓦结构房舍，他又对我说：“范瑞娟就生在这个村子里。”啊，竟是这样，真想不到！越过青翠的竹林,我们听见潺潺的水声,在小溪环绕的土岗上有一排竹篱茅舍,他又指着一间低矮的房屋说:“这是兴福庵,四十年前,‘四季春’科班就设在这里,袁雪芬、傅全香、钱妙花等越剧名角,都在这里拜师学艺。不久前,傅全香从上海回乡探亲,还专程到此故地重游,在兴福庵前留影纪念!”我问他这个村子叫什么名字,他说叫“柳岸”。好一个花溪柳岸,有这样山清水秀的地方,怪不得如此的人杰地灵呢!

在归来的路上,人们又给我简单地叙述了越剧发展史,从而使我揭开了此地为何成为越剧之乡的谜。原来七十多年前,这里的山区就有人出外卖唱的风习。春节前后,农活忙完了,穷苦人家耕霜耘露地忙活了一年,打下的粮食除了交租交税之外,不能养家活口,只好凑几个人搭班出外去卖唱。一般都是一行三人,一个拉二胡,两人清唱,叫作“唱小歌”。用的是乡音土语,说的是悲欢离合的故事,感情浓,情节细,很受人欢迎。开头只是在春节前后唱,收的报酬就是听书人家送的白条(年糕)。后来这种小歌流传越来越广,远至杭嘉湖一带都有人争听小歌,于是就逐渐扩展成常年性质的职业戏班——小歌班。当年流传这样的话:“处处无家处处家,越乡儿女唱小歌。”

大约是在1906年前后吧,有一次唱小歌的十几个人来到一个听书人的院子里,大家你推我让,不知该由谁来唱为好。这时有人就出了个主意:每人扮演一个人物来唱。有人反对说:“小歌没有这么唱的!”可是演出的结果却出人意料,效果非常的好。于是,小歌便由落地唱书发展到搭台唱戏的阶段,形成了越剧的雏形。

今天,越剧之乡更是轻歌曼舞满田畴了。可以说,嵊州女儿人人会唱越剧。不论走到哪里,只要有小姑娘们在一起的地方,你就能听到柔腔细韵的越剧调。我问跟随的人这是为什么?他笑着摇摇头,也解释不出原因来?可能是一方水土养一方人吧!

剡溪的水像镜面一般,静静地流淌着,两岸沃野上麦熟秧嫩,菜绿桑青,洋溢着一片丰收的景象。远方,也许就在柳岸的那边,传出来悠扬委婉的越剧清唱,声声入耳,句句动情,让走在剡溪路上的人感到格外的心醉!

(原载1982年10月12日《新民晚报》)

月白风清富春江

富春江之山、之水，真是太美了。它的空灵神韵，我敢冒昧地说一句，是甲天下的，虽然自知因此会得罪不少的人，不少癖爱黄山、漓江和三峡的人。但我还是要说。这里的山水眉清目秀，剔透玲珑，线条细腻，性格温柔。它妩媚而不妖冶，流畅而不轻佻，含蓄而不晦涩，深沉而不苍凉。相形之下，另外一些名山就显得骨架太高傲、气势太急促、冷峻太逼人了。就说它的绿吧，过去有多少人用绿字来呼唤山水的精灵。朱自清曾用绿字来渲染瑞安的梅雨潭，沈从文曾用绿字来述说湘西的山川秀色，冯宗璞也曾用绿字来写西湖的无边情趣，可是我觉得真要把绿字用得贴切，用到地方，还得要说富春江。

这里的山，像一个个伏踞的碧螺，绿得冒青烟；一湾江水幽娴舒缓，而又绿得沉静庄重。难怪1983年国画大师张大千又提笔重书了他在四十年前初到这里时所作的诗："晓日曈曈雾尽开，轻舟初入峡中来。渔娘打桨呼鲈美，知道前山近钓台。"

不过，这绿的诗和绿的画，我们都是日间观赏到的；等到傍晚时分，坐在严子陵钓台上的一间茶座上品茶待月时，那远近则都模糊在夜的怀抱之中了。绿，已经被吞噬了，剩下的只有山的风骨、水的柔情、风的絮语、树的婆娑，甚至连身背后悬岩下面的严光先生祠堂、"高风亮节"的匾和一幢幢历代名人的碑刻，也只在意念之中闪烁着亮点，它们的庄严外在，俱都融化为深邃的内涵了。

后来，月亮寂然无声地走出来了，她带来了一片亮光，也带来了一束束灵感。这时，钓台附近的山水烟树、台榭祠亭，又都显出了它们神采奕奕的风貌。在荡荡漾漾的江面上，布满了青山的倒影。在绵亘的倒影中间，亮起了一条用莲花雪浪编织成的光带，恰似从天顶上跌落下来的银河。顺着这条银河的路，历史上有多少高人雅士、诗圣词宗从这钓台前边走过呀！如今，在祠堂旁边的碑林中，就留有汉光武、谢灵运、李白、俞樾等人的题词与留字。其中，最有影响的便是始建严先生祠堂的范仲淹的那首诗："云山苍苍，江水泱泱，先生之风，山高水长。"

银雾似的月光洒满富春江上。江天如洗，月白风清，严先生祠堂前有成排的金桂树和银桂树，都将温馨扑鼻的花香飘散到江面上来，让人如醉如痴，一直坐到夜深露冷也不肯离去。我是为着追寻那诗的意境来的，而今看到这山、这水，这水中浓重的层层叠叠的历史投影和由山水而孕育出的感情、节操和品德，感到我要吟唱和抒写的东西太多了！我深深地感到，我们民族伟岸的身形、高尚的气节和黄金的品格，既寓于诗情画意的山水之中，也寓于那些像高山大川一般深厚磅礴的诗文之中。赏阅这些大自然的杰作和人类的思想精华，是能够永远激励人们的志趣和产生深远的启迪的！范仲淹在写《严先生祠堂记》时，就曾深深地感受到这一点，他说：以严先生的品德，足以使"贪夫廉，懦夫立，是大有功于名教也"！这话，用现代词语来说，即是对于精神文明的建设是大有帮助的！

我为追寻诗的意境，历尽了祖国的名山胜水和许多情趣盎然的地方，所留下的印象是极其隽永的，终生难忘的，在我生活中所投下的影子也是极其丰采传神的！尽管历史空间的悠旷，诗人足迹的深远，是很难追踪得上的；但是几十年里，我却一直锲而不舍地去寻觅着，追求着，为的就是让那诗的意境永远存留在我的心头，人们的心头。

（选自《古诗意境寻踪》，中国少年儿童出版社1990年版）

醉翁亭游记

“环滁皆山也。”欧阳修的《醉翁亭记》劈头就是这么一句。

可是我来到滁州却有失所望，一路上地势平平毫无所见，只有一些小丘漫岗，不像是个藏有奇峰峻岭、幽雅林泉的地方。难道是前人文字不实，抑或是山川有所更易？因为从北宋到今天，差不多已是“往事越千年”了！很难保证，山河依旧只是朱颜改了。

没想到第二天清晨，这一片狐疑之云就被眼前的事实给排散开了。我们出城往西南走了不过六七里地，便仿佛置身于真正的山水画卷之中了。俊秀的峰峦，幽深的壑谷，都静谧地沉浸在虚幻缥缈的白色雾霭里。山路是石子铺成的，高高低低地出没在浓荫密林里。时序已是深秋，高处红叶满山，一片片胭脂似的霜叶，在峰起谷落之间缱绻着，飘荡着，让人如同跌进神奇的梦境里。我忆起杜牧的诗“远上寒山石径斜”来，为什么他要用一个“斜”字呢？是不是诗人也和我此时一样，被寒林霜叶所陶冶，已经是醉眼乜斜地观花赏景了呢？

在迷人的琅琊古道上走着，忽然，在峰回路转的地方出现了一个小小的石门豁口。过了豁口，果然见到有亭翼然，那便是千古流传的醉翁亭了。在翠谷合围之中，有一条使人忘俗的溪涧，涧上跨着一座蕴含着东方造型艺术美的玉带式石桥，名曰薜老桥。桥与涧，自然与人工，巧妙地结合在一起，看起来毫无矫揉和修饰之感。站在桥上，俯窥溪水在清石板上潺潺地流，人的影子便也清晰如画地印在石板上。

过了桥，就到了滁州有名的三泉之一的“让泉”了。泉边有个小巧玲珑的洗心亭，亭旁立一块巨石，上面刻着“枕流漱石”四个字。你想，在这样水清石净的涧溪上，谁不想尝尝这“枕流漱石”的滋味呢?

涧溪的对岸地势较高，依附山背而修起的建筑群，有醉翁亭、二贤堂、宝宋斋、意在亭等。醉翁亭在庭院中心，端端正正，四四方方，是正统的儒家派头。有点别致的是檐卷如篷，檐牙高啄，果然像只振翅欲飞的鸟。欧阳修用“有亭翼然”四字来形容它，恰到好处。院中正北是二贤堂。二贤者谁？多数人认为是指宋代两位滁州太守王禹偁和欧阳修。王禹偁当然也是一代诗豪了，但这里却没有一点他的遗迹，堂中塑的是欧阳修的像，条案上陈列着一部厚厚的《欧阳文忠公集》。院内碑刻很多，其中，最难得的是刻有苏东坡手书的正楷《醉翁亭记》两块石碑，这真是无价之宝呀！山水、文章、书法，聚结在一起，当是瑰宝中的瑰宝了。

庭院西边另有一个院落。明代万历年间滁州太守卢洪夏仿效山阴兰亭的样子，在此修建了个“九曲流觞”，在平平的石台上凿出一条九曲回环的小小沟渠，引让泉里的水流入其中。据说当时的文人雅士就各坐在渠边的一定位置上，杯子顺水漂流，流到谁的跟前谁就饮酒。石台正中建一座“意在亭”，大概是取“醉翁之意不在酒，在乎山水之间也”的意境吧？实际登到此亭子上，仰观层峦叠翠，俯听清流有声，的确助人泛醉。妙哉，妙哉！看来，亭子的情趣全在于这“意在”二字了。

意在亭西有菱溪石一块，是南唐遗物，原本是放在城东菱溪塘畔的，欧阳修建丰乐亭时移到丰乐亭，后人又把它移到这里。菱溪石畔有一个方池，是明初太仆寺卿赵次进修的，后来又有人在一池碧水的中间建了一座亭子，起名梅香亭。因为，亭子正对着一棵古老的梅树。传说，这棵树是欧阳修亲手栽的。环绕着这棵树有一群古建筑物：北边是古梅亭，东边是览余台，西北边是怡台，它们各有各的风格和情趣。

出两院再往西，是一所专门栽种各类花卉的院落。院中，春兰秋菊四时花草争芳斗艳自不待说，单是院子的名字就起得好，叫作“醒园”。真难为他们想得出！在醉翁亭上极尽山水之乐，在九曲流觞之上饮上几杯甘洌芳醇的美酒之后，一出两院步入花草中间，便酒醒过来，真是有趣得很呀！极尽文人的雅兴！现在，滁州城内也有“醉翁酒家”、“醒园酒家”等餐馆的名字，可见，这里的人们是个个都借得来欧阳修的几分韵味了！

（原载1982年9月14日《新民晚报》）

天下名寺有琅琊

名山古寺，自古就是文人向往的地方，这只要看看李白、王维、贾岛等人的诗就知道了。那么，全国有多少有名的古寺呢？据有人计算，全国共有三十六座名寺，而滁州的琅琊寺就是其中的一个。

琅琊寺在滁州西南十余里的琅琊山中。山色清幽淡雅，林泉淙淙有声，宋人欧阳修形容它是“望之蔚然而深秀”的一座好山。相传晋元帝未登基之前，被封为琅琊王，常到这座山上来游宴，因此，人们便把这座山叫作琅琊山。

“踏石披云一径通，翠微环合见禅宫。”顺着石子铺成的琅琊古道信步走去，你会在峰回路转意想不到的境界中走进这座寺院。山门衔在深壑与峻岭中间，一抹红墙藏住寺内庙廊殿宇的千变万化。山门两侧各长着一棵虬髯拱背的老槐树，披散着一头谲诈多端的绿色须发，俨然是两尊长臂罗汉。跨进山门，里面有三座庭院，因为是依山建造的，一层比一层高，这也正合佛家的“禅深一层，道高一层”的偈语。

中间一层是大雄宝殿,二十多米高,庭宇轩昂,飞檐斗拱,建筑得很有气魄。院心有一块半亩多地的方塘,池水碧清碧清,像一块绿水晶,水面上临风摇曳着雪白的莲花,水底下的金鱼悠然来去。有一座九曲回环的小桥横跨在方塘之上,游人可以度桥过到彼岸。

最后一层庭院是以百米多高的断崖绝壁为后墙的。崖壁根底下有潭清泉,泉水从地心里淙淙不绝地涌出来。潭边岩石上刻着“濯缨泉”三个字,是取《楚辞》中“沧浪之水清兮,可以濯吾缨”的意思。这座濯缨泉与醉翁亭畔的让泉、丰乐山上的紫微泉,号称滁州三泉,泉水都是甘甜甘甜的,冬夏长流水,天旱时也不干涸。

灌缨泉边有座明代万历年间修建的“三友亭”。它之所以叫“三友”,是因为院子里竹子很多,崖壁上,有冬夏常青的松柏,还有横枝疏斜的几株梅花。而松、竹、梅,自古便被称作为“岁寒三友”,小院里三友俱全,因以为号也就一点也不虚夸了。若是在风清月朗的夜晚,坐在寂静的三友亭上,听泉水淙淙地响,看潇洒的竹叶与清瘦的梅花暗暗地交流感情,你定会窥探到大自然的高雅情趣与超凡脱俗的品格的。

琅琊寺是唐代大历年间所建,距今已有一千多年的历史了,可以称得上是一座名副其实的深山古刹。院中有一幅石刻的对联说得很傲气:“古寺沿存明季石,山门犹有建康砖”。明季石不用考证了,濯缨泉边的许多石刻,基本上都是明代人的字迹;至于山门上是否还有六朝时代的砖瓦,可就难以辨认了。砖瓦毕竟比不得石头坚硬。山环故国,雨打风吹,恐怕它早已湮埋在岁月的沉沙里面了。

出琅琊寺的后层庭院，还有雪鸿洞、归云洞、石山松等名胜。寻山路再往上爬，一直可以登上主峰南天门。站在峰顶上极目远眺：看万里长江，烟波浩渺，舟楫往还，天阔帆小；看长江两岸，无边稻浪，枕水人家，田连阡陌，芳草天涯。

在琅琊寺附近的幽谷泉上，还有一座丰乐亭，是欧阳修在滁州做太守时修建的，他常与当地的友人"乐其岁物之丰盛"而到这里游玩。正像他在《丰乐亭游春》诗中所写的那样："红树青山日欲斜，长郊草色绿无涯。游人不管春将老，来往庭前踏落花。"

可惜，这座亭子早已倒坍了！

（原载1982年9月13日《新民晚报》）

凤阳行

黎明时刻，我走在淮河边上一条芳草萋萋的路上。凡是地上的路都使我产生一种联想，使我把人生、哲理、过去、未来和由古通今的一切一切，都联结到一起；而今更加不同的是，我是走在令人惊喜异常的、使人们从贫困走向富裕的凤阳之路上。

凤阳是自古就有名的地方，因为这里出了个朱皇帝，至今在城里还有朱洪武当年出家当和尚时的龙兴寺。城南五里，有埋葬着朱洪武父母的皇陵。道路两旁的那两排石人、石马，跟北京明十三陵的格局差不多。更值得一提的是，还有一座镌刻着明太祖亲自撰写铭文的石碑（这铭文原本是一个大臣起草的，但朱洪武感到世上的“皇陵碑记，皆儒臣粉饰之文，恐不足为后世子孙戒”，他为使后代知道“往日之艰辛”，因而亲自撰写，把凤阳人的灾荒，朱家的流离失所与逃亡的惨境都写上了）。在城东北三里多地的万岁山下，还有一座中都皇城。城内的宫庭殿宇虽然早已荡然无存，但是南面的城墙和城墙上的谯楼雉堞，依然完好地矗立在寂静的旷野里。

除帝王之乡外，凤阳又以全国少见的灾区而闻名。我有一个癖好，每到一个地方总要想法子把当地的《地方志》找来看看。然而，我找来了十几部发黄的凤阳县志和府志看了一番之后，在那密密麻麻的字里行间却无所见，反反复复的就是那么几个字："凤阳饥"、"凤阳饥，人相食"。这几个字，出现在成化四年、十九年，弘治九年，嘉靖八年、三十二年，万历元年、九年，天启元年，还有以后什么年、什么年，总之，来来去去就是这么几行字。除此之外，再就是一首几百年唱也唱不完的《凤阳花鼓》："说凤阳，道凤阳，凤阳本是个好地方，自从出了个朱皇帝，十年倒有九年荒！"

我掩上了书卷，心境凄然，一闭上眼睛就好像看见了淮河边上一群群瘦骨伶仃的逃荒人的影子。他们从蓬蒿埋径的村子里逃出来，从四野荒芜的田垄中逃出来。天寒日暮，古道西风，到处是逃荒人瑟瑟抖动的影子。一声凄凉的凤阳花鼓，让人万断愁肠。

解放以后，这里实行了土地改革，封建剥削制度结束了，农民在政治上翻了身，生活也比过去改善了。但是在党的十一届三中全会以前，由于极"左"路线的干扰破坏，人民的生活依然困苦，尤其是在"四人帮"横行的十年动乱里，这里受的损失更为严重，田园荒芜，又有许多的人出外去逃荒。许多地方一听到花鼓声，就知道是凤阳人上门讨饭来了。

然而，就是这样一年年出外逃荒讨饭的凤阳，在党的三中全会以来各项发展农村经济政策的指引下，也竟然一耸身躯甩掉了头上的穷帽子，走出一条令人神往的富裕路子来。黎明时刻，我在这条淮河边上的路上走着，到处所见的都是高高的粮囤，整齐的新房，我的心像喝了几碗甜酒那样充满着醉意。我都不大敢相信眼前这金光闪闪的现实，不大敢相信这条朴实无华的路，会充满着这样旺盛的生机。然而那些经过反复核实的数字，把每个来参观的人都说服了：全县粮食总产量1978年是二点九亿斤，1979年实行生产责任制后增加到四点二亿斤，1980年为五亿斤，1981年为六点一亿斤，1982年为七点一亿斤。四年工夫增长了一点五倍。全县平均每年每人的现金收入，1978年是七十一元，1979年增至一百二十五元，1980年是一百七十八元，1981年是二百五十元，1982年是三百二十六元，提前实现了翻两番的任务！

这不是奇迹吗？

依我说，也是也不是！从花鼓之乡凤阳所走出的路，是一条宽阔而光明的路。现在全国多少地方的人们，都在顺着这样一条路子走着，都取得了令人欢欣鼓舞的成就。

（原载1983年6月21日《中国旅游报》）

泉水叮咚的崂山

天下的名山虽有许多相同之处,但是最关紧要的地方,又各有各的特色,各有各的风情。黄山的奇松,庐山的瀑布,泰山的日出,华山的奇险,都有着他们独特的风光。崂山,也是天下一座名山,秦始皇、汉武帝以及唐代大诗人李白、清代著名文人顾炎武、蒲松龄等人,都到过崂山,并留下了许多诗文和石刻。从这些方面来说,它也可以与那些名山大川可以并列为伍,而且除此之外,它还具有着众山不具的特色。那么,崂山的特色在哪里呢?就在于方圆四百多平方公里的崇山峻岭中间,到处都有叮叮咚咚的泉水。

崂山,是一座泉水叮咚的宝山。

从青岛坐汽车沿着曲折的海岸线东北行,大约经过七八十里路,就进入巍峨耸立的崂山了。山脚一直伸入到海里,因此,崂山也被人誉为“海上名山第一”。从山脚向上攀登,有石头砌成的台阶,把人一步步地送向高处,送向那雾起云飞的地方。山很高,主峰高达海拔一千一百三十多米。从数字上看,它比华山和泰山都低好几百米,可是它的相对高度却是惊人的,因为它的起脚点是从海拔零度开始的，不像内地一些山，起脚点就已经在几百或几千米以上了。

山上怪石嶙峋，异峰突起，无数深深的峡谷切割在万仞丛山之间。这里的石头都是坚硬的花岗岩，还有一些片麻岩。由于大自然用风刀雨剑长期地切磋琢磨，便在这软硬相间的岩石丛中，形成了一片惟妙惟肖的天然雕塑群。有的像狮子，被称为“狮子岩”；有的像骆驼，被称为“骆驼峰”；有的像绵羊，被称为“绵羊石”。最精彩的地方，不亚于从古希腊巴狄农神殿中发掘的出土文物。因此，古人有诗称颂这里是“群峰削蜡几千仞，乱石穿空一万株”。

崂山中的泉水确实是很多的！有人曾经用“山多高，水多深”，来形容这里水源的丰富。这些泉水从每个石罅岩缝中，都无声无息地流出来。有许多裸露的山岩也变得苍黑潮润，遍体生津。不用说，那也是一滴一滴涌出来的水珠造成的。

在崂山的各条峰岭和峡谷中走着，会听到各种不同音阶的泉水的声音：有的是叮咚的，有的是淙淙的，有的是铿铿的，有的竟是轰轰的，像山风挟着暴雨，像大海卷着潮声。这些泉水是宝贵的东西，不仅清澈甘冽，而且含矿物质丰富，是最好的一种饮料。别看这里大量的泉水空自哗哗地流去，可是国内外还不知有多少人，渴望地想要饮用这里矿泉水和用这种矿泉水酿制的青岛啤酒呢！

我每次到饭店里去，都要叫上来两瓶“青岛纯生”。

（原载1984年第4期《中学生》）

庐山的瀑布

庐山的瀑布，没有长白山瀑布地势那么高，也没有黄果树瀑布那么大的气派；然而我说，看瀑布还是要看看庐山的，因为庐山瀑布自有它特别的妙处。一是庐山瀑布数量特别多，匡庐九十九峰，可以说无峰不垂瀑，有壁皆飞泉。小的飞流无法统计，蔚为壮观的大瀑布就有十几条。二是它与庐山的奇峰、云海、怪石，融合在一起，构成一种在别处看不到的奇幻迷蒙的境况。

人们是不会忘记李白那扣人心弦的诗句："飞流直下三千尺，疑是银河落九天。"这里说的是从香炉峰与双剑峰之间奔流下来的开先瀑布。一条瀑布为什么会使人产生自天而降的感觉呢？这主要是有云海变幻的缘故。当茫茫的云海淹没山顶，豁然间看见有水流从云端里倾注下来时，怎不叫人有"疑是银河落九天"的感觉呢！所以，庐山的瀑布自有庐山的妙趣，庐山的性格。不到庐山的人，是想象不到的。

在庐山，像这样气势磅礴的瀑布，除了开先外，较为著名的还有五老峰侧的三叠泉，王家坡的双瀑，牯牛岭的石门涧和山南的西瀑、玉帘泉、谷帘泉等。

因为有这许多从云端上倾泻下来的瀑布，庐山上便有许多的水。每个石罅岩穴里都涌出如注的清泉，每个沟壑峡谷都有深潭和湍流。过去读游记散文，常见有“千山竞秀，万壑争流”之类的话，总觉得它是既夸张，又粗俗，没有什么味道，然而，这次来到“横看成岭侧成峰”的庐山之后，才觉得只有这八个字才恰如其份地反映出庐山的真面目来。整个庐山的峰峰岭岭，沟沟壑壑，无处不在“争流”之中，而庐山的诸多风景名胜，也尽都依傍在“争流”的清泉两侧。

庐山仙人洞是人人都知道的！这个洞之所以闻名，有一个原因，就是因为洞中有一个方可盈丈的清泉。泉水涓涓不息地从石缝中涌出，晶莹透澈，清可见底，被人称为“洞天玉液”。这泓清泉幽藏在嵯峨的洞穴里，不难想象，它会为此而增添了多少神秘的气氛！

解放后，我们在庐山南部修建了一座横跨石门涧的大坝，为让高峡出平湖，在庐山顶上修建了一座方圆二百余亩的芦林湖。后来又在花径公园附近修建了第二座人工湖，方圆也在百亩左右，名曰如琴湖。这个状如月琴的如琴湖，就镶嵌在当年白居易曾经咏叹“长恨春归无觅处，不知转入此中来”的大林寺桃花丛里。过去许多诗人都幻想在庐山顶上能够找到“方湖石井”，今天，人造的芦林湖与如琴湖，比幻想中的方湖石井，不知要大上几十围，美上过几百倍哩！

古人曾说：“匡庐奇秀甲天下山”，靠有这许多瀑布，这许多泉水，这许多方湖石井，果然是名不虚传了。

（原载1983年第2期《中学生》）

柳州龙潭公园

天下名园各以其不同的旨趣，取胜于一方。有的意在山光，于是便借崇山绝巘、奇峰怪石之趣，巧妙地安排起园林的各项设施；有的意在水秀，于是便借江天水月、涯渚迂回的情趣，巧妙地设造出人工与自然浑然一体的佳境。而广西柳州的龙潭公园，则开发出更为广阔的内涵，除了山明水秀的自然风情外，还别具一格地把广西的民风民俗集纳进去，形成该园独特的一绝。

柳江如带一般地婉转回环，柳宗元形容它是“江流曲似九回肠”。江水用一个“U”字形，将柳州城从三面包围住，龙潭公园就建造在离城三公里许的U字形底部。公园的四面，是二十四座青翠欲滴的山峰，中间是两湾温如碧玉的湖泊。那山那水，都俊俏秀美极了，人一涉足进去便要留连忘返。

这里是典型的喀斯特地貌，一座座奇峰联袂簇聚，如林如笋，如刻如削。每座山峰都奇绝秀绝，玲珑剔透，都是一件艺术珍品。我们只要看看那些山峰名字：情侣山、美女山、牧童山、仰狮山、卧虎山，就可以想象出它们各自超凡脱俗的面貌了。

至于说到青山环抱中的那两湾湖水，更是叫人赞叹。原来，在公园的西北角上有两座并肩而立的雷山和龙山。不知在哪个世纪里突然地陷西北，在其山脚下涌出一泓清泉，并于二山之间积成两个水潭：龙山脚下的曰龙潭，雷山脚下的曰雷潭。潭水皆清澈晶明，碧莹温润，邃密幽深。

这样画山绣水的园子，已经是美不胜收了，而柳州龙潭公园又在山水之外，或者说在山水之间，修建了一系列能够表现民族风情的旅游景点。广西是个少数民族较多的省份，公园便以这些民族五彩多姿的建筑风格和传统的艺术造型，修建了“壮乡”、“侗寨”、“苗岭”、“瑶山”、“傣村”等景点。这些景点或依湾傍水，或高踞岭崖，或散落在茂林修竹之间，既自成格局，又隔山隔水遥相呼应，妙趣无穷！

其中，侗寨建筑得最为精美别致。在镜湖之畔，耸立着一座方形多层宝塔式的鼓楼，楼前竖有镌刻着牛头的华表柱，翠竹掩映中飘动着旗幌，露出香气诱人的茶香居来。

每个村寨里，不仅有突出民族风格的建筑，还植有体现各族民风民俗与民族生态意识的花草树木，形成充满民族特色的生态环境。在傣族村寨里，遍植棕榈科植物，一株株富有南国风情的油棕、蒲葵、槟榔，伸展着像孔雀翅膀一般的大叶子，在金辉辉的夕阳下，有拖着长筒花裙的傣族姑娘端着水罐从芭蕉树后走出来，可以想象得出，它会为这方土地增添了多少诗情画意！

壮乡的基调是桂花，这里边广植金桂、银桂、丹桂和四季桂，各种桂树花期错开，故而一年四季都可闻到桂子飘香的味道。此外，还有冠盖如云的大榕树、富于浪漫色彩的南国红豆树、妩媚鲜妍的紫荆树、朱槿树、木棉树。当你在花间月下，看到一群壮族的姑娘和小伙子此问彼答地对唱山歌时，关于刘三姐的种种传说便会飘忽地在你眼前闪落。

值得着重提一笔的，是公园里的民族餐厅。桌上的菜谱更是奇得惊人！他们把广西十几个民族的风味佳肴都集到一起，烹制出许多既有浓厚民族风味又脍炙人口的异香美味来。

所以，游龙潭公园算是饱了眼福、口福和耳福，可以领略到广西各民族丰富而饶有情趣的民间文化风采。

（原载1994年2月20日《中国文化报》）

儋州东坡书院

半醉半醒问诸黎，竹刺藤梢步步迷。

但寻牛矢觅旧路，家在牛栏西复西。

这是苏东坡贬至海南后访问黎族朋友归来时写的一首诗。

宜伦江娴静得像一个温柔多情的少女，在海南岛西北部的青峰翠野中间款款地流淌着。那婆娑婀娜的槟榔与水竹，在河曲的深处和竹篱茅舍的院落里，簇聚着一团团清荫和雅气。沿着不断向西踅去的江湾，我们来到了古为儋州城址的中和镇。穿过街市到了城的东南隅，眼前展现出一幅田园诗般的画图：荷塘、翠柳、小溪、稻田。就在这画图般的幽径上行了不久，我们来到了东坡桥。过了桥，就是东坡书院了。

宋哲宗绍圣四年（1097年），苏东坡被贬为琼州别驾，安置在昌化军（即儋州）。他先是住在官舍里，后被上司逐出，无奈，便在桄榔林里盖了几间茅屋以避风雨，自称桄榔庵。郡守张中久慕东坡先生大名，公事之余常去看望先生。一天，张中邀先生同去拜访黎族的读书人黎子云兄弟。东坡先生与黎子云兄弟很谈得来，也很羡慕他们旷达清逸、躬耕田畴的生活。一次闲谈中，有人建议东坡先生在黎子云宅子旁边建一所庭院，既可作先生及其少子苏过的栖身之处，也可作为以文会友的地方。先生很高兴，并从《汉书·扬雄传》中取"载酒问字"的典故，为房屋取名"载酒堂"。此后，东坡先生便在载酒堂中邀会亲友，并对汉黎各族学子们讲课授业，传播中原文化。《琼台纪实录》中记载："宋苏文忠公之谪居占耳（即儋州），讲学明道，教化日兴，琼州人文之盛，实自公启之。"这个地方，后来就成了东坡书院。

东坡书院的遗址，虽然经历了千百年来的风雨剥蚀，但因当地人民仰慕先生的高风亮节，屡毁屡修，而且不断扩大它的规模。党的十一届三中全会以后，政府又拨出巨款重新修缮，完全恢复了当年的风貌。走进轩昂宏阔的头门之后，院内便是一座清波涟漪的池塘。有小桥一座横跨池塘中间，直通载酒亭。亭子古朴大方，棱角分明，有清代举人张绩书写的匾额悬挂在亭子的门脸上。越过载酒亭，便是先生当年讲学明道的载酒堂了。堂上同样悬挂着张绩书写的匾额。堂里清幽瓦亮，几净窗明，正中间有一组塑像：先生与黎子云侃侃而谈，身后站着少子苏过。在载酒堂后边，又修建了一座大殿，里面展出东坡先生的许多书稿墨迹和他在海南活动的文物史料。另外还有郭沫若、邓拓、田汉等人题咏的诗刻。

在东坡书院的两侧，各有一座小跨院，东跨院叫东园，西跨院叫西园。西园是座花圃，在姹紫嫣红的花海中间竖立着东坡先生的铜像。他手握书卷，脚踏芒鞋，儒雅风流，倜傥不羁。东园里有一口井，是明万历年间知州陈荣选在修葺载酒堂时挖掘的，名唤钦帅泉（苏东坡曾做过兵部尚书，故称其为帅，钦为仰慕之意）。传说，此口井水清凉甘洌，曾有人舀出水来当酒来售卖。东园里还有一种奇特的花，叫作狗仔花。粉白的花心中有一颗直竖的花柱，花柱周围有五个小小的萼片，紫芸芸的颜色，形状很像是一群伏踞的小狗。传说王安石曾写了一首诗，其中有两句是："明月当空叫，五犬卧花心。"苏东坡看后觉得不通，便给改为"明月当空照，五犬卧花荫。"后来东坡来到海南，才知道明月是一种鸟名，而狗仔花心的萼片，又恰似五犬，这才知道自己给改错了。

东坡先生在海南住了三年多，与汉黎各族人民交往都很密切，他不仅像一般文人那样放歌纵酒，而且入乡随俗，不拘小节地与当地居民友好往来与和睦相处。有一次他在归途中遇雨，黎族人把自己的木屐和竹笠借给他，他没穿过那种木屐，走起路来摇摇摆摆，惹得路边的妇女儿童不断地同他开玩笑，他自己也感到很快活。后人据此画了一幅《东坡先生笠履图》，几百年来一直在国内外流传。

先生对儋州也怀有深厚的感情，临走时人们送他一程又一程，他"执手泣涕而去"，归去之后写诗道："他年谁作舆地志，海南万古真吾乡。"海南人民更是忘不了先生，至今儋州许多地方都以东坡命名：东坡村、东坡井、东坡路、东坡田、东坡塘、东坡巷、东坡泉、东坡公园等等。毫不夸张地说，凡是到儋州来寻觅苏轼踪迹的人，俯仰之间即可拾得许多轶闻趣事，在这天涯海角之地到处都有先生的遗风。

（原载1986年6月14日《光明日报》）

海口五公祠

于东坡外有此五公，自唐宋迄今，公道千秋垂定论；

处南海中别为一郡，望烟云所聚，天涯万里见孤忠。

一进五公祠正门就见到这样一副醒目的对联。

在海南岛最北边的海口市有一座五公祠，它原是一座佛教的“修女院”，后来几经改建，才成为现在这样的几十丈高、上下两层的巍峨大厦，曾被人们誉为“海南第一楼”。祠内祭祀着五位唐宋年间贬谪到海南来的贤臣名相、忠义之士。这五公是：唐代文宗和武宗时两度拜相的李德裕、宋代钦宗和高宗时两度拜相的李纲、宋高宗时两度拜相的赵鼎、宋高宗时的参知政事李光，以及宋高宗时的枢密院编修胡铨。他们都是因为精忠报国、空怀壮烈而遭到昏君奸臣的谗害被贬谪到这里来的。到了这天涯海角之后，五公仍然忠心不泯，在兴修地方公益事业、传播中原文化和培养人才方面，为当地人民做了不少有益的事。

五公祠内，正中间排列着五公的石雕塑像：李德裕刚劲挺拔，正气凛然；李纲慈眉善目，一派体恤之情；赵鼎耿直不阿、九死不悔的气度，都透过那石筋石骨活脱脱地表现出来。

五公祠里还有历代文人名士的题咏和楹联。有一副楹联是最能概括五公的一生和后人对他们的景仰之情的了，其上联是："只知有国，不知有身，任凭千般折磨益坚其志"；下联是："先其所忧，后其所乐，但愿群才奋起莫负斯楼"。这是五公祠的建造人、清代琼崖道台朱采所撰写的。

在五公祠里，还陈列着不少其它文物珍品：有两千三百多斤重的明代大铜钟，用手稍一触动便嗡然有声；有明代宰相丘浚（海南岛人）用过的御赐龙碗，碗里注入清水后就可看到一条青龙，张牙舞爪活灵活现。最值得提及的是，祠内还有一块宋徽宗用他那功夫独到的瘦金体所写的《神霄玉清万寿宫诏》碑。碑高二米，宽一点二米，诏文三百六十六个字，是国内不可多见的稀世之珍。

在五公祠的东侧有一个跨院，院中有一明代建筑的高楼，是祭祀苏东坡的苏公祠。祠里有一座石刻的苏东坡像。院内还有两眼清泉：一名"泻泉"，一名"浮粟泉"。据有关文字记载，苏轼当年遭贬路经这里，在荒草丛中发现了这两眼清泉，尝之清凉甘洌，周围居民闻之都来这里汲水。三年后苏轼北归又路经这里，有个姓陆的郡守怀着一片雅意，在泉上修建了一座纪念亭，苏轼为亭子题了"洄酌"二字，并写了一首四言诗《洄酌亭并序》。如今，泻泉已经干涸，而浮粟泉仍然清流如注。

在历史上，贬落到天涯海角来的还有"南包公"海瑞、明宰相丘浚等。琼崖的山垭海隅，就像沙俄时的西伯利亚一样，曾经到处刻印着流放者的足迹。

（原载1986年6月18日《光明日报》）

大连——金色的海湾

人们有哪个不向往大海呢？它几乎缠索着我们全部童年的梦。因为大海，实在是太辽阔了，太神奇了，太富有了！人们喜爱辽阔的大海，也爱海边上无数的港湾。有多少深情寄往蓝色的大海，便有多少深情寄往那金色的港湾。因为，港湾是大海的窗口，通过它能够看清大海的胸怀，大海的力量，大海的积蓄，大海的宝藏！而位于辽东半岛尽南端的大连，就像个楔子一般，深深地插入黄海与渤海的深腹部，黄海与渤海在它的眼底分界，因此，它是窥望大海的最近一个窗口。

大海是美丽的！如果你在月下走到老虎滩的海边上，看溶溶月色把天和海都洗涤得镜明银亮，无数浪花闪着微芒的亮光从遥远天边飘飘而来，这时，你会深深感到宇宙的深沉博大，而我们自己确实就是大海中的一滴水。假如你在炎炎夏日里走进星海公园，这时大海所展现的则是另一幅绮丽的画面。这里山青水碧，沙软滩平，白帆远逝，海鸟翱翔，有上万人在水里畅游着，欢腾着。

大海是富饶的！这里盛产黄鱼、刀鱼、鲇鱼、鲅鱼、鳕鱼、青鱼，特别是大对虾更是享有盛誉。每年捕对虾的季节一到,渔船便在海上穿梭似的往来。机器轰鸣,灯光如织,犹如在万顷波涛之中建立起一座座现代化工厂,使大海成了不夜城。这些“海上工厂”,每天都把数万吨的海产品送往大陆。

在大连海湾中还有无数的海带养殖场、紫菜养殖场、海蚬养殖场……我们的养殖工人每年播种沧海,耕耘波涛,在浪花的水垄里夺取丰收。他们所产的海带和紫菜车载船运,供应全国各地。

大连附近因为没有大的河流入海,海水浓度没有被冲淡,因此又是国内最好的盐场之一。每年盐工把海水引向滩地,便晒出一堆堆白花花的盐来。那一座座盐堆,比童话里的银山还要高大和耀眼。

大海还是交通运输的大动脉!你夜晚走进大连港,眼前到处是一片灯火的海洋。在四个宽阔的码头上,停泊着几十艘万吨以上的巨轮,四条自动装卸流水线就像四条飞舞的蛟龙,伸出无数条钢铁巨爪,飞快地将岸上堆积如山的煤炭、食盐、木材装到船上,又将船上的机器设备、棉花、钢材卸下来。大连港接纳世界上百十多个国家和地区的船只,每年吞吐的货物量在全国占第二位,仅次于黄浦江边的上海港。

在大连港对岸另一处的湛蓝色海湾里,近年又建立了我国最大的一座油港——鲇鱼湾港。这座油港设计得非常巧妙:在离海岸很远的深水里建立了一条一千四百米长的栈桥,又有一条粗大的输油管道从海岸直伸向海里,与栈桥成垂直地连接起来。由于它远离海岸,因而水位很深,大吨位的油轮便能很方便地靠离码头。在栈桥外侧,可以停靠十万吨以上的油轮,内侧也可以停靠五万吨以上的。码头上装有无线电操纵的输油臂,坐在岸上一按电钮,原油就从管道输进轮船里。一艘五万吨油船,只要五小时就可以装满石油离港而去。

啊,美丽富饶的大海!美丽富饶的港湾!我打心眼里喜爱祖国北部的这个金色的港湾。它,真的比金子还宝贵,还闪光!

(原载1982年第10期《中学生》)

一座被遗忘了的名山

北岳恒山海拔两千多米，按其高度来说居于五岳之首，但是它的名声却远远不如泰山、华山那么响亮。历史为什么给它这样不公平的待遇呢？为了从鸿蒙的时空中寻找出答案，我远出雁门朔野之间，直向这座几乎被人遗忘了的塞外名山奔来。

白杨，是质朴的北方的标识，茅盾在《白杨礼赞》中早已做过讽咏的。而今，在我眼前的道路两旁临风摇曳的，尽是这种质朴的树。向远处望去，在紫褐的岗峦和绿色的阔野中间，蜿蜒着一条通明闪光的银练，那便是有名的桑乾河了。这里的景色虽然不如江南那样妩媚、娟秀、细腻、温柔，但在深沉之中自有一股动人的爽快和明丽。

“无端更渡桑乾水，却望并州是故乡。”过了桑乾河，道路便开始曲折盘旋在崇山峻岭之间。绝壁飞流和岫云树烟，在峰回路转之际，时隐时现。青山越来越陡，峡谷越来越深，同行的人告诉我，已经来到了恒山脚下。我透过山凹和树隙，仰头向上望去，果然是一座雄伟的高山。苍翠的峰顶紧紧地依偎着蔚蓝色的天穹，难怪唐代诗人贾岛赞叹地说:“天地有五岳,恒岳居其北。岩峦叠万重,鬼怪浩难测。”

恒山被称为北岳,因为它身居风沙漫漫的荒陲,自古以来又是战争极为频仍的地方,匈奴、鲜卑、辽、金、宋等经常在这里展开争夺。传说杨家将就曾在此依山扎寨,穆桂英大破洪州,即是恒山北边的浑源县城。因此,地处北部边陲的恒山,前来登临朝圣的人便远不如其它几岳那么多。

我们在山脚下徜徉了一阵子,便决计攀登这座五岳之中最高的山峰。蚰蜒小路像螺丝似的向上盘旋着,路边丛生着碧茵茵的灌木丛,灌木丛中开着鲜艳的野百合、野蔷薇、野石榴和许多说不出名字来的小花。正像辛弃疾的词中所写:“山无重数周遭碧,花不知名分外娇。”在山腰的下部,有一个五六十户人家的烟村,村名叫停旨岭,据说过去皇帝祭岳的圣旨,传到这里就停止往上传了。

过了虎风口,山势更加险峻了,有时候只得像猴子似的靠着两臂攀缘的力量才能爬上去。在路边的峭壁上,刻有宋代著名书法家米芾的题字:“塞北第一山”,可惜年深日久字迹斑驳脱落,现已很难辨认出来了。在金龙口附近有块巨大的岩石,上面留着依稀可辨的几个驴蹄子印,传说八仙过海中的张果老,就曾骑着毛驴在这里采药。在对面山崖上还有一个平台,传说是八仙中的另一位神仙吕洞宾下棋的地方,因此称为琴棋台。

在山环深处、峰埂壁联的地方,有一座雄伟壮丽的庙宇,那便是恒山爷爷——北岳真君大帝的朝殿。跨过一个深谷,在对面幽暗深邃的崖壁下,有一座飞檐凌空的楼阁,是恒山爷爷的寝宫。这两座建筑物的好处是布局巧妙，与周围的峰起谷落浑然一体。在朝殿背后有一条狭窄的石径，可以直通峰顶。当我们用尽平生的力气登上恒山的顶峰时，心里边真是兴奋、欢畅极了。只见千山万壑尽在脚底下蜿蜒起伏，犹如滚滚奔流的万顷波涛，许多巉崖峭壁，千姿百态，情趣横生，任人随意揣摩。只有到了绝顶，才能真正感到天地之大，众山之小，心境开阔之宽敞和对景物领会之深，这是不登到山巅之人所无法想象的。

所以我说，恒山，会使你得到意想不到的满足。恒山，是不应被遗忘的！

（原载1981年第10期《中学生》）

不是空中楼阁的空中楼阁

昨过招提故不登，重寻兰若问山僧。
嵝头青鸟来还否？洞口幻云去未曾？
谁结丹梯高万丈？我闻佛法演三乘。
凭虚顿悟心无住，好步禅关最上层。

这是明代诗人郑洛所写形容悬空寺那座犹如吊在空中的楼阁的诗。

在北岳恒山的西侧，与它联袂并立着另一座险峻的高峰——翠屏山。山前有一座刀削斧劈的万丈悬崖，就在那绝壁上镶嵌着一座辉煌壮丽的庙宇——悬空寺。这是一千四百多年以前北魏后期所留下的一座巧夺天工的建筑物。

悬空寺的无穷妙趣，就在于“悬空”二字。有人形容它的险境，犹如三根马尾吊在半截空中。奇特的是，经过了千百年的风雨侵蚀，无数次的地震雪崩，它依旧安然无恙，仍如以往那样惊险万状地屹立在绝壁上。全寺共有殿宇楼阁四十余间，都是靠凿开石窟插上飞梁作为地基而建造起来的。飞梁向外悬空的一端，用木柱从下支撑在岩壁之间。由于地基的铺设十分艰难，所以悬空寺的构造采取类似上海豫园的构造形式，将千变万化的亭台楼阁，都盘旋曲折地压缩到有限的空间里。游人进得寺来，上下迂回，左右盘旋，一会儿钻天窗，一会儿穿穴洞，一会儿跨栈道，一会儿过小桥，变化离奇，如同进入万花筒般的天地。如果没有向导指引，在这小小洞天里确实找不到迷宫的出路哩！

悬空寺的建造，在古今中外建筑史上是绝无前例可援的。它突破常规，大胆设想，充分利用悬崖峭壁的特点。每幢殿宇楼阁的后部及两侧，绝大部分是没有山墙，没有檐檩，没有飞椽，没有连檐、瓦口和望板的；都是以岩石代砖瓦，使自然与人工、建筑物和悬崖峭壁紧密地结合在一起，浑然成为一个整体。站在远处就可以看出，它不是使庙宇附筑在绝壁上，而是绝壁上生出一座庙宇来。

寺庙以西为正，大门朝南，进得山门，有小小院落一处。院内南北对称各建一间三层危楼，启月宫式的圆窗，层层叠架的飞檐斗拱，造型幽雅而别致。两座危楼在高处有栈道相连，而栈道上又建起重檐式楼阁两层。楼房一层一层地向上堆叠，真像杂技中的叠罗汉似的。当我们攀登到凌空欲飞的三层危楼上时，放眼往下看看，只见回廊悬挂在绝壁之间，楼板起于云深之处，“飞阁流丹，下临无地”，脚底就是万丈不测的深渊，真叫人心惊胆战，喘吁吁地不敢久立。

可是当我们战战兢兢如履薄冰地从危楼上走下来时，回头一看，在危楼的飞檐脊上正端坐着一个年轻的女画工，她一面轻轻地挥动画笔彩绘着檐头上的纹饰，一面伴着鸟语泉音哼唱着小曲呢！见此光景，想起方才我那种无端惊恐的样子，不禁哑然失笑起来。

俗话说，艺高人胆大。我们祖国山南海北的无数精湛绝伦的雕塑建筑，无数使中外游人赞叹不已的文物古迹，不就是古往今来无数个像年轻女画工这样艺高胆大的能工巧匠们的辛劳和智慧的结晶吗！

（原载1982年2月28日《新民晚报》，
编入中国少年儿童出版社《古诗意境寻踪》）

嫘祖的故乡

一提起蚕桑事业，人们很自然地想到了杏花春雨江南。苏州锦绣，太仓织城，清朝还专门在南京设立了江南织造府，可见江南的蚕丝之盛了。但是人们却没有想到，我国蚕丝的故乡并不在江南，而是在黄河两岸。第一个教民育蚕织丝的是嫘祖，她的故乡，就在山西省夏县的西荫庄。这是我在晋南工作了一段时间之后才知道的。

我怀着极大的兴趣，专门乘车跑到了夏县。一路上麦海天涯，深不可测！麦子熟了，大地和空中都泛着像金子一样耀眼的光彩。道路两旁，是排列整齐的钻天白杨，白杨树下的空隙里，簇生着低矮的紫穗槐。极目向前望去，只见两壁是青翠的树墙，中间是一条绿色的胡同，这胡同一直延伸到蓝色的远天。

就在眼帘和心底都印满了这种浓郁的秀色之中，我们走进了嫘祖的故乡——西荫庄。这是一个有四百多户人家的大村子，由东到西逶迤二、三里，呈现出一排排榆槐覆盖屋角、石榴红过墙头的田舍。我们找到了老支书，半信半疑地问他，这里是否就是蚕祖嫘祖的故乡？老汉笑吟吟地说："没错，就是这里！村东还有她葬身的丘台——灰土灵呢！"这真是：历史云烟已荒渺，生长嫘祖尚有村。

据老支书讲，当地至今还流传着一段民间故事。传说在远古洪荒的年代里，有一个人出外远征，家里只抛下一个女儿和一匹牡马。女儿朝朝暮暮思念父亲，有一天她对马说，你要能把我父亲接回来，我就嫁给你。马听了，挣断缰绳就跑了，一直到了女孩父亲那里。见到其父，马就放声悲鸣，用嘴牵衣，父亲以为家里出了什么事情，就乘马赶回家中。此后，马见到女孩便摇头摆尾戏嬉于前后，父亲惊问其故，女孩如实地告诉了父亲。父亲很生气，就用箭把马射死了，然后把皮剥下来晒到庭院之中。父亲走后，女孩与邻家女伴在庭院中玩耍，突然马皮飞起来，把女孩卷走了。过了几天，村里的人在一棵大树枝头找到了马皮和被裹的女孩。这时他们都已变成许许多多的蚕，爬在树的枝叶上。这个女孩就成了蚕神，那棵树就起名叫桑。当黄帝平定了蚩尤之乱，普天之下都来庆贺的时候，蚕神就亲自出来献宝，黄帝的妃子嫘祖接受了它。从此她就教育这一带人们植桑养蚕，缫丝织布。后来，人们便把嫘祖当作蚕祖来供奉。西荫庄，也就成了我国蚕丝业的发祥地。当年通往中亚和波斯一带的丝绸之路上，凡是上等的丝绸，都要印上"西荫"二字以作标记。

后来汉族文化逐渐南移，再加上北方连年受到战争动乱和外族侵袭的干扰，桑蚕事业最后几乎濒于绝迹。

解放后，党和政府为了继承历史遗产，1957年便在夏县办了一个原蚕育种场。从南方引进来许多经过改造了的蚕桑优良品种，然后在省内普遍推广养蚕业。现在这个原蚕育种场已有桑田五百多亩，年产蚕种六、七万吨，在太行山区和晋中、晋南平原的许多县份，都已普遍地发展起养蚕业，有的农村其蚕桑收入已占到全部收入的半数以上。昔日的丝绸圣地西荫庄，今天也成为“百亩之田，树之以桑”、东邻西舍都是排排蚕房的喜人景象了。

最后，我们要求去看灰土灵。出了村口向东走不远，就见到阡陌上和田畴中都长满了其叶沃若的桑树。行约二里许，在一片桑林中有一块寸草不生的高台，即是嫘祖葬身的地方。这个台上的土与别处迥然不同，呈水泥般颜色。在断崖处，可以看到明显的堆积层，灰土层中还夹杂着残陶断鬲的碎片。据考古学家考证，这是殷商早期的部落遗址。最可贵的是，在这里还发现了半块蚕茧化石，这是全国，恐怕也是全世界至今最古老的蚕桑遗物了。现在，这块化石已陈列到北京历史博物馆里。

（原载1980年6月18日《北京晚报》）

高楼名酒话蒲州

山西省尽南端有个小镇，名叫蒲州。蒲州小镇地方虽小，却布满了古迹：闲亭古塔、名山危楼、残碑断碣、萧寺疏钟，随处可见。许多岁月流逝的纹痕，人类前进的足迹，都可以在这里辨认出来。

小镇面临浩浩荡荡的黄河，背靠莽莽苍苍的中条山，在这山山水水之间，便孕育了我国五千年的古老文明。孟子说“尧都平阳，舜都蒲坂”，这蒲坂就是蒲州，也就是说，蒲州即是舜的首都了。蒲州东南六十里有座历山，据史书记载，舜就在那里耕过田。至今，历山脚下还有两眼井，名唤舜井。两井相隔只有百米，井下之水相通，所以又称鸳鸯井。相传，舜的两个妃子，曾经在这井里汲过水。城南四十里有条小河，名叫雷泽，史书记载舜曾在这里捕过鱼。在城北三十里还有南陶村和北陶村，相传是舜烧制陶器的地方。这些事，在司马迁的《史记·五帝本纪》中都有过明确的记述。书中说：“舜，冀州之人也。舜耕历山，渔雷泽，陶河滨。”蒲州，古代即为冀州的属地。

这里的山川石崖上，还镌刻着大禹治水的业绩。

至于北魏以后的文物古迹就更多了。最著名的是城西五里多地黄河洲渚上的鹳雀楼。楼高百尺,有四重层檐,三层楼阁,呈八角形状,是北周大将宇文护所建。因洲上常有鹳雀栖息回翔,故而取名鹳雀楼。登此楼上,望脚下黄河惊涛澎湃,两岸高山颠连起伏,威严耸峙,最是山河壮观、视野开阔的地方了。故而隋唐之际,许多文人雅士常到此楼上饮酒赋诗,讴歌祖国万里山河的无比壮丽,抒发个人可上青天揽月、欲赴沧海乘鲸的壮志胸怀。可惜,这座楼在元代便已塌毁了,但是,王之涣的"欲穷千里目,更上一层楼"的诗句却流传至今。这就是文章的力量,诗歌的魅力,它比那百尺高楼挺立得更加长久,一任历史的沉沙、岁月的风尘是怎样的深厚,也不能将它埋没。实际上,登上此楼留下名篇的,不止王之涣的这篇《登鹳雀楼》,还有韩愈,李益、畅当、司马扎等人,但都不如王之涣的这首好。所以晚唐诗人尚登峰再赋鹳雀楼诗时,不能不感慨地赞叹说:"千里目穷诗句好,至今日影到西楼。"

在蒲州城北五里许的黄河边上,还有一个不大的山丘,山上有座普救寺,我国文学名著《西厢记》所描写的故事,就发生在这里。这座寺本是武则天的香火院,当年规模很大,有大佛殿、天王殿和东西厢房三百余间。紧靠西厢的墙外还有一座优美的花园,园中有一座砖塔。当年崔莺莺便是在这座花园里,"待月西厢下,迎风户半开"地等候张生,缔结百年之好的。明嘉靖年间发生了一次大地震,许多殿阁都已倒塌了,如今只留下西厢后园中那座砖塔,当地人称莺莺塔,依然亭亭玉立在蓝天白云之下。

小镇除了古迹之外,还有历史悠久的名酒。远在南北朝时,蒲州"桑落酒"就已驰誉国内,庾信和白居易的诗中都曾提到过它。庾信有"蒲城桑洛酒,灞岸菊花秋",白居易有"桑落气熏珠翠暖,柏枝声引管弦高"之句。据史书记载,宋太祖酷爱此酒,每次御宴都要饮用。后来,由于河灾和兵乱使这种名酒停产失传了。最近有关部门又找到了当年的酿泉和配方,使失传数百年的名酒得以再生,使得今天有机会来蒲州寻幽探胜的人,更会感到这里浓郁的诗情画意和醇厚甘洌的酒香了。

（原载1981年8月15日《中国旅游报》,
编入中国少年儿童出版社《古诗意境寻踪》）

从风陵渡到潼关

将近中午，我们到了风陵渡，隔河就望见潼关了。天下黄河十八弯，唯独在风陵渡这里拐的弯子最大。在陕西和山西两省的分界处，黄河是由北向南飞流直下的，到了这里突然来了个急转弯，拐了个九十度直角，从此便一路东去，浩浩荡荡，奔流到海不复回了。传说在洪荒时代，黄河流到这里被高山挡住，没有去处，河水四处横溢，对人民危害极大。大禹治水来到这里，站在一棵老柏树下察看了一番地形，决定凿开风凰山，从此黄河才一泻千里，直奔东方。挺立在河边丘陵上的那株老柏树，据说就是那时候留下来的，它默默无言地记载着人类改造自然的历史。

老柏树下面修建了一座宏伟的引黄电灌站，为黄河增添了新的风采。高压水泵在不停地轰鸣，将河水扬上六百多米高，通过两道长虹般的渡槽，输送到六十多万亩待灌的麦田里。

风陵渡是山西省的南大门，是山西通向陕西和河南的要道。解放前没有桥，过河得靠船渡。去西安的人乘火车到了风陵渡，就急忙下车跑到渡口，争先恐后地上了渡船，到对岸潼关去赶西行的火车，如果错过了时间，就要耽搁一天。当地的人告诉我，“七七事变”后不久，周总理曾经几次来到风陵渡。他和人们一样同挤渡船，在河边的小客栈里吃粗粝的米饭，落在桌上的饭粒都要一颗颗拾起来吃掉。1937年10月，周总理从太原八路军办事处赶回延安开会，过风陵渡时天已晚了，好容易赶上火车，车上已经没有座位了，于是他就站在过道上。随行的同志让他坐在行李上，他摆摆手说：“你们坐，你们也一夜没合眼了！”火车上有人给他让座，他说：“你们先来，我站一会儿就到了。”那时候火车开得很慢，他从清晨一直站到傍晚，才到了西安。

现在好了，风陵渡上已经修了铁桥，从太原到西安，火车畅通无阻。桥有两丈来宽，中间通火车，两旁可以走人。

我们过风陵渡的时候，正好是晌午。在娇艳的阳光下，黄河显得更黄了，无穷无尽的波涛，荡荡漾漾，从茫茫的云山深处奔泻而来。啊，黄河！你永远不知疲倦地奔流不息，用你那苦涩的乳汁养育了我们中华民族，灌溉了良田万顷，今后还要给我们的国家和民族带来更多的光彩和荣誉。

过了铁桥，就是天险潼关了。潼关离古都西安只有三百多里，前临天堑黄河，背靠巍峨的西岳华山。这座赫赫有名的雄关，几千年来一直耸峙在山水之间的这条狭窄的孔道上。多少个朝代的帝王都把潼关看作牢不可破的防线。但是，这个固若金汤的重镇却多少次被人攻破，多少个王冠因此被打落尘埃，多少个朝廷因此被扫进历史的垃圾堆里。历史就是这样无情地跟那些利欲熏心的统治者们开着玩笑，向公正的人们证明它的铁面无私。

公元880年12月，农民起义军首领黄巢攻克洛阳之后，领兵西向直叩潼关。黄巢在关下大喊一声，起义大军一齐响应，犹如风吼雷鸣，山崩地裂，直震得黄河怒涛滚滚，华岳三峰山鸣谷应。黄巢再把义旗一举，顷刻之间便攻下了天险潼关，直捣京城长安，把个唐僖宗皇帝给赶跑到西北荒凉之处。1643年10月，李自成率领十万大军，劈开南水关的栅栏，攻进潼关城内。一年之后，明王朝也在人心思变的风雨之中沉没了。1949年5月24日，我西北野战军以雷霆万钧之势，横扫了盘踞在潼关的残敌，解放了这座天险雄关，接着就势如破竹地开始了向大西北的进军。

有人说，黄巢和李自成都是从城南边有个叫作禁坑的峡谷里攻破潼关的，因此要想守住潼关，必须把好禁坑。他们建议在禁坑外面再筑成十二座连城，层层设防，那样，潼关便万无一失了。有人说，潼关地形狭窄，有一夫当关万夫莫敌的险势，因此只宜坚守，不宜出战，过去的失守皆在于出城迎战的弊端。难道这就是历史的主要经验教训吗？当然不是！当封建统治者昏庸腐朽到了极点的时候，关防设得再牢，也阻挡不住人民心头燃烧的怒火。唐代政治家张九龄写过一首题咏潼关的诗说得好："嶙嶙故城垒，荒凉空戍楼，在德不在险，方知王道休。"

我们在潼关城里徘徊了很久，想要寻觅一些历史遗迹。但是，自从三门峡水库建成之后，为了提防水满期间河水灌进城中，潼关城已经搬到别处了。百尺危楼和城关雉堞早已拆迁，此处只剩下山环故垒和雨打潮回了。最后，我们登上潼关西南的凤凰山，遥望那辽阔壮丽的山河，心潮澎湃，只见那八百里秦川人烟辐辏，三门峡水电站灯火通明,拦河坝雄浑宏伟,同蒲路和陇海路上列车来往飞驰,川流不息。展现在我们面前的,完全是一番新的画图!

(原载1980年12期《中学生》)

汉中随笔

厌径连云蜀道难，人出天上度鸡关。

俯疑汉水浮如练，遥迓秦岭小若拳。

万仞盘旋高复下，半湾转折去犹还。

虬蟠漫说羊肠道，旌旆生愁客鬓斑。

这是清代诗人胡志夔写的一首形容汉中山川形势的诗，气势磅礴，颇能引人遐思。读过此诗，我便产生了要去汉中看看的强烈愿望。

汉中不是南国，而酷似南国。

汉中的北屏秦岭是南与北、温和热的天然分界线。秦岭以北属于温带，而秦岭以南便是亚热带了。十一月下旬的一天，我们乘车沿山路攀爬到秦岭的极顶时，正是中午时分，审视南、北的风光，呈现在眼帘的果然是两种迥然不同的画面。在岭北，柞栎、青杨和桦椴，正用枯黄的颜色涂抹着颠连起伏的峰峰岭岭；而在岭南，青松翠竹却在熔铸绿色的山川，羁留着永不归去的春天。

秦岭座座陡峭怒拔的峰峦，肩挨着肩地毗连着，中间连一点开阔地带都没有。诗人曾有过“苍山如海”的形容，而只有到了这里我才领悟到，苍山确如大海一样的深邃、浩渺，蕴蓄着无际的惊涛骇浪。

使我感到惊叹的，还有从深山里流出来的涧水。无论是从哪条沟汊里流淌出来的，都是那样的清冽，令人感到通身的爽快。

在这儿，栖息着许多珍奇动物。金丝猴成群地在林梢间奔窜，还有世界上稀有的朱鹮和羚牛。同行的人告诉我说，他在留坝的一个岗岭上，就看到过一头被驱逐出群的羚牛，它不避人，用石块投它也不走，仍在那里默默地吃草，像似一个可怜的无家可归的老人。

在密密的竹林里，还生活着憨态可掬的大熊猫。去年竹子有一部分开花了，饥饿驱使大熊猫从山上逐渐向河谷和低地迁徙。秦岭的人们都很爱护它们。曾经有个村民发现一只生病的熊猫，他立即报告了政府，使它及时得到了医生和专家们的治疗。这只熊猫现正在西安动物园里展出，因它的棕毛生长得奇特，四肢、耳朵和眼圈都呈天然的浅棕色，所以大家亲昵地称它为“金发女郎”。

汉中的物产极为丰饶，素称鱼米之乡。这儿出产的贡珍米堪称世之珍品。贡珍米又称黑米，颜色奇特，是米中的奇珍，其质地细腻，吃起来清香爽口，营养丰富，还有着滋阴补肾、健脾暖肝、明目活血的药用功能。在秦岭丛山密林中，野生着大量的中华猕猴桃，个儿大，肉嫩，味道甘甜。这种果子不仅含有大量的维生素C，而且还含有防癌物质，且可以降低血液中的胆固醇，因此被誉为世界珍果，也有称之为“奇异果”的。

（原载1986年12月16日《中国环境报》，
编入中国少年儿童出版社《古诗意境寻踪》）

沔阳道上草离离

临去汉中之前，我先找来一部《三国演义》，将有关章回重新翻阅了一遍，记住了不少使人增添胆气豪情的情节。到了这里还没等坐稳，就设法找来一张沔县地图，那些早已令人神往的地名，便都一一地出现在眼前。

旌旗掩遮栈道，戎马萦回汉川。一座常覆三军、势崩雷电的古战场，朦胧地在我眼前闪烁着历史的折光。

"出师未捷身先死，长使英雄泪满襟。"在弥漫缭绕的历史烟云中，我首先想到的，便是常被人们当作智慧化身的诸葛亮。他在死前曾经留下遗言："命葬汉中定军山，因山为坟，冢足容棺，敛以时服，不须器物！"这定军山就在汉中盆地西部的沔县城南十里的地方。我们乘车过了汉江大桥，远远就看到了一排连绵起伏的苍山了。一座座山峰龙蟠虎踞，各抱其势，像一座天然屏风似的，遮挡在高远的蓝天和浩荡的平野之间。其中，最高的一座是定军山。山顶上有一个盆底形的大洼，方圆三里多地，古称仰天洼，可以屯藏几万大军。老将黄忠就是在这里大破曹兵，刀劈夏侯渊和赵颙的。后来诸葛亮就以这里为屯兵基地，多年来寝不安席、食不甘味地运筹谋划，进行艰难竭蹶的北征。戏曲中常演不衰的《六出祁山》，就是从这里拔营起寨的；那肝胆照人的前后《出师表》，就写于这山脚下。至今，在岩穴和石罅之间，还经常发现有箭镞和铁蒺藜(俗称扎马钉)。

在定军山的西北脚下，我们来到了武侯墓前。遵照诸葛亮从俭入葬的遗言，坟墓果然不大，一片青青野草覆盖在坟上。墓前有个小亭，亭内竖有一碑，上刻“汉丞相诸葛武侯之墓”，是明代万历年间所立。墓亭前有一座大殿，诸葛亮羽扇纶巾，端坐在上边，手里拿着六韬兵书，凝目敛神，在沉思谋算。在大殿的正门上悬挂一副对联：“汉祚难延，忠魂痛裂三分鼎；军山在望，高冢灵通八阵图”。看到这里，不禁使人油然想起《后出师表》里的两段话：“至于成败利钝，非臣之明所能逆睹也”，“臣鞠躬尽瘁，死而后已！”

离武侯墓十多里路，在汉江边上还有一座武侯祠。原来诸葛亮死后，各地都要求修祠祭奠他，但后主刘禅以“有逼宗庙”为理由不允许修。老百姓思念诸葛亮的文治武功和一腔忠义，便在街巷里祭祀，少数民族在山野里祭祀，后来有人一再向朝廷谏议，说这样野祀不好，刘禅才允许在墓地旁边修一座祠堂。

当时在墓前修的武侯祠，在唐代已经坍毁，后来有人建议在县城附近修建，免得官府人员每年祭奠时还要涉渡汉水。现在这座祠堂是明代正德八年修的，祠内的大殿与寝宫，其格局与武侯墓前的祭殿大体相同。值得一提的是，大殿前挂有一块木匾，上书“忠贯云霄”四字，是嘉庆皇帝御赐的。在大殿的前阶下，还立有冯玉祥将军题刻的石碑，上写"成大事以小心，一生谨慎；仰风流于遗迹，万古清高"。诸葛一生惟谨慎，这是诸葛亮的过人之处。冯玉祥将军将这种品德与成大事联在一起，更能促人深思。

离武侯祠一里多地，有一座八米高的台子，台前立一石碑，上刻"诸葛亮读书台"。宋代爱国诗人陆游来汉中时就曾到过这里，并写过《游诸葛武侯读书台》的长诗，诗曰："沔阳道中草离离，卧龙往矣空遗祠，当年典午称滑贼，气丧不敢当王师。定军山前寒食路，至今人祀丞相墓。松风想象梁甫吟，当忆幡然答三顾。出师二表千载无，远比管乐盖有余。世上俗儒空辨此，高台当日读何书？"

离读书台三十余里，顺着汉水东流的方向，有个小镇名叫黄沙，相传是诸葛亮制造木牛流马的地方。现在路边还有一石碑，上刻"武侯制木牛流马处"。郦道元在《水经注》中也写道："水侧有黄沙屯，诸葛亮所开也。"可见此说是言之有据的。至于当地民间传说，讲得就更为详尽了，说诸葛亮之妻黄氏曾在这里住过，木牛流马是她襄助诸葛亮设计出来的。

"看三国掉眼泪，替古人担忧"，这是常挂在人们口头上的一句歇后语。可见，人们对于两千年前的这段惊心动魄的历史和历史中那些叱咤风云的人物，是多么的怀恋和关情呀！

（原载1986年11月15日《光明日报》）

寻找尘封的轨迹

一个偶然的机会我走进西安的碑林,仿佛是恍然之间走到历史的莽原之上。

一座座四楞方方的石碑,虎踞龙盘,各抱其势,就像是指示历史方位的坐标。它们中间有的正襟危坐,道貌岸然;有的倜傥潇洒,高雅俊秀;有的愁眉苦脸,悲天悯人;有的向隅而坐,落落寡欢,且各以自己不同的姿态、不同的眼光、不同的谈吐、不同的感情,来揭示历史发展的横向与纵向的走势。它们既以坚硬的筋骨背负着几千年的岁月,面对着一个博大精深的未来,又以广阔的胸怀凝集着一个民族的肝胆与骨气,像一座座不倒的山峰,屹立在这历史莽原上,默默无声地经历着一切,观察着一切,诉说着一切,用冷静缜密的思维把握着自己,把握着岁月,把握着往古来今的风风雨雨和万事万物的生成与毁灭。

我一一地辨认着那些轮廓分明的石碑,就像在莽原上细心地寻找着指示方位的路标一样,每见到了一块,都使我感到激动,感到惊喜,感到亲切,我会急促地走上前去用手抚摩着它那冰冷的身躯，想亲近地同它说几句话，就像在茫茫歧路、仆仆征程中遇到了旅伴一样。面对那一座座位高居卑的石碑，我就像在困惑的迷谷中遇到一个智者，遇到一位大师，遇到一位至情至性的圣人，从他们渊博的学识中分得一点点可以觉迷和超越的理性。

我悄然地走在石碑中间，望着那一块块粗砺浑噩的躯体，恍惚望到一颗颗从银河中倏然坠落下来的天体和流星。它们在不同的时间里在不同的方位上，从自己运行的轨道上失落下来，跌到沉淀深厚的历史尘埃里。它们过去曾熠熠闪光，昭然灿朗地聚集在众星国里，令人神驰，夺人眼目，现在，虽然已经不发光了，但是发光的痕迹仍在；虽然不再运行了，但运行的生命力仍在。望着这一块块陨落的天体，就如同站在造物主的无穷智慧面前一样，让人立刻就会醒悟：该去的谁也无法挽留，长存的谁也无法让它消失。这些石头的思维，岂不也就是历史的思维！

最使我景仰不已、身心陶醉的，是西汉和隋唐的造型艺术。那一座座石雕的犀牛、鸵鸟、狮子和骆驼，体态粗犷豪放，筋骨浑然天成，就像有生命的气息还在那庞大的躯壳里流动一样。雕塑艺术在这里放射出奇光异彩。我不知道这些光彩后来怎么散失了，就像我不知道那些流星和陨石是怎么从运行的轨道上坠落下来一样。我不知道我国的雕刻艺术后来怎么会被宋明理学捆缚得那么紧，个个都变成了工笔画，呆刻直描，繁文缛节，失去了艺术的性格和灵魂，如同一个模子造出来似的。什么西汉品貌、隋唐风骨，在蓦然回首之间消失不见了，就像西方艺坛上猝然不见了雅典巴狄农神殿前的群雕一样。

昨夜的星辰从银河中坠落了，人类在历史上丢失了自我。这种迷失和困顿使人沮丧，使人遗憾，而当他们意识到了的时候就更是如此。但是，苏醒毕竟是至关紧要的，从哥伦布面向无际汪洋的勇敢探索，到文艺复兴时大师们的惊人智慧和不懈的追求，才帮助人们寻找到失落已久的自我。辉煌的理性，就是复兴希腊和罗马的文艺。米洛的断臂维纳斯和拱券结构的罗马大水道，就是帮助他们在历史莽原上进行寻找的纵横坐标。

我在丛立的碑林中认真地辨认着，想看看我们东方的文艺复兴是从什么时候开始的！那些让我震惊、战栗、躬身致敬的碑刻和石雕给我的回答却是声音极为微弱的，强烈的冲动和浓厚的复兴意识都蕴含在那粗砺浑噩的躯体之中。当然，那其中也有许多篇碑文在述说他们是怎样在历史莽原上寻找失落的自我的。它们也有不朽的功绩，那就是在最成功的地方否定自己，在最得意的地方突破自己，在最倾心的地方超越自己，努力地在无穷的变化中求得复兴和再塑。

我诚惶诚恐地在碑林中走着，带着崇仰景慕的心情和捉摸不定的感觉，从那一座座四楞方方的石碑跟前走过。我的心扉以最大的角度敞开着，以至于看到了那些不细心的人睁大了眼睛也难以看到的细微神情，听到了那些内涵深远的无语述说。

我，默默地从碑林中走过。

（原载1991年第1期《啄木鸟》，选入1991年第5期《新华文摘》，

编入《名家推荐100篇》和《影响你一生的经典美文》）

独留青冢向古今

“群山万壑出荆门，生长明妃尚有村。”

我在长江里过了一天一夜，走出巫峡进入西陵峡时，忽从历史苍茫中传出来这一声音。它让我神往，让我迷离，使我产生无法抗拒的诱惑。只为了这一声音，我决然从客轮中走出，独自弃舟登岸，带着浓厚的浪漫情怀和一腔旷古幽思，想去做一番打通古今时空隧道的探索。

这时，正是月色溶溶之夜。山高月小，景色朦胧，大地岑寂，万物都沉浸在伟大而动人的静穆中，只有江上的浪花一片接着一片地向着淹没月亮的地方冲撞过去，好像都想要在不断流逝的时光中留下一点清晰的影子。但是，能够留下清晰影子的并非所有，只有那几片特别光明磊落、形迹通明的浪花，才能获此殊荣。

第二天，我乘坐了一艘柳叶舟，沿着香溪北上。在如醉如痴的尽情览胜中，我来到了明妃生长的地方——湖北兴山县宝坪村。这座依山傍水的小小村落，如今已经不见当年的竹篱茅舍、草屋柴扉了，放眼望去则是一片枕水人家的小楼群，“昭君宅”已经盖成了绿瓦红墙专为接待游人的精舍了。它自然不是,也不可能是当年王昭君所住的那几间茅屋了。岁月的风尘,不允许它的存在。不过,昭君当年朝朝暮暮摇辘汲水的那口楠木井还在;不仅还在,而且依旧清泉汩汩,可以提取上来爽口润喉。

“一去紫台连朔漠,独留青冢向黄昏。”

我沿着王昭君走过的路,有幸去到了长安。不幸的是,岁月的深厚风尘已经掩埋了皇家紫台和汉宫秋月,找不到一点可以凭吊这位千古绝唱、见识卓绝的奇女子的任何踪迹了。

这是埋藏在我心底里多年的惆怅。

但人人尽知,缺漏和遗憾在人生中总是难免的,绝对的完整只能是在理念之中。不过忽然有一天,我有机会跨越了百二河山和无垠寥廓,径直地盘桓于长城古道之上,徜徉于长河落日之边塞,来到了阴山脚下的昭君墓前。它位于呼和浩特城南九十余里的大黑河南岸,有镂花短墙围护,门庭丌阔而壮观,院里青松翠柏,殿阁亭台,丛拥着一团幽深的古趣。在几座飞檐卷拱的亭阁后面,便是独留千古的青冢了。冢台高耸,方方正正,与我在汉中见到的诸葛武侯墓造型极其相似。冢上芳草萋萋,树木葱茏,传说塞北天寒,其他地方已是一片连天衰草之时,独昭君墓上仍然是草色青青,永不枯黄,故而称作“青冢”。既然有这样感情浓郁、色彩鲜明的传说,便足见当地人们对她的仰慕之心情了。

我走进院落里面,既没有昭君琵琶在前边招引,也没有文姬胡笳在一旁启示,仅是坪台前面两尊青铜雕塑,便足以使人走入当时的境界了。铜像是王昭君与呼韩邪单于齐鞍并辔地坐在两匹高头大马上，那神采飞扬、潇洒俊逸的形象，就足以让人透过历史烟云，听到他们一唱一和的欢声笑语，窥见了一幅胡汉两族人民由此而和睦相亲、和谐相处、与邻为伴的历史长画卷。

一只金凤凰带来了两族人民的安泰与祥和、友善与睦邻，所以我认为，这只俊鸟是十分有幸，由崇山峻岭之中的香溪飞落到这朔漠草原上的。

关山万里，异域殊俗，不是一个千古奇女子，何得有如此磊落的襟怀坦荡和胜似须眉的万古豪情？千百年来，不少文人骚客写的那些昭君叹、明妃怨等诗词，全是他们的枉自嗟伤、窄度思量。燕雀之啁啾，怎知鸿鹄大志之高翔？还是董必武老人1963年来昭君墓前题的那首诗说得好：“昭君自有千秋在，胡汉和亲识见高。词客各抒胸臆懑，舞文弄墨总徒劳。”

多少年了，我从江南走到塞北，从明妃村头走到昭君墓前，心中一直郁结着自己的一番感念，现在，我想用我从心底涌现出来的两句词语，把它凸显出来，描述出来：

> 大漠孤烟，一世忠魂青冢；
> 溪水留香，绝代巾帼红颜。

（原载2006年4月10日《人民政协报》）

北戴河记游

当我越过华北平原，来到北戴河海滨时，绮丽的风光大大地打开了我的眼界。背后，是一抹翠黛的青山；眼前，是一片浩瀚无边的大海。在青山碧海之间，是一片金黄色的海滩，像铺展开的闪光的玄黄锦缎。大海和长空渺茫地联在一起，融合在蔚蓝色的雾霭之中。从水天一色的远方，不时地飘过几缕缱绻的白云，几只海鸥掀动着雪白的翅膀在自由地翱翔。这里的海滩沙软滩平，海浪无休止地拍击着海岸，并把各种玲珑奇巧的贝壳和晶莹闪亮的珠玑卵石，从海底深处卷了上来，给这玄黄锦缎增绣上无数朵金银花饰。

青山脚下与山峦深处，丛生着茂密的林木。在绿森森的浓荫覆盖中露出片片红瓦白墙，那便是错落在松柏之间的上千栋造型精巧、具有各种艺术风格的海滨别墅群。

大海，是令人向往的。它那广阔深邃的胸怀，变化万千的气象，神奇动人的面貌，容涵一切的风格，古往今来，曾引起多少人对它纵情讴歌，几乎成了诗人和作家笔下探索不尽的神秘世界。就说北戴河吧，曾有多少人为它写出过壮丽的诗篇呀！从魏武帝的《观沧海》，到毛主席的《浪淘沙·北戴河》，从杨沫的《青春之歌》，到杨朔的《雪浪花》，还有郭沫若、谢觉哉等同志的诗篇，都曾描绘过这里大海的宏伟气魄和广阔胸怀。

一到北戴河，令人立刻想到碣石山。这座名山在我国史书上是不乏记载的。远在公元前110年，汉武帝登临过此山，因此，后人又把碣石山称为汉武台。至于“烈士暮年、壮心不已”的曹操，在这里写出“东临碣石，以观沧海”的诗，更是人们所熟知的了。后来，唐太宗也曾统兵在这一带驻跸停留，所以北戴河东行三十里有秦皇岛市。考秦皇岛当地人又称秦王岛，就是因为唐太宗（他称帝前封秦王）驻此而得名。《旧唐书》上记载：“贞观十九年，入临榆关，次汉武台，刻石以纪功德。”

遗憾的是，刻字的碣石已被岁月的风霜磨荡得毫无踪迹，因而，究竟哪座山是碣石山，便引起种种悬而未决的争论。一是沉沦入海说：最早，清代文人胡渭就提出，由于地壳变迁碣石山已没入乐亭县西南滦河入海处；另一个清代文人杨守敬也持此说，不过他所指的沉陷处是在昌黎县东南数十里的七里海上。近来这种说法逐渐被人推翻，我国著名地理学家谭其骧教授指出，渤海一带地壳是上升趋势，不是下降趋势，因此碣石山断无下陷入海的可能。经他实地考察，认为坐落在昌黎县城北七里地被称为娘娘顶的一座山峰，就是当年的碣石山。但是也有人对此置疑，说那里离海较远，站在山顶上未必能看到海，于是就有许多人想到了北戴河海滨上的联峰山，认为它的可能性极大。联峰山虽不甚高，但是也有峻崖峭壁、兀突石骨，特别是满山郁郁葱葱的松柏和浓荫中常见的清涧流水，幽径曲桥，更给攀登的人增添一股神秘的情趣。听同去的人讲，山中树木的品种极多，不下千余种，其中有几样珍品，如龙爪槐、爬地松，都是外地所罕见的。山上虽然已经找不到碣石了，但是，在几处峰回路转的地方，依然可以看到几片闲亭，几座断碑，还镂刻着逝去的历史年轮。那座为老藤古柏缠绕的四角琉璃钟亭，就是十六世纪初叶的建筑，亭里悬挂着的古钟，拂之依然铮铮有声。与钟楼珠联璧合的还有对语石、悬阳洞、福引泉、古墩台、南天门、海神庙等名胜，统称为北戴河二十四景。

北戴河一带还有许多名胜古迹。原来，这里极其古老，据史书记载，远在尧舜时代这里已经开发，殷商时，它属孤竹国，周属燕国，秦属辽西郡，汉属幽州。所以，毛主席的《浪淘沙·北戴河》中有“大雨落幽燕”之句。离北戴河六十里，就是被称为“天下第一关”的山海关。它北接燕山，南临渤海，是万里长城东起的第一道雄关。离山海关八里，是万里长城的起点——老龙头。长城的第一块基石就打在离海岸二十多米的海水里。至今仍有无数四楞方方的大基石，屹立在潮生潮落的沧海之中。从山海关向西行十里有回马寨，就是当年李自成与吴三桂和清兵浴血奋战的古战场，如今已经修建成一座波光粼粼的大水库，取名“燕塞湖”，四周青山环绕，巉岩崚嶒，风光无限。从山海关东行十二里有姜女庙、望夫石，再行四里，海中还有姜女坟。在这里，流传着许多关于孟姜女的优美动人传说。

如今，当我站在联峰山上，望着潇潇春雨洒落在这沧海关山之间,思潮不禁卷起层层波澜,这里,多么容易令人联想到那已越千年的往事呀!

人们常常赞叹北戴河海滨贝壳多,但是,北戴河一带秀丽的风景、动人的传说和幽燕的古迹,也像贝壳一样多。特别是华北大地的新貌,从新建的秦皇岛海港,到薄荷农场培育出的中外驰名的新品种——红星苹果;从担负全国出口任务百分之七十的耀华玻璃厂的玻璃,到彩蛋、贝堆、贝雕画等精致的手工艺品,都把北戴河点缀得更加瑰丽多姿,吸引着无数的游人流连忘返。

(原载1979年9月9日《光明日报》)

碣石山，你在哪里？

近来，去北戴河的人越来越多了。当人们在沙滩上望着水何澹澹的大海，或是登上岗峦，眺望远近的闲亭古榭、雉堞关山时，常常会联想到碣石山，因为毛主席曾在这里写过“东临碣石有遗篇”那样脍炙人口的诗句。我曾听到不少人在问：“碣石山到底在哪里呢？”为了解答这个问题，我怀着求知欲望，去年夏天决定趁来到北戴河之机，实地去考察一下碣石山。

可是，真要去寻觅它的踪影时，却又感到它是那样的缥缈茫然。因为，镌刻着千古遗篇的碣石碑座，早已为岁月的霜刀雪剑侵蚀得荡然无存，从而便使得立碑刻石的碣石山究竟是哪一座，也就众说纷纭，莫衷一是了。有的说它早已沉沦在水天浩渺的大海之中，有的说已湮埋在黄沙淤积的泉壤之下，有的说远在天边（《战国策》中说它在常山郡九门县），有的说近在眼前（《文史哲》1979年第6期说它就是北戴河海边的鹰角石）。当然，也有更多的人说它就是古今舆图上标明在昌黎县城北七里地的碣石山（主峰叫仙台顶）。碣石山，你究竟在哪里？莽莽烟尘，我该到哪里去找，哪里去寻？它简直不是一座山，而是一个神奇的梦，诱人的谜！

我不是考古学家，缺乏学者们的那种思辨能力，但是凭着淳朴的直感和简单的逻辑使我做出判断，既然没有更多材料怀疑古今舆图的准确性，那么只能按照它所标明的方向去寻觅。

走出昌黎车站，往前行不多远，迎面立即扑过来一座雄伟高山，使我情不自禁地喊道："好一座奇特的山峰！"看！在浑圆宽博的山顶上，耸立着一个百米多高状如覆钟的石柱，宛如人工建造的石塔。凭了这一点，我顿时判断出它就是碣石山，因为在郦道元的《水经注》中有这样一段话："当山顶有大石如柱形……世名之天桥柱也，状若人造，要亦非人力所就，韦昭亦指此为碣石也。"

同行的宝瑞同志告诉我，他曾访问过海边的渔民，都说行船离岸百里后，遥望陆地无所见，但仍可看到此山顶上的圆柱石。因此古代行舟的人都把它当作航海的标志，有许多诗人甚至用"地轴"二字来形容它。明人李攀龙的《碣石篇》就写道："碣石中怒，沧海北倚……地轴高标，毂转白日。"听了宝瑞同志这番话，我就更加肯定自己的判断了。

第二天天气晴朗，没有一丝风，也没有一缕云，只见山顶上那个圆柱石活像一把宝剑直刺蓝天。我决定登山一看究竟。宝瑞同志是个细心人，给我找来登山胶鞋和遮阳草帽，而且一再叮嘱我山势险峻，脚底下要留心。

山路也确实难走，我们一步一身汗地寻觅着小路上往上登攀。严格说来，山上根本没有路。据说原先曾有一条窄径，在唐山地震时被山上崩坍下来的石头给砸毁了；如今，只能在斗大的乱石丛中翻越而上。

在解脱岭附近的陡坡上，我们看到一块光滑如镜的大石，犹如故宫门前的日晷，使天光云影都印落到苍黑的石面上，真叫人感叹造物者的神奇，不是鬼斧神工谁能凿开这样大的石镜，并使它与银河成垂直角度，斜依在这荒寒的峰埂上！再往前走，这种光面巨石竟满坡皆是，难怪古代帝王如秦始皇、秦二世、汉武帝、魏武帝、北魏文成帝、北齐文宣帝和唐太宗等人，都曾到这里来刻石记功，原来这里有足够的天然材料！

碣石山另一个独特之处，就是它有一段扇面式展开的山胸，光滑明净，如同吉普赛女郎袒露着的黝黑细腻的胸脯。从光滑的山胸爬过去，就到了略微平坦的山肩。秦皇岛电视转播台就设在这里。从这里继续攀登，就到了天桥柱。这个从远处看去状如覆钟的柱石，原来是由两个璧联的峰尖组成的，崚嶒竦峙，极为壮观。爬到山顶上，一种奇异的景象立刻奔来眼底：相距三十里以外的大海，竟突然戏剧般地缩短了距离，清晰可见。这真是"地尽忽惊水天合，怒涛千尺腾蛟龙"。看海面上波光粼粼，帆樯缓缓，细瞧连北戴河附近的亭台楼阁和海滨浴场，都一一可辨。此情此景，怎不叫人想起曹孟德"东临碣石，以观沧海"的雄浑隽永的诗篇呢？

在后山顶上，我们又见到了一块镇山的巨石，上面刻着许多字。由于年深日久，大部分字迹都已剥落，只有落款处，有"明昌元年"四字，依然十分清晰。明昌，是金章宗的年号，其元年当是公元1190年，距今已近八百年了。看到这块巨石，使我多年的悬念稍微轻释了一些：秦皇、汉武刻字记功的石碑虽已杳无踪迹，但这幅八百年前的遗篇，也可以多少为碣石山叙述些往古来今吧！

夜晚我们就住宿在转播台里。我躺在床上，久久不能入睡，那些已为岁月风尘所湮埋了的碣石碑刻，像一座座黑黝黝的铁塔在眼前晃来晃去，那些散落的遗篇又像青蚨与素蝶在思绪的空冥里款款飞来。我从房间里走出去，听山上的松涛在夜风里像潮水一般地轻喧碎语，从崖头下望，昌黎县城灯火璀璨绚烂，像撒满一地闪光的珍珠琥珀；远望海滨，也迷荡着诱人的灯火与海浪的闪光。

啊，像谜一样的碣石山呀，你到底在哪里呢？我此时此刻是否也正如苏轼所说“不识庐山真面目，只缘身在此山中”呢？

（原载1985年第8期《百科知识》，
编入秦皇岛市地方志编委会编辑的《碣石文辑》）

又见大海，又见北戴河

又见大海，又见渔船！我思潮的涌动，感情的奔流，不由得又随着眼前的潮升潮落和水阔天长油然而生，开始跨越过一道道时空的栅栏。

背后，是一抹翠黛的青山；眼前，是一片浩瀚无边的大海。在青山碧海之间，是一片金黄色的海滩，像一匹铺展开的闪着亮光的玄黄色锦缎。大海和长空渺茫无痕地联接在一起，都融合在蔚蓝色的雾霭之中。从水天一色的远方，不时地飘过来几缕缱绻的白云，几只海鸥掀动着雪白的翅膀在自由自在地翱翔。这里的海滩沙软滩平，海浪无休止地拍击着海岸，并把各种玲珑奇巧的贝壳和晶莹闪亮的玑珠卵石，从海底深处卷了上来，从而又给这玄黄锦缎增绣上无数朵金银花饰。

这是我对大海的初恋，也是我对北戴河海滨从心灵深处所升起的意象，是对于这块神奇瑰丽、充满着灵性的宇宙空间的解读。

1979年春，秦皇岛市奉命将北戴河作为一个重要旅游景点全面对外开放，邀集来一帮文人为当地的一些风景名胜命名、题字和撰写旅游解说词。我的一篇散文《北戴河记游》有幸被选中，写到竖立于各景点入境处的广告牌子上，后来，陆续地被收入到各种版本的中学语文辅导材料和写作范文中。

从这一年起，每当夏季大雨落幽燕之时，我都要来到北戴河。因为海之恋，是我的，同时也是所有喜爱大自然的人们的永恒主题。那迎面吹过来的海风，时来时去的海鸥、海燕，和那高一阵低一阵依旧如昨的涛声，便是最有魅力的召唤。面向大海，看到它那广阔无边的胸怀，雄伟磅礴的气势，变化万千的景象，丰满富饶的内涵，永远都会给人以万古深邃的启迪。

在这块土地上有着万古深邃的，还不止是那浩瀚无边的大海，还有着同样壮阔的历史时空。“东临碣石，以观沧海”，固曹孟德一世之雄也；而“饮马长城窟”，“卢龙塞外云”，则又是万古的苍凉；“山一程，水一程，身向榆关那畔行”，是诗人不绝的咏叹；“北风振漠，胡兵伺便”，“主客相搏，山川震眩”，则是古战场上的历史回声。纵览古今，当然最为波澜壮阔的，还是毛泽东的“萧瑟秋风今又是，换了人间”。

时光是多么易逝呀，不要说“魏武挥鞭”的往事了，就连我写出的那篇区区散文，也时隔三十多年了！大海的无际波涛，掀翻去历史上的一页又一页。

一天夜晚，我正在感念和感伤之际，无意之间又来到了大海的身旁。天空中，从云隙之间露出了一钩弯弯的月亮。溶溶月色把那大海洗涤得格外平静，格外深邃。遥望远方，有无际的波涛闪动着微茫的光亮，从遥远的天边滚滚而来，无拘无束，无涯无渚，无尽无休……波涛中,那一颗颗闪动着微茫的光亮,就如同从银河中倏然坠落下来的陨石和流星,它们从各自不同的时间里和不同的方位上,不由自主地从自己运行的轨道上,跌落到这万古深邃的大海里。接着我又看到,当那带着光亮的无际波涛推进到沙滩上时,沙滩上便立即绽放开了一片银亮的雪浪花,绚丽而又光彩。但是,转瞬之间那一片雪浪花便熄灭了,我想惋惜,但还未来得及惋惜之时,眼前又有一片银亮的雪浪花绽放了。绽放了,熄灭了,熄灭了,又绽放,大海便是如此循环不绝,生生不息。

你想,这时那辽阔无边的大海和历史深邃的幽燕海滨,会给人演绎着多么深邃的哲理性感悟呀!那不绝的涛声不正在缅述着苏格拉底与柏拉图的思辨语言:深厚渊博的是大海,而每一个时代和每一个时代里的个体生命,确确实实就如同大海里的一滴水。大海是永恒的,而大海里的每一滴水,则是易逝的,不过从另一个角度来看,它也是永恒的。因为,作为一个单体它是易逝的,但融进到无际汪洋大海的里边之后,便如同大海一样也是永恒的。易逝的一滴水,永恒在深厚渊博的大海之中。

静谧的夜过去了,又迎来了一个崭新的黎明。

拂晓时刻,我站在大海边上,我又在那无际波涛之中,看到了大海所掀开的一幅蕴蓄着无限生成与希望的画面,感受到一种崭新的生命涌动的活力。这时,晨风吹落了悬挂在天空夜幕后边的淡淡疏星,大海开始失去了梦魇的重负,它像树林里苏醒了的飞鸟一样,欢畅地扇动着一身洁白的羽毛——雪浪花。浪花相撞,发出窸窣细语,像是在轻柔舒缓地呼吸。大潮退下去了,离开岸边很远很远，使得一块块浸没在水中的黑色礁石，裸露出它们坚硬粗糙的躯体，像是卧在水中的牯牛。在潮湿的海滩上，挤满了赶海的人们，多半是些孩子，他们提着篮子，或者是塑料口袋，手中拿着一柄小铲，在礁石和泥沙中间掏掘着，奔跑着，东一鳞西一爪地拾掇着大海的遗物——小螃蟹、小毛蛤、海蝌子、海白菜。今天，恰好是个落大潮的日子，海水越退越远，大海给人们遗留下的遗物也就越来越多。孩子们提着小篮子跟随着退下去的潮水，一步步地向海湾的深处赶奔过去。

“赶海”，一个多么生动的名词呀!它是我在北戴河海边第一次听到的。孩子们在追赶大海，这是多么神奇而又有着无限生命活力的追赶呀！就像古代神话中所说的“夸父逐日”一般的神秘。

大海，永远都在创造生命的活力。不久，在孩子追赶大海的远方，在辽阔无边的大海深处，海水开始躁动起来，沸腾起来，从沸腾的海水深处，轰然一声拱出一轮红彤彤的太阳，把一大片辉煌耀眼的光线洒到原是异常宁静的海面上。很快，便使得海面上流荡着的浅灰色晨雾也闪耀起红光来，好像一片大火在海面上熊熊燃烧。无疑，这新的黎明是十分雄伟壮阔的，也是无限美好的。而这美好和壮阔，则都是大海的生成与创造。既然每一天的太阳都是从大海里升起来的，因此我说，是大海诞生了每一个崭新的黎明。

（原载2013年第10期《啄木鸟》）

海滨食蟹

去北戴河的人，都忘不了要吃螃蟹。

守山吃山，守海吃海嘛！从内地来的人，一下子守住了这么大的一片海，能不想到要吃吃海物吗？

大海，是令人向往的。来到大海身边的人，无不感叹它胸怀的广阔，气势的雄浑，场面的壮阔；同时，自然也要联想到它宝藏的丰富。实际上，也确实如此，大海只要轻轻地一甩袍袖，一个滚浪就把海底的璀璨珠玑和绿叶紫菜，都抛洒到海滩上，人们立即嬉笑地踏着流动的沙石抢着捡拾起来。

而在人们捡拾的海的赠物中，最有趣味的莫过于螃蟹了。

晨风，吹落了悬挂在海空中的夜的帷幕和帷幕后边淡淡的疏星。这时，大海失去了梦魇的重负，像树林里苏醒了的飞鸟一样，欢畅地扇动着一身洁白的羽毛——雪浪花。大潮退下去了，离开岸边很远很远，一块块浸没在水中的黑色礁石，裸露出它们坚硬粗糙的躯体。海滩上挤满了赶海的人群，他们拿着个塑料袋子，在礁石和泥沙中掏掘着，奔走着，东一鳞西一爪地拾掇着各自的欢乐和渴望。“那只小螃蟹，多可爱！”人们一发现了它，便会舍弃一切首当其冲地奔向了它。

这小家伙，确实是很可爱，在那潮湿的泥沙中蹒跚地奔跑着，八个爪子乱抓乱舞，趔趔趄趄、歪歪斜斜地爬行着，人们拾起它来，装到塑料袋子里，再放上些水，它便心安理得地呆在那一点点水里，浑然不知那是个完全没有出路的小小空间。

由于小螃蟹，人们便联想到大螃蟹。小螃蟹不禁吃，真要尝到无比鲜美的蟹肉滋味，非得买几只大螃蟹来不行。大螃蟹在海边是拾不到的，于是，人们便纷纷挤到菜市场来。

北戴河农贸市场里，最热闹的地方就是海鲜水产品厅了。一进门，便是一股海鲜味、人气味、汗气味和湿漉漉的潮气味。人如潮涌，万头攒动，喊买声、喊卖声、讨价声、还价声，洋溢着一片生机盎然、热闹活跃的气氛。海鱼、海虾、海螺、海贝，还有大海螃蟹，全是新鲜的、活的，有的就放在水里游。这是个鲜活的市场，是跳动的、生命力旺盛的市场，同时，也是最欢快的市场。

人们争着挑选最鲜活的螃蟹，买好之后，拿着铺子里开的小票，到后边临时搭成的一排灶房里去煮。这里，每个铺子都开一眼灶，在哪家铺子里买的螃蟹，就到哪家的灶房里去煮，只要半个小时的工夫，螃蟹就煮好了，铁青色的螃蟹变成了金黄的颜色。

鲁迅说，第一个吃螃蟹的人，是个勇士。从它那口吐白沫、横行霸道的样子，谁会想到它的躯壳里边还包藏着那么好吃的蟹肉呢？然而，事情也有另一面，人们，不论是大人还是小孩，都有一种探求的心理。越是洞黑幽冥的深处，或坚甲利刃后面的东西，人们越是想看到它，占有它，越是对它产生浓厚的兴味。螃蟹的厚厚硬壳，两柄大刀似的大螯，便是一种刺激，一种诱惑。而最高的占有形式，就人的生理本能来说，就是吃掉它！因此，敲开那个硬壳，掰掉那对大螯，吃掉里面的蟹肉，便是一种不可抗拒的诱惑。

而真的吃起来，蟹肉也确实是很鲜美的，称得上美食中的一项佳品。古往今来，文人骚客饮酒食蟹的诗文，包括《红楼梦》中薛宝钗作的《螃蟹咏》，指的都是河蟹，而吃大海螃蟹的诗却很少。这可能是与我国古代人，对于大海的接触还不够多有关。现在，人们有更多的兴趣面向大海，品尝海蟹的欲望也就随之而增高了。

（原载1993年2月15日《文艺报》）

长城头——老龙头

前些时候，从海外归来的燕子——著名歌星陈美龄，唱过一首内涵浑厚、感情炽灼的歌《祖国的温情》，其中有一句话，深深地打动了我的心："不到长城头，怎能算好汉？"我们每个中国人，无一不以长城为骄傲。仰望长城，永远会给我们以信心和力量，这是我们每个炎黄子孙，从懂事那一天起就已感受到了的。不过我在这里还想告诉你们一件事情，也许你们还不知道，而且我有相当把握地说，你们还不知道：这万里长城的头在哪？有人会说：长城还有头吗？我坦诚地告诉你，这长城确实是有头的，而且它犹如一条蛟龙之首，一直伸到大海中间。

许多人都以为长城之首就是山海关，因为地理书上都说，长城东起山海关西至嘉峪关。实际上，这长城之首离开山海关还有八里多地呢！那个地方名叫老龙头，地处燕山的一条支脉——松岭之上。长城就顺着这山势逶迤过来，从悬崖上走下来一直延伸到海边，最后，竟插入到海水之中，足有二十多米远。

为什么要把长城修到海里呢？原来自明代中叶以后，倭寇经常从海上来进行骚扰侵袭，掳掠沿海一带城乡，因此海防日益紧要起来。抗倭英雄、著名爱国将领戚继光抱着“封侯非我愿，但愿海波平”的壮志，曾经先后在山东登州和浙江宁波、台州等地修筑了不少坚固的防御工事，后来，他又到了山海关，感到原来的长城没有延伸到海中是一个大缺漏，会给敌人以可乘之机。于是，他便把修筑东南一带海防工事的民工，招募到这里来，修建了这座长城之首——老龙头。

这一带的地势是峰岭重叠，岩崖高崇，海域也是水深浪阔，波涛滚滚的，要修筑水下工事是很不容易的。施工时安不下基石，就用十几万只大锅扣在水下，挡住了浪头的冲击，这才打下了木桩，筑起了屏障。然后，采用滑车、撬杠等笨重方法，将一块块上千斤重的巨石运到海边，立基起墙，修建起这三丈多高的长城之首——老龙头。老龙头筑起之后，戚继光很高兴，看到固若金汤的海上长城昂然矗立，不觉勃然兴起，振笔挥毫大书“天开海岳”四个字，匠人们将它刻在石碑上。此碑就立在岸边的山岩上，虽已经过四百余年的风雨沧桑，至今仍然遒劲地屹立在那里。

二百年后，清代守边将领又于康熙九年，在海岸的高敞之处修建了一座澄海楼，又名知圣楼。楼高三丈，宽二丈六尺，宏伟壮丽，格局不凡，为沧海关山又增添了一番景象。澄海楼的外面，周围以一华里为距修建了一座方城，叫作宁海城，是屯兵据守的又一坚固堡垒。据当地县志记载，乾隆皇帝每次去东北祭祖朝圣路经山海关时，都要登上此楼，眺望那犹如蛟龙一般从海中跃然飞起的万里长城之首。

清末，经过八国联军的炮火洗劫，老龙头和附近的澄海楼与宁海城都被摧毁了。今天人们来到这里，虽然只见到一些残垣断壁和柱脚基石，但那历史上的不朽杰作依然会唤起我们的激情。那一块块四楞方方的苍赭色巨石，依然横卧在潮生潮落的海水里。当我们踏着那些巨石向大海深处走去的时候，总不免要心潮澎湃，百感交集。我们的祖先已经用他们勤劳智慧的双手，在我们祖国的大地上建造了多少气壮山河的丰碑，留下了多少使人震惊和赞叹的奇迹！今天，在这山高海阔之间寻觅长城之首的人们，我们应当为中华之崛起，巨龙的腾飞做出怎样的贡献，才无愧于这块骄傲、神奇的土地，无愧于龙的传人的称号呢？

（原载1985年第8期《中学生》）

白洋淀——重新荡漾起来的水天

百里方圆的白洋淀，百里方圆的芦苇荡，百里方圆的荷花浦，百里方圆的水乡，真是好气派的一带风光呀！再加上在这片荡荡漾漾、莽莽苍苍之中往来行驰的大船小船，和从大船小船上摇落下的桨声帆影，委实地好看！只搭眼一望，就让人喜得心跳，喜得醉人。

自从白洋淀重新蓄水以来，一直思念着要去那儿看看。因为，白洋淀过去虽然没有去过，但这三个字在我心中却是太响亮了，太熟悉了，闭上眼就可映现出一幅芦荻深深、雁翎飞渡的生动画面。细究其实也不为怪，自从孙犁出版《白洋淀纪事》之后，自从许多电影都以这里为场景展现出水乡风情或水上奇兵的故事之后，白洋淀便是家喻户晓、人人向往的地方了。

8月初，我们一行人从安新码头坐上大游艇，便在汽船的一片“突突”声中奔向那蒹葭苍苍、白水茫茫的大淀子中去了。开头，船行的路是一条条芦苇隔围的水道，就跟城市里的马路一样，不过这“马路”的两边不是高楼大厦，而是长得密密实实的芦苇。现在还不到芦花飞荡的时候，只有一抹一抹的青绿。想起古曲《翠堤春晓》的名字起得真好，有意境有情趣，殊不知，这里逶迤纵横数百里的路，就是一条条的翠堤。而且不仅仅是翠堤，还有翠墙、翠楼、翠街；街上的流水又是极其清澈的，镜面一般的光亮；还有羽翅像白绸子似的水鸟不时地从芦苇中飞出来，到白云下面去盘旋。这时，我突然想起几句古诗来："一水护田将绿绕，两山排闼送青来"，"三山半落青天外，一水中分白鹭洲"。用这些诗对照眼前的景色，细细品味起来，感到又像又都不像，好像是点到了，又好像是没有点到。眼前的景色，是任何清诗丽句也描写不尽的。在这诗情画意的水路中间，有行驰的机动船，有摇橹打浆的舴艋小舟，其中大多数是游船，满载着红衫翠袖和欢声笑语；不时也会见到几条货船或采菱、捕鱼的小舟，构成了一幅多姿多彩、百舸争流的画面。它不禁使我们想起水上城市威尼斯来，那里的繁华也全在水街水巷，不同的是，这里则有更多的水月风情和田野情趣。

船儿每次穿行过几条河道，就会有一片开阔的水域出现，这里，往来的船和停泊的舟也就更多了，就像威尼斯城里的水上广场一般，许多新建的旅游设施也都设在这里。

淀子里新近又开辟了各具特色的旅游景点二十余处，其中最吸引人的是：民族岛、鸳鸯岛、快乐岛、捞王岛等，岛上有购物区、娱乐场、展览厅，还有专供游人住宿的旅馆别墅。

最神奇的，是今年淀子里靠近平王乡留通村南一带，突然铺天盖地、枝繁叶茂地长出一大片荷花来，足有千余亩的水面。白洋淀干涸了多年，有的地方已修成公路，可如今又自然地生出这大片的荷花来，真让人惊叹大自然的造化神功和物种的顽强生命力。

为去看这片荷花，我们在一座水上广场换乘小船，荡进了那梦境般的天香王国。田田的大荷叶一望无际，密密匝匝地覆盖在水面上，万绿丛中粉灿灿的荷花比比皆是。此刻正是红日当天，我们想，如在月下静悄悄的夜色里，那清香味不知比现在要浓郁多少倍哩！

望着那片片斗笠大小的荷叶，眼前禁不住产生了朦胧的幻觉；好像每个大荷叶下边都藏着一个人，手里端着枪，正瞄准从远方开过来的鬼子汽艇。这画面自然是由孙犁的《荷花淀》联想到的。我们问县里同志："当年，打沉鬼子汽船的荷花淀，是不是就在这里？"

县里同志笑而不答，问之再三才说："那时，白洋淀到处都是荷花，若问哪处是孙犁描写的那个荷花淀，恐怕让孙犁同志自己来找也无法辨认了！不过，庆幸的是，当年在芦苇荡里打游击的雁翎队队长赵波同志还健在，老人雄风不减当年。去年亚运圣火传到这里时，老人亲自指挥，排列八十多艘雁翎船来迎接圣火。"

听着白洋淀人的诉说，我在想，白洋淀真是一首抒情诗，它不但在孙犁笔下是这样，在久旱之后淀中之水又突然荡满的今天，更是让人感觉到，这方圆百里的芦苇荡，百里方圆的荷花浦，就是一首重新流淌出来的诗，一片重新荡漾起来的水天。

（原载1991年9月9日《中国统计信息报》，与霍林合写）

厂甸的风车和大糖葫芦

在老老年，春节时候京城里最热闹的地方有三个：一是厂甸庙会，二是白云观的会神仙，三是雍和宫打鬼，而其中，厂甸是最中之最。

我是五十年代初来到北京的，而且真是有缘分，一来到就住到恭王府院里（当时，留苏预备部设于此）。我是个“红楼迷”，早就听说大观园是以恭王府为原型的，因此，一进去就想身临其境地去感受那些幻梦，想按图索骥地一一去对号。但是，对过来对过去什么也没对上！在这遗憾之余，年关忽然走近了，我猛地就想起书中写到过年时的种种热闹景象。京城里烟花烛天，管弦匝地，各种景观、戏耍和庙会更是竞彩斗奇，让人眼花缭乱。因此，一过小年，我就掐着指头盼望春节的到来。

刚进大年初一，我就迫不及待地赶到了厂甸。还未来到和平门，便已感到那股欢快、火爆、喜庆、乐融融的热流，一股浓郁的年味，京城里特有的年味。你只要看看从庙会里走出来的人们的得意脸色便会知道的，特别明显的是那些孩子们，手里举着嘎嘎响的风车，脖子上挂着一串大糖葫芦，就像得胜还朝的凯旋将军似的。

厂甸庙会，是早在康熙年间便开辟了的民俗娱乐活动。每年从正月初一直到正月十五，南起虎坊桥北至和平门，以及这条长街上所有向东向西延伸的胡同，都成了庙会场所。因为街心有文玩集萃的琉璃厂和海王邨两条胡同，所以这个庙会的文化氛围也就特别浓，成为雅俗共赏、人人都能获得乐趣的地方。

我一走进和平门，便见马路两旁全搭着席棚子，大的有五六间房子大，小的也有一二间，一家挨着一家，里面摆的全是文玩古董、名人字画、碑帖拓片、线装图书，琳琅满目，真如一座临街的罗浮宫画廊。里面虽有不少赝品，但确有名人真迹和绝版图书。因此，文人雅士、名流学者也都趁热闹赶来。鲁迅《日记》中记载，他在1917年的十五天庙会里，前后就来过七次，并说："遇相识者甚多。"鲁迅的相识，自然多是文人名士了。

由琉璃厂往南直至火神庙一带，则集中摆卖珠宝玉器。一排排玻璃匣子，里面装着白珍珠、蓝宝石、红玛瑙、绿翡翠、黄象牙等的各种制品，因而，这里又成为一条手工艺品的展览长廊。

从火神庙再往南，便是市民大众，特别是妇女儿童喜欢的地界了。这里摆满了各种吃食、玩具、脂粉、头饰，中间还杂有各种卖艺的：木偶戏、皮影戏、拉洋片、说大鼓、变戏法、打把式的，五花八门，五行八作，唱做念打，样样俱全，真叫人大开眼界，无论是大人小孩，都能各自找到自己开心的地方。

厂甸的吃食，花样繁多，平时有的，平时见不到的都集中来了，有卤煮火烧、炒灌肠、艾窝窝、豌豆黄、萨其马、栗羊羹、驴打滚、猫耳朵、豆汁、酸梅汤，如果都摆到一张桌子上，可以说得上是最齐全的满汉全席（当然，只是小吃方面），而其中，最有特色的要数大糖葫芦了。这东西，只有在厂甸庙会里才能买到。

厂甸糖葫芦的特点，就在于一个“大”字。一根大竹签足有四五尺长，上面串着五六十个山楂，且在顶端插着一面小旗。还有一种糖葫芦是用线绳穿着的，就像念珠似的挂在脖子上。这种糖葫芦一般是不吃的，只是拿着玩。

厂甸的另一个特色物品，就是风车。在一根长秫秸上插着许多用细竹篾扎成的小风车，风车下面有小泥鼓，用竹棍拴在风车上，风车一转便击得泥鼓嘎嘎地响。孩子们手里一举起风车，便举起了无穷的乐趣，骄傲地向小伙伴们宣告他们曾到厂甸庙会里来过。

使我感到幸运的是，在“哈记风筝摊”上见到了“风筝哈”，他是风筝大王哈魁朋的传人，他家祖传的扎风筝技艺，完全得自曹雪芹所著《南鹞北鸢考工记》。他家扎出的风筝栩栩如生，精巧绝伦。在他附近，还有雪芹的好友敦敏的后人金福中、金淑琴（人称金大姑），他们扎的风筝也挺精致，不俗气。

今年，是新世纪的第一年，作为民俗文化庙会的厂甸，又在春节期间开放了，为新北京又添了一道靓丽的景点。

（原载2001年1月25日《文汇报》）

长廊散记

凡是一个大型的艺术作品，都有一条主线贯穿着；《红楼梦》是由宝黛的爱情悲剧贯穿着；《黄河大合唱》是由奔腾咆哮的黄河贯穿着；《清明上河图》是由汴京的一条天街贯穿着。同样，颐和园这个花团锦簇、美景云集的艺术珍品，是由长廊这根主线贯穿着。

颐和园里有山有水，有岛有堤，有亭台楼阁、桥塔碑舫等各式各样的建筑物，各式景点不下八百余处。这些像群星灿烂一般散落在方圆四千三百多亩的园中明珠，让人看了之后觉得错落有致，高低有序，丝毫不显得杂乱无章，其中一个重要的、人们轻易猜想不到的原因，就在于有长廊这条主线将它们串联起来。

长廊长约七百二十八米，绵延在青山绿水之间。北边万寿山从它的眼前拔地而起，南面昆明湖的波浪直拍它的脚下。长廊镶嵌在这中间，使山水交接有个过渡，使人不产生泾渭分明陡然变化的感觉。而且有长廊这根主线作轴，人们向北可以到山中去寻幽探胜，向南可以去水榭湖堤上盘桓流连。而返回后，凭借长廊又可以找到前进的方向，因此，长廊实际上又起到了路标的作用。

长廊的结构和布局是十分奇巧和严谨的。它的东端叫邀月门。如果你恰巧是在黄昏时候来到这里，回首窥望知春亭上绿柳梢头的一弯新月，那时，银亮的月光就正好泻你满怀，好像是你把月亮邀到这门里来。进邀月门向前走一百多米，有一座重檐飞脊的八角亭衔在长廊中间。亭内开阔明朗，既可以极目远眺，又可以在曲栏上略坐小憩。它正好调节了游人进园后由于感触颇多而产生的纷杂思绪。

再往前进，每隔百十余米便有一座亭、阁、轩、舫。由于有这些建筑物在中间穿插，使得百丈长廊如同一部曲折回荡的交响曲，其中有说不尽的抑扬顿挫和各种旋律的升降变化。

长廊的尽西头是石丈亭。这座长方形的亭子别开生面，自成格局。走到这里不禁豁然开朗起来，因为，它不仅可以西望玉泉山宝塔和诗情画意的玉带桥，而且还有一条永远开不动的石舫就在你的身边，把你吸引过去。等你把石舫欣赏完，扶着白玉栏杆娴静地向东眺望过去时，蓦然回首，你才发现长廊至此已经到了尽头！这真是巧夺天工呀！正是靠了这些巧妙安排，才使游长廊的人产生出廊尽意不尽的感觉。

长廊在我国是独一无二的艺术珍品，它不仅以其长而称奇，而且又以彩画多而制胜。有人统计，在由二百七十三间小轩组成的长廊内，共有一万四千多幅画，如果平均每幅画看两秒钟，需要八个小时才能把画看完。

长廊是1750年（乾隆十五年）建造的。1860年被英法联军烧毁，光绪年间又按原样重新修复。建国后，曾于1959年十年大庆时对长廊进行了一次油饰。最近，国家又拨款，花了将近一年的时间，对长廊进行了一番修整油饰，不仅保持了原来的风格，而且在四座八角亭上又新绘了“竹林七贤”、“桃源问津”、“右军爱鹅”和“大闹天宫”等大幅彩画，使长廊这条彩带更加瑰丽了。

（原载 1980 年 10 月 26 日《中国旅游报》）

城北旧事

看到日前某报副刊上刊登一篇《家住东官房》的文章，心里不知怎的忽地受到很大触动，像有一只巨大的手猛地揭开埋藏在地底下多年的记忆坛子，让浓厚的往事云烟像从潘多拉瓶子里蹿出来的精灵，凶猛地涌动着。后来，仔细认真地思考了一阵子，才醒悟到原是因为自己也是一个一到北京就住在东官房的老住户。

说起来，那已是快近半个世纪以前的事了。匆匆又匆匆，岁月的车轮在我生命的田野上急速地驰过，以至于我还未来得及思考与回味昨日的甘甜与苦涩，便又被一个接一个新的昨日给覆盖住。因此，将近半个世纪前东官房的一些城北旧事，如果不是被这篇小小的短文所触动，恐怕要永远尘封在被遗忘的角落里。由于记忆中的年代较之那篇文章更为久远，所以，东官房给我留下的印象完全不是那篇短文中所说的那样。记得，那是一条弯曲狭窄的街巷，但是走进巷子深处后，却像《桃花源记》中所形容的那样：忽然天开地阔，豁然开朗，在街巷东边有一座古色古香、葱蔚洇润的王府花园，西边则是一所完全现代化的名牌大学——辅仁大学。

我一到北京，就住在东边那座王府花园中，当时并不知道它是一个什么所在，只觉得里面清幽典雅，金碧辉煌，异常地考究。当我从一座座月亮门里走过，看到竹影疏斜地映在粉壁墙上时，不由自主地怀疑自己是置身在《红楼梦》的大观园之中。

那时，我是一个被从农村里选送到留苏预备部的青年。留苏预备部作为北京俄语专科学校二部，就设在那座王府里。校长师哲先生俄语说得最好，作为毛主席翻译曾多次陪同毛主席出访和在国内接见俄国客人。不久前在报上看到师哲先生逝世，我的心，我想和我一起在那里听过这位尊敬师长讲话的人的心，都会久久不能平静。

由于王府花园过于考究，不适宜过多的人在里面起居，我们只在园里学习，而宿舍则安排在西邻辅仁大学宿舍楼里。因此，我对于那所名牌大学也留有深刻印象。

在辅大宿舍楼前有一块很大的开阔地，每到夜晚这里就热闹起来，摆出来许多卖夜宵的摊点。一间间小棚子里锅碗瓢盆直响，散发出阵阵诱人的香味。晚上夜读归来路经此地，总被那香味引诱过去。只要花上五分钱，就可以买一碗鸡汤煮面；如果花一毛钱，还可以加盖上许多肉丝、香菇、小菜之类的东西。读书至深夜能够吃上这样一碗面，真是太有滋味了！现在再花多少钱，也买不到那种感觉了。

我在那里住的时间不长，只有半年多就出国了，但是在我记忆的底板上，东官房和东官房的那座王府花园，却一直也没有模糊淡漠，永远是那样清晰。不知过了多少年、多少载，我突然想起了那个神秘的所在。有一股强大诱惑力牵引着我要去旧地重游，旧物重瞻，而且还特地邀了一位好友，事前详细地向他描述了那里是如何的朱栏玉砌、亭峻阁飞的模样。两人兴致勃勃地远道跋涉去到那里，谁知寻寻觅觅好容易找到那个所在，碰到的却是门关锁落，听说里面已为某个单位所占，闲人一律免进。斯时，还是那个“史无前例”的最紧张的时候。

不知又过了多少年，我在报刊上看到一篇文章说那座王府花园就是晚清时的恭王府；后来，又有文章说那就是《红楼梦》中大观园的原型。我这才如梦初醒，仔细想起来，那里的一座座院落确实有点像大观园中的潇湘馆、秋爽斋、梨香院的味道。这样一来，更引起了我对它的向往。

于是，我就又邀上几位老友重新故地重游。这次的情况大为改观，王府花园已被开辟为北京重点名园古迹对外公开开放。走进院里极目一望，只见高台崇阿，长桥横波，廊腰缦回，檐牙高啄，果然是一处不同寻常的所在。听导游说，此园在恭亲王奕䜣之前，原属于那个臭名昭著的奸相和珅的，里面还收藏有和珅的许多遗物。只可惜前院还为某单位所占据着，不得观其当年的全貌，连我们当年上课时的教室，俄国老师在教室门前与我们合影的那片竹林，也都在圈地运动中给圈出去了。

（原载1998年10月17日《生活时报》）

十渡——小桂林

北京是公园的城市，名胜的城市，风景的城市。近来，它的风景线又在不断地向外延伸。一条明亮的风景线，已从伴着晓风残月的卢沟桥上跨过，伸进到西山的深山峡谷里。十渡，这个充满着古朴风情的名字，便像一条璎珞似的联结着十个山青水碧的渡口，接续在这条妩媚明丽的风景线上。

大自然造物的技巧是难以想象的，她不是一律用大绿的颜色去描绘春天，一律用蔚蓝的颜色去涂抹大海，用金黄的颜色去渲染丰收。最能够惹人沉思留恋的风景线，莫过于在奔流之中有静止，在粗犷之中含寓细腻。一切都在变化中展现，在深沉中凝结。它变化得让人意想不到的神奇，深沉得让人思接千古，旷达八荒。十渡就是这样一个地方，用形象一点的言语来说，它就是藏在苍劲质朴的北国山川里的一扇桂林山水画屏。

在去十渡的路上我几乎不大敢相信，在那莽莽苍苍的紫褐色群山背后会藏着那样一颗璀璨的明珠！然而，当我沿着窄斜的石径绕过几座山头之后，眼前的景物即刻叫我大吃一惊，就好像一个大乐章突然中断，耳畔响起的是清新优雅的小夜曲一般。山的线条变得细腻纤巧，座座峰峦都像经过匠人精心雕刻一般，玲珑剔透，俊俏清奇。更令人心醉的是奇峰脚下的那条溪流，真像烟雨漓江那样碧绿幽深。水面上除了一两朵飘浮的白云之外，印着的全是用泼墨涂染的山的影子。上下一端详，简直是一个大的盆景，那种最叫人倾心的扬州盆景！

我一个渡口一个渡口地走下去，沿着那条像酒一样清醇的河流。随着角度的不同，每走一步便是一个迷人的画面，十个渡口连起来，就是一幅山水长画卷。这里是拒马河的上游，河水在群山幽谷中间形成多曲的回流，而一条通向塞北的古道，就是沿着河水冲开的空隙向前伸展着的。由于河床一会儿南面宽些，一会儿北面宽些，因此古道便要南北地踅来踅去，从张坊到蒲洼几十里的路程就要渡河十次，形成了十个渡口。十渡风景线，就是延伸在这样浓墨重彩的画廊里。

用不着去构思和联想，无边思绪便会在诗一般深沉含蓄，梦一般奇幻迷蒙的意境里翱翔。我甚至在想，那些奇峰上的山石也有感情，也有灵性，不然为什么会那样含情脉脉地倚立，俊逸风流地徘徊，无限留恋地回顾？我想起陆游的诗来："花如解语还多事，石不能言最可人。"

然而，谁又知道在这山也静谧水也安然的地方，竟是一座常覆三军的古战场呢？战国时期的燕国和赵国，就是以拒马河为疆界，不断地盘河掠战、竞渡厮杀的。明人姚广孝的诗《拒马河》中写道："大河拟长淮，湍急去如泻，走足限南北，犹能拒戎马。从来燕赵间，固圉曾不舍。”后来乾隆祭祀北岳路过这里时也赋诗说：“燕争赵攘无消息，割据犹传拒马迹！”而如今，则只有山环故垒，雨打潮空了。那历史上的折旌断镞、刁斗胡笳，都湮没在岁月的风尘里了，人们所听到的，只有涔涔的水澌和寂静的山风，用它们那空洞的语言来述说大地上的往古来今。

十渡，画山绣水的十渡，有了这些慷慨悲歌的往事，更增添出无边的荡气回肠、扑朔迷离的色彩，让人们抚今追昔，浮想联翩，在默默青山中揭示着过去，在潺潺流水中探索着未来，让自然、山川、人类历史全部融汇于对生活的热恋和追求中。因此我劝你们，喜爱大自然之美和山水之乐的朋友，有暇时能到十渡去一游，在领略了近似桂林的风光之后，会使你产生一种热恋祖国万里河山的深情。因为它使你知道，在我们辽阔的国土上，除了有那些如诗如画的名山大川之外，还有许多虽不甚闻名但确实美不可言的胜景所在，北京西山中的十渡就是其中一例。这正如杜甫诗中所言：“始知五岳外，别有他山尊。”

这话讲得实在有理！

（原载1982年5月4日《中国旅游报》）

留香馆记事

从北京珠市口大街往西走，在铁门胡同深处有一座红漆门楼小院，那就是已故著名京剧表演艺术家荀慧生先生的故居——留香馆。

二十年前，这里曾经是一座古香古韵、幽雅别致的小院落。走进红漆门楼，南屋便是荀先生的练功厅，地上铺着厚厚的绛紫色地毯，墙上挂着荀先生演出《杜十娘》、《玉堂春》时的剧照。出了南屋，穿过一座月亮门，便进入到荀家的内宅。正房高大宽敞，前廊后厦，掩映于藤萝与树荫之间。拾级而上，登堂入室，两座硬木镂花的隔扇将堂屋分成了三个部分：西屋是荀先生夫妇的卧室，中间是客厅，东屋放些杂物。屋里家具全是清一色的紫檀、铁杉等硬木，雕花镶螺，造型雅致，做工的精细，木质的名贵，令人叹为观止。

出正厅往西，是一座小花园。花园里种的全是果树，有梨树、桃树、杏树、柿子树，每到金秋季节，当树上挂满了各色鲜艳果子的时候，荀先生必定亲手将那些个儿最大、长得最好的果子摘下来，分放到几个小竹篮里，一边放一边念叨："这是给老舍先生的！这是给萧军的！这是给……”

荀先生喜欢种树也还有另外的原因。每当夏秋夜晚月亮升起来的时候，庭院里月色溶溶，大地深沉宁静，那些树木无一例外地都“沙沙”地摇动着带有银光的叶子，树影婆娑，扑朔迷离，地上也铺满一片斑斓迷乱的影子。荀先生爱在这样幽静的环境里练功。

在小花园的东侧，是荀先生的书斋。荀先生每天都要早早地起来，先到窗台上耗耗腿，然后走进书斋，开始握笔写他头一天的日记。先生写日记已经坚持四十多年了，记叙了管弦悠悠的艺海生涯，也记叙了他那坎坷与辛酸的人生之路。日记中记载他六岁卖给梨园，文契规定：“不遵约束打死勿论，被车马撞死勿论，投河坠井勿论。”学艺时朝打夕骂，师父将其双腿绑在跷上，日夜不许解跷，“凡洒扫之事，皆着跷而为之”。师父又令其立在砖上，略有倾斜，皮鞭立刻劈头盖脸抽过来，先生日记中写道：“余视此数寸之砖如万丈危崖，因畏鞭挞，不敢不登，心之痛苦，今忆之尚落泪！”

然而，这样一座幽雅的留香馆，在十年动乱时也惨遭劫难。留香馆闯进来一批又一批的抄家者。家具被搬走了，书画照片被焚烧了，果园被夷平了。荀先生夫妇被关到东侧小书房里，早已年过六旬的两位老人睡到地板上，没有被褥，没有取暖设施，当一阵紧似一阵的西北风从窗口吹进来时，两位老人冻得浑身瑟瑟抖动，苦挨着一个个难以忍受的寒夜。

1969年冬，荀先生以将近七十岁的高龄，又被送到京郊农场去劳动。一天早晨，他竟病倒在上工的路上，在茫茫风雪中昏卧了四个多小时，直到中午人们下工时才被发现，背到住地时人已经不行了，当天下午送回家里，第二天便与世长辞了。留香馆里，只留下了荀先生的一缕孤魂。不知花草暗发幽香、溶溶月色照落满地婆娑树影时，先生还会不会来此练功清唱。我想那影子一定会来的，因为陆游的诗写得明明白白："零落成泥碾作尘，只有香如故。"

后来荀夫人从隔离所返回故园时，留香馆已是残破不堪、荒凉满目、"柳败花残谁家院"了。三中全会以后，荀先生的冤案得到平反昭雪，荀夫人这才开始修缮房屋，重植花木，追回查抄文物，使留香馆渐渐恢复了原来面目。

（原载1988年6月5日《光明日报》，与陈卫国合写）

港岛之绿

日前，我随旅游团去到香港，眼前看到的景象与我想象中的景象常常对不上号，出现很大的差异。印象中的香港是：高楼大厦栉比林立，到处都是五颜六色的商品堆积。但如今映入眼帘的，不论是从高空中鸟瞰，还是从车窗里平眺，却到处是一片生机盎然的绿。不仅山岭上林木茂密，郁郁葱葱，就是街道两旁仅可容身的地方，也都尽量栽种上花草树木。全区为森林所覆盖的绿地要在50%以上，还不算市内和郊区二十多处公园内的绿化面积。因此可以毫不夸张地说，这里是一个绿色的世界。

攀登到港岛中心的太平山顶上，从高达五百余米的山顶公园凉亭上放眼四望，使我惊喜的，不只是山脚下那一条条明珠璀璨的繁华街道，那一幢幢摩天耸立的高楼，那灯火辉煌中令人心醉神驰的繁华；而更使我痴迷的是它的背后，是港岛深处的一片碧绿秀色。在太平山的背后，是岗峦叠翠，林壑幽深，闲云出岫，野芳无垠。一时间我竟难以分辨，是置身于世界上一座繁华无比的大城市里，抑或是置身于深山幽谷之中；在两种同样绮丽的景色之中，我困惑了，迷茫了……

第二天，为了瞻仰内地赠送过来的铜铸大佛，我们渡海来到大屿山。这里虽然正在修建亚洲最大的机场，但四周依然环堵着真山真水，一片天然的绿色景观，没有一处破坏了大自然的和谐。高高的凤凰山昂然挺立，大东山、万丈布岭逶迤绵亘，高低起伏，无一不在浓密的绿荫覆盖之下。林木葱茏，大野芳菲，涧水潺流，山鸟交鸣。登临此处，真疑心是在哪个山清水秀的名胜之处，或者是哪个自然保护区里呢！

香港面积一千零九十二平方公里，人口六百三十一万，按理说人口密度是相当高的了。若在其他地方，有此稠密的人口，还不知要向大自然跨越多远、侵犯多深呢？我带着困惑登到昂平山顶，站在大佛脚下仔细观望人寰之处时，心中的疑团逐渐消失了。原来这里，人与自然有着一个不可逾越的分野：所有的街道和居民区都设在平地里，决不向山坡延伸一步（太平山除外）。平地不够，他们宁肯花大力气填海造地，也决不在山坡上修建一幢楼，一间小木屋。去年新建的“九七回归展览厅和香港会议中心”，就是填海建成的。

人类不能用破坏大自然的和谐作代价来求得自己的生存空间；围湖造田，毁林开荒等等粗暴侵犯大自然的行为，已被大自然用无情的手给予了多少次严厉惩罚。我认为，应该像香港那样，在人与大自然之间划出一条分界线，或者说订立一个“互不侵犯条约”。当然这是个借用词，事实上主动侵犯的总是人类一方。但是，大自然的立场也是坚定不移的。它们的态度是：人不犯我，我不犯人；人若犯我，我必犯人。仔细地回想一下，我们这个地球村里的居民，恐怕都已在不同程度上尝到了这种报复的苦头了。

（原载1999年2月20日《生活时报》）

第六辑

教育诗篇

心灵的学校

这里不是无声的世界

我们一直往北走，去参观一所聋哑学校。

湖面上，坚冰刚刚绽破，湖水便细心地捕捉春天的影子了。它将晶蓝的天空、缱绻的白云、刚刚凸出芽苞的树枝，尽都收藏到它那深沉而又轻柔的眼神里。湖边的路弯弯曲曲的，一直延伸到北城的一个幽静角落里。我们所要接触到的，将是一个什么样的世界呢？

我们想象：那里必定是一个无声的世界，全部生活就像一部无声电影一样；人们的思想交流、感情的传递，全凭十个手指的动作。也许，我们将要走进一座完全无法理解的天地。

然而，当我们真的走进校园里之后，那些想象的泡沫一下子全都破灭了。这里不是无声的世界。不是！铃声、哨声、琴声、鼓声……总之，生活中各种有韵律的和无韵律的声响这里都有。

在操场上体育课的孩子们，队列齐整，机敏灵活，特别是他们那一双双眼睛，给人极深的印象。他们那样专注地看着老师的每一个动作、每一个表情，观察和理解躯体运动的每个细节和每个连贯的序列。

又是那双眼睛！他们在听老师讲课，不，更确切地说，他们在看老师讲课。老师不是全靠手势，更多的是用语言来讲述，那双眼睛帮助他们理解老师的手势和口形。语言，在视觉神经上互相感受着。

铃声响了，红灯亮了，这里，同时用两种信号指示下课的时间到了。学生欢腾地从教室里跑出来，院子里开满了有生命的花朵。在一簇簇游戏的人群里，除了手势和眼神之外，还有千差万别的嗓门、声调、音色；除了天真、活泼和欢乐之外，好像还有着更多的友爱与和谐。那个气度优雅、身材匀称的女教师，方才在课堂上一丝不苟地矫正每个孩子的发音，现在竟围在学生中间像个大姐姐似的同他们玩起你拍一、我拍一的游戏来。还有一个胖乎乎的小姑娘，两只眼睛明亮得就像一对小星星，她一下课就把女老师抱住，亲昵地给老师擦去脸上的粉笔末儿。谁让她去擦的呢？又是那双眼睛，人们称之为心灵之窗的眼睛。来到这里，我们首先感到，眼睛在说话，眼睛在教，眼睛在学。这里，是一所靠着眼睛和心灵进行教学活动的学校。

眼睛在倾听

首先出来接待我们的是教导处的老主任。她不仅能够说话，而且还是一个挺爱絮叨的老妈妈。至此我们才知道，聋哑学校里的老师都是普通人，他们既懂聋哑人手势，又通聋哑儿童教育，是献身于这纯洁而又平凡的事业的人。说着，她就领着我们走进了这座带有几分神秘色彩的聋哑儿童世界的各个角落。

课堂上，宽敞的房间，采光适度。学生人数不多，一班只有十三、四个人。小小课桌摆成一个“凹”形方阵，一位身材纤小、说话时脸常泛红的女老师站在讲台上，有时走进方阵的中央。孩子们一双双明亮的眼睛在闪动着，静静地望着老师，眼睛在倾听。

老师在黑板上出示了“A”字图片，上面画着发音的口形。我迷惘了，我无法想象老师怎么样把这个音送进没有听觉的孩子们的心灵里。我默默地观察着。只见老师在台上准确地摆正自己的口形，唇舌的位置，看看是否与图上画的一模一样。然后她做了一个动作，孩子们便从课桌里取出一面小镜子，照着自己的口形。老师走到每个学生的跟前，耐心地帮助他们矫正唇舌的部位。

那么音呢，怎么让孩子感知“A”的声音呢？老师先在讲台上大声地发了几个准确的“A”音，然后走到孩子跟前，让孩子们用手按着她的胸部和喉部，感受老师发音时声腔运动的情况。老师让坐在最前边那个额头宽宽的小男孩面前，让他照着老师的样子去发音，但他竟把“A”音读成了“O”音。老师让他张大口形，仔细认真地察看，又用手示意他的唇舌的摆法有哪些部位不正。经过如此几次反复，宽额的孩子终于发出了接近标准的“A”音了。

有的孩子发出的音，声量很小，甚至无声。于是老师又从课桌里取出一支蜡烛点燃，自己对着蜡烛的火苗反复地读着“A”音。

每次随着气流的通过，火苗便强烈地向后摆动。老师又把孩子叫到讲台上来，叫他们也照样子去做。读得准确的，火苗也是那样的摆动着；那些声量小或者是无声的，火苗便没有那样强烈地摆动。老师让他们具体地感受到气流振动的强弱，慢慢地，那些声量小和无声的也增大了自己送出去的气流。

随后，老师又从自己的书包里找出几个用彩纸叠好的小兔子，送给声音小的那几个孩子，让他们摆到课桌上用力气去吹。几个黄黄的、灰灰的小纸兔子，随着孩子吹的气流竟在桌子上一蹦一蹦地跳起来，引得周围的孩子都瞪大眼睛去望着。吹气的孩子兴趣更浓了，便一口接一口地吹起来。老师看孩子们玩得那么开心，便把那几个小兔子送给了他们，让他们课下去玩。我知道，这是老师有意为了训练聋哑孩子喉舌送气的力度。

声音就是这样从眼睛到心灵，启蒙着孩子们的智慧。

是老师，又是妈妈！

风儿像棉絮般轻软、温柔，空气清新甜润，阳光下，小草在抽芽，蛰虫在破土，只要稍稍留意就会听到春姑娘窸窸窣窣的脚步声。我们和一位老师在校园里缓缓地走着，上上下下踏着那些狭小的台阶，我好像又走进了自己的中小学时代。

忽然一朵火焰在眼前一闪，那个课间曾为老师擦去脸上粉笔灰、长着一对像星星一样明亮眼睛的小胖姑娘，跑过来拉住了老师的衣襟。啊，小星星，又是她，可爱的小家伙！她和老师靠着手势和口形，亲热地谈了一阵子之后，又笑嘻嘻地飞跑了。老师爱怜地望着那朵消逝的火焰，对我们说："她家在农村，现今在学校里寄宿。她是后天的聋哑人……"

1977年小星星刚满八岁，她得了一场重病，发高烧昏迷不醒，在没有知觉的世界边缘上徜徉了半个多月。等她从痛苦的梦魇中醒过来时，从前她所听到的世间一切美妙的声响，都奇迹般地消失了。她只能看到爸爸妈妈嘴角翕动，却听不到他们在说什么。由于没有了听话和说话的机会，她幼年时保存在头脑中的一些简单的语言，也逐渐地消失了。

她不能留在村中小学里读书了，爸爸妈妈决定把她送到聋哑学校里来寄宿。初次离家的心情是难以想象的，她满脸泪痕地望着妈妈离去的背影，手被一个完全陌生的老师领着，不知今后的命运将会怎样。

小星星跟着那个陌生的老师怯生生地向前走，垂着头，小心翼翼地盯着老师的脚步。走着走着，她逐渐感觉到老师的手像妈妈一样柔软温暖，她抬起头来，正碰上老师垂下来的目光，也像妈妈一样的亲切慈祥，有着春水一般的柔情。老师把她领到她的小床上，帮助她铺好床单，放好被子，教她怎样叠好衣服，怎样保持良好的睡觉姿势，直到看她像个小布娃娃似的安静地合上了眼睛，才悄悄地从她身旁离去。

小星星在集体生活里逐渐习惯了，许多小伙伴、大姐姐都来帮她的忙，给她洗衣服、洗头、剪指甲，教她料理好自己的生活。在这些聋哑孩子中间，她很快地找到了互相交流思想和表达感情的工具。她爱上了这个集体，但爱得更深的，是领她进来的那个老师。老师不仅耐心地帮助她找回已经丢失的语言，而且帮助她找到生活中所不可缺少的温暖、友谊、文明和礼貌。“小星星，”老师说，“要懂规矩！你知道吗？在集体生活里一定要遵守规矩！红灯亮了，上课坐好，眼睛要集中看老师讲课！不能东张西望，也不能和小朋友说话，做小动作！”“小星星，口渴时打水要排队！懂吗？排好队按次序去打水！每次不能打得太多，你看，要打到这儿！”老师用手比量着杯子。“打多了，走路一晃，水溅出来会烫手。太少了也不行，不够喝，还得排第二次队！”

小星星偏食得厉害，凡是带肉的菜她一口都不吃。这会影响到孩子的发育的。老师又多了一层心事，在爱与责任的天平秤上又增加了一个砝码。于是老师便挤出时间，每次吃饭时都坐到小星星的面前，看着她吃饭。老师一点一点地鼓励她吃肉：“先吃一口，对，对，就一小口！”那样子，真像一位耐心的妈妈鼓励怕水的孩子去学游泳一样：再往前走一步，再走一步！老师知道小星星喜欢吃辣，专门在家里为她炒了辣酱，每次吃肉的时候，便把辣酱给她拌到菜里边，引起她的食欲。小星星偏食的毛病纠正过来了，小姑娘长得又白又胖。

小星星的家离城太远，爸爸妈妈不能每个星期都接她回去。星期六傍晚小伙伴大多数都回家了，宿舍里空落落的，黄昏时的天空灰蒙蒙的，小星星挺烦闷。忽然房门开了，老师笑盈盈地走进来，不容分说地就把小星星领回自己的家。回到家里，老师给她捏饺子，做可口的饭菜，晚上又给她缝补了衣裳上的破绽。小星星呢？她和老师的小女儿玩得就像亲姊妹，星期一老师领她回学校时，小妹妹堵在门口嘟囔着说："不让星星姐姐走！"

"慈母手中线，游子身上衣。"这是从前诗人形容深厚无比的母爱的。可是你去问问小星星，她身上的棉衣是几个有母爱一样慈心的老师给她做成的呢？去年冬天寒风来得早，小星星的妈妈由于农村里活多忙得没有及时给她送棉衣。寒气袭在小星星的身上，也袭在老师们的心上。一位老师连夜里做梦都想到棉衣，星期天她赶紧去到商店里买来了棉花和布。拿回学校，另一位老师量体裁衣动了刀剪，其他的几位老师，有的蹬机器缝连袖片，有的缀领子、钉纽扣……第二天，小星星穿上了暖乎乎的棉衣，她知道那上边有多少老师密密的针线！

三年多了，小星星长大了。你们看她，是一个多么开朗活泼的小姑娘呀！小星星的年龄，与她对于学校的感情一起在增长着。开头，她是掰着指头算，盼着可以领她回家的星期六；现在，逢到假期她就掰着指头算，盼等开学的一天。

有一个星期六，爸爸来接她，生活老师正给她收拾衣物，回头却不见了她的影子。爸爸和老师到处找她，搜索了室内的每一个角落，搜索了室内每个孩子的眼神，找不到一点痕迹。老师急得团团转，后来还是一个大同学把放在屋角的一个箱子打开，里面钻出小星星毛茸茸的头，像个刚出蛋壳的鸡雏。她不愿被人把她从学校里领走，才躲进到大箱子里。小星星，你怎么这样恋着学校呀？

美的探求

我们和几个老师倚在湖边的铁栏杆上，面对着时来时去的飞鸟和乍寒乍暖的春风，畅谈了一阵之后返回校园，迎面遇到了老主任含笑的脸："我想请你们听一堂律动课，这是聋哑学校专门开的课，也许你们会感兴趣的。"我们刚进学校时听到的琴声和鼓声，就是从律动课教室里传出来的。老师一面弹琴，一面用脚踏着鼓点。学生通过地板的振动，感觉到这优美的韵律，于是便随着琴声和鼓声，有节奏地走着正步。步调是整齐的，拍节是匀称的，心灵是和谐的。

老师站到孩子面前，把复杂的舞蹈动作分解开，一个单势一个单势地教给孩子们。孩子们接受美的心愿是强烈的，很快就学会与模拟那些优美的造型。

律动，这些有韵律的动作，岂止是调节孩子们的形体和运动的平衡，也调节着他们心灵上的和感受上的平衡；这些和谐的音响，不止是来自琴声鼓声，也来自老师和孩子们的心声。下课之后我对老主任说："听这样的课，真是一种艺术享受。"

这时，一个个子挺高的男孩子找到律动课老师，清清爽爽地向她行了个少先队礼之后，便向老师汇报一件看来还挺重要的事情。从他臂上带着的三道杠符号，我知道他是一个少先队的大队干部。老主任说："这个孩子可聪明啊，搞了许多小发明：什么滑翔飞机、铅笔自动磨削器啦，对了，还有电子门铃，就装在我们图书阅览室的门上。那里，原是用铃声报警的，后来我跟他说，这里都是聋哑人，铃声不起作用。他就又开动脑筋，在铃上安了个红灯泡，有人碰锁，红灯就亮了。回头你去看看，可真精巧！”

“是个‘小发明’！”我笑着说。

下午三点，是少先队的活动时间。那个带三道杠的“小发明”站在一片彩霞似的红领巾面前，用手势在讲述着什么。老主任在一旁给我解释说：“他在总结寒假里的少先队开展学雷锋活动的情况。你看，就是那个长得挺机灵的小男孩，他帮助生产队赶车送粪，打扫牲口圈。那边站着的那几个小姑娘，她们到汽车总站去帮助擦车窗，还缝了三十多个布包，给一年级的小弟弟小妹妹做游戏用！”

“她们在学校里心情是平静的，和谐的，”我终于忍不住，提出了一直藏在我心里的问题，“可是到了外边，在正常人中间，会不会产生自卑自怯的思想呢？”

老主任没有立刻回答，她沉吟一会儿，望着开会后孩子们散去的背影说：“你看他们迈的步子有多坚实啊！一个充实的心灵，是不应该有空虚与自卑的！我们的全部努力，就是让孩子们知道劳动和知识的力量，知道什么才是我们生活中的美，应当怎样鼓起生命的风帆，去追求那些美好的事业和美好的品德！难道肤浅的嘲弄、世俗的虚荣对于这样的人格会有什么分量吗？你知道，过去有人见了聋哑人爱围观、起哄，聋哑人逢到这种情况也很暴躁、忿怒。可是现在你去问问我们的孩子，他们今天会有一个人去搭理这种无聊的事情吗？我们有个七年级的男孩子，前些日子放学回家，看到一帮孩子在街上踢足球。他跑过去劝阻，告诉他们这很危险，而且违犯交通规则。当时他也想到，人家会听到他的话吗？会重视一个聋哑孩子的意见吗？若是他们不但不听，反而起哄嘲笑怎么办？但是他想到责任，想到道义，就勇敢地跑了过去。结果，那些孩子在他劝阻下走开了。我们注意到，凡是那些要求上进的孩子，很少有什么自卑感的！”

他们都用同样的声音呼唤母校

雨丝，若隐若现地在天空飘零着，拂面未觉，沾衣欲湿，静静无声地润泽着小巷深处。湖水银灰，皱起头发丝一般纤细的波纹，树木的倒影在水中朦胧奇幻地摇动着。两天之后，我们又踏着湖边弯弯曲曲的路向聋哑学校走去。

老主任和几个老师在挑选学生的作文、作业、日记、考卷和手工作品，还有毕业学生的来信，准备选出一些优秀的有代表性的东西，在“六一”儿童节时搞个展览。

来信可真多啊！从笔迹和行文中可以看出，他们是属于不同年龄、不同职业、不同性格的人。可是他们都用同样亲切的声音、同样的感情，呼唤着母校，呼唤着老师！

“你们学校毕业的学生，现在做什么工作的都有吧？”我说。

“一点不错！”老主任带着欣慰的神色对我们说，“有的当了车间主任，有的当了先进生产者，有的当了工会干部，有的当了画家、工程师，有的当了革新发明能手，有的还登过报。前些日子，我们就请了一些在工作岗位上做出成绩的聋哑人来学校做报告，对我们的孩子鼓励可大了！”

今天正巧是星期六，吃过午饭之后，家长们便纷纷来接自己的孩子。他们有的住在城里，有的是乘火车从远地赶来，大家聚到一起心情是很欢畅的。他们拉着自己孩子的手，亲热地和老师及别的家长交谈着。老师把孩子一周来的学习成绩、思想品德、身体健康情况一一地告诉家长。有的父母捧着孩子的脸，笑眯眯地浑身上下打量着自己的孩子，好像要尽力从他们身上找出那些进步的痕迹。

有一位石油工人到远方去钻探油层，已经有一年多的时间没有见到自己的女儿了。今天，他特地换了一身整洁衣服，刮了胡子到学校里来。当他看到老师把他心爱的小女儿领出来时，他的眼睛闪出难以形容的喜悦光彩。他一把将孩子拢在怀里，把刮得精光的胡腮去贴女儿的脸。老师示意让孩子说点什么，小女孩便对爸爸说：“爸爸，你好！”话虽然说得很慢，发音也不很准确，但是能够听清楚。石油工人惊呆地退后了两步，像看到了什么奇迹似的望着女儿的嘴：“啊，她能说话了！能够说话了！”老师让孩子再向爸爸说点什么，她便用同样的声调说：“爸爸你来接我，我很高兴！”石油工人的嘴巴从女儿发出第一个音起，便一直没有合上。他望着女儿，又望望老师，无法理解地问：“难道她的小舌头好了？”老师对他解释说：“她的发声器官本来就没有坏，只是因为耳朵聋了，听不见别人说话，脑子里没有语言！”石油工人又惊又喜，便大声地问了女儿许多的话，可是小女孩只是紧张地望着爸爸的嘴，却什么也回答不出来。老师对石油工人说:“她还不熟悉你的口形,你说话的速度又太快,暂时她还听不懂你的话。将来,她慢慢会听懂的!我们正在朝这方面努力。”

石油工人乐得不知说什么好,只是一遍遍地向老师道谢,并且说他要把孩子带到矿上去,让同事们都来看看,并准备把他在这里所见到的动人情景都讲给他们听。他临走时还对老师说:“你们的工作实在是太感人了,太不简单了,太那个了……”

望着他们远去的背影,看那粗壮的胳膊抱着女儿消失在湖岸拐弯的地方,我的眼睛湿润了。

迎面又出现了老主任微微含笑的脸,她诚恳地向我们发出邀请说:“儿童节时,你们一定要来参加我们的活动,看看孩子们喜人的成绩!”

“我们一定会来的!”现在,我们比谁都更有浓厚的兴趣看这些孩子们的成绩,实际上,也是你们这些辛勤地耕耘孩子们心田的园丁们的成绩。我是多么想有更多的机会,踏进这座心灵的学校呀!

（原载1982年第5期《儿童文学》,
获得当年优秀儿童文学作品奖）

海滨的孩子

晨风，吹落了悬挂在海空中的夜色帷幕和帷幕后边淡淡的疏星。这时，大海像树林里苏醒了的飞鸟一样，欢畅地扇动着一身洁白的羽毛　　雪浪花。大潮退下去了，离开岸边很远很远，一块块浸没在水中的黑色礁石，裸露出它们坚硬粗糙的躯体。海滩上挤满了海滨的孩子，其中也有，而且必定会有小海和姐姐小霞。他们手里都拿着一个小篮子，或者是一个小塑料袋，在礁石和泥沙中间掏掘着，奔走着，东一鳞西一爪地拾掇着各自的欢乐和渴望。大海，实在是太富有了，那无休止地拍向岸边的海浪，便把海底宝藏着的一切都卷到岸边上来。如今，海水向深处远远地退去，孩子们便追逐着退下去的海水，一步步地向前赶去。孩子们在追赶大海，真有意思！他们，小海和姐姐小霞这帮孩子们，将没有跟随潮水退下去的小鱼、小虾、小贝壳、小螃蟹……还有其他许多好吃、好玩的东西，都捡拾到小篮子里。

小海虽然是个盲童，但他因为生活在海边，对于大海非常地熟悉，姐姐每天都带他到海边来玩，所以，他只要一听见潮声，便知道海水升上来多高，退下去多远。听到浪花相撞时发出的窸窣细语，便知道海水是什么颜色，天空是什么颜色。因为，大海与天空总是一个颜色的。他那敏锐的听觉，能够帮助他捉到更多的小螃蟹，因为，那些小螃蟹爬行的声音，他老远就听得到。因之，他赶海回来时的小篮子，总是装得满满的，比别的孩子都多。

“姐姐，太阳从海水中升起来了！”小海向姐姐打招呼说。

“你怎么知道？”有的孩子好奇地问。

“我的脸颊上感觉到了它的温暖。”小海说。

大家都抬头向东边眺望，果然，便见在辽阔无边的大海深处，海水开始躁动起来，沸腾起来。从沸腾的海水深处轰然一声拱出来一轮红彤彤的太阳，把一大片辉煌耀眼的光线洒到原是异常宁静的海面上。很快，就使得海面上流荡着的浅灰色晨雾也闪耀起红光来，好像一片大火在海面上熊熊地燃烧起来。

姐姐将她所看到的景象告诉了小海，小海兴奋地跳跃起来，说：“黎明的时光真是太美丽了！”沉思了一会儿，他又天真无邪地说：“既然每一天的太阳都是从大海里升起来的，因此我说，便是那大海诞生了每一个光辉灿烂的黎明！”

（原载2014年第5期《盲童文学》）

王国生:爱的教育

一条路,二十年

本文说的每一件事,都是让人感动的,甚至可以说是难以想象的,但是我敢向你保证,其中的每一句话,都是真实的,没有半点渲染与浮夸。

我一生都在读着一本书,而且每一次读都受到感动,那就是夏丏尊先生翻译的《爱的教育》(也有译作《心灵学校》的),还在小学的时候,我便看到了它,后来一直在读。每一次读都有新的感受、新的启迪,在我看来,它便是万古常新的“教育诗篇”。近日里我又非常有幸的是,在现实生活中又看到了一本活的《爱的教育》,毫不夸张地说,它让我像看到夏先生译的那部《爱的教育》一样产生真挚的感动。那就是,王国生的爱的教育,王国生的心灵学校。

王国生是渤海大学培训学院的院长。他让我感动的,首先是那一条走了整整二十年的充满着爱心的路。

每当晨光熹微之时，人们就会见到一个永远不知疲倦的身影。他，总是早早地从家里走出来，趁着渐渐泛白的晨曦，冒着破晓前异常冰冷的寒气，向着离家十里多路的校区走去。不管是刮风下雨，还是酷暑严寒，从不停歇。因为，他曾一片爱心地告诉那些莘莘学子们说："取必以渐，勤则得多"，俨然就像当年那一身书卷气的韩愈老先生对于立在书馆门下那些太学生们言之谆谆地说"业精于勤，荒于嬉"一样。王院长这样地悉心告诫学子，他自己首先就要身体力行，所以，每天都要提前几分钟，走进六点四十分开始专门为学生们开设的早自习教室。

在他的带动下，百十余位班级的班主任，也都按时地走进自习室，全程地为学生们陪读。从早到晚，三更灯火五更鸡，从不间断。悠悠师生情，拳拳母子心，这便让那每个学生都感觉到，他们不是坐在规则严肃的教室里，而是坐在母亲温暖的激励目光下。

一个人做点好事并不难，难能可贵的是，二十年如一日。一个大学里的院长，有谁能够从春到秋，从冬到夏，毫无间歇地走在那条洒满星光的路上。还得稍作一点补充的是，我前边说的那"一个不知疲倦的身影"，并不够准确，应当说是两个身影，是他的妻子自始至终无私奉献地陪伴着他走，也是一走就是二十年。这也是支持他二十年来从不停歇的一股精神力量。百年夫妻重晚晴。人世间，没有充满着大爱而办不了的事。

桃李无言，下自成蹊。有这样无言的身教，他的培训学院的校园里，能不桃李芬芳、灼灼其华吗？

另一叫人感动的，是学院里校园招聘会上的盛况。首先要指出一点,这个学院是个全日制自考院校,招收的学生都是大学一本、二本落选的学生,用王院长的话说,都是“低处起飞”的燕子,在当今世界金融危机、就业到处都很紧张之际,就连一本、二本大学毕业生就业都在愁眉不展,这里却能够全部就业,而且不仅是全部就业,还保证再就业、长就业。王院长在送学生走上工作岗位时,常常是无限关爱地对他们说:“你们一旦被单位解聘,千万不要对父母说,以免他们伤心,立刻回到学校来,学校帮助你再就业。要记住,我们实行的是全程教育,大循环教育,学院永远不会放弃你!”

这是多么令人景慕的一道风光线,一道这边风光独好的风景线呀!每年四、五月份,许多大学生们四处投档、百叩就业之门都无回声之际,这里却是另一番景象。就拿今年这次招聘会来说吧,四十几家用人单位一次就聘走八百多人,还有四百六十人早在实习时期就被看中,而于事先录用。这里,每一个学生都能放飞自己的理想,实现入学时的梦。许多从农村、从山沟里出来的孩子,原本只抱着能在城镇里找份工作落上户口就满足了,如今已经走到大江南北、长城内外,还有许多人就业于德国、日本、加拿大、新西兰、新加坡等国际大都市里。

每次,这些学生成批结队地离校走上工作岗位时,不管工作有多忙,王国生院长都要亲自送到机场或车站。即使是在学生们已经手把着车门,他还要千叮咛,万嘱咐,就跟父母送走儿女时那样。看那既是欢声,又是泪水,既是兴奋,又是依恋的动人场面,应当说,只有在王国生的爱的教育学院里才有,而在其他地方,是很难见得到的。

有人说，在金融危机的当今，培训学院如此火爆的就业，是个奇迹。

以百姓之心为心

“问渠那得清如许?”所有的人，都会提出这样一个问题。

答案还只能用标题那句话:源于王国生的爱的教育。

王国生性喜国学，他常挖掘国学中的一些基本精神来指导办学。其中，最突出的是老子《道德经》。老子说:“圣人常无心，以百姓之心为心。善者，吾善之;不善者，吾亦善之，德善。信者，吾信之;不信者，吾亦信之，德信。”他经常地思念着，高考失利的学生，有许多是农村和山区里家境贫困的孩子;在城市里，则大多是娇惯成性的独生子女，特别是单亲家庭。这些家长望子成龙、望女成凤之心尤为迫切，都期望孩子能够通过高等教育获得就业机会，以改变他们自己和家庭的命运。王国生想家长之所想，急家长之所急，本着老子那个“以百姓之心为心”，早在1988年，他就创办起全国第一家低收费的全日制自考高等教育学院。这无疑，给多少烦忧的家庭带去了福音，让许多不能升学的孩子走进了大学之门。

2006年的一天，秋高气爽，阳光灿烂，当一千八百多名新生及其家长汇成一股巨大人流涌进校门之时，有从盖州来的父女两个，特别引人注目。父亲跛脚扛着一个编织袋(别人都是提拉着皮箱和旅行袋)，女儿背着破旧的军用包，两人穿的都是褪了颜色的衣服。有人见此，立刻将他们引到院长室里来。攀谈中得知，父亲姜德田拉煤时受伤，腿脚落下残疾，女儿姜艳苓还有弟弟妹妹在上小学，母亲患病不能干活，需要有人照顾。全家的人，都把希望寄托在大女儿身上。但要圆她的大学之梦，却是困难如山。父亲东借西凑勉强凑上一点钱，但也只是杯水车薪。王国生听了没说二话，当下里就与学院党委书记各拿出二百元，在他们的带动下，学校里许多教工都纷纷解囊相助，让姜艳苓得以温暖地睡在别人捐赠的新被褥中，坐在与别的同学一样的餐桌上，安心地完成了学业。

需要指出的是，走进培训学院的学生，有许多人不单是物质上的贫困，更多的人还有着精神上的贫困。高考的落选，或多或少都使他们精神上产生挫伤、迷惘与气馁，甚至是自暴自弃；而长期的有着六个家长围着转的独生子女生活，又使他们养成了娇骄、任性、放纵和不肯吃苦、没有责任感的孤傲性格。让这些学生能在基础知识普遍较低的情况下同本科大学生一样，在同等的四年时间内通过各门国家考试，那困难是任何人都可以想象得到的。

怎么解决这如山高耸、如海难涉的困难呢？

王国生以一个资深的教育工作者的良知，向学生们提出了“低处起飞，高处着陆”的召唤。他循循善诱地对他们说，原来的分数低、基础差，这是可以补上的。靠什么补？王国生提出了四个字，他称之为“四宝”，那就是“勤、俭、恕、让”四个字。他告诉学生，古人早就说过：“勤能补拙”，“一勤天下无难事”，孔子施教时，三千弟子之中曾参是很愚钝的一个。但是他依靠着勤奋，人一能之我十之，人十能之我百之，最后，传承孔子学说的，还是这个曾参。

王国生这样反复地开导学生。但是，他很快发现，这是个误区。因为，已经形成了娇、骄二气的独生子女，是很难坐得住，沉下心，勤奋起来的，他的全程爱的教育，必须站在一个特殊的起点上，或者说，站在一个更高的制高点上。要育才，先得育德，必须用德育开导，用“解独”、“戒独”的方法，将这些独生子女从以自我为半径的圆弧里领出来，帮助他们树立起一个良好的人生观、道德观、核心价值观。要成材，必先成人；要成人，必先学会做人。

德育开导，“孝”字启航

一种惯性的东西要破除，是很不容易的。将这些长期以自我为中心的学生们引领出来，殊非易事。正所谓江山易改，秉性难移呀！可是，充满爱心的王国生却认为：难移，并不等于不能移。有再大的困难，也要移过来，也要帮助这些学生“解独”、“戒独”，要他们走进集体，走进团队。为此，王国生又提出“鸟入群，木入林”的号召，告诉大家只有林中之木，才能成材；只有入群的雁，才能远涉重洋。

在这种引领与破戒的德育教育过程中，他们又经历过许多挫折，做过许多尝试。因为，一般地讲集体主义思想、团队意识、社会责任感与核心价值观念，对于早已封闭很严的心灵，是很难打动的，也是很难让他们接受的。王国生经过几番用心地摸索，最后终于找到了“孝字启航”的德育途径。

他长期地琢磨着，为什么孔子教学要以《孝经》开始？因为孔子曾经说过，孝是“德之本也，教之所由生也”。父母是孩子认识自己、认识世界的第一位先生，父母与子女之间，是最初的、最原发的与最单纯的人际关系。世间的一切交换，都是等价的，惟有父母对于子女，是无代价的，是最无私的付出。因此，感恩父母应当是最起码的道德观念，是一个人由孤独向群体的第一眼回眸微笑。于是，他的德育，便从《孝经》开始，以“孝”字启航。他用身边的例子，用学生们的亲身感受，讲父母的生育之恩，抚育之德，讲他们望子成材的海一般深情和最无私的奉献。以亲情唤醒他们的良知，召回最本性的道德观念。每当新生入学，他给学生开的第一门课，就是孝的教育。

这一个“孝”字，果然是德育的最佳切入点。因为孝，不仅是我中华民族的传统美德，是我中华人伦道德的基石，在国人心中有着深厚的基础；而且，它是以情感人的，是用情感而不是理论来教化的，因此，正如王国生所说，最能“摇其心，动其志，利其行”，它能够打开封闭很严的自我圆圈，从感恩父母的基点上逐步拓宽群体意识、社会意识。王国生把他的爱的教育逐步地引深、提高和升华，由爱父母而至爱师长、爱母校、爱祖国。由近及远，由浅入深，也可以说，这便是王国生整个爱的教育体系的四部曲、四个阶段、四个境界。他把这称之为“四爱教育”。

王国生深深领悟孔子说的那句话，“夫孝，德之本也，教之所由生也”。

为什么今天世界上雨后春笋般地兴起那么多孔子学院？可见，孔子以“孝”字为起步的教育体系，是有其十分合理内核的。你仔细分析一下那个“教”字,不就是一边是个孝字,一边是个反文嘛。合起来看,所谓教育,不也就是“孝的文化”吗? 所以,我们可以进一步地推演说:王国生的爱的教育,也就是孝的文化,或者准确一点地说,是“孝”字启航的教育。

老师,第二任父母

以“孝”字启航的德育,已使学生步入到“木入林、鸟入群”的阶段,他接着便由浅入深地向他们提出了“四宝”的要求。他告诉学生们,求学就是为了就业,只有就业,才能报恩父母,报效祖国。而要就业,就要懂得“没有过硬的才能难就业,没有过硬的人品难以长就业”的道理。而要培养出这两个“过硬”来,就得在“勤、俭、恕、让”这四个字上狠下功夫。

勤,是和谐奋进的基础。王国生经常爱用马克思的那句话来勉励学生:“在科学上没有平坦的大道,只有不畏劳苦沿着陡峭山路攀登的人,才有希望达到光辉的顶点。”他把这句话分解开来,说:“达到光辉的顶点,是目标;不畏劳苦攀登,是勤奋,是手段。”大家要知道,靠天、靠地,靠爹、靠娘,都不行,只有靠那个“勤”字,才能达到目标,具体地来说,就是达到就业的目标。根据你们基础差、起点低的情况,就要比别人付出双倍的努力,才能收效,才能实现“低处起飞,高处着陆”的愿望。

除了勤,也还要修养俭、恕、让的美德。俭,不仅意味着节约钱财,为供养自己读书的父母减轻负担;而且,它含有尊重他人、尊重他人劳动成果的社会意识，因为我们吃穿用的东西，无一不是他人的劳动成果。尊重他人，首先要从尊重他人劳动起始。法国作家沃维纳格有一句话，说得很好："那些自以为不需要他人的人，会变得不通情理的。"无论怎样，我们不能变成一个不通情理的人！恕，就是严于律己，宽以待人。遇事都要换位思考：己所不欲，勿施于人。只有如此，才能增进团结，构建和谐集体。让，也是融入社会、实现人生价值的重要品德。要知道，只有在包容别人的同时，才能被别人包容；在勿施于人之中，才不会被人所施。

王国生是这样对学生嘱托的，同时，也对老师们做同样的嘱托，他告诉他们："老师，是学生的第二父母。"

爱子心切的父母将孩子送到学校里来，老师便接过父母手中的接力棒，便要以严父慈母之心为学生的未来铺平道路，对他们今日的无畏攀登援之以手，无怨无悔地作照明他们攀登坎坷山路的红蜡烛。

同样让我感动的是，我在其他院校里很难找到这样一支教师队伍，特别是那百十余名班主任。他们从学生进到校门那天起，就起五更爬半夜地为学生们陪读，一陪就是四年，直到将他们送到就业岗位。学生们是三更灯火五更鸡，他们也是同样地守着这个灯火和鸡鸣。这里是教、考分离的，老师将学生送到国考考场，心里焦急就如同守在高考考场外面的父母一样。为了让学生绝大多数都能通过国考，生怕有人没有通过，人心涣散，他们每天都要在教授们讲完四小时的课后，再帮助学生做复习。吴若冰老师已经是年近花甲的女教师了，本是学中文的，为了帮助学生都能通过各门功课的考试，她偌大年龄还跟班学习那三十几门课程，什么成本会计呀，管理会计呀，她都付得出辛苦，自己学会了之后再去辅导学生，冬冷春寒，硬是领着学生们都通过了这三十几门国考。

一天，她的儿子打来电话，告诉他父亲因摔伤住进了医院，当天就要动手术，让她马上去到医院。当时，她正帮助学生准备国考，而且又是一门难度很大的课程，因此她只在傍晚时赶到远在郊区的医院，伴着丈夫过了一个不眠之夜，第二天一早就返回了学校，继续陪着学生们复习功课。人们没有一个不感念老师的，在教师节晚上，学生们为她精心安排了一个烛光晚会。当她照例地在晚自习时间走进教室时，教室里却不见一点灯火，寂然无声，悄无人迹。可是当她一推开门时，却让她大吃一惊，学生们立即将讲台上按"心"字形摆放好了的蜡烛一齐点燃，黑板上写着许多感恩老师的话。当同学们齐声地唱起《烛光里的妈妈》时，整个教室里，是一片泪光。

还有一个名叫肖平的学生，从小学到中学，从来没有受过表扬。高考失利后，父母抱着仅有的一点希望，将他送到培训学院里来。入学之初，他仍如一往的任性，每天是泡网吧，混日子。班主任马武老师每次查寝不见他时，立即就到附近几个网吧里去找，然后苦口婆心地劝。马老师是百折不挠，即使折挠了也不悔，是一个不厌其烦而甘咽其烦的人，完全以一片赤子之心来教诲他，直到肖平回心转意，安下心来发愤读书为止。经过三四年的苦口婆心和孜孜不倦，终于使他按期毕了业，走上了工作岗位。

所以，这百余名班主任都有这样一个甘苦与共的体会，他们在总结带班四年的经验时，都得出这样一个结论，正如一位名叫邓好的女老师所说："学生对他们是，第一年认识，第二年厌烦，第三年理解，第四年是感谢。"人人都经历了那么一个阶段；开始时，学生对他们的不厌其烦的劝说感到厌烦、烦躁；但是，这些善于与学生们沟通的老师，都能试探着用各种方法，打开学生们生了锈的心灵之锁，使他们由烦躁中醒悟过来，对于老师的谆谆教导产生理解，由理解而能够遵循，由遵循而走向成熟。

在每年年终总结时，那些班主任老师都有哭的，有情不自禁而哽咽的，真可以说是一腔热血，两行眼泪。

他们的泪水中，含有着太多太多的爱！

办学，就是为了让学生就业

十分闭塞的我，至今还没有听到哪个高校有提出这样口号的。当然，现在高校毕业生不再施行统一分配，高校已没有必要再为自己加重这么一个砝码。

前几天，王国生在去火车站送走一大批学生就业回来后不久，便收到了三件礼品：一是全体学生身穿学士服的合影，一是绣有"感恩母校，铺就前程"的锦旗，还有一封十分感人的信。信中说："王院长，是您的那'以道德为灵魂、才能为根本、就业为保障'的办学理念，既圆了我们的大学梦，又为我们铺就了走上了光荣就业的锦绣前程。今天，当我们即将在这航道上启程高飞时，怎能不感恩我们的母校，感恩老师，感恩你这位缔造了这样一所好的学院的老院长!”

他为什么会有这样一个理念,要把学生就业作为办学的保障呢?就是因为他怀揣一颗“以百姓之心为心”、“想家长之所想,急家长之所急”的心,就是为着让那些“可怜天下父母心”的人都把心放下。所以,他从一开始就十分明确地标定:“办大学就是为了保障学生就业。”

他通过细心的观察,早就发现在当今的高教中一直存在着“四脱节”现象:理论与实践脱节,文凭与水平脱节,专业设置与社会需要脱节,毕业与就业脱节。再加上有不少学校,不顾实际力量如何,盲目扩招,由于扩招而损害了质量,于是便掺假、放水,四年寒窗只给学生一纸文凭了事,然后推到社会上去,能不能找到工作,那就是你学生和家长们自己的事了。

王国生认为,造成这种“四脱节”现象的一个重要原因,是没有看清当前职场就业的现状。他分析说,社会的人才需求,是一个金字塔形,做科研与理论工作的,只是个塔尖,数量很少,而大多数是做实际工作的,是塔的腰身。为了改变那种“四脱节”为“四结合”,就要大力培养应用型、技术型、职业型、实用型的人才。王国生苦心孤诣,努力采取各种办法和措施,大胆创新地探索出两条腿走路的办学路子:在学历教育的基础上开办职业教育,实行双轨制和双证制,让学生在拿到毕业文凭的同时,又能拿到职业资格证,逐步地实现学历教育与职业教育的渗透与对接。

近几年来,经济结构、产业结构调整的速度加快,职场面貌日新月异,昨天还是热门的行业和工种,今天就变得冷冷清清;昨天人们还刚听到,甚至连听都没听到的行业,今天却是遍地开花。如果学校里的专业设置不紧紧地盯住市场,研究市场,预测市场,毕业生所学的专业就很难适应社会需要,找不到用人单位。

王国生是经济学教授,熟读《资本论》,给他印象最深的是马克思的劳动二重性:任何一种劳动都具有私人性与社会性两面,私人劳动只有经过市场实现惊人的一跃,才能转化为社会劳动,而只有转化为社会劳动,才能实现其价值。因此,培训学院创立不久,他就独具慧眼地成立了就业办公室。就业办人员深入到市场,深入到社会各个层面,了解和预测产业的更新换代、产业结构调整的变化与趋势,将信息反馈学院,及时调整专业设置,还与用人单位联手,实行量体裁衣的定向培养。

2004年,他们听到振兴东北老工业基地将要引进国外先进技术,大力发展数控机床制造业。这是一门高精尖的新技术,许多人对这门技术还很陌生,学院当机立断,排除教员、教材、实习场地都很缺乏的各种困难,毫不犹豫地办起了数控技术专业。王国生东奔西走,闪展腾挪,进行各方面的资源整合,他同当地的军工企业携手共建,利用那里的技术人才和先进设备优势,雷厉风行、有声有色地办起了数控专业。2005年沈阳举办了全省数控技能大赛,参加的有几十所高等院校与企业,结果,该校学生吕洪力一举夺魁。2007年第二次全省大赛,该校又夺得了教师组第三名、学生组的第三名与第四名。2009年第三次大赛,学校再创佳绩,再次夺得教师组第一名和学生组的第二名。

近几年,学院又根据市场预测,率先推出一些热门专业,像

MaYa、动漫、模具制作、装饰装潢、环境艺术、汽车维修、燃气管网、电子商务、高级文秘等。毕业学生无不为各地抢着争聘。

王国生经常见解独到地说，现在各校都在争报就业率，而不知在当今的职业市场双向选择十分频仍的情况下，那一次就业率并不能说明什么问题；只有长就业和稳定的就业，才是真正的就业。

王国生在执教中早就注意到了这一点，他一再地对教工和学生们说："没有过硬的才能难就业，没有过硬的人品难以长就业。"因为，当今的公司和企业，无不讲究团队意识。人们常说，企业的竞争，实质上是人才的竞争。但这句话说得并不到位，准确一点来说，应当是"搭成良好结构的团队人才的竞争"。没有形成合力的团队，有再多的人才也是无用的。作为一个高校毕业生，即使你的才能很过硬，但品德不良，团队意识不强，自然很快也会被淘汰，这也是当前职场竞争的一个重要方面。

因此，王国生在学生们一进校门就明确向他们提出："品德是关系一个人命运与前途的极为重要因素，是开启就业、再就业、就好业、长就业的门户与玄关。"对于被解聘回来的学生，他也是大力地加重人品道德方面的再教育。

人心都是肉长的，浪子回头金不换。经受过挫折的人，会更敏感地找到自己不足的地方，进行认真地补课。实践证明，有许多再就业后的学生，会干得更好，更出色。王国生还赠送给再就业学生一首童年时候他母亲教给他的诗："天上下雨地上滑，自己跌倒自己爬。亲朋好友拉一把，从今不会出偏差。"

执教十余年的夏丏尊先生在《爱的教育》的译者序言中说："书

中叙述的亲子之爱，师生之情，朋友之谊，乡国之感，社会之同情，都已近于理想的世界。虽是幻影，但使人读了也觉得有理想世界的情味，以为世界要如此才好。于是，不觉就感激了流泪。”

我知道王国生的培训学院，远远没有近于那理想的世界；王国生的爱的教育，远不如夏丏尊先生所译的《爱的教育》，但是每次接触到它，听到在校的和离校的学生们的心声，读到他们那一封封洋溢着感恩老师、感恩母校的信，也都“不觉就感激了流泪”。

（原载2010年8月3日《光明日报》）

做梦也想读书

正当他在街头上走投无路的时候,忽然顶头碰到了一个同班同学,呼哧呼哧地从大老远地方跑过来。他也是小学毕业后既无力升学又一直找不到工作的一个人,因为天气寒冷,他从嘴里呼出来长长的一串串白烟似的哈气,见面后就拉住小刘宏的胳膊说:"好消息!好消息!有日本人开设的军工厂,到咱们学校里来招收童工。说是进工厂之后,不仅能够学到手艺,而且生活待遇也不错,还给发劳动服呢!"

这真是天外飞来的喜讯,也就是说,完全是人们意想不到的路加福音,所以,等到刘宏跑到学校门口的招工处报名时,已经有十多个同学报名了,他是第十二个。不多不少,正好巧合了那十二位受难者圣徒的人数。第二天,这十二个报名的学生就被带到日本宪兵队部,并在那里开始了十分严格的,也是令人想象不到的审讯式的填报手续。不仅要你如实地,不准有半点虚假地填写自己的姓名、年龄、学历、籍贯,而且还要把家庭住处,父母兄弟状况,都一一如实地填写清楚,然后用双手按上十个指头的手印。等到这套严格的填报手续完成之后，这十二个人的心里也就都打起了鼓，一股凉飕飕的冷气从头顶上一直窜到后脚跟上，这不明明地是在填写卖身契吗？今后，你就是跑到天涯海角，也会被买主寻踪将你抓回来的。

后来的情况果然如同他们所预感到的那样，一从宪兵队部里出来，就被带到他们将要卖身的地方，于是他们个个心惊胆战，面色如土，跟随在招工者的身后走进步步森严、步步冷酷的一个变相监狱里，形象一点地来说，走进一座人间地狱里。

他们被带到的地方，是设在北安县城北边的一座关东军专用油库。油库内部设有一个输油机械设备检修所。门口有端着刺刀的日本兵把守，周围被二层通电的铁丝网包围着，一眼就可以看出，这是一个只能走进来不能走出去的地方。厂子里的工人，成年人居多，大多数是从各地抓来的劳工，他们在这个囚禁式的劳工营里已经被囚禁多年了。由于长年累月地在这极端恶劣的环境下劳作，不与外界联系，个个都是一副木讷、痴呆的样子，蓬头垢面，一脸的胡茬子和斑斑油渍，再加上那一身穿得破破烂烂的劳动服，真的便如同流浪多年的丐帮走到了街头。

他们几个童工被分配到电焊班里做电焊工的助手，主要干的是搬运装卸汽油桶的活儿。空油桶从前线运回来了，先从车上卸下来，查清油桶有无漏油之处。如有，便把一根长长的吸管插进油桶里，用嘴将桶内剩下的油吸出来，然后冲着亮处左右观察裂口和裂缝之处在哪里？发现了，就用电焊条给焊住，然后再推送到油库前面，装上汽油运送到前线去。这活儿又脏又累那就不用说了，而最讨厌的是用嘴吸那剩油，稍不留意就会把汽油吸到肚子里去，让你恶心老半天，差点把肚肠子呕吐出来。

在许多小说以及其他形式的文学艺术作品中，都曾经详细地描述过对于童工和包身女工的残酷压榨和剥削，真是令人发指，惹起人们对于那些狠心厂主们的无比愤恨。然而人们不知道，日本的劳工营比起那些中外狠心剥削童工和女工的厂主，还要残酷得多少倍。魔窟里的劳工们，每天一大早就被驱赶到劳工场上，一直干到天黑。自从进到这劳工营里之后，这十几个小时的沉重体力劳动，便日复一日地压到他们这些十一二岁孩子们的身上。旁边，还有监工们的棍棒，让你没有一刻的直腰和喘息工夫，一天到晚一刻不停地活受着洋罪。不难想象得到，几年下去之后你这人就是不死，也得剥下几层皮来。如果若是生了病，那就更糟了，他们是从来不给你治的，死活都得挺着。倘若有个把月不能下地，他们就诬说你得了瘟疫病，死活不顾地给硬拉出去活埋了，说这是为了避免传染给别的人。

给他们这些劳工们发的劳动服，都是用更生布做的，很不耐磨，像刘宏他们这些干搬搬扛扛重体力活儿的人，没过几天就把衣服磨破了，棉花从里面露出来，身上像是开了一朵朵的小白花似的，人们都嘲讽地管这身劳动服叫作“开花袄”。劳工营里边是没有针线的，口子裂大了，人们就用细铁丝子给缝补缝补。劳工们三百六十天不能洗个澡，浑身一股污泥臭汗，身上的虱子便滚成了团。人们在晚上睡觉之前，是必得捉拿一遍虱子的，否则你就不能睡得安稳。可是那虱子又十分的狡猾，它们都钻至棉花套子的夹缝里，你没法捕捉到它们，人们只得不顾脏和不脏，下口去咬那棉花套子。用牙咬时，可以清清楚楚地听到里面咯蹦咯蹦的响声，有时还有血水从棉花套子里渗出来。

但这还不是那忍受不了的罪，最叫人难以忍受的是饥饿。饥饿，是最凶恶的魔鬼，它会无时无刻地搅肠挖肚般地折磨你，远比那成团虱子在你身上偷偷地吮吸你身上的血液还叫你难以忍受！饥饿的馋虫吞噬下去的，不仅仅是你身上的血和肉，而且还有你的神经，最后包括你仅存下来的一点点坚强意志。劳工们每天早晚吃的都是玉米子粥，稀溜溜的，上工干活后只要撒上几泡尿，肚子里就空落落的了。饿得前腔贴后腔，肚肠子在里边嗷嗷地叫。中午时候是两个玉米面窝头，一年到头见不到什么菜，每顿饭只有一碗清汤寡水的菜汤，上边连一点油星儿都见不到。劳工们一天到晚都干着牛马一般的重体力活儿，而却得不到牛马尚能够得到的足够补偿其体力消耗的草料。试想，如此的天长日久，还能不使劳工们因为抗不住劲儿而病倒下去？一旦病倒了你就更倒霉，遭受的罪就更是不堪设想。悲惨的结局，那惨绝人寰的悲哀，让人实在没有力气再忆及此事了。

刘宏是个性格坚强的孩子，这从他七八岁每天都要在北风朔雪的黎明中奔跑着去捡拾煤渣的毅力中，就可以看得出来了。他咬着牙忍受那牛马不如的生活，在那繁重如山的重体力活儿面前，从没有畏葸懦怯过，也从没有乞苦告怜过；不过，他到底是年纪幼小，长这么大也从来没有离开过家，离开过父母亲的关怀和抚爱。现在，他却是孑然一身，孤零零地面对着那连成年人都承受不了的苦难，这便不能不让他想到了家，想到了父母，想到从前那凄风苦雨中的一点点温情与抚爱。今天，在这身心内外双重的痛楚折磨下，他不能不时常地在夜里偷偷地流下眼泪。家，父亲和母亲，时时地在远方呼唤着他，不管是在梦中还是在梦醒之后，耳畔总是响着母亲那亲切、温柔、饱含着人世间一切最甜美滋味的声声呼唤。

两年之后，随着年龄的日益增长，他的那股思家的痛苦开始渐渐地淡薄起来，随之而生长起来的是，每个年轻人都会有的那种青春梦想。虽然每一个人的青春梦想是不同的，但它却是每个年轻人都必定会有的。刘宏在夜梦中逐渐生成与逐渐浓厚起来的青春梦想，便是能够再升学读书。那声音，竟比前两年母亲远方的呼唤还要强烈，还要使人产生诱惑，以至于有过多少次，他都是在那梦见上学读书时的欢乐中惊醒的。醒了之后，也不愿驱散这个寤寐以求的梦意，仍然在顽强执着地揪住那点梦幻的影子，尽情地享受那点虚无飘渺的梦中欢乐景象。

一天夜里，他正沉睡在升学读书的美梦之中时，突然一阵紧急集合的哨子声把他从梦中惊醒，劳工们都被从温暖的被窝里拉出去，集合到一座空旷的工棚子里面。一进门，就见到有几个鬼子正在杀气腾腾地站到一个被捆到墙柱子上的劳工面前。这个人因为实在忍受不住这非人的生活，趁着夜深人静之时想偷跑出去。但他不知道那三道电网的厉害，当他拿着老虎钳子正想要切断那电网之时，立时就被电给击晕过去。日本兵发现了，就把他拉到这里给捆起来。

日本鬼子手拿皮鞭醮着凉水,劈头盖脸像雨点般地抽打在那劳工身上。没过几分钟,鲜血便随着皮鞭的尖锐叫啸声中流淌了满地。那劳工先头还惨叫了几声,但很快就没有了动静,身上的肌肉还没有来得及痉挛地抖动几下,便全瘫软下去了。鬼子一边指着那个血肉模糊的尸体,一边狰狞地面向惊恐万状的劳工们说:"你们都看见了吧!这就是偷跑的结果。你们有谁还想学他这个样子,我们还有更厉害的法子来处治你。还可以灌辣椒水,坐电驴子,喂狼狗……"

劳工们个个都面色如土,眼睁睁地见着那个工友被活活地抽打死。然后,三下五除二地给拖拉出去,扔到乱尸岗子上去。

在日本鬼子统治东北的十四年间,死在劳工营里的劳工人数多达几十万,远远超过了德国纳粹在波兰奥斯维辛集中营中杀害的人数;屈死在劳工营里的劳工远远多于屈死在集中营黑名单上的人数。屈死在集中营黑名单上的人,还有幸能够留下个姓名,而死在劳工营里的劳工,却连个名姓都没有留下来。几十万个忍辱含垢的屈死冤魂,至今查不到任何文字资料记载着他们的名姓和籍贯,只有那山谷中堆积如山的层层白骨和冷月下熠熠发光的一片萤萤磷火,标识着他们永世难以泯灭的冤仇。后来,人们在一个白骨堆里找到了一点蛛丝马迹,知道那是当年鬼子抓来五千余名劳工带到大兴安岭中苏边境之处修筑防御工事,竣工之后为着防备日后走漏消息,竟将这五千名劳工全都杀死在里面。而在临江的石人沟、大栗子等矿山深处,有几万名劳工从全国各地被抓了来强迫劳动。在开发这些矿山的过程中，有无数的人在鬼子残暴的鞭挞下和牛马不如的奴役中，一个个地被摧残丧命；而在瘟疫泛滥时，更是像秋后被砍倒的高粱一般，成片成片地倒下去，以致尸骨堆积如山，一层压着一层，那磷磷的白骨已经无法计数。解放后，人们含着万分的悲痛找到了它，将那堆满了尸骨的山沟称之为“万人坑”，将那座山称之为“血泪山”。为了让我们的后代永远不要忘记这深仇大恨，便在那万人坑前建起了一座纪念馆，也如同今日波兰的奥斯维辛集中营一般，让前来凭吊的人，永永远远地记住人类历史上这一最为血腥残暴的一页。所以，临江“石人纪念馆”的门前，就有人用特大的字书写了一首诗：“血泪山上尽血泪，万人坑深仇更深。一山白骨无限恨，留本血史教后人。”

刘宏是这劳工营里难得活着命逃出来的幸存者，也是从那万人坑边上得以死里逃生出来的人。而他之所以有了这个幸存的机会，则是源自于，全世界用几千万人的流血牺牲为代价而赢得来的反法西斯战争的胜利。

那时，他们在油库劳工营里干活是绝对封闭式的，割断了与外界的一切联系，自然，像广播和报纸之类的东西，更是不可期望的奢侈品。每天从早到晚只是干活，甚至于连吃饭和睡觉，也都被限定于紧紧的有限时间里。因此，他们这几百个劳工对于外面的世界是个什么样子，那是一无所知的。时间长了，恐怕连过去一些朦胧的记忆也都逐渐变得淡漠了。只是到了1945年的8月，也就是他进到这渣滓洞里来已有两年多的时间之后，天空中不知怎的突然间经常有飞机成群结队地从头顶上飞过。一到这个时候，日本人就领着他们到桥洞子底下去躲避。这是哪里来的飞机？为什么他们都要到大桥底下去躲避，日本人对此是从来不说的，劳工们自然也都不知其所以然。就这样不明不白地躲了十几天之后，日本人也无心监督他们干活了，经常是成日里聚在一起叽哩瓦拉地谈论着些什么。

劳工们虽然不知道外面的天翻地覆，但也对这突然变化的形势猜想到了几分微妙。人们一边干活，有时根本不去干活，一边凑到一块儿连蒙带猜地闲唠起来。有些年纪大的、经历过世面的人，便说出自己的几分见解："怕是小鬼子快要完蛋了。现今世界上这么多国家都来打它，它这么一个三岛小国能够抗得住多久？"还有的人是从山东老家那边过来的，见到过八路军打鬼子的事，便又小声地传告大家说："怕是关里的老八路打过来了。咱们满洲国人，呸，呸，你看我这个臭嘴，这么多年来竟让他们逼着我把嘴给改过来了，咱们这些受苦受难的中国人，没准儿从今儿个起，就有了个活路了！"

一天夜里，那些日本兵们也不睡觉了，都聚集到一间大屋子里，又是喝酒，又是呼号乱叫地唱歌，呼喊着什么口号，足足地折腾了一个晚上，天没亮便都换上一身新军装，悄没声息地溜走了。劳工们自然无法知道他们的行踪，第二天早起之后，院子里突然不见一个日本人的踪影，有那些胆子大的跑到大门口处往外一看，把门的日本兵一个也没有了，这信儿一传开，人们都乍惊乍喜，有人不禁挥臂一呼说："咱们快跑吧！还等什么呢？"这一声喊，把人们从囚困的梦魇中惊醒过来，马上就像笼中冲出去的飞鸟一般，呼喇喇一片都冲出大门，向着那四面八方跑散了。

北安油库的劳工营，也生动有趣地来了个中国版的“胜利大逃亡”。

攻读于长白山下

啊，那一盏盏小油灯

几天前，收到抚松中学1950届同学回乡聚会的邀请函，感慨万端，心巢中很快就酝酿出一首诗来：

前一世纪半生缘，寒窗共读白头山。
五十年间恍似梦，每一回首一魂牵。

我到抚松中学读书，是在1948年。年代是那么遥远，遥远得像模糊朦胧的远山影子，只看到一点点若明若暗、若隐若现的轮廓。

记得那年，我乘坐吱咯吱咯响的老牛车，从松花江对岸的莽牛岗上走下来，才一跨上西江桥，便在我的生命中刻印下一个小小山城的影子。它让我新奇，也让我依恋；让我憧憬，也让我兴奋。记得那天，天气好像已经入秋了，可是我在街头上走得还是满脸淌汗。

那时，解放战争已经开始走向决战的胜利，但还没有打响三大战役，一切都在为着支援前线，因此，生活还是很艰难的，而在这僻远的深山区里，物质条件的简陋缺乏就更是可想而知的了。我记得，我们学校是个铁栅栏的门，教室是临街的一排红砖平房，院里还有几处低矮的抹着石灰的青砖平房。但是校门口铁栅栏上，写着的“团结紧张，活泼严肃”八个大字，却给我一个极为神圣的印象。今后，我，我的同学，还有比我年长的老师，都将要在这样一个激动人心的集体里生活，让人产生怎么的感想呀！

想象是灵魂的眼睛，想象力创造了美好、正义和快乐。正因为有那两句我第一次接触到的话，它便给予了我许多的想象，于是，我便满怀真诚、友好和正义的心情，跨进了那座写着“团结紧张，活泼严肃”的大门。

现在的人，很难想象过去年代的艰苦。然而，今天被人们视作无法接受的艰苦，在那时候我们却未觉得很苦，反之倒很坦然，甚至还很惬意。上课是没有教科书的，所有教材都是学生们自己刻钢板油印的，或者连钢板也不用刻，只凭教师在堂上空口讲，学生们在下面记笔记，考试前的复习就是看笔记。

正经的笔记本是没有的，大家都是从地摊上买些破旧的线装书，拆开反叠，用里边的空白面做笔记本。它既没有行也没有格，写歪写不歪就看你自己了。

钢笔和墨水也没有。大家便在木棒上缠上一个钢笔头，用蓝颜料和水勾兑成钢笔水。上课时，老师在讲台上讲述，学生们便用木棒制成的钢笔在废书本订成的笔记本上唰唰不停地记，记不下来，下课时再与同学对笔记。

考试的时候，更有意思。每个人都用钢笔水瓶装上些煤油，用棉条搓成个捻子当灯芯，自制成一盏小油灯。晚上九点钟学校把大灯熄灭后，学生便各自将自己的小油灯点燃，躲到各个角落里就着小油灯温习功课。

那时，冬天也特别冷，一般都在零下三十度左右。外面北风呼啸，朔雪盈门，教室里却很温暖，因为学校里别的物资供应缺乏，木材却是足足的。同学们早早来到教室，自己把炉子生着，等到老师走进课堂时，生火时的烟早已散尽，剩下的只有暖融融的氛围了。

我的家住在外地，棉衣棉帽子没有能够及时寄来，身上只穿着夹衣也不觉得冷，好就好在，屋子里有大劈柴柈子生的大火炉子。爹亲娘亲，没有火炉了亲。这时，我更感到学校的温暖。一直到现在，我都感受到那种温暖，那种不能用语言表达的温暖。记得西方一位哲人说得好："当你能够感觉你愿意感觉的东西，能够说出你所感觉到的东西的时候，这是非常幸福的时候。"亲爱的朋友，当我写到这里的时候，我心里确实是非常非常幸福的。

更使我欣慰的一段回忆，是关于棉帽子的事。前面说过，我没有棉衣棉帽，平常还好，由于不大出去，不戴棉帽子也还凑合，临时有事出外，把一条线围脖往两耳上一裹就行了。可是寒假来了，要走一百二十里山路回家，可就无论如何也是受不了的。正在这万般无奈之际，想不到毕业典礼上，学校却因为我考试成绩优秀，全班第一,奖给我三十元钱。那时三十元钱是很值钱的,我只用十二元便买了一顶狗皮帽子。余下的,当然一切都很美好了。

难忘先生的面容

法国大作家雨果说:“乳母哺乳和家庭教师灌输思想是相同的。有时家庭教师比父亲更像父亲,正如有时乳母比母亲更像母亲一样。”

想起抚松中学的生活,怎么也忘不了比父亲更像父亲、比母亲更像母亲的那些老师。时间虽然这么久远了,过去一切曾经激动过心房的事物都已淡忘了,但是中学里那些老师们的音容笑貌却还宛然如生地出现在眼前,就如同是昨天里见到的一般。我这样说一点儿也不夸张,在我的记忆中确实是没有什么东西比这更清楚的了。让我最先想起的,是谢宗岳老师。他教代数、几何,都是些抽象的东西,其中特别是几何,用的是一种极特殊的演算方法,不是让你算出得数,而是让你求证一个图形。就正像卢梭说的那样:“我对于欧几里得几何学并不感兴趣,因为它主要偏重在一连串的证明,而不重视概念的联系。”但是,即使是这样枯燥的功课,谢老师讲得也还是生动有趣,把逻辑思维与形象思维巧妙地结合起来。夏天,学生课堂上犯困时,他便不紧不慢地讲一段故事,活跃气氛,使同学们不再犯困。他讲的功课,学生容易听得懂,许多对数学不感兴趣的同学也都引起了兴趣,过去对几何学摸不到边的地方也摸到边了,没有一个人说谢老师讲的课听不懂。

在我的印象中，他只有温存，没有一点师长的严厉；虽然几何学要求很严格，不允许弄错一条线和一个角。

从1949年冬起，抚松中学开始有人出去到外面升学的了。这在当时也是件新鲜事儿，学校颇为重视，事务主任专门批出一堆木材来，为复习功课的同学生炉子取暖。因为我们山区教育落后，大家都担心怕考不过外地的学生，因此，各科教师都用晚上时间为同学们补课。最尽心的，就数谢宗岳老师了，他把还没有讲完的几何定理，从圆到弧，想在几个晚上都给同学补上。有时，别的老师因为有事或者心烦不想来补课，他就主动地给顶上。至今我还记得，他一手抄着书、一手捏着几支粉笔悄悄走进教室时的样子。

他对我有些偏爱。有一次，领着我去看一个二战后还没来得及遣返回国的日本人，想听听这个日本人正在研究什么课题。那个日本人生活条件很艰苦，只在自家简陋的屋前挂着一块小小木牌，上写“化学研究社”几个字。谢老师很有礼貌地做了自我介绍，并介绍说我是三年级学生，数学和物理、化学学得都很好。听过那个日本人的情况介绍后，谢老师又与他探讨了化学上的一些基本原理问题。在归途中我说：“那个日本人不切实际，他现在应当首先研究些应用课题，解决穿衣吃饭问题。”谢老师摇摇头说：“那个日本人的态度是对的。一个国家，一个民族，不论遇到什么困难和危机，只要不放弃科学，不放弃科学的态度，便有希望，便有发展和富强起来的希望。”

先生的话，给我留下深刻的印象。后来我到外地去读书，学校念了一个又一个，老师接触到一个又一个，但始终不忘谢老师的话，无论什么时候也不能放弃科学和追求科学的精神，要努力地进取。我谈不上有多大的抱负，但决不能辜负先生对我的一片心，不辜负先生对我的期望。

先生的一言一行，总让我想起长白山上另外一个人，他就是我国著名林学家、长白山定位站站长王战教授。他是我国首先发现孑遗植物——水杉的人，此项发现已被列入世界科学史册。老人已经是七八十岁高龄了，每年夏季还坚持在长白山林中做科学考察，他挖掘出的长白山植物宝藏价值千千万万，而他自己却一直是两袖清风。他对山里上万种植物，都能叫出俗名和学名来。有一次，他笑对我说："老邓，你在这山头上找，如果发现有一种我叫不出名字的植物，我就用你的名字来命名。"我知道，他是在开我的玩笑，但我还是采了许多种花草，王战教授都一一地说出名字。我看他那样亲切地爱护那些花草时，便好奇地问："王教授，你最喜欢什么花草？"教授不假思索地说："我爱林奈草"。

这是一句含义很深的话，源于瑞典植物分类学家林奈。原来这位大科学家将世界各种植物进行分科分类之后，对尚没有名字的植物都给予命名。有人建议说，你该用你自己的名字为一种高大的植物命名了。而这位大科学家，却只对林间一种小得不能再小的草，命名为"林奈草"。王战教授指给我看过，那小草只有半截铅笔那么长，对生着细如衬衣纽扣一般大的小圆叶，很不显眼。王战教授愿意学林奈那种伟大的谦逊精神，因此常对人说："我爱林奈草！"

我觉得谢老师也必定是喜爱林奈草的。他那总是温存地望着学生,只想把学生一个个教育成材,而自己甘愿作红蜡烛的精神,便含有科学家的伟大谦逊精神。听说,他后来调到某大城市的一所高等院校里去教书。他的学生中很多人都成才了,连他自己儿子(也做过他的学生),也成了出国讲学的数学教授了。而他自己呢,却一直是默默无闻的教书人,是那棵没人注意到的小小的林奈草。

而我,却不幸地辜负了谢老师的期望。三年前,我给他寄去一本我写得很蹩脚的报告文学集子,先生看后惋惜地回信说:“我本来期望你学好数学,成为一个陈景润;想不到却成了刘绍棠!”先生这样说,是因为我的那本文集是由刘绍棠写的序,先生只不过是随手作个比喻,而事实上,我怎敢与刘绍棠相比呢?

他画的梅悬挂在北京画店

另一位让我永远难忘的人,是李子瑜老师。他是学校的事务主任,前边提到给学生补习功课批木材的,就是这位好心的人。他与谢老师一样,也总是那么温存地对待学生,从没见到他对谁厉颜厉色地说过话。不论是哪个学生,穷的富的,学习好的学习差的,思想进步的和进步比较慢的,他都喜欢。

先生是个多才多艺的人,懂得会计学(所以让他当事务主任),写得一笔好字,县里每次开大会,横幅上的字都是他写的。他喜欢烹饪,下班后常在自己小屋里有滋有味地炖鱼。我们是江边上的一个小县城,鱼是很多的。据他讲,这炖鱼的手艺是相当难的,他当年在北平时经常去到名餐馆里偷艺，要上一道菜品尝过后回去如法炮制，不成功再去吃第二回第三回，直到自己能做出同样的味道为止。

最难得的是他的画，他的素描、漫画和国画样样都好，特别是素描。在我的印象中，他上课时只在黑板上用粉笔勾勒几下，某个人或某件物便惟妙惟肖地出现了。至于其他的画，在那困难的条件下很少见他动笔画过的，实际上也没有时间画。

在我临毕业的时候，我经常去到他的小房间里，看着他在取暖的炉子上炖鱼，听他讲过去在北平时候的事。他讲，有一天朋友们假日聚会，因为是在月底大家手里都没有钱，只能是喝点茶聊聊天，有的人不免为这寡然无味而长叹一声，感慨地说："若是能够吃上一顿该多有意思！"遗憾的是，大家手里都没有钱。他听后说："大家都先去到外边遛遛弯，等晚饭时候回来，保证招待你们一顿丰盛的晚餐！"人们一片狐疑，心想，你又不会人搬运小搬运什么的，从哪儿弄得钱来？

人们走后，他便摊开笔墨和画纸，三笔五笔就作出一幅画来，然后交给一个人说："你把它拿到某某报馆去，人家给你什么你就接什么，千万不要讨价还价！"那人将画拿走后不过一个时辰，就交回二十块现大洋，说是报馆一位编辑给的。他当下就用这钱沽酒买肉，用一个下午时间烧制出一桌味道极为鲜美的筵席来，然后用白报纸盖上，静等朋友们归来。

朋友们一个个回来了，他招手让大家到餐桌前就坐。人们望着那蒙盖着的白报纸，没有一个人心里不在想，不知道将要遭到什么样的捉弄。这时，他让一个朋友将白报纸揭开。“哇！”人们一下子都惊呆了，问他这些东西都是怎么变出来的？他开始不肯说，后来终于将卖画的底牌亮出，人们自然又是一番真心诚意地赞叹。

我听了，当然更是说不尽地钦佩。我们坐他的小屋子里，靠着温暖的小火炉子，听他讲述这些让我咋舌的往事，同时，我也求先生在我用废旧书订成的笔记本上作画。先生从不推辞，一连给我画了二三十幅，当然，都是钢笔速写画。这些画后来一直伴随着我，我常显示给别人看，人们都说画得好，对我也很羡慕。第二年我考进海龙高中时，学校的美术老师让几个同学帮助他画几幅反对美帝侵略朝鲜的宣传画，我就将那笔记本拿出来，改头换面地临摹先生为我留作纪念的一些画。

后来，听说先生调到长春国立美术专科学校去当教授，我心想，先生是有足够的资格充任这个职务的。但是又过了几年之后，有一件事却教我无法相信那真是先生的所作！

有一天，我闲步去到王府井国画商店，只见正面挂着一长幅抒写毛主席《咏梅》诗意的国画。那梅花疏枝横斜，错落有致，婀婀娜娜、娉娉婷婷地舒展在画面上，那被朦胧月色笼罩着的丹心血色，正蕴含着浮香暗动、傲骨豪情的品格和精神。毫不夸张地说，它一下子就吸引住了我，我认为那是梅品最好的一幅画。待到我走到跟前细看时，落款却使我大吃一惊：上边明明白白地写着：李子瑜绘于长春。这还有什么可怀疑的，长春只能有一个李子瑜是画画的。再看那标价，又使我大吃一惊，用大写的字标着：五千元。大家都知道，那时的五千元要比现在的五万元值钱得多。

这时，我就逐渐地对先生的身世有些怀疑了。一次出差时，我与一位老领导、三十年代的老党员闲谈，我随便地问："我无法想象，一个这样有才气、有本事的人，怎么会从北平流落到一个僻远的小县城里，默默无闻地做中学里的事务主任？"接着，我把他当年怎样用画稿去报馆换钱，后来他的作品怎样悬挂在王府井国画店里的事细说了一遍。那位老领导琢磨了老半天后，也没能给予我令人信服的回答。

先生在八十年代去世时，长春市为他举行了隆重的追悼仪式，据说，送葬时街上排成很长很长的队伍，先生在人们心目中，特别是在美术界、教育界的人们心目中，留有极深极好的印象。

严格而又谦逊的校长先生

最后，我不能不说说王裕祥老师，他是我党接收抚松中学后第一任校长兼党支部书记。

他是个很严格的人，不管是对学生、教师，还是对他自己，都是从严要求，决不马虎迁就；而同时对于同学，又是极为关心和爱护的，特别是那些思想好、学习好的同学，他会像父亲似的给予格外的严厉，也就是说格外的关照。我想，他心里想的一定是，怎样地为党多培养出些人才。

在严格之外，他有时也显得很温和体贴，也很有人情味。有一次中秋节，本地的同学都回家过节去了，外地同学只好都寂寥地守在宿舍里。校长想到了这点，现从家里回到学校，把外地同学都召集到教员室窗外去赏月。他给同学讲了些故事(包括吃月饼的来历等)，并出了个对子让大家对。我记得上联是:“月月月圆，八月月圆，月皎洁。”大家憋了半天，谁也没对上来，最后还是校长自己说出下联:“更更更响，五更更响，更凄凉。”多少年过去了，这副更凄凉的对子，却一直留在我的印象底板上。

给我印象最深的，是校长在全校大会上对我的一次批评。那年，全校搞了一次标点符号大赛，我考了个第一。但在颁奖会上，校长却指名批评我说:“光懂得标点如何用，而在政治课答卷上却连一个标点都没有，这样的学和用有什么意义呢?”他的这样严厉批评的话，放在当时，压力是很大的。但是，正像任何事情都有正反两个方面一样，压力也变成了动力，我把那严厉的批评谨记在心，以后我不仅在政治课考卷上注意标点符号，其他课也是一样，连潦草的回信和随意写的便条上都注意标点，仔细推敲不让它出一点错。不言而喻，这对我以后当编辑、记者，该有多大的好处!

校长先生的谦逊品格，留给我的印象也是很深的。1950年初，我与十几个同学去通化、海龙等地报考高中时，他已经升迁为通化专署教育科长了。我们答完考卷后，去到他家里探望，他耐心地问我们都考些什么题目，答得怎么样，并一再地说:“你们把语文、政治、地理、历史的题目都说一说，看看我能不能回答上。数学考题就不用说了，我的数学就学得不怎么好。”当我们把题目说出时，他便像个中学生似的，同我们一一地分析那些题怎么答才算对。有他答不出的，他也毫不隐讳，并热心地向同学们打听请教。

以后，他与我还有些来往。一是我在海龙县读高中时，他作为专署教育科长来校视察。他对抚松县中学出去的学生非常关心，在繁忙的工作之余还专门召集我们十几个人开了个会，让大家随意提出些问题，由他来回答。这种会面也是别开生面的，给大家留有不少温暖的回忆。

七十年代后期，他曾来北京同我们见面。这时，他已是《吉林日报》党委书记了，后来，听说又转到白求恩医科大学去做党委书记。人老了，态度也更谦和了，我想在他那老态龙钟的脸上竭力再去寻找一些他当年严格认真的风度和谦逊自律的品格，遗憾的是，都在那含混的随和与莫名其妙的忧伤中消失得无影无踪了。后来他得了中风症，嘴角歪斜，让我从北京给寄去些鳝鱼，据说吃鳝鱼血能治好这病。

中学里还有一些师长，像许金铎老师、张梦周老师、回国栋老师、韩介民老师，都给我留下难以磨灭的印象。我怀念这些老师，感激这些老师，他们都从不同侧面上影响到我的成长，给予我良好的治学精神和做人品德。当我写这篇回忆文章时，他们的音容笑貌都像过电影似的清清楚楚地展现在我的眼前。虽然光阴似流水，往事如云烟，时间把天地间一切都冲淡了，但是我对长白山下故乡的回忆，却一直没有淡薄下去。

（原载1996年抚松县立第一中学《六十年校庆特刊》）

我的几位文学老师

我有幸的是，或者说不幸的是，念了很多年的书（为什么说是不幸呢？因为，"文革"期间我曾被作为"知识越多越反动"的典型，多次地被批斗），仅是大学就念了四五个，今天在教师节里，要回忆的老师自然很多很多，而他们对我的教诲又都很深，帮助也都很大，如今要选择一两个来写，确实是很难；要都写吧，又有篇幅限制。想来想去，还是选两个教给我一些文学基本知识、点拨我走上文学创作之路的老师吧！他们之中，有的人并没有直接给我上过课，所以，我没称他们是语文老师，而称为文学老师。而他们开启愚蒙的循循善诱，点铁成金地帮我修改文章，以及一字之师的点拨启迪，确实是托起我成长的巨擘，用禅宗的话来说，兼有北宗的渐悟、又有南宗的顿悟作用，像这样的宗师让我怎么能够忘记呢？

当我一想起他，我的第一位老师，他那文质彬彬、沉静含蓄、脸上总是带着默默微笑的模样，眼前又立即展现出我童年时家乡的那个偏僻、落寞和荒凉的的景象。它虽然也是个县城，但简陋得还不如平原地区的一个小镇。我不必描写它那寒伧的样子，因为萧红的《呼兰河传》已将这类小县城的荒凉模样写尽了。不过，我还得补充一句，我的那个家乡因为是在深山深处，要比松花江北岸的呼兰闭塞得多，荒凉得多。城里除了稀稀落落的几家不大不小的店铺之外，其他什么都没有。当然，在河边上还有全县唯一的一座小学。

我从小就养成了一个不可克制的癖好——喜欢看书。什么书都爱看。大约是在小学四五年级的时候，就将在我的邻居家里能够借到的书，什么《薛仁贵征东》《薛丁山征西》《呼延庆打擂》《济公传》《瓦岗寨》等通俗演义小说书都看遍了。由于我们那个地方偏僻落后，读书的人很少，在县城里住着的多数都是种地的农民，因为他们的农田就在城墙根下。家里有藏书的人，就更不多了，所以我能够借到的，只有这些民间说唱的书，如果再仔细地搜索，还可能找到几本皇历——当年的和陈年的。

我焦躁不安，甚至可以坦率一点地说，很不甘心地在那个小县城里生活，我曾经与我年龄一般大的一个小男孩牟小星（后来他参加了部队文工团，成了一名歌唱家）几次谋划离家出走，到外面去流浪。好像每次都做好了充分的准备，但是我的年龄还小，完全没有一点独立的生活能力，所以每次都因为胆小，没敢去尝试"流浪"是个什么滋味。

突然有一天，小星星兴冲冲地对我说："告诉你一个好消息。"他兴奋得不容我插话，紧接着又抢过话头说，"咱们学校里新来了一位语文老师，教高年级的，说是从哪个大地方调过来的。"

"什么地方？"我问。

“我也不清楚，只知道他家里也有好多好多的书。”

“你怎么知道？”我问。

“因为我们是邻居，他好像对待学生还挺好，也有耐心。他答应我可以借看他家里的书，只是不能弄坏，看过一本之后再去换另一本。”星星说。

没过几天我就跟星星一同来到他家，我兴奋极了，像一个开矿的人突然见到矿洞里铺着的全是金子；也像是一个又饥又渴的乞儿，突然见到了满桌子芳香可口的饭菜一般。他的书架子上全都是书，而且大多都是我过去没有见到也没有听说过的书。他可能从我的眼神里看出我的渴望，被我那燃烧的热情感染了他，因此对我特别地喜欢，甚至产生了偏爱，不仅答应我可以享受小星星的待遇，一本换一本地借阅他的全部藏书，而且还说，有看不懂的地方可以问他，实际上即是答应作我的课余先生。这位老师姓刘。

刘老师像我见到的所有那些有学问的人一样，说话总是那么文文静静、慢条斯理的，但一旦讲到他内心感受较深的问题时，也会提高了声调，放开了嗓门。但那个时候不多，绝大部分时间总是那么娓娓道来的一副模样。

借过几回书之后我才知道，他家那些藏书都是新文学作品，那还是他给我说的这个新名词。我忙问他：“什么叫新文学？”

他便开始给我讲到鲁迅、胡适、茅盾、巴金、老舍，还有新文化运动中的许多事儿。于是，我便一本一本地借阅他家的《呐喊》《彷徨》《阿Q正传》和《家》《春》《秋》等书。那时候，我最爱看的还是老舍的《赵子曰》《老张的哲学》《文博士》《马裤先生》，只觉得这些书读起来快活、有趣、好玩。刘老师告诉我，这叫幽默文学，是文学写作的一种独特风格。他说写这类幽默文学的，还有林语堂和张天翼。他又给我找出来林语堂与张天翼的书，可我看不出他们的作品有什么幽默来，不如老舍的好看。但我不敢说，因为我知道的太少太少了，怕说出来叫人笑话。

"这是一本纯文学的杂志。"有一次，我从他那里借到一本文学杂志时，他一再郑重其事地反复告诉我说。

"刘老师，什么是纯文学？"这又是我第一次听到这一个名词。

"它就是新文学的主体形式，人们通常指的是小说、诗歌、戏剧这三种文学形式。"

直到现在为止，才知道我在刘老师这里看到的书，全都属于新文学；而我过去看到的那些《济公传》《杨家将》等书，都是旧文学，或者叫民间文学。它们有什么区别呢？我也闹不清楚，反正，自从看过刘老师的这些书之后，我更喜欢新文学。

我在他的家里，也看到了许多东北沦陷区里一些作家的书，直到现在我还能记起他们的名字，什么爵青、小松、田郎、石军、外文等等，其中《大地的波动》作者田郎（后改名为白拓方），是我读大学时的经济系主任。凭直觉来说，我也挺喜欢看那些书，记得其中有一部是仿照巴金《家》的模式写的反封建家庭的书，好像并不比端木蕻良的同一类型书《科尔沁旗草原》差。还有一部是仿照曹禺《雷雨》模式写大家族没落的戏剧，也很好，只是套用的痕迹太重。记得有一次看过之后，我就问刘老师："怎么和曹禺的《雷雨》差不多呢？"刘老师抚摩着我的头笑了笑，没作任何回答。

现在我才知道，套用一个模式写作，但能够赋予它新的生命和精神，也是一种文学艺术创作。

升到六年级的时候，我就能在课堂上直接听刘老师讲课了。听到他在课堂上讲授冰心的《寄小读者》、朱自清的《荷塘月色》、鲁迅的《故乡》、夏丏尊的《猫》，真是叫我七窍洞开，如醉如痴，品尝到了新文学的美！我记得，每次听完他的课后，我便和牟小星去到老师家里，一再地听他讲解那文章里的美，美在何处，为什么它能够给人那样美好的印象。

这时，我们也开始学着那些文学大家的笔法，写些我们家乡的风土人情。忘记告诉大家了，我们那小小县城是被一条河给割成“河南”“河北”两块地界的，那条河名叫“珠子河”，是松花江的一条很大支流。可以想象得到，这条河会给我们印满多少童年的情趣！可能，它就同萧红家乡的呼兰河差不多。结果，我竟与小星星不谋而合地用了同一个题目写了篇作文，都叫《神秘的珠子河》，后来互相指责，是谁最先想出来的，是谁抄袭了谁？

刘老师是深通文章之道的。他批改作文不像其他老师那样，只改掉几个错别字，然后在后边加上两句差不多都是雷同的批语。而刘老师的批改，却是进入到每篇作文的思想境界里面去，设身处地地帮助你构思与布局，例如，他常常给同学们指出，你如果用这样几句开头，或者是你用这样几句结尾，效果可能更好些，文章就会立起来，会增生出许多意想不到的效果。

现在我才懂得，刘老师当时要在这些地方耗费他的多少心血呀！所以我见到的刘老师，平时总是那么文静肃穆，有如罗丹的雕塑《思想者》那样。到他家里时，桌子上总是摆着厚厚一摞子作文本，上面布满着他那密密麻麻用红笔改写的字迹。

那时，壁报是常用的一种展览形式。学校在通道之处设立了一个很大的壁报栏，刘老师将他改过的，他认为较好的一些文章，都找硬笔字写得好的一些同学给抄写出来，贴到壁报栏里。因为当时我们那个完小是县立的最高学府，参观壁报栏的人很多，除了学校的师生之外，连县、乡里的干部路过时，也都凑上前去看看。有的人一边看一边评头品足，说长道短。刘老师站在旁边，听到他们夸奖他的学生哪篇文章写得好时，他总是默默无语地微笑着。

我是受到刘老师得天独厚栽培的一个学生，他给我修改的文章最多，用的力气也最大。所以，有两篇文章竟然先后地发表在1947年的《鸭绿江》和《辽东大众》等报刊上。同学们都说我是"刘老师的得意门生"，还起了个外号，叫"作文状元"。

我的第二个文学老师，如果准确一点地来说，她不是我的老师，而是我的师娘，她就是著名剧作家颜一烟。

从刘老师那里毕业之后，我就参加了革命工作。1950年抗美援朝战争爆发，我第一批报名参了军。令人遗憾的是，军装虽然穿在了身，但却没有越过鸭绿江。走到半路上，就接到了新的命令，将我们这些十七八岁有一定文化的青年，选出二百多人送到东北人民大学俄文系，让他们代培出二年制速成班的俄语专业人才，毕业后急送到朝鲜战场做翻译。就这样，我七拐八拐地竟然走进了大学之门。

那时候，正是电影《中华女儿》（又名《八女投江》）热播的时候，它在观众中产生的热烈反响是空前的，难以想象的。因为，当时正处于反对另一个侵略者美帝国主义的时候；而且，也正是我们这些即将走上战场去的青年们的激情燃烧岁月。这时，我听到了一个最使人振奋的消息，说那部电影的剧作者颜一烟，竟是我校教导主任高宇老师的爱人。我和班里另一个同学怀着对这一偶像热烈崇拜的感情，在第一时间里就跑到高宇老师家里去拜访了她。

那时候，她还很年轻，远不像几十年后我当记者去采访她时那个老态龙钟的样子。当时，她是长春电影制片厂的一级编剧，一身军人打扮。穿着八路军女文工团员那种特殊样式的军装，腰上系着皮带，精精神神的，一身飒爽，虽然已近中年，但部队生活惯了，动作总是那么灵活利索。当他知道我们的来意后，笑盈盈地望着丈夫高宇的脸说："你的学生让我去给大家讲讲怎么创作，我自然是无法拒绝的了！"接着，她又问我："你们是想叫我讲讲我的全部创作生涯呢？还是只讲讲写作《中华女儿》的体会？"

我和我的同学面面相觑，一时间竟不知道怎么回答好，因为从我的内心来说，哪个都想听听，更确切一点地来说，都是如饥似渴一般。无论哪个方面，我都想知道。不过，我只是俄文班里的团支部书记，回去之后得与学生会的几个干部商量。最后，我们定下来还是请她只讲讲《中华女儿》的创作过程，因为大家的兴奋点都在那儿。这样，我又第二次去到她的家里，把讲演的题目告诉了她。

那次报告之后，我与我的那个同学又多次地到她家里去拜访。有一次还将我在《东北人民大学校刊》上发表的短篇小说《仇》

拿去请她指点，她倒是不吝赐教，有问必答。她的性格爽朗，不论你提出什么问题，她都会毫不打哏地回答你，而且又都是滔滔不绝，不做任何的间断。然而遗憾的是，我很想知道关于写作技巧方面的事，她却谈得很少，更多的是讲述她的创作生涯，特别是怎样深入生活，不避艰难险阻地下去收集那些第一手材料的事。她说："这些素材，最原始到什么程度，你的作品就能够感人到什么深度。"她原在上海救亡演剧二队，后来在延安鲁艺，在东北解放战场，都写出了许多生动鲜活的剧本，常常是开几个夜车，就能赶写出一部好戏来。无论是走到哪里，她都立即深入到那里的群众生活中去。她说，多少年了也不知道什么叫苦，什么叫累，几乎听到一点线索，立即就背起铺盖卷儿奔过去。这次写《中华女儿》，就是深入到当年那些老抗联战士里面，一桩桩一件件地把那些动人的故事和情节挖掘到，捕捉到之后写成的。我虽屡次打断她的话，提出许多写作技巧方面的问题，她不是三言两语地带过，便是不屑一顾。她一再地说，你能把那些最原始的生动感人的故事情节都收集到了，你的作品已经基本上形成了，下笔已是很简单的事。她这是像对我说的，也像是对她自己说的。

听到她的几次谈话，我越来越感觉到，她说的都是真理，都是她在创作过程中的亲身体会，都是她的经验之谈。她没有像那些文学评论家们上升到理性思维的高度来升华与提炼。她是个有才气的女作家，但她没有把才气放在心上，她所看重的，倒是"打起背包就出发"的走下去精神。

后来，我果然看到了她接连不断地推出许多描写东北大地被历史沉埋着的和现实生活新涌现出来的感人故事。一读到她的那些作品，我好像就看到了她的“打起背包就出发”的身影，感受到她深入到生活底层里去搜集那些素材的创作生涯。特别是后来看到她写的那个中篇小说《小马倌和大皮靴叔叔》的时候。那个小说在上个世纪五十年代，曾经是轰动一时的儿童文学作品。当她看到我写的那篇小说《仇》是反映日本讨伐队残杀长白山区无辜居民的作品时，曾对我说：“东北抗联是一部最动人的史诗，要好好地挖掘它，那里的历史回声，永远是惊天动地的，永远是一幅幅最为生动感人的画面。”

我从她那里受到的教益，时间虽然很短，但对我却是影响极深的，多少年过去了，一回忆起来仍然犹如昨天。因此八十年代初她的那部《盐丁儿》获得优秀儿童作品一等奖时，少儿社的责编约我给她写一篇专访，我欣然乐就，因为我很想见到当年的这位启蒙老师。我的那篇采访文章发表后，东北有几家报纸都全文转载了，可见，东北人民对于这位同他们心心相印、血脉相通的女作家，还是怀有深厚感情的。

后来，《光明日报》退休下来的副总编殷参同志（他是左联作家殷夫的弟弟）找我说，我们在京的这些“鲁艺”老人们还经常聚会，畅谈当年“鲁艺”生活的种种场面，都是很珍贵的材料，你去参加帮助我们整理出一些文章来！我已经与我们报社的文艺部主任说过了，他说可以在报上连续登载。听说，颜一烟还是你的师娘呢，那你就更不要推辞了！

就从这最后一条理由，我也是极有兴趣去参加的。可惜，说过这话不久,殷参就病逝了。她和我都没有能够实现这个良好的心愿。

我还有一位文学上的点拨之师,也是在东北人民大学时遇到的,他就是我们学校的校长、我国著名的历史学家、刘少奇同志的秘书吕振羽。按理说,像我这样一个普通的学员,是无缘接近这位大人物的。我是为着破解怀在心里十多年的一个谜团的强烈愿望,才千方百计求得一见的机会。那是个什么谜团呢?原来,当我小时候在我们那个小县城里无书不读时,忽在一个人家里看到一部线装书,名字叫“第五才子书”。我借回家里一看,原来就是《水浒传》。后来,又从另外一个人家里借到一部书,名字叫“第一才子书”,事情与前次一模一样,借回到家里一看,原来就是《三国演义》。这两件事罗列到一起,就使我产生了个疑团:为什么《三国演义》又叫“第一才子书”,《水浒传》又叫“第五才子书”呢?既然是有第一、第五才子书,那么,有没有第二、第三、第四呢?我把这个问题问过我们那个小县城里所有的人,包括学问深厚的刘老师在内。遗憾的是,多少年来问过了多少个人,都没有得到答案。参加革命后,我走了许多地方,又问过了多少人,仍然是没有找到答案。

时间虽然过去了一年又一年,但是想求得破解的愿望却一直没有减退;不仅没有减退,反而随着年龄的增长和知识面的拓宽,倒是日益强烈起来。我心里老在琢磨着,为什么我在所有文学与历史的书籍里都找不到答案呢?现在我碰到了这样一位大学问家,真是天赐的良缘!我一定要想办法见见他。怎么见呢?登门造访，是绝对不可行的。那该怎么办呢？慢慢地我捉摸到吕校长的一点生活规律。他每天晚饭之后，总是沿着我们学校门前那条宽敞而又很少行人的解放大路散步。这不就是一个很好的机会吗？于是，我便在一个周末的晚上，早早吃完了饭，在马路旁边候着。非常幸运的是，正当晚霞消逝的时候，我见到校长悠闲雅致地面迎晚霞，也就是面向西边更为空旷一点的"同志广场"方向走过来。我急忙地跑过去，礼貌地施了一礼，说："吕校长，我是俄文班的学生。我有一个问题，多少年来一直困扰着我，请教了多少人也解答不出。您是位历史学大家，这才拦路打扰您的晚间散步！"我不敢过多地占用他的时间，便简要地将我心中十年的谜团说出来。

他听得很认真，又拍着脑袋思索了一会儿，然后告诉我说："你说得对！在历史上是有过几大才子书一说的。除了你说的第一、第五之外，确实还有第二、第三、第四。根据我的回忆，当然，记得不一定准确，那第二才子书是《好逑传》，第三才子书是《玉娇梨》，第四才子书是《平山冷燕》。中间这几本书已经失传好多年了。"

这一次路遇的几句点拨，给我后来对十大才子书的辑校整理，赏赐了一把打破迷宫的金钥匙。不过，当时并没有想得那么多，只是觉得吕校长确实学识渊博，令人肃然起敬而已。

想不到，这次路上求教之后不久，就赶上了选派留学生到苏联学习的机会，我有幸被遴选上。当离开母校时，吕校长亲自召见了我们这几个选派学生，叮嘱了许多语重心长的话，就像父母送走自己的儿女出门到外一样，甚至就连车到北京之后应由前门火车站下车，然后再转乘几路电车才能到留苏预备部的走法，都不厌其烦地告诉了我们,就像父母对于远行的儿女一般。

四年之后,我在莫斯科读过了两所大学毕业归国时,他已经退休了,闲居于北海旁边文津街上的一所大院落里。我是他选派出去的那批留学生中最早一个回国的,很有必要向老校长汇报一下那批留学生的情况。他听了之后,心里自然很是高兴。但是接着我又说,除了学校派我出去主攻金融学之外,我又在高尔基文学院函授了俄罗斯文学。他好像很不以为然,说:“经济建设,正是我们国家当前的中心任务。个人的爱好应当服从于党的需要。”他怕我接受不了这一直言劝告,于是又婉转地以自身为例,说:“我出国去日本留学,学的是电气。”他说着还用手指了指屋顶上的电灯,我没有听清楚,还以为他是指着天花板而言的呢,便插问:“学的是建筑?”他摇了摇头说:“不是,是电气。可回国后,正赶上三十年代关于中国历史分期问题的大讨论。这是关系到马列主义在社会发展史上的一个重要理论问题,当时‘左翼社科联’曾经集中了相当大的一部分力量,从事这方面的学术探讨研究。因为那是党的工作亟需,我就放弃电气而专门研究古代史了!”

我非常感动,他总是那么语重心长地教导我们怎么做人,怎么走路,怎么做学问。这一次的电气与历史,就如同前次的由前门火车站下车一样,让我终生难以忘记,放在心里头永远是一股暖流。

不知又过了多少年,多少载,等我也到了离退休的年龄时,心里又翻腾起他在校门前的大路上让我从十年困惑迷团中解放出来的那番文学点拨,我现今在家里赋闲,无事可干了,为什么不能将吕校长讲的那已失传了一二百年的五大才子书,从北京图书馆里找出来研究研究呢？为什么它当年那么盛行，后来怎么又失传了呢？于是我便开始了无边书海的搜寻。

于是乎，我便寒来暑往、风雨无阻地奔走在去北京几家大图书馆的路上。说来也巧，去得最多的地方，还是老校长离退休后居住的那条文津街。因为，北京图书馆虽多，而储藏古籍图书最多的还是位于文津街上的国家图书馆的古籍图书部。这也许，就是我是命中注定要走的人生之路。

不过，要走这条路可真是不容易呀！当我认真地去查找那五大才子书时，却是左查右查也查不到：一是那几本才子书都有不同的书名，例如，第三才子书《玉娇梨》，更多的古籍版本都称之为《双美奇缘》；二是老校长在路上脱口而说出的书名，说得并不准确，例如，第二才子书《好逑传》，我记得他告诉我时说的是《好问逑》。再说，那第一才子书也并不简单地等同于《三国演义》，它是上边有了毛宗岗的批注才叫第一才子书的；《水浒传》也是如此，它是上面有了金圣叹的批注，才叫第五才子书的。到了晚清时候，才子书之说已经不那么盛行了，各家书局刻印《三国》《水浒》时，便一律地删去批注，已经见不到一点才子书的痕迹了。因此要查找那些本古书，也是件很不容易的事。

等到耗尽了日月，耗尽了时光，找到那些古本书时，才知道五大才子书的说法并不准确，它是源起于金圣叹的“六大才子书”之说。金圣叹本人，也只批注了第五才子书《水浒》与第六才子书《西厢记》。其他的那几部，都是后人仿效他的手法，一部部批注出来的。而且，不仅仅是接着批出了前面指出的那一些，而且又扩延下去，批出了第七才子书《琵琶记》。等我读过第七才子书之后又知道，以后的形势更是“益发不可收拾”，才子书的路数是越拓越宽，越行越广，不仅又接连地出现了第八、第九、第十才子书，而且自第八之后，常常是几部书并列，有三、四本书都并称为第九或第十才子书。

来龙去脉弄清楚了，我便下决心要将这十大才子书收为一个完整系列的整套图书整理出来，出版面世，使这段淹没了一二百年的文学史再现，让世人知道，我国除了四大名著之外，还有十大才子书也曾盛行过数百年。但要整理可不容易，那些珍稀的古本书是不外借的，也不准复印。只准抄写，而且不能用钢笔与圆珠笔，惟恐玷污了这些珍本，只准用铅笔抄，而且是他们供应的铅笔。图书管理员说：“这是国宝，只能爱惜，不能有丝毫的损害！”

他们的意见，自然是有道理的，可是对于我这年近古稀的老者来说，却是千难万难之事。一套将近四百万字的书，要我一个字一个字地抄出来，那就真像大跃进年代里人们常爱说的那句话：“用蚂蚁啃骨头的精神。”我一个人啃，肯定是啃不下来的，于是便邀老伴风里雨里与我同行。此外，还把在中央民族大学读历史系的外孙子拉上来，让他在星期假日和寒暑假里，也同我们一起做这种笔耕不辍的事。

在一个暑假里，有个复旦大学博士生来到文津街图书馆查找古籍图书，她看见我们祖孙三代那样聚精会神地在古书堆里挥汗如雨，便走过来问：“你们在抄写什么？”我告诉她是抄写十大才子书。她听了不禁一怔，忙问：“什么是十大才子书？”我也不禁好奇地问：“你是学历史的，还是学文学的？”因为查找这些古书的，自然是这两个学科里的人。她说:“是学文学的。”我问:“学文学的怎么不知道古典文学中,有过十大才子书呢?”她说:“我们老师没讲。”我听了之后,连忙找到复旦大学最经典的文学史著述来看,我知道赵景深教授的《中国文学小史》。接着我又找来各地出版的有关中国文学史的书籍,其中,也包括鲁迅的《古小说钩沉》和《中国小说史略》,上面都没有提到十大才子书这一盛事。这样,也就更加坚定了我的信心,增强了倚老卖老的勇气,为了还原中国文学发展史上这一段历史风貌,我和老伴两个即使再牵手往来于文津街的路上走十年八年,也是心甘情愿的。

几度风雨,几度春秋,我们两个老蚂蚁终于把那块按照常理绝对啃不动的硬骨头,硬是给啃下来了。2009年初,“十大才子书”系列由线装书局首先推出来。一时间,全国也算产生了一次小小的轰动,许多家报刊都登出了评介文章,《光明日报》上面有大块文章,标题显眼地称《填补了中国文学史上三百年来的空白》。后来,中央电视台又在《夕阳红》节目里,专题介绍了这一艰难困苦的挖掘过程。

在那些北风劲吹、盛夏酷热的日子里,当我与老伴两个人从不气馁地走在文津街的路上做着自感有益于社会的事时,我便常常想起给我文学点拨、教我如何做人、如何走路的吕校长的面貌,有时也思绪蔓延开来,又联想到另外两位老师——给我文学启蒙的刘鹤亭老师和教我怎样进行创作的颜一烟师娘。他们都是照亮我走上文学之路的红蜡烛,是他们给了我走上这条路的知识和勇气。

(原载2015年第9期《博览群书》)

第七辑

我与几位文化名人面对面

永远是一片贞洁童心的冰心

“小孩子！/你可以进我的园，/你不要摘我的花——/看玫瑰的刺儿，/刺伤了你的手。”

这是从冰心诗集《繁星》中摘下的一小段。看到这诗，我便不由自主地想起当年第一次见到这位大作家时的情景，她那语音、那神态、那总像幼儿园阿姨似的关心呵护孩子，而又总是用孩子的思维和语言来跟孩子说话的神情面貌，至今还清晰如画地映在我的眼前。

那是一次庆祝“六一”国际儿童节的活动，地点在劳动人民文化宫后身、筒子河前面小树林中的那片空地上。有千百个小学生齐鸦鸦地坐在地上，穿着清一色的白上衣蓝裤子，颈上系着鲜艳的红领巾。会议程序是先讲话，后表演节目。开头讲话的是谁我已记不清了，好像是北京团市委和少工委的几位负责人吧，后来便轮到特邀嘉宾冰心。那时她已七十多岁了，但是依然精神矍铄，神采奕奕，穿着一件比天空还要明亮的刚靠色蓝阴丹士林布旗袍，显得身躯非常清秀、灵敏而富有活力。她一上台便让人眼睛一亮，开口讲话又是那么亲切和蔼，娓娓动听，好像小溪中的潺潺流水。讲的话都是孩子们摸得着、看得见的事儿。最后的一句话更是让我记忆犹新，永远也不会忘记。

她说："同学们，我没有别的要求，只希望你们在会后，把身边的冰棍纸都拾起来扔到垃圾箱里！大家能做到吗？"台下是一片齐声欢快的回答："能！"她的问，孩子们的回答，真是叫人感动呀！

我当时是个记者，去现场做采访报道。真想不到这样一位大作家、文化名人，会用这样一句小而又小的平易近人的话作结束语。会后我激动地走过去访谈，我说我非常崇拜她的高尚人格和情操，特别是她写的文章，像《寄小读者》什么的，我自幼年便喜欢读。说话时候我已经是中年人了，她看了看我已经长满了胡茬子的脸，既有感触而又不失风趣地说："可见，我年纪之大了！"

还有一次，是编辑部请她给年轻同志讲讲编辑和写作上的事。她仍然是那样平易近人，语重心长充满着爱心地娓娓动听地讲。她说，有些年轻人不太注意词汇的积累，因此写出的文章就难免有些干瘪、呆板和缺乏生气。有个年轻人写了一篇文章让她看，中间有一段文字用许多词来形容某个人两道眉毛之间距离很宽，其实，我国有个现成的词儿是用来形容这个距离的，它叫作"眉间"，你们看鲁迅的《故事新编》中，不是有个人叫"眉间尺"吗？她说，还有一个青年正在翻译一篇外国小说，外文中有一个词组是用来形容一位友好善良的邻人的，这位译者苦思了半天，也找不出一个恰当的词语来表达，其实，我国也有个现成的词儿，叫作"芳邻"。我告诉了他，他惊喜异常地说："我怎么不知我们祖国语言中还有这么一个现成的词儿呢?”

最后,她又提个问题问我们大家说,你们知道锅底上那个铁疙瘩叫什么?座上的年轻编辑、记者们都叫她给问住了,大家都熟悉锅底上有那么个疙瘩,但就是叫不出名字来,最后都用期望的目光望着她,她不紧不慢地告诉大家说,那疙瘩叫“锅脐”。真有意思,铁锅也有肚脐!大家都不约而同地相视而笑了,心里也充满了对这位满怀一片爱心的大作家的钦佩;同时,也深深地感到自己文字功底的缺欠和加强修养的迫切需要。

(原载2003年3月31日《新民晚报》)

接生过五万婴儿的林巧稚

她也和冰心长得一样，清瘦精巧，纤秀精神，这也许与她们都是福建海边（一个是福州、一个是厦门）生人，同为二十世纪初的世纪同龄人（一个是1900年生，一个是1901年生）有关吧。

不过，我认识林巧稚时，她已经是卧病在床、住院治疗行动不大方便的时候了。但是尽管如此，每次见到她时在我脑海中所留下的形象，仍然是十分美好的。这可能与我多年在国外读书，见到外国妇女进入老年后很多人都变得臃肿发胖有关，她是我国老年妇女仍然保持着那么一个清秀的很好的典型。

1978年冬末，她去西欧四国防问的途中，不幸病倒，患了缺血性脑血管病。英国的各家医院久闻中国这位妇产科专家的大名，都主动提出愿意留她住院治疗，但是她心系祖国，坚持要回国治疗，因为她感到自己在国内还有很多的事情要做，还有很多的话要交代。于是便乘飞机回国住进了首都医院。我是在首都医院的病房里与几家报社的记者一起采访了她。

她虽然住在医院里，每天还在为她已经操劳一生的妇产科事业尽心竭力,那来自全国各地向她求医问病的信,据说每天都有十几封。对这些来信,她都一一阅读,而且几乎是每问必答。只要她能够解决的,她都要千方百计地帮助人们想出解决的办法和意见,然后由她口述,让秘书代笔给那些迫切想要寻得医助的人写回信。此外,她还要为几家医学杂志出主意,写创刊词,还要审定由她主编的《家庭育儿百科全书》和《家庭卫生顾问》的书稿。后来,《家庭育儿百科全书》成为1980年全国十大畅销书之首。

那天,她的精神很好,虽然病魔折磨得她更加消瘦、孱弱,但她仍然愉快地指着床前的几把椅子让我们坐下。她倚坐在床头的靠背枕上。她见有青年报的记者在,便高兴地说:"你们来得正好,我正有些事情想对你们讲,并通过你们对青年朋友们谈谈。我这次得病急着要从国外回来,原因之一就是感到自己老了,能够和你们一起为自己国家做事的时间不会太长了。我心中装满了事,在临去之前,很想对自己的同胞、自己的亲人做些交代。"

"林主任,您的身体素质很好,您的病很快就会好起来的!我们都想吃您的百岁长寿面呢!"我们认为她这是由于病痛折磨而产生伤感,连忙劝慰她说。她摇摇头止住我们的话说:"过去人们常说,人生七十古来稀,我都快八十了,还不老吗?这是自然规律,谁也不用避讳它,避讳也没有用。像我们这些作医生的,对于这些事情更是看得现实、冷峻!记得小时候读《圣经》,里面就有这样两句悼念亡人的话:'我必定往他那里走去,但他却永远不再回到我这里来!'这话说得冷酷,酸心,但仔细一想,这却是谁也无法更改的事实。"

接着，她便讲了许多关于年轻人要注意健康成长的话："青年正处在发育成长阶段，一定要注意身体健康。现在社会上都很关心青年的体质，尤其是女青年，应当考虑到她们的生理特点。我建议报纸上要多为女青年说说话。周总理活着的时候，曾经多次说过，让青年懂得点生理卫生知识很重要，还亲自嘱咐过我，可惜我作为女人大代表、妇产科大夫，直到现在还没把总理的嘱托办好！"

半年后，她的病好了，出院后又去忙她的妇产科医务方面的事。想不到，两年之后我又再次在医院里见到了她。这次她的病情着实加重，时常处于半昏迷状态，但就是这样，她仍然时时刻刻地关心着我国妇产科医学事业，每天躺在病床上还让秘书将来信和书稿念给她听。

几天之前，邓颖超同志派秘书来探望她时，她还拉住赵秘书的手说："我从来不愿意走后门，但有一件事，想请你走走后门，能不能请邓大姐在可能的情况下，关心一下我在五届人大二次会议上提出的建立全国妇产科研究中心的事……"赵秘书拉住她的手说："这不叫后门，这本来就是全国人大应当逐件落实代表们所提出的各项议案的一桩公事。邓大姐早就将它交付有关部门去研究落实了！"后来我又听人说，她在临死前的梦呓中，还念念不忘地说："快快拿产钳来！又接生下来一个胖娃娃！"她醒过来之后，护士过来拉住她的手问："林大夫，您一生中接生了多少个孩子？"她闭眼想了想，摇摇头说："记不得了！记不得了，总有几万个吧……"后来有人帮她详细地计算过，大约有五万个。所以，作为她的福建同乡、中国科学院院长卢嘉锡在一首悼念的诗中说她："为中华妙手接生五万婴”。

一双手把五万个小生命接到人世间来，这该是多么伟大的业绩呀！被她接生下来的孩子，现在自己也有了孩子，孩子又有了孩子，在簇簇人流中，走着多少经她操心费力接生下来的孩子呀！有多少人为了感念她，起了“念林”“敬林”“仰林”的名字，这些人正走在来去匆匆的人流中。人们完全可以想象得到，在他们的心底里，是永远会保持着林巧稚大夫给他们开出的第一张出生证明的。

（原载2003年4月1日《新民晚报》）

性格明朗照人的茅盾

我平生无缘结识这位文学大师，只是在两次会上见到了他，听到了他的插话与发言。但仅仅这两次邂逅，便给我留下了终生难忘的印象。

一次，是1979年5月4日，在人民大会堂举行纪念“五四”运动六十周年的座谈会上。与会的人都是当年“五四”运动的参加者，记得有邓颖超、李维汉、许德珩、张东荪、杨晦、冯至等四五十人，茅盾先生也参加了。我作为记者，列会旁听记录。人们回忆起五四运动来，自然话就很多了，与会的人当年都正是风华正茂、挥斥方遒的时候，因此会上的气氛非常活跃。记得邓颖超还兴高采烈地问李维汉：“罗迈同志，你还记得我小超当年的样子吧？”

当时刚刚粉碎“四人帮”不久，极“左”思潮在人们头脑中还残留着浓厚的阴影。会上，有人在谈到当年北大学生热情澎湃、奋勇争先时，便不由自主地点数了坐在最前排的杨晦、许德珩等人，说他们都是当时奋勇当先首先冲进赵家楼、痛打卖国贼的人。后来，也有人忆及张国焘，他当时是北大哲学系的学生，好像当时表现得也很突出，于是那人惋惜地说：“只可惜，他后来跟随陈独秀，才犯了错误；如果从一开始便跟随毛主席，也不至于犯那么大的错误！”言者是为了表现自己的思想进步才这么说的；也许，他就是这样看待历史与个人的关系的。但会上人们听了，都不免感到有些太那个，虽然没有人会同意他这个意见，但有碍于种种关系，没有人愿意出来，或者不敢出来说不同的看法。这时，只有茅盾先生坐在一旁，一本正经地插话说：“那也不一定！”周围的人都惊奇地望了望他，茅盾先生神态坦然，但表情却一直很严肃。

一句话，便看出先生刚正直爽、明朗照人的性格来。会后，我跟许多人讲起这件事，大家几乎都当作故事来听，心中无不怀着钦佩之意。这虽然只是短短的一句话，虽然已经过去二十多年了，但我一直铭记在心里头。

另一次见到茅盾先生，是在这次会后不久，可能是1979年底或者是1980年初吧。商务印书馆举行建馆八十二周年社庆，地点也是在人民大会堂的一个厅里。这次参会的人很多，不下一二百人吧，凡是在商务印书馆里工作过的人，都被邀请过来。会议开过了一小会儿，茅盾先生方才姗姗来迟地走进来。他还是穿着一袭深咖啡颜色的长衫，手里拄着手杖，风度很是潇洒自如。大家一见到他来了，都站起来给他让座，他很随便地坐在靠边的一排长沙发上。

主持会议的人走过去，请沈先生也讲几句话。为了引起他的话题，主持人还做了一些提示，其中讲到为了办好这次活动，他们查阅了商务印书馆的许多历史档案，甚至将当年的工资表都找到了，上面有胡愈之先生，也有沈雁冰先生的名字。胡愈老当时的工资是八十块大洋，而沈先生却是二百多块，主持人谦逊地问，不知这是否与入馆前的学历有关？

茅盾听后，笑吟吟地说："我今天，不妨给大家讲讲我进商务印书馆的历史。大学毕业时，我的一个表叔正在北洋政府财政部里当公债司司长。那一年，财政部要印一批公债券，我表叔负责此事，便找到了商务印书馆北京分馆经理孙伯恒先生，这是一笔很大的生意，它可为商务印书馆带来相当可观的经济效益。商务印书馆的老板自然是很感谢我的叔父了，我叔父也便趁机要孙伯恒推荐我进了商务印书馆。因为我的推荐人来头大，他们自然便高看我一眼的了！"

先生总是那么爽快，开朗，心底无私天地宽，什么事都不想隐藏。像这样家庭出身的事，在那个时候人们是不愿意随处讲的。

我自幼就喜欢读茅盾先生的书，经过了这两件亲自耳闻目睹的事，更使我将先生书上写的与先生的许多为人处世、道德文章，尽都合二而一了。

（原载2003年4月3日《新民晚报》）

彻底的唯物主义者杨献珍

我在高级党校学习的时候，他是副校长，听过他的课，也到过他的家。后来他因“合二而一”的问题受到批判，文化大革命期间更进而一步地被关进监牢里，长达六年之久。粉碎“四人帮”后他获释，我又几次去到他家。从我与他多年的接触中，我深深地感到这位一生与哲学结缘的老人，确实是一个彻底的唯物主义者。

1959年春天，他去河南看望高级党校的下放干部。在省委招待所里，有人将省党代表会议上的发言材料送给他看。有一个县委书记的发言，让他大吃一惊。发言中说：“不虚报，就不能促进大跃进的形势；不虚报，就不能鼓足群众的干劲；不虚报，群众就脸上无光。”好家伙，一口气就数了七八个不虚报。在《自然辩证法研究通讯》杂志上还登有河南平西县的一篇文章，介绍该县有个地方已经达到亩产七千三百二十斤。于是，他便联想到去年他在高级党校院内种的七分试验田。他用了很多的肥，勤浇细管，耗费了九牛二虎之力，折合一亩地也只收了二三百斤麦子。这个平西县的一亩地，怎么能产七千三百二十斤呢？而且不止如此，报上还说有的地方亩产上万斤。这种虚报浮夸,在各级党的会议上风行得很,不仅没有受到批评,而且互相攀比助长。解放这么多年了,大家的唯物主义精神都到哪里去了?

于是,老人在几次大小会上,直言不讳地公开地站出来讲唯物主义,虽然明明知道这样讲会得罪一些人,甚至会招灾惹祸,但他还是说:"钢铁、粮食都是硬东西,说假话办不到。孙悟空拔根毫毛一吹,要啥有啥,这本领早失传了,没地方学了!"几番讲话,果然给他招来祸害,不久康生就把他找去当面指责,说他亵渎了"跃进的哲学和哲学的跃进"。为此,对他进行了十个月的批判,并撤了他的校长职务,改任副校长。

我去党校学习时,正逢他被降为副校长之际。老人并未因为遭贬就放弃了哲学,放弃了唯物主义。不久,他又因为坚持"思维与存在有统一性而无同一性"与"合二而一"的唯物主义观点,连续遭到了不同程度的批判与斗争,最后直至关进监牢里。

一次,我在采访中问他:"我看到毛主席在郑州会议讲话中曾说到,我党的理论水平还须不断提高,大家还都在楼下,只有杨献珍同志在楼上。不知道,毛主席讲这话是什么意思?"他苦笑了一声说:"是在挖苦我呗!"接着,他又自嘲地说:"人们都说,不遭人妒是庸才。我则以庸才而遭人妒,确也是世间所罕见的!在学术界中曾有人说我是个冬烘先生,最多只能捧一本经典著作领读。我实际上,也就是领着学生读《唯物主义与经验批判主义》的冬烘先生。就这么大的本领嘛!"

他这么一说,我倒仔细认真地打量起老人的相貌来。在我的理念中，哲学永远是高深邃密的、机敏睿智的、千古灵性的，像他这样一生与哲学结缘并已攀登到了一定高度的人，定然有着与众不同的相貌举止。可是，我不论怎样寻找，也没看到他有像苏格拉底式的那样藏聪纳智的饱满前额，也没有看到像伏尔泰那样闪着智慧光芒的眼睛，也没有像卢梭那样显示着时代性格的棱角分明的嘴唇。他平凡得无法再平凡了，就跟朴实敦厚的乡间老人一模一样。理念与现实有了碰撞，产生了难以想象的差异，怪不得有人说他像个冬烘先生哩！

可是往深处里一想，老人也确实应该就是眼前这个样子。因为，真理本身就是朴素的；唯物主义真理，更是像眼前这位朴素老人一样的朴素。为了证实一下我的想法，我把报社刚刚出的一份内参拿来交给他看，内参上详细地报道了某地一个特异功能的人，不但耳朵可以识字，而且，药瓶不用打开盖子药片就可以顺着那人的手流出来，当场有许多人在旁边亲自做了验证。我问老人对于此事有何看法，他毫不犹豫地说："如果这是真的，唯物主义还灵不灵了？"那时，全国有七八十家报刊，都在不同程度上宣传了耳朵识字的特异功能，电视里也播报过这类的事，有不少科学家、理论家、医学家也认为人体确有此种尚未被人们认识到的特异功能，只是潜在着尚未开发出来而已。持不同看法的人，常遭奚落和围攻。有些高校教师不仅带头相信，而且竟有一所大学正儿八经地办起了气功学院和东方气功系，招收了学生。

说着，杨老拿出马恩著作对我说，一百年前恩格斯活着的时候，就有一些心灵学家用穿墙而过、桌子跳舞、人体悬空、意念致动等障眼法而诘难唯物主义。因而，恩格斯早在当年便在书里说得清清楚楚："降神术士毫不在乎成百件的所谓事实已经暴露出是骗局，成打的所谓神媒也被揭露出是一些平凡的江湖骗子。除非把那些所谓奇迹一件一件地揭穿，否则这些降神术士仍然有足够的活动地盘。"杨老最后对我说："我们这些相信马列主义的人，如果连这些魔幻之术都识不破，还叫什么唯物主义呢？"

（原载2003年4月4日《新民晚报》）

千古奇冤的吴晗

我认识吴晗，也是在高级党校的课堂上，他给学员们讲明史，大家对他的印象都很深。不过，在此之前我已听过了他的一次学术报告，印象也很深。

那次学术报告是1961年，是在民盟北京市委于中山公园中山堂里举行的一次关于曹操历史评价问题的报告会上。我第一次见到这位北京市副市长、著名的历史学家，那时他五十多岁，英气勃勃，身穿浅灰色中山装，戴着精致的细边细框眼镜，额头宽宽的，两腮鼓鼓的，脸上总是愉快地含着微笑，充满着自信。当时，正是郭沫若的新编历史剧《蔡文姬》上映和为曹操翻案的文章相继发表之后不久，社会上的舆论正在纷纭嘈杂之际。因此，大家很想听听这位官、学两界都很走红的人物的看法。记得当时，他的报告还是很公允的，没有随风一边倒。他既充分地肯定了曹操的文治武功在历史上的贡献，但也指出了曹操几次屠城和嫉杀知识分子的残酷暴行。我很赞赏他的这种学术态度和为人品格。

1962年，他到高级党校来讲明史。教程是断代史的格局，在其先后讲其他几个朝代历史的教师，也都是历史学界的权威人士，例如，讲宋史的是邓广铭，讲元史的是韩儒林，讲清史的是郑天挺，等等。这些史学大师讲课的风格虽不相同，但相同的是，学识都极为渊博，表述得都极为文雅风采，很让人增长见识，大开思路。所不同的是，吴晗的讲话则更为自信。当讲到元末农民起义的“红巾军”时，他说，在当时就曾有人对这支队伍称呼为“红军”，与我党所领导的红军是同一个名称。他说，他写明史时就称红巾军为红军，因为史料中有这样的记载嘛！国民党的审查官们看后说：“你将‘红军’改为‘红巾军’就给你出版，不改就不能出！”我说：“坚决不改！能出就出，不出拉倒！”

此后不久，就出了《评新编历史剧〈海瑞罢官〉》的事。“四人帮”假借《海瑞罢官》为名，无辜陷害正直的文化名人吴晗，并以这个题目作由头，掀开了文化大革命的序幕。而对吴晗进行迫害的罪名是：“为已罢了官的右倾机会主义分子翻案”。这不仅是巧立名目，牵强附会，而且是东拉西扯，与事实根本对不上号。当时，关锋、戚本禹等所利用的一张有力王牌，就是胡乱地引用了作为最高指示的一段话：“《海瑞罢官》的要害问题是‘罢官’。嘉靖皇帝罢了海瑞的官，一九五九年我们罢了彭德怀的官。彭德怀也是海瑞。”（见《红旗》1967年第9期社论）这真是欲加之罪，何患无辞！不仅新编历史剧《海瑞罢官》与庐山会议上罢彭德怀的官联不上，就是在历史上，海瑞的罢官也是与嘉靖皇帝联不上的！嘉靖皇帝于公元1566年去世，而海瑞做应天巡抚是在隆庆三年，即公元1569年，所谓的罢官也是在那一年里发生的事。死去的皇帝，怎么能罢免活着的巡抚的官呢？历史上根本没有嘉靖罢海瑞的官这码子事。

那么，是怎么又把二者给阴阳颠倒、东扯西拉地联系上了呢？原来，嘉靖晚年沉迷于黄老之术，每天被那些老道与术士们给胡缠住，一天到晚忙于求神炼丹，将朝政全都荒废了，群臣中有奏本的皆受到迫害，无人再敢言及此事。独海瑞毫不畏惧，写了一本《直言天下第一要务书》呈奏给嘉靖，嘉靖皇帝大怒，将其下狱长达一年之久。

隆庆皇帝继位之后将海瑞放出，不仅官复原职，而且一年之内三次升迁他的官位，由六品的主事升到四品的大理寺少卿。后来，海瑞奏本要辞官还乡去侍奉居住在海南的老母，隆庆皇帝不愿他辞官，特将他委派到江南任职，为的是让海瑞可以在江南地暖之处侍奉老母。隆庆是非常爱惜海瑞的，即使海瑞连遭谗言攻击、朝中大臣皆言要撤海瑞官职时，皇上也只是给他调换了个闲职差使，任江南粮储提督，论品级还是略微提升了一点呢。根本没有哪个皇帝给他罢官一事，更不要说那个早已逝世了的嘉靖皇帝了。后来，是海瑞不愿意有职无事地干拿朝廷俸禄，再次提出要辞官归家伺母，隆庆还是一再挽留，挽留不成，让吏部暂准其归养，嗣将来母故后再以相同品级官位复职，就像晋武帝对待写《陈情表》的李密一样。

“四人帮”一伙绞尽脑汁迫害吴晗，颠倒历史地给吴晗上纲上线，让吴晗蒙受了有口难辩的千古奇冤，同时，也让海瑞跟着倒了霉。“文革”期间，被视作罢官翻案的“罪魁祸首”的海瑞，连坟墓也被红卫兵给刨了，直到粉碎“四人帮”后，其坟墓才又得以重新修复。

（原载2003年4月2日《新民晚报》）

历史有机会让我写出第一本《马寅初传》

我是1979年夏天到马老家里采访时认识他的。当时，中央正在准备为他平反，使一座压在马老头顶上二十多年的沉积冤案得以昭雪，这对于一位差两年就进入百岁的老人来说，该有多么重大的意义啊！我记得，当时老人的情绪是很激动和振奋的，虽然他的下肢已经完全瘫痪，听力减退，说话也很费劲，但是兴奋灶又活跃地燃烧起来，为阴翳遮蒙住的眼睛又闪动出明亮的光彩，而颊上有时还浮现出笑的涟漪。我告诉他，报社收到很多读者来信，很多人都为老人经过这样长时间的含冤迫害还能健康地活着，今天能以偌大高龄亲眼看到冤案得到平反而高兴，都衷心地祝愿他长命百岁，再活一百年，能为祖国的四化建设多出些好的主意。老人听后，满脸笑容，一再让我们向广大读者转达他的谢意。

那是一个仲夏的黄昏，淡黄色的阳光从老人窗前的葡萄架的叶隙中洒落下来，地上铺满着斑斓错乱的影子，有阵阵花香不时地飘忽过来。马老兴致很浓，愉快地接受了我们的请求，要家人将他的轮椅推到窗外，让我们给他拍了一张全家的合影照。回到屋内之后，他又与我们谈了许多话，问我是什么地方人，哪个学校毕业的。当他知道我也是学经济的之后，更是显得兴奋，告诉我说："学经济的一定要研究人口问题！过去经济学只研究生产，不研究人口问题，吃了大亏。人口过多，拖了机械化的后腿，也给四化建设带来很大的困难。再不解决人口问题不行了！"

老人是在人口问题上栽了跟头，蒙受二十多年的冤屈。1956年和1957年，他先后两次在报上发表文章，以后又在人大会议上发言，提出要控制人口发展，实行计划生育。但是，他的远见卓识却被当成马尔萨斯的反动谬论。金玉良言被误解为"攻击三面红旗"，遭到连续两年多时间的大规模批判、斗争，最后迫使他辞去北大校长职务。

当他被围攻得最沉重的时候，许多好心的朋友，包括周恩来总理在内，都劝他出来认个错算了，不要再坚持论战了。他对周总理是非常敬重的。抗战时期，他因反对蒋宋孔陈四大家族大发国难财，提出征收战时财产税的主张，遭受到蒋介石的迫害，将他关进上饶集中营里长达两年之久。周总理在重庆多方呼吁营救，对马老家属也给予多方面的关照，为了制造营救马老脱险的氛围，重庆大学学生会发起给马老举办"遥祝马寅初六十寿辰大会"。会上，《新华日报》和周恩来、董必武、邓颖超等人都送了寿联。《新华日报》的寿联直言不讳地赞扬了马老铁骨铮铮的品格，揭露了国民党对马老的迫害，其词是："不屈不淫征气性，敢言敢怒见精神"。后来，蒋介石迫于社会舆论的压力，不得不将马老由狱中放出。因而，马老对于周总理一直是怀着知恩图报的敬佩精神的。这一次，他同样是心中感激不尽的，深知总理的一番好意，但是感激之中又考虑来考虑去觉得很难从命，因为他认为："学术问题贵于争辩，真理愈辩愈明，不能一遇到袭击，就抱明哲保身、退避三舍的念头。应当知难而进，决不应当向困难低头！"当然，他也因为自己有拂总理这番好意做了这样的选择而心里很不好过，但是斟酌再三，还是决定要义无反顾，坚持出来应战，他写文章说："我虽年近八十，明知寡不敌众，自当单身匹马，出来应战，直到战死为止，决不向专以力压服不以理说服那种批判者们投降。"

访问中，我还见到了马老给他在重大教书时的一个学生在照片背面的题词："粉身碎骨全不顾，要留清白在人间。"简短的两句话，如见其人，如闻其声。

访问归来后，我怀着像对哥白尼、布鲁诺那样崇敬的心情，先后写出了《马寅初老先生访问记》和《记人口学家马寅初》长短两篇文章。越写，越为马老那足以堪称"中华民族脊梁骨"的伟大人格所感动，后来又通过与马老多次接触，直到其死时为止，并在马老家属的大力支持下，前后共用了八年多的时间，写出了国内第一部《马寅初传》，于1986年3月出版，为此心中感到无比的欣慰。其后不久，又有新华社记者杨建业，还有马老的女婿许汤莘等人写出的《马寅初传》出版。马寅初的事迹感动了一代又一代的人。

（原载2003年4月5日《新民晚报》）

咬定青山不放松的孙冶方

我认识这位在生前被授予“优秀共产党员”称号的著名经济学家，是在1961年国家想尽办法医治“三年自然灾害”创伤的时候。在此之前也多次听过他的报告，并听说他在1959年人们挨饿吃集体食堂的时候，他签署了一份报告呈送中央要求取消大食堂。当时正是人民公社化热火朝天的时候，谁都不敢说话，唯恐被戴上右倾机会主义的帽子，而他却敢言人之所不敢言，奋不顾身地将报告呈递上去。结果效果是非常的好，报告呈上之后中央同意他的意见，下令取消集体食堂，不知让多少人因此而从饥饿中得救。

那时他才五十多岁，生得清癯精爽，轮廓清晰，尖尖的鼻子，深陷的眼窝，再配上那身总是那么合体的西装，很像是个俄国人，特别是他的俄语说得又那么好，与苏联专家坐在一起讨论问题的时候，更是让人难以分辨。那时候，我在银行里工作，这次我去见他是受陈穆副行长的指派，请这位经济研究所长来银行，共同讨论如何医治国内商品奇缺、市场货币流通量过大的问题。他听到邀请后，脸上露出一丝满意的微笑说：“看起来，你们实际工作部门也开始觉得有需用我们这些做理论研究的人了！”后来他参加了会议，提出来些什么宝贵意见，我因为不够资格参会，也就不得而知了。

文化大革命期间他因受迫害而锒铛入狱，长达七年之久。在狱中，没有笔，没有纸，他就用腹稿的形式撰写出一部长达二十一章一百八十三节五十余万字的《社会主义经济论》来。从古到今，从结绳记事到象形文字，有谁用过这种方法写出如此大部头的一部书呢？人们都是把智慧的火花、偶然的闪念、拍案的警句、巧妙的构思，随时随地记在本子里和卡片上，然后把那一捆捆的笔记本和卡片，用精制的缨络严密奇巧地串联起来，形成一部巨著。但是狱中不仅没有纸和笔，连可以打结的绳子都没有。他必须写货真价实的腹稿，把经济学领域浩瀚无边的事与理，一字一句地刻写在脑子里。真是难呀！一章有分析、有见解、有情趣的腹稿写完了，再去构思下一章而想引用前面的某个结论时常常会发现，已经做好的文章全部不翼而飞了。怎么办呢？重新再作第二遍，青蚨飞去又飞来，第二遍忘了再作第三遍。最后，当全部书稿都滚瓜烂熟地藏在肚子里随便就可以掏出任何一章一节时，你知道他共写了多少遍？我告诉你一个惊人的数字，他前后共写了八十五遍。这是何等惊人的毅力呀！古往今来，有过这样的著作家吗？

文化大革命后，我多次地采访了他，几乎成了他家的常客。他一出狱便对来接他出狱的工宣队说的话，“我是一不改志、二不改行、三不改变观点”，一经我在报纸上报道出去之后，便得到了广大读者的强烈反响，他每天都要收到大量的来信，我也常将报社收到一些来信转给他。他几乎是每信必答，特别是那些年轻的读者。

他说:“我对青年有着特殊的偏爱。”

他喜欢对学术问题进行指名道姓的公开论战,因为学术问题越辩越明,指名道姓才有针对性,那种含含混混,谁也摸不清对方观点的论战,就像京戏里的《三岔口》似的,争斗了半天也没摸清对方问题之所在。当然,像过去“四人帮”那样无限上纲,将人一棍子打死,对学术争鸣也是很有害的。在一次学术讨论会上,他与于光远都坐在主席台上,我见到他将一张字条悄悄地递给于光远同志。会后我问他是什么条子,他笑嘻嘻地对我说:“我给光远同志出了一道算术题。”我问他是什么算术题,不用说,我对此事是很感兴趣的。因为,这位学风严谨的大经济学家,常因不懂数学而苦恼,常常谦逊地说自己是“数盲”,今天怎么在会场上演算起数学题来了呢?他神秘兮兮地说:“是8+2=10。”我诧异地说:“这算什么题?”他说:“我和光远同志在八个经济理论问题上有过争论,我想约他再争两次,凑足十这个整数!”

后来,他果然带头与于光远在两个理论问题上进行了争论探讨。直到他病危时间,他还争着要看于光远同志的答辩文章呢。

有如此学风的学者,古今中外还真是少见呢!

(原载2003年4月7日《新民晚报》,后以《孙冶方印象》为题编入沪教版《初中语文教材》)

一代学者风范的薛暮桥

死为星辰终不灭，光如霁月照人寰。

一代经济学界的泰斗薛暮桥同志逝世，为人们留下了多少高山仰止、景行行止的沉痛思念。先生的人品风格，道德文章，永远长留在人们的心目中。有人让我为其编写一副对联，我就脱口而出地写出了上边那么两句。

我与暮桥同志的接触不多，而且仅限于文字往来方面的事，但仅这也有几十年的时间了。最初，是在文化大革命刚刚结束时，报上需要组织一些有分量的揭批“四人帮”罪行的文章，我是负责经济学方面的，自然也就与众多经济学家发生了联系，一方面是采访报道，一方面邀请他们挥毫动笔，特别是像薛暮桥、于光远等这些知名学者、文章大家，更是约稿的首选。

第一次到暮桥同志家里造访时，他还住在王府井附近的虹霞公寓里。记得是报社收到了一篇稿子，讲到解放初期不法资本家和奸商暴利之徒，趁我刚刚进城经济基础还很薄弱、国民党遗留下来的恶性通货膨胀还未能彻底制止之际，想要兴风作浪，囤积居奇，哄抬物价，扰乱民生，破坏我刚刚建立起来的人民政权。问题很重要，但是许多来稿则都语焉不详，于是经领导研究决定，想请解放初期身在经济部门重要领导岗位上的暮桥同志帮助给充实丰富，修改提高。傍晚时分，我敲响了他的家门。知道他刚刚吃过晚饭，时间还有空余，于是便开门见山、直截了当地说明了来意。我去时心里还打鼓，拿这样毫末之事来烦扰这位著名经济学家不免有些唐突。意想不到，暮桥同志态度竟是非常的谦逊随和，热情和蔼，不以事小绪繁而推托，更不因身份不同而矜持。他拿过来稿看了看，不仅答应帮助给充实充实，而且还满怀兴趣地给我讲述了当年在经济战线上这场你死我活斗争中许多动人的事迹。其中有两件事是我过去闻所未闻的，非常生动有力，深刻鲜明，多少年来我一直牢记心中，写文章时也不断地引用。直到今天，暮桥同志讲话的音容笑貌，还音犹在耳，记忆犹新。

第一件事，是说当时那些不法资本家嚣张跋扈，不把我们国营经济放在眼里的得意忘形的心态和口气。当时，在他们中间曾流传过这样的说法："共产党军事上打100分（将国民党八百万军队都给打垮了），政治上打80分（讲统一战线），经济上只能打0分。"

第二件事，是1952年春，我们在经济上摧垮了不法资本家哄抬物价、囤积居奇、扰乱市场和民心的不法行为之后，私人工商业普遍感到银根吃紧，资金短绌，特别是那些私营金融业，因为当初他们都在不同程度上以资金支持过投机倒把活动，现在都已陷到资金困顿、周转不灵的沼泽地里，有些已经是瘫痪或半瘫痪了。这时，我们党及时地提出扩大信用、放活资金、调整工商业的政策，对于私人工商业，其中也包括私营金融业，要给予贷款支持，以便充分发挥他们有利于国民经济的一面。由于调整政策贯彻及时，使濒临绝境的私人工商业很快恢复了正常的生产经营活动，有些资本家深有感触地说：“共产党真有能耐！当你做不法行为时，他有本事将你打倒在地；当你不行了的时候，他又会做人工呼吸，把你救活过来。”有一次陈毅市长从北京开会回来，传达贯彻中央调整工商业政策已使上海市场又呈现繁荣兴旺景象时，曾生动地引用了李白的两句诗，说我们当前的形势已是：“两岸猿声啼不住，轻舟已过万重山。”座上的人无不拍手称快，都交口称赞陈毅市长比喻得好，赵朴初当场即兴赋诗一首说：“将军妙语绝人寰，江南四月不等闲，两岸猿声啼不住，轻舟已过万重山。”

听后，我深感暮桥同志的学识渊博，阅历深厚，在经济学的理论与实际两个方面和这两个方面的有机结合上，都有着非常人可以攀比的高度和深度，令人深为钦佩敬服。

我再次去到虹霞公寓时，是请暮桥同志根据编辑部的意见，修改他写的一篇很长很长的、准备在报上连载的文章。我记得当时提出要修改的地方很多，我深怕作者会感到厌烦，拒绝接受修改意见，像这样的事在一般的作者面前我都碰见过，而今天是拿到如此德高望重的学者面前。我提心吊胆地把意见提出来，心里早已做好遭磕碰的思想准备，说实在的，若不是领导坚持，我是不愿意找这个麻烦的。然而，再一次出乎我的所料，暮桥同志仍然是谦逊待人，一点也没有大学者的架子，非常细心地听我把问题一个个地提出，详细地记到本子上，而后和蔼地说：“我会尽量地根据你们提出的意见做些修改，只怕修改后也未必能够令人满意。”听他这么一说，我心里一块石头落了地。

通过这事，使我益加深深地感到暮桥同志的高尚品格，真如古人所说的：“愈高益卑，盛德若不足。”

几天之后我去取修改的稿子，他一如既往，仍是那么耐心地将修改过的地方一一指给我看。当然都是完美无瑕、精雕细刻之笔，让人更加钦佩。最后，他还认真地指出一处对我说：“关于五十年代初，私营工商业与国营企业是否同税率的争论，我还把握得不很深透，你去找找吴波同志，他当时主管这方面的工作，请他帮助给修改一下！”说过，他拿出一个纸条子，上面写着吴波的地址。

吴波曾在中国人民银行和财政部里工作过，退休前是财政部部长。他曾经做过我的老上级，而且他的夫人邸砺又是中国电影学院院长、著名电影演员，我是很乐意借此机会去见见他。我按照纸条上的地址，找到吴波家里。当我把来意说明后，吴波不仅很乐意接受暮桥同志的委托，帮他修补那段文字，而且还同他的夫人一起，详细地向我介绍了暮桥同志的许多动人事迹。他们都称赞暮桥同志是位很了不起的经济学家，有卓识远见和运筹帷幄的能力，是经济界里难得的人才。在革命战争期间，他对华中根据地和山东解放区的经济建设，做出了重大贡献。当时山东地区发行的北海币，是各解放区里币值最稳定的一种，在与敌伪货币作针锋相对的斗争中，他们做得最为精采，连到解放区里去的一些外国经济学家，都感到是个奇迹。

暮桥同志文章在报上发表后，在社会上产生了强烈反响，读者纷纷来信称赞表扬，外电也有评述，国内外报刊多有转载。

以后逢有重大活动和新的经济政策出台，我们都去请他写文章，他从不拒绝，只要时间上能抽得出空暇来，他都尽量地满足我们的要求。

顺便补一句，他的夫人罗琼同志也是一位非常和蔼可亲的人，每次见到我们去到他家，都是热情接待，工作上给予密切的配合，虽然她在全国妇联里面担任很高的职务，但丝毫没有一点架子。

今天，那颗高尚的灵魂已经飞向遥远的火星国，但它那闪闪发光的轨迹，永远不会在鸿蒙太空中消逝，人们永远会记住他那充满着真知、善良的学者风范。最后，我想用悼念我国另一位卓越的经济学家孙冶方（他与薛暮桥是堂兄弟，两人曾长期地并肩作战和一起攻研经济学理论问题）时曾引用过的一段诗文，来结束这篇悼念的文章。

云山苍苍，江水泱泱，
先生之风，山高水长。

一个伟岸的学者风范形象，永远树立在我的眼前。

（原载2005年8月10日《中华读书报》）

百岁经济学家陈翰笙

人们可能还没太注意，我国当代著名的经济学家中，几乎多半是无锡人，像薛暮桥、孙冶方、钱俊瑞、秦柳方、张锡昌、王寅生、杨荫溥、钱荣堃、薛葆鼎等经济学界的巨擘，都是无锡人。这是历史的巧合呢，还是有些什么特殊的根源呢？

要说原因，除了无锡是现代社会经济开化和发展较早的工商业城市这一地理因素之外，也与被称之为当代经济学家之父、马克思主义农村经济学先驱的陈翰笙出生在这里，活动在这里，有着直接的关系。

陈翰笙出生在无锡一个书香门第，在美国获得博士学位后，受蔡元培的邀请到北京大学任教授，后经李大钊介绍，加入共产党。1927年大革命失败后，有些人对于中国的新民主主义革命性质产生动摇，有人提出了“亚细亚生产方式”的理论，认为中国社会是一种特殊的经济结构，西方经济传输到中国后，中国会自动变成资本主义生产方式，不必进行新民主主义革命。陈翰笙为了破除这一理论误区，决定在中国农村作一系列的社会调查，用活生生的现实资料来证明中国的社会性质。为此，他找来一大批进步青年，一边为他们讲解和辅导《资本论》，一边组织他们去农村做社会经济调查，这其中就包括了前面所列举的那些经济学家，此外还有江浙一带的其他青年，如孙晓村、姜君宸，张稼夫、骆耕漠、狄超白、吴大琨、千家驹、冯和法、石西民、徐雪寒等。解放后，这些人都成了国内著名经济学家和国家经济部门的负责人。当时首选的调查地点，就定在无锡的二十几个自然村里。后来，他们依据大量的实地调查材料，分头写出了一系列理论文章，用大量无可辩驳的事实，科学地阐明了中国的社会性质。这样，无锡便成了当代经济学家的摇篮。

我见到这位革命老人，是在1978年刚刚粉碎“四人帮”后不久。那时，他已经是八十多岁高龄了，他一面做社会科学院的顾问，主编几百万字的《华工出国史料汇编》，一边给十几个青年补习英语课。我见到他时，他正在小四合院的西厢房里，靠着一张简朴的饭桌作课桌，一手摇着大蒲扇，一手翻动课本给学生讲课，就如同旧社会的村中私塾先生一般。这样一位文化名人，在这样简陋环境下做这样平凡的事，当时就使我大吃一惊。后来听说，他给青年讲英语课，已有六七年的历史了，早在1972年他从干校回来在家赋闲时，便当上了这义务教员。在这些学员中，有些是被打成特务、叛徒、走资派的干部子女，其中，包括刘少奇的两个女儿。很多人怕他为此而招来风险，劝他找个理由把那些青年辞掉算了，但老人却九死而不悔，他认为，越是在这样艰难环境下，越是应该给这些青年及时补上课程，不能让他们荒废学业。

陈老先生生活非常简朴，房子里陈设朴素简单，除了两把藤椅外，只有一个用了几十年的沙发。身上穿了一件旧式对襟棉袄，内衣内裤也是洗了又补，补了又洗的。吃得也很简朴，只要一两碟小菜就很满足了。直到七十年代末，他家里还没有电视机，照顾他生活的一个妹妹说，在阿哥这里住，是要六根皆净的。他幽默地对我说，岂止是六根皆净，我是七根皆净。他说着，含笑地指了指自己的头发，开始时我还不大明白，半天之后才醒悟过来，他是指自己的头发早已都脱掉干净了。

老人一直活到一百零五岁，可以称得上是人间老寿星了。我想他有如此大的高龄，与其善养自己德性，善养自己的浩然之气，有着很大关系。孟子曾经说过："吾善养吾浩然之气！"孟子就是一个很高龄的大圣人嘛！

（原载2003年4月6日《新民晚报》）

亲自为我题辞的刘白羽

8月24日是刘白羽同志逝世的周年忌日，他的音容笑貌一直留在我的记忆中。至今每与朋友闲话时，我还经常提及白羽同志说过的那句话，以作为鼓舞别人也鼓舞自己的名言。

我的家在东北老区，还是小学生的时候，就常看到刘白羽在《东北日报》上发表的那些战地通讯，留下深刻的印象。后来读中学的时候，语文课本中有他的散文《长江三日》，喜之深，爱之切，一直将它作为我写作的范本，每次写文章时，总是将它拿出来翻看翻看，以便从中获取一些感悟与启迪。

我接触白羽同志是在1987年。当时，一些传记文学作家在海南岛聚会，会上有人倡议成立一个传记文学协会，以促进传记文学的发展。这一倡议一提出，立刻得到与会者的普遍响应与一致通过，并责成我与另外两个同志起草一份“发起宣言”。在起草宣言过程中，大家发现，要组建这么一个团体，没有一个有声望有号召力的人牵头是不行的。推举谁好呢？大家几乎没作深入探讨就异口同声地统一了意见，都认为刘白羽最为合适。因为大家都知道，他当时正在写一本朱德的传记，而且为了这部传记，他埋头伏案多少个灯火星夜，激情燃烧于历史风云之中。那种对于传记文学的钟情热爱、孜孜以求，是令人非常敬佩的。于是，当下里便打电话与白羽同志联系。出乎意料，他不仅立刻应允，而且还专门写了回信，明确表示他对组建传记文学协会寄予厚望。

我们在起草宣言的时候，都感觉缺乏几句响亮的语言，或者说是震撼人心的口号，可以使人一读立刻心头一热，信心倍增，于是再度打电话给他，很快他就来了信，信中说；"如果说今天是从过去延伸而来，那么未来正从今天开创。一部好的文学传记，不但寄托了我们对一个巨人的敬仰之情，而更重要的是，它能用火热的历史充实今天我们的心灵。传记文学，能够给人以伟大和崇高。"大家读了信无不拍手叫绝，马上就引用了他那句"传记文学，能够给人以伟大和崇高"，作为这篇宣言的主旨与核心。

回到北京后，我与一个老编辑去到刘白羽家看望。他的家里宽敞雅静，但是略显简陋，也有点阴冷。他一个人静静地俯在桌案上，提笔凝神地构思文章。我们的造访打断了他的思路，感到不好意思，忙向他道歉。他浅笑着摇摇头，说："有什么好打扰的，我最近身体不太好，正写不下去呢！"我们担心他的身体，劝道："您这么大年纪了，著作等身，文章盖世，应当搁笔歇歇了！"他听后，却非常认真地对我们说："我不能搁笔！人就像一台机器，一直飞快地运转，如果突然刹车，非把机器损坏了不可。我过去的弓弦拉得很紧绷，不能骤然放松。那样，会把弓弦弄断的！须得慢慢地把弓弦松开。"

这几句话给我留下极深的印象,从此,我就拿这句话与一些老朋友互相勉励。

白羽同志以后一直很热心地关注传记文学协会工作,给予了许多好的指示,我们还请他给协会题字。他的书法很好,字如其人,清秀隽削,但他却轻易不肯示人,是我一再恳求,他才写下:“发展传记文学事业,弘扬革命传统作风”。这个题词墨宝,一直保存在我的身边,以作为他对我的奋勉和鼓励。

白羽同志身材高大伟岸,面目清秀开朗,说话文雅平静,待人和蔼慈祥,打那以后,我再也没有在别处见到这样无与伦比的长者风度了。

(原载2006年第8期《老人天地》)

她在讲述自己的童年

每个人都有自己的童年。

“外婆，你也有童年吗？”“我，我也……假如我有过童年，那么它便是一朵未曾展放过的小花！”

一个七十多岁的老奶奶，对着绕膝的三岁小外孙讲述自己像云烟飘渺的已逝童年。那里有许多眼泪，也有许多仇恨、侮辱，还有鲁迅那救救自己孩子的声音。后来，她便把自己的讲述写成了一部挺厚挺厚的书，书名叫作《盐丁儿》，还获得了儿童文学作品的头等奖，孩子们都爱看这本书。

这位年逾古稀的老奶奶，便是著名的剧作家、演员、儿童文学作家颜一烟。五十年代的青少年，差不多都看过她创作的电影《中华女儿》（又名《八女投江》）；六十年代的青少年差不多都看过她写的中篇小说《小马倌和大皮靴叔叔》（后来改编成电影《烽火少年》）；可惜，今天的青少年已很少有人知道她的名字了，若不是这本《盐丁儿》又勾引起几代人的回忆与联想的话。因为在那动乱的十年里，她和她的家庭受到迫害，失去了给青少年写作的条件。

我很早就熟悉这个名字，并且还和她有过较多的接触。我念中学时，班里要排一个剧，没有剧本，大家便分头去翻找报纸杂志，我从《鸭绿江》杂志上找到了一个五幕话剧《东北人民大翻身》，执笔的就是颜一烟。后来，我们又演出了《如此正统军》和《血泪仇》等剧，剧作者、改编者都是颜一烟。因此，这个名字便在我的脑子里留下了很深的印象。1950年我进了大学，一天，听人说《中华女儿》作者到了我们学校，因为她的丈夫是我们学校的教务长。我们马上跑过去找她，请她给我们讲讲《中华女儿》的创作过程。我记得，她还给我们题了词。

今天，在北京电影制片厂的家属楼里，我再次地见到了她。她可不像过去那样穿着军装、扎着皮带、精精神神的一个女人了。啊，三十多年过去了！人能不老吗？她用老年人那种沙哑的声音对我说："我早有过愿望，要把我的童年写出来，让青少年们看了能更多地了解过去，激发他们对党、对社会主义祖国和对今天生活的热爱。但是在过去我总想，趁着现在还能活动，就多在外面跑跑，深入生活，写些当代题材的东西。等在外边跑不动了，再动手写这自传体小说。近来，健康状况越来越不好了，再不写以后就更困难了，这才决心在我的小外孙——芃芃过三岁生日的那天，动笔写了第一个字，而且一边写一边给他讲。于是，这个聪明可爱的小家伙，就成了我的第一读者。"

书印出来了，中国少年儿童出版社给她寄去五千元稿费，她说什么也不要。她说："我写书是为了孩子，不是为了钱！那么，这些钱就用于孩子们身上吧！"在她的一再坚持下，这钱的一部分赠给盲童，一部分赠给官园儿童活动中心，还有一部分买了一千多册书，赠送给小朋友心目中的英雄——身居国防前沿的解放军战士。

颜一烟是抗战前就参加革命工作、三八年入党的老同志。她曾经在战壕里、行军途中、土改诉苦会上，构思和写作了五、六十个剧本，百十余篇小说。现在，她虽然已经成为两鬓苍苍的老奶奶了，身上早已看不到跋山涉水的沾衣征尘了，可是她，却依然保持着浓厚的战争年代里的气息和作风。穿着极为朴素，就像一个农家里的普通妇女。屋子里除了一张桌子、一把椅子外，连个简易沙发都没有。我们这几个来客，只好坐在小木凳上。我们问她："您的工资不算低了，为啥还过着这样俭朴的生活？"她就像一个孩子似的，憨憨地笑了笑，没有解释，好像也无需解释。

"我这样生活惯了，感到现在已比战争时期的物质条件优越得多了，生活上没有感到还有什么更多的需要。再说我也没有时间，去置办家具，我要给孩子们写书，写出好多好多的书！"她还笑着说："单位里的人，都说我是个怪老太太，出差时放着软席卧车不坐，非要坐硬座！"她是北京电影制片厂的一级编剧，按照制度规定，她因公出差可以享受软卧待遇，但她从来不坐。她说："过去下去采访，不论是到农村也好，下连队也好，总是背上行李卷儿说走就走，一二百里地也不例外，从不用车。现在比过去好得多了，何必去坐那软卧呢？"

我看看她的神态，总是那么怡然自得，安详平静得像一湾秋水。

（原载1986年6月1日《光明日报》）

琼瑶的乡情、友情、爱情

一

我从一个朋友那里，得知琼瑶将要来访问，是作家出版社邀请来的，下榻在建国饭店，房间已经预订好。

这消息使我产生浓郁的兴趣。因为琼瑶的书很有魅力，吸引了一个相当广泛的读者群，不仅是中学生，不仅是那些热情奔放、喜欢编织美妙幻想的少男少女，也包括理智型的、非常懂得区别、懂得隐讳的成年人。一个由台湾到港澳再到大陆的琼瑶热，不是偶然的。

爱屋及乌，人们既然那样喜爱她那感情真挚的爱情故事和行云流水一般的文笔，自然也对编织了那么多美丽的爱情梦幻的作者，产生一种新鲜的、奥妙的、谜一般的感觉，都有窥视她一下的强烈愿望：她，是怎样一个人，为什么能够酿制成这许多甘醇？一位艺术大师曾经说过："艺术，就是所谓静观，默察"，如果有机会静观和默察这样一个谜一般的人，不是很有意义的事吗？何况我相信，许多的读者也都有这个兴趣，都会关注我们这番静观和默察所得到的印象，感受到一些新的信息。

为此，我还专门邀了小金同志，因为，她是个女记者，女人和女人的心是比较容易沟通的；而一般地来说，男人的思维则比较粗犷，感情比较生硬，体察不甚细致，特别是有了一定年龄和职务的男人。我想，我们俩将凭借两双采光完全不同的眼睛，才能够得以看到更多的侧面和更多的内涵。

我们打电话向建国饭店联系过几次，终于约定了见面的时间。那时，正好是我们刚刚脱去冬装换上春装的季节。在敲响房门的时候，不知怎的，我的心情一直是很紧张的；更确切地说，一直是很兴奋的，因为，马上就要见到那样一个既可想象又无法想象的人。

开门了，走出来一个女人，四五十岁，我说是四五十岁，因为我对港台人的年龄总是说不准的，他们好像完全用另外一把尺子来测算容貌与年龄的函数。她，穿了一件驼色的羊毛衫，对襟的，有绿色条格的衬衫领子翻在外面，下身穿一条深咖啡色毛料裤子，配一双尖细的银灰色皮鞋，身材有些微胖，举止庄重审慎，说话既热诚而又有分寸。我们猜想，这便是琼瑶无疑了，于是递上了名片，说明了我们的来意。

正在说话时，从屋子里又走出来一个还要年轻得多的女人。她身材娇小婀娜，面庞虽然稍感丰盈一些，但眉眼和嘴角都是极为清秀的，迈着少女一般轻盈的步子，上身穿一件粉红色羊毛衫，下身穿一条牛仔裤,脚下穿的是当时北京女中学生极爱穿的那种粉红色旅游鞋。看样子,顶多只有三十多岁。我们猜想:这人一定是琼瑶的侄女或者妹妹。

可是后来谈起话来才知道,事实与我们的猜测正好相反。穿粉红色毛衣的才是琼瑶,穿驼色毛衣的是琼瑶丈夫的妹妹——平初霞。这场误会更加深了我的偏见:港台人是不好猜测年龄的。好像,寒来暑往在他们的身上不留下痕迹,花开花落也刻不下岁月的年轮。因为,在我们赶来之前已经看过了好多相关资料,知道琼瑶是1938年生的;但是仔细端详坐在我们眼前的人,却怎么也想不到她会是五十岁的人!

后来,她的丈夫平鑫涛也走出来了,这是一个壮壮实实的汉子,有五十多岁,个子不高,敦厚朴实,身体虽然发胖,但很精神,穿一身做工很精细的西装,风度端庄,彬彬有礼,因为脸上有无法掩遮的皱纹,看上去便自然感到比琼瑶大了许多。

坐下来简单地交谈过几句之后,平先生很有礼貌地说,他们临时接到一个通知,马上要出去参加一个重要活动,今天就不能多谈了,请另外约定一个日期。

于是他们摊开了日程表。仔细一看,最近几天,上午下午晚上,都排得满满登登的。我们只好见缝插针,请她能匀出来半天时间,后来总算找到了一个空隙。等到约定好了之后,我们便告退出来,平先生一家人很客气地送到房门外。

这时,街上华灯初放,早过了晚霞消逝的黄昏了。淡青色的雾在远方山顶上飘浮,不甚温暖的风轻轻地摇着路边的青杨树。

二

“你们想知道我此行的目的？我想，其他熟悉我的人也都会对此感兴趣：琼瑶此时此刻如此兴冲冲地回到大陆来做什么呢？许多人都有这样或那样的猜测。实际上，我回来的目的是很简单的，只用两个字就能表达清楚：寻根。我想看看生我养我的这块土地，寻找我留在这块土地上的童年之梦。而且，我在这里还有好多亲戚：姨妈、舅妈、表兄、表弟、表姐、表妹……”

两天之后，我们又来到琼瑶夫妇的下榻之处。她依然是前天的那身装束，只是脸上的化妆更浓了一些，披在肩上的秀发用一根绸带在脑后扎系起来，显得更加年轻潇洒，翩翩而有风度。我们坐在靠近窗前的一排转角沙发上，窗外春意盎然，她的心情好像也受到了熏染，说话时兴致很浓，带着奔放的热情。

“我离开大陆已经三十九年了！此次大陆之行是我多年的夙愿。从前每次去香港，看到到处张贴着桂林、黄山、三峡……的旅游广告，心里就产生强烈的冲动：我为什么不能回大陆探亲和旅游呢？然而，虽有这个强烈愿望，却一直没有寻得这个机会。你们知道，我是个守法的公民。等了多少年了，想不到这次来得这么痛快，我的回大陆探亲申请刚递上三天，就批准了，想到很快就要见到我朝思暮想的故园，兴奋得我有好几个晚上没睡好觉。三十九年了，我在台湾总有一种流浪异乡之感，无时不在思念我童年时住过的地方。我的根在这里嘛……”

乡情，是人生最真挚、深厚、纯净的一种感情。无论是谁，无论名望、地位、财产、学识怎样悬殊的人，在乡情这一点上却是共同的，无人不有怀乡恋土的感情，无人不感到故乡的山水，故乡的明月都是最亲最美的。而且，这种感情的浓度是与年龄的增长成正比的，离开家乡日子越久，乡情越浓。水流千遭归大海，树高百丈叶归根嘛！人，走南闯北、开拓进取一辈子，不管他的生命旅程中充满着怎样的光彩和奇趣，尝到怎样的成功与失败的滋味，总丢不开那丝丝缕缕、如梦如烟的乡愁。人，越是随着年龄的增长，越是对他生命旅程的起点，有一种特殊的感情；越是见不到它，越是缠缠绵绵地做着归乡的梦。自古至今，就连那些叱咤风云的英雄豪杰和刚强剽悍的硬汉子，也都曾流过思乡之泪，何况她这样多愁善感、苦经风雨的、像王昭君、蔡文姬似的有着一颗文心、静心、苦命的弱女子。

因此，她的姨妈——中国文字学家、全国政协委员袁晓园在年前便为她写了首乡情浓郁、召唤她归来的诗："故园情谊浓似酒，江山万里待人归！"

故园，怎能不在期待她！

"我爱北京，一直想念北京，在香港换乘时我就在日记中写道：北京，请你不要使我失望，真是近乡情更怯呀！"琼瑶开始了她的叙述。

"它使您失望了吗？"我们望着这位满腔热情的归乡人问道。

"三十九年的隔阂，我原以为不会有亲切感的！然而事实恰恰相反，我一走下飞机，一股暖流便扑向我的身边来，北京让我感到特别亲切。你们知道，在我的血液里、感情里，无处不渗透着对北京的爱。这里，有我长辈们的足迹。我的父亲、母亲，就是在北京相识相爱，后来又在这里结婚的。他们对于北京都有许多美好的回忆和让我捎带回来的依恋感情。我的祖父参加过辛亥革命，长期活动在北京。1933年3月12日，我的祖母在北京去世，她的灵柩一直厝在阜成门外的圆广寺里。临来之前，我的父亲特地嘱咐我，要寻觅到这座寺院，如有可能的话，他老人家很想将祖母的灵柩运回老家去安葬！”

说着，她从衣兜里掏出个字条儿，展示开来让我们看，上面是整齐规范的墨笔字：“阜成门外圆广寺”。那些笔画沉重的繁体字，勾勾捺捺，都寄托着一个老人热切的思乡恋土的赤子之心。

我们看过字条，心里都很受感动，答应她一定努力帮助寻找那座寺院；虽然，明知几经风雨几经沧桑后，那座寺院已随岁月一起归到无觅处了！

我们请她比较具体地谈谈对于北京的印象。

“北京给我的印象太好了！真的，实在是太好了！我心中有着许许多多令人兴奋的感想和感受。北京，我虽然从来没有到过它的身边，但对它却从来没有一天忘记过，这是我们自己的历史文化名城，我对它的思慕、向往和想念太多了。今天，终于亲眼看到它了！”她充满着兴奋热烈的感情。

“看样子，你是好高兴、好高兴呀！”我们说。

“是呀，这种心情，我回去一定好好地写一写！我过去只写小说，而散文、游记之类的文字则不很多。这次回去，我想多写写这类文章，把回到大陆后的所见所闻，所感所受，都写出来！”

想不到她也有这番意思！我们作为她的一个热心读者，早有这个愿望，很想欣赏欣赏她在散文、游记（特别是描写祖国大好河山的散文、游记）方面的亲切而又细腻的文笔。

“您对北京人的印象怎样？可能，您接触的还不太多！”我们把话题依序地扩展开来。

“虽然不多，但是却有很深的印象。刚才说过，我一下飞机，便有许多熟悉的和不熟悉的人向我围过来，亲热地伸过手来向我问候。这完全出乎我的意料，原以为到这里来一定会很陌生的，不曾想马上拥过来那么多友好的、能够互相理解的朋友。他们当中，有些是我的亲戚朋友和业务上发生过往来的人，而大多数是过去没有见过面的普普通通的读者！”

“您的读者可真多呀！”我们说。

琼瑶笑了，她很直率地说：“我很高兴，我能赢得那么多的读者。据我所知，我的书在大陆出版了三十多种，有许多读者往海峡彼岸给我寄信，其中最多的是大学生、中学生，都是些青年人，也有少数搞文学评论、出版发行和电影电视的。有人对我小说的畅销性曾加以嘲讽过，对此我只能一笑置之。每个作家都希望自己的著作畅销，这应该是无可厚非的！读者一直是我的骄傲和快乐；我不明白，哪个作家能够不要读者？还有什么快乐能够代替读者的共鸣呢？”

“这么说，北京人给您的印象是很好的了？”我们问。

“是的！是的！感到非常的亲切！最使我感兴趣的，是那些既热情又活泼的女孩子们，她们说话声音都是那么好听，是纯正的国语，标准的北京话。说这么标准国语的人，在台湾是很难找到的呀！只有在电影配音室里才能听到。我们在台湾经常爱说的一句玩笑话：'你可以进配音室了'，指的就是那些国语说得很好的人。今天到了北京，就像走进了一座大配音室，到处都是配音演员，每个人都是可以进配音室的，听起来真叫人羡慕，也格外感到亲切！”

我们相视笑了笑。她这种美好的感受，让我们听了也产生同样宁馨、惬意、温柔的感觉，就像窗外吹进来的四月的风，混含着细叶嫩蕊中沁发出来的温馨气息。一个多才多艺、又多愁善感的女人，她的纤细的思维触角能够启开人们心灵中多少美好的扃门呢。

接着，她又谈起对于北京这座城市的印象来。

“北京，是我们的历史文化名城。从读小学历史课的那天起，我便读到了北京。它在我的想象中，除了故宫、北海、长城等古代建筑外，就是一些旧式的四合院，大大小小的四合院，宽宽窄窄的小胡同。临来之前，我还找来不少文字与画片材料，想了解一下北京，但是看了半天，还是得不出个清晰的印象。今天来到这里，一下子就看得真切了。好漂亮的北京呀！它与我想象中那个古老样子完全不是一回事！宽宽的马路，高高的楼房，已成了具有现代化规模的城市了！

“但就城市的外观来看，北京与台北相比，台北的建筑就更显得有现代化的气魄，它的色调更为鲜明、热烈，敢于用大红、大绿等更为大胆和强烈的颜色，从而形成一幅幅火炽奔放、反差强烈的画面。相比之下，北京建筑的高大楼房和商店橱窗，却显得过于温和、平淡，风格单调平直，现代化的意识还不够浓烈！”

“在保持传统和抓住现代化意识方面，您认为应该突出哪个方面？”我们问。

“我觉得，在现代与古典、文明进步与民族传统之间，应当首先抓住现代化这个方面，要更大胆地、更强烈地使用现代化的色彩！当然，民族的古老文化和优良传统，是不应该放弃的，还要更充分地发挥出来。听说，你们在北京就依照《红楼梦》所描绘的格局建造了一座大观园，我受《红楼梦》的影响很深，一定找个时间到大观园里去看看！”

三

接着，便谈到了创作。

琼瑶以她所塑造的一个个美妙动人、如真如幻、如梦如歌的爱情故事，一个个情深意浓、忠贞不渝的爱的灵魂，曲折新奇、超凡脱俗、引人入胜、荡气回肠的情节，和流畅而不失精致、通俗而不失典雅的文笔，在文苑中开拓了一块清新的园地。而使广大读者（也包括我自己）最为赞叹和欣赏的，就是她把中国传统的审美观念和表现手法，巧妙地运用到现代题材的创作上来，那样娴熟贴切地把中国古典诗词带入到自己作品中，使历史上那些脍炙人口、沁人心脾的绝妙好词，天衣无缝地揉进她所创造的典型环境和典型性格里边，使那些诗词又增加了新的生命，新的内涵，同时也给她的作品增加了很深的美感，增加了无限的和谐与韵调。有时只有一两声、一两句，便能在那特定的环境里撼人心灵，感人肺腑和催人泪下，产生出古诗中所说的“一声何满子，双泪落君前”的强烈感应力量。

就是她的书名也都起得好，有意境，不俗气。有时，只要看了一下她的书名，就把你领进了一个美妙的艺术境界，一个使人充满梦幻、浮想联翩的天地。例如，我一看到那本《幸运草》，便不由自主地联想到“花径里，一番风雨，一番狼藉。流水暗随红粉去，园林渐觉清阴密”的意境；一看到《昨夜之灯》，便不由自主地联想到秋风秋雨中的西窗红烛，和被萤火之光召唤来的西风古道上的浮云游子之意。此外，还有《心有千千结》《几度夕阳红》等名字，也都起得极好！

这些东西能够给人以无穷的韵味和联想，因此，琼瑶的小说大都改编成电影电视，书里的诗词也大都谱写成歌，在人群中保留着永不减退的热情。

她的歌曲，有许多是由邓丽君演唱的，不要说是配在影视的画面上凭空增添了多少感召力量；就是单纯地听起来也是韵味无穷的，印象极为深刻隽永。由此及彼，因而我们便不由得地向她问起邓丽君的情况。

琼瑶说：“邓丽君，我同她没有多少直接联系，她的歌儿唱得真好听呀！首首都是那么委婉清新，荡气回肠，都是那么好听，特别是唱起我写的歌儿，就更是感人！”我们都笑了，因她说了一句诙谐逗趣的话。

“您写作时的心态怎样？是幸福的，还是痛苦的？”我们开始转入严肃的话题。

“是幸福的！我一拿起笔来，就浸沉在我构思的故事情节里，为我塑造的人物命运而担忧，随同他们的喜怒哀乐而喜怒哀乐，随他们的悲欢离合而去体验悲欢离合。在写作的兴致没来之前，我是不动笔的；但我一旦构思好了，有了创作的激情，我就把自己关在屋子里，埋头写作。写呀，写呀，不停地写。没昼没夜，无明无晦，直写得手腕不能动弹，累得瘫倒在床上。有时，我也觉得这是自寻苦吃，是残酷的自我摧残，不要再写下去了！但是我的笔停不住，有股力量一直催着我写下去，因为，在这种自作虐狂中我有一种幸福的感觉；因为，这时我能与我书中人物共命运。在那密密麻麻的字里行间，都隐藏着我不再回头的青春和数不清的苦寂往事。

“在我写作的时候，我是闭门谢客，杜绝与外界的一切联系，成为一个六亲不认的人。谁若是在这个时候来找我，是不会遇到我的好性子的，我常常要把他们撞得东倒西歪！不过，亲戚朋友们都能理解，在这个时候都不来打扰我，等我一气呵成把书写完后，我便从房间里走向世界，走向亲戚朋友的圈子里，痛痛快快地同他们一起畅谈和游乐！”琼瑶说。

“听说您和三毛的友谊很深厚；可是，你们两个的性格与文风却是完全不同的？”由于她谈到朋友往来，我们便随之联想到这个问题。

“在台北，有不少女作家都是我家中的常客，像张君默、范思绮等，不过，我与三毛的交往就更密切些。我们每次见面，都很愉快，一谈就谈疯了！三毛好酒，我喜欢茶，我们一边吃茶饮酒，一边作彻底的促膝长谈。我讲我的创作，她讲她的风格，各有各的擅长和癖好,但谁也不干涉谁。三毛非常向往大陆,不过,她三毛毕竟是三毛,有着许多浪漫主义色彩的计划。她想背个布袋子,穿条牛仔裤,轻装便服地一个人到我国西部沙漠地带里去旅行,用她的话说,就是去玩玩。不过,最近她的身体状况可不甚佳,所以她现在正为实现她的计划而积极疗养呢!我不知道,三毛什么时候又能推出一部沙漠故事系列来?"

这两个不寻常的女性!一个柔情似水,一个骏逸似风,可她们又偏偏是一对亲密无间的好朋友!

在我的印象里,琼瑶的气质酷似林黛玉,可当我们问她:"您在《红楼梦》里比较喜欢哪个人物?我们这样问您,因为您是深受《红楼梦》的熏陶和影响的一位作家。"

想不到,她却回答我们说:"我喜欢史湘云,她敢说敢道!我很像史湘云,有什么就说什么,不想隐瞒自己!"

说来虽然有点新奇,但仔细想想,琼瑶的话也不是没有道理的。她塑造的人物虽然有许多是温情柔弱、可怜兮兮的,但又有不少是个性很强的女人,像《烟雨濛濛》《翦翦风》中那些有强烈追求的女性。而就其本人来说,她有勇气一手抱着孩子,一手握着笔管,把人生、爱情,家庭、社会中的那许许多多的不平和不幸,大胆地写出来,敢于毫无保留地打开心灵之窗,赤裸裸地披露给世人,以此来发泄她胸中的愤懑和忧郁,以此来表达自己的强烈愿望和执著追求。她不缄默,不停笔,即使在出了名,成了腰缠万贯的富翁之后,仍然坚持不停地用笔说话,坚持不懈地向社会发泄和倾诉,心里边不正怀着一个坚定不移的信念吗?不正因为她感到在这个以男性为中心的社会里，女人无论如何竞争也还是处在不平等的地位吗？为此，她才要不停地为女人争，为女人说话。她曾说过："一个男人在外面拈花惹草，他可以津津乐道；而一个女人如果太外向，就会遭人闲话。我觉得，社会对女人的责备总是多过对男人的；而女人对女人的责备，则比男人还要更厉害。我想女人说女人，女人责备女人的这种刻薄，其责任也不在女人，起码来说，首先不要责备女人，都是社会造成的扭曲心理。有些女人重男轻女的观念比男人还重，就是一个例子。"

你听她那口气，那体性，不就活脱脱的是一个史湘云吗？

四

经常使我感到苦恼的是，我不会编故事。因此，我不大写小说，只能写报告文学和通讯。我的大脑皮层的幻想区比较贫困，缺乏合理想象的思维。我非常羡慕那些会编故事的小说家，他们构思的一个个故事是那么委婉曲折，波澜壮阔，扣人心弦，严丝合缝！既生动奇巧，又符合生活逻辑；既含有浓厚的人情味，又赋寓深刻的哲理；既有典型环境中的典型性格，又平易近人，有血有肉。可我却不行，冥思苦索也构思不出一个像样的情节来；不是落到套子里去，就是离奇古怪，前车不搭后辙。所以，我一向视写小说之途，犹如古人仰视蜀道。

可是，写报告文学要有相当强的体力、毅力和耐力。有人说过：报告文学是运动文学。报告文学作家，需要有运动员的体力，要写出一篇稍有分量的报告文学，不知要跑多少路，磨多少嘴皮子，看多少人的脸色，赔多少好话和殷勤！有时，要跑上一两个月、两三个月才能把材料筹集齐。等到真正动笔去写，倒用不了这许多时间。因此，每当我累得筋疲力尽、身心憔悴地把材料搜集齐，往办公桌前一坐时，就像获得大赦一般的轻松愉快，感到一种无法描述的解脱的滋味。

听琼瑶讲她写作时的心态是那么轻松的，幸福的，我真是羡慕，我便向她虚心地请教说：

“您写了那么多的书，在二十多年的时间内，出了四十二部中、长篇小说，平均一年两部，真是不可思议！您是怎么构思出那么多生动奇巧的故事来的？”

琼瑶回答说：“我写的小说，有的是构思出来的，但绝大部分是以真人真事为基础，然后进行艺术上的加工提炼而写成的。我写的第一部小说《窗外》，有百分之八十是我个人生活的写照，是我的自传。还有好多部小说，像《彩云飞》《碧云天》《女朋友》《在水一方》《六个梦》《彩霞满天》等，都是根据现实中的某人某事为原型进行创作的。我只要将他们的故事中不符合逻辑的情节，改变得更符合生活逻辑就是了！也就是说，该增的增，该减的减，做一些艺术上的安排和润饰而已。

“有人可能会发生疑问：既是真人真事，怎能不符合生活逻辑呢？可是，现实生活中就是有这种怪现象：是真实的事，但却太离奇，离奇得叫人不敢相信！比如，有位朋友写信给我，讲了他一年之内如何结了六次婚，每次都如何如何地惊心动魄。还有一位朋友给我讲,他接连地经历了摔飞机、撞车、翻船等险境,而最后都能逢凶化吉,大难不死……这些故事都是真的,但却不符合生活逻辑。如果按照事实经过原原本本地写出来,准会遭到读者骂:瞧她,编故事都编不完整!你们看,创作与生活即是这样的贴切,又是这样的不贴切!"

"琼瑶先生,您能告诉我,您是怎么搜集到这么多现实中的素材呢?就您刚才点出的几部书名来看,起码也有十来部了!我常常感到搜集材料的苦恼!我要想搜集到像您那么多的故事,肯定会累断我的两条腿!不,恐怕再借两条也还不够!"我诉说我的窘状,周围的人都笑了。

琼瑶也笑了,她回答说:"在我那里很简单,也很方便!经常有一些热心人给我打电话,告诉我说,他们有过撼人心弦的爱情历史,希望我能给他们写一写。我只要感兴趣,同他们约个时间,他们就会到我这里来,详详细细地把事情的始末缘由讲给我听。例如《彩霞满天》那本书,就是那位醉公子(即书中男主人公乔书培)写信给我,希望我能见他一面,听听他的故事,看值不值得写一篇小说。后来,他又陆续地给我寄来一些回忆的片断。终于有一天,那个故事激起了我的创作激情,我便打电话给他,约他到我的书房里来。我们整整用了一个下午的时间,听他详细地讲述自己的惊心动魄的恋爱故事。后来,我便根据他的故事,写成了《彩霞满天》。当然,那里边有若干细节,是我改造过了的,加上了我自己的一些想象。因为,那些细节在他来说是真实的,但却不符合生活逻辑。我呢,我就把那些不符合生活逻辑的地方变得更加逻辑化。

这里边，有的地方我是采取掩饰的手法，例如，他们相识的地点是在澎湖，我没有到过那个地方，对它很陌生，怕写出来失真和不生动，我便含糊地说是西部某港！”

对她取材能够如此方便，这样幸运，我真羡慕。但，也只有羡慕而已！

“在您写的这四十二部作品中，您感到最满意的是哪一部？”我们接下来又问。

“到现在为止，还没有一部是我认为最满意的。那样一部作品，还没创作出来！”她说。

“那么比较来说，您更喜欢哪一部呢？”我们又问。

“我认为，《失火的天堂》是我稍感满意的一部作品！”

在这部作品中，她力图根据现代的意识观念，创造一个有别于以往那些作品的、具有真正悲剧意义的，能够触动现实生活中诸种矛盾的故事。她是一位六十年代就已成名的作家，在谈话中她自己也讲，她作品中的故事情节和景物描述，都是五六十年代的境况和意识。比如，有的地方还讲坐三轮车，现在那东西根本没有了。生活在前进，时代在进步，她准备今后写出一些更能反映现代生活、现代意识观念的作品来。但是，对于过去的那些作品，她也不打算修改。历史就是历史！尽管现在台湾、香港好多青年都说，琼瑶那些作品如何落后于现代生活方式和现代意识，但她也不打算修改。那些作品是反映了当时台湾人的生活，它有“时代的真实性”；改了，就失去了这种时代的真。

她说：“当然，我写作的题材更要广阔些，更要广泛地开拓自己的创作领域。有人说:琼瑶只能写爱情题材的小说,太狭窄!我不完全同意!我觉得,这个'爱'字是个广阔的领域,决不是狭窄的。人们常说,爱和死是文学创作的永恒主题,爱情是永远也写不完的!这个'爱'字,不限于男女的爱,也包括父母与子女之间的爱,兄弟姐妹之间的爱,师生之间、同学之间的爱,更广泛一点来说,也包括了社会上人与人之间的爱。比如我这次来北京,人们这样喜欢我,我也如此地爱北京、爱北京人,便是一种广泛意义的爱。应当赋予爱以更广阔、更深厚的内涵,让世界充满了爱!当然,男女之间的爱,更能打动人心,更容易被人们所理解,因为整个人类的故事,就是男人和女人的故事嘛!"

五

"听说,您这次来是为了收取您在大陆的稿费的?"我们半开玩笑地说。

"不是的!前边我已说过,我这次来的主要目的,是为了寻根,为了探亲和旅游。但是,如果有的出版社要把稿费给我,我也认为那是我应当得到的!"她笑了笑,接着又说,"有人说我是台湾稿酬最高的作家,可这并不是我去争来的。很坦白地说,我刚开始写作的时候不只是因为兴趣,也是为了稿酬。但是在今天,人家给不给我稿酬,我都不在乎了!"

谈到这里,很自然地便联想到她在大陆所拍摄的几部电视片来。我们问她,对于那几部影片的观感如何,演员的表演水平如何？她很满意地说："我很喜欢大陆拍摄的《月朦胧，鸟朦胧》，拍得很美，镜头选得明快流畅，画面优美深沉，男女演员的表演也很不错。影片中使用了大量的画外音，这种手法更抒情一些，更保持了原著的风格，即保持了我琼瑶的风格。与之相比，台湾拍的《月朦胧，鸟朦胧》则比较注意戏剧性，他们把许多画外声都变成了戏剧情节。因此，他们拍的电视片就要比大陆的片子长得好多，好处是戏剧性更增强了，比较更符合广大观众的口味。"

这次来，她还准备与大陆影视界合作，拍一两部电视片。前些日子，她已将电视连续剧《庭院深深》的剧本，托朋友转交给著名导演史蜀君。

我们问她，大陆的文艺作品她都看过什么？出乎我们意料，她竟一无所知，一个可怕的空白。我们提了几个影响很大的作家名字，她都茫然地摇了摇头。后来，她终于想出来一点，急着告诉我们说："我看过台湾拍摄的电视剧《棋王》。对了，临来的时候，朋友们一再推荐我看看张贤亮的《男人的一半是女人》！他们说，不看这部作品就等于完全不了解当代的大陆文学！"

我们问她对这篇小说的印象，她说："仍是写文化大革命的作品！我不理解，为什么大陆的文学作品都是写文化大革命呢？当然，文化大革命是一个复杂曲折的历史时期；但是，难道文学作品只有'文革'才比较深刻，离开'文革'就没有文学作品了吗？"

这是琼瑶的困惑！看得出来，她还是不很理解我们，因为，她没有经历过那样一个疯狂的时代，令人困惑的时代，很难理解经历过这样一个时代后人们的心态和思维。她无法想象，那个时代给人们的心灵刻下多么深刻的烙印，背上驮着多么沉重的负担！这也正像她自己，如果没有在恋爱与婚姻上遭遇到那么多的不幸和挫折，像她自己所说的，“我这一生已经把人家几辈子都过去了”，她是写不出那样深刻动人的爱情故事的，也不会把爱情当作自己四十多部作品永远抛不开的主题。

说话时，她的丈夫平鑫涛不时走过来给她送茶送药，或提醒某件事情。这是位体贴入微、善解人意的好丈夫。琼瑶前半生有过痛苦的经历，进入中年后才寻得这桩“所有的女人都憧憬的幸福婚姻”，她的事业与成功，在很大程度上都仰仗了这位体贴入微的丈夫的无私帮助。我们看到她从丈夫手里接过茶杯后浅浅地饮呷时，彼此相视地笑了笑。我身旁的小金不由得向她问道：

“您的性格坚强，为什么书里写出那么多脆弱的女子呢？”

这是个女性的问题。她望了望小金同志那端庄而又清秀的面庞，好像出于某种特殊的心理感应，便有意识地选换了问题的另个侧端说：“我们是女人，应该不要忘记这一点！女人有自己天生脆弱的一面，她要背负着生儿育女的使命，因之，她较男人有更多的依属性。女人有更多的愿望，要来维持一个和睦的家庭，这是女人生理条件所决定的。所以我时常对一些女人说，不要与男人们争社会地位，与男人争权位！丈夫爱你，儿女们爱你，那便是你的权利。他们爱你越深，你的权利越大。因为他们爱你，敬重你，就会依顺你。其实不只是在家里，在社会上，在办公室里也是一样。一个人要在社会上、办公室里争得到权利，首先要争得到爱。人家爱你，才会听你的，你才会有权！”

接着，她又讲了一个女人化妆有如何重要的问题。因为，化妆可以说是争得男人的爱、争得自己权利的一种方式。她说："有很多女人在婚前很注意修饰自己，婚后就不注意了，觉得自己变成了太太，有了牢固的地位，于是便不再追求进步，不再争理想，甚至也不再争丈夫对她的爱。一个女人如果因为结了婚，便放弃了她原来的追求，到头来，说不定她连太太也做不得！"

她的这些观点，我们自然是一下子很难接受，也很难理解，但是我们却清楚地注意到了一点，她是很重视化妆的！她每次出来会朋友和接见记者，都要仔细认真地妆饰一遍，胭脂和粉涂得都是比较浓的。一次偶然的机会，我们同她在走廊里不期而遇地走了个对面，她刚刚洗完澡，披散着头发走过来。这时我们才发现，她比我们平素所见到的样子要松弛得多。

由此我倒想到了一个问题：她是应当化妆的。她在作品里塑造了那么多潇洒飘逸、俊美灵秀的年轻人形象，读者们读得多了，也会对书的作者产生一种朦胧的意识：她，毫无疑问也必定是个娟秀俏整的人。好像不如此，便会使人们大失所望似的。所以，当她出现在记者招待会上，端庄大方地坐在台子前面，让无数个照相机咔嚓咔嚓地摄入到镜头里面时，她的心态是很平静的。第二天各家报纸出现的琼瑶近影，无疑，定会满足读者们那种说不清的心理要求的。

由此，我想到了苏联著名作家科切托夫写的《州委书记》。书中描写，州委书记妻子总是背着丈夫染头发，不愿意让丈夫看到自己有染发的痕迹，虽然他们都是老夫老妻，无可挑剔的了。另外，我又想到了车尔尼雪夫斯基的《做什么》，这部书曾被列宁称赞为生活教科书，书里边的女主人公薇拉总是在化妆完之后再去见丈夫，夫妻之间总是在敲过门得到允许之后才能走进来。

这好像应该是一种生活规则，一种积极进取的生活方式。当然，这要从另外一个角度来看，来理解。

我们要告辞了，因为她的事情很多，日程表安排得满满的，不能过多地耽搁她的时间。她这次来大陆旅行，准备从北京去西安，然后去昆明、桂林、广州。我们说，像上海、杭州这样地方，也应当去看一看。她笑了笑说："祖国太大了！好的地方不一定一次都走完，我要留到下一次来再看，不是更有意思嘛！"

分手时，我们祝愿她旅程愉快，并希望她下次再来，以后常来！大陆的许多读者都有这个希望，因为大家都很喜欢她！

（原载1988年第10期《第二产业》，与金振蓉合写）

我请新凤霞吃饭

我与新凤霞相识，是在她“文革”受迫害得到平反、吴祖光“右派”得到改正之后。那时，我和作家理由都在《光明日报》工作，我们共同拟好了一份系列报道文化名人新近动态的计划，其中有《刘晓庆学剑》、《新凤霞写书》和《李谷一与乡恋》等等。分头动笔后不久，又因有另外的采访任务而把原计划延宕下去了。幸好《新凤霞写书》一篇完成得较早，因此才留下了今天这一份难以忘却的纪念。

那年，新凤霞刚刚搬进东大桥的新居。可是我敲门走进去时却扑了个空，她到北戴河去了。她的先生吴祖光接待了我。吴祖光知道我的来意后，建议我去北戴河当面采访，而且第二天他也要去，我们可以一路同行。

那天，吴祖光告诉我：新凤霞写的书《新凤霞回忆录》，已由天津百花出版社和香港三联书店分别汇编，很快就要与读者见面了，这是她多年的心血与汗水的结晶。说到这里，他笑道：“我说的汗水，可不是修辞语、形容词，而是实打实的话。她在旧社会里是个穷苦的艺人,没念过书,解放后才进了文化扫盲班,她拿笔还不像拿镐把刨地一样地费力呀!”

那么,她是怎么开始拿起笔来写文章的呢?原来,那是在五十年代末,吴祖光被错划“右派”送到北大荒劳改之际。当时,不乏一些眼光短浅的人向她进言,劝她尽早离婚,不但为着自己的声誉和地位,而且也为着孩子们的前途。新凤霞感情真挚,坚信爱情是美德中的最好种子,因而从来没有为那些好心人的善言劝语所动。为了寄托自己对丈夫的思念和坚贞不渝的感情,也为了让在风雪荒原中的丈夫得到一些慰藉,她便拿起笔来不断地给丈夫写信。

由于这些信完全是内心感情的真实流露,是自己生活的真实写照,写起来虽然字字费劲,但读起来却感人至深,传情传神。

世上有许多事情,都是由于习惯促成的。因为写信,使她有了拿笔的习惯;而在给丈夫写信之余,顺着思路她又在作文本上随意地写了些过去与现在、昨天与今天的身边细事。有一天,《人民日报》一位编辑在她桌子上无意翻看作文本,发现里面的文字很有些味道,于是,便在报纸上接连出现了《姑妈》、《过年》等一些小文章。

我在北戴河见到了新凤霞。那时她已偏瘫(“文革”受迫害期间患脑血栓,又因不应有的误诊而留下了后遗症),行动很不方便,出来进去全靠坐轮椅,有时就由她儿子背着。那一年,开禁了的银幕上同时回放了她主演的两部片子《刘巧儿》和《花为媒》,许多观众都在关心着她,写信称赞她的艺术成就,鼓励她重新登台演出。这些信虽然燃起了她炽烈的热情,但它现在却只能激起她滚烫的泪珠。那时,她虽然还在年富力强的年纪,但却只能眼看着与她同代的小伙伴、老朋友(像赵丽蓉、马泰等)活跃在舞台上,而自己却只能坐在台下了。

新凤霞是一个刚强的人,习惯于劳作的人,一个闲不住的人,于是,她便拿笔来写书,写一篇篇小巧玲珑、惟妙惟肖的生活片断,写那些充满着泪花、窗花、扇花、绢花的艺海生涯。每一个片断都像一掬泉水、一枚草叶、一串露珠,是那样的清亮、明丽、细腻、感人。一时间,各报刊上都争着刊登这些“小花”,使文坛上为之刮起了一阵清新的风。

我直率地问吴祖光:“这样好的文章是不是由你代笔的,或者是由你加工润色的?”吴祖光说:“全是她自己写的。她那贴近生活、用艺人匠心挖掘出来的神来之笔,是文人怎样沉吟也想不出来的。我至多就是给她改改错别字。”说到这里,他不由得笑出声来说:“不过,给她改错别字也是够辛苦的。你不知道,她的错别字有多么多!”

说着,他取出几份新凤霞最初的手稿,我拿回去看时自己也笑了,也就是说,也被深深地感动了。在一篇千把字的文章里,不但有许多的×与○,而且有许多图形,有的地方画个桃子,有的地方画只胳膊,简直就是一篇象形文字。这些×、○和图形都得等到文章写成后一个字一个字地翻查字典,或者是请教别人。吴祖光说:“有一次我要给一个外号叫胖子的朋友打电话,知道她的电话号码本上有,可是拿过来查找半天也找不到。后来我问她,她用手指给我看,我几乎笑破了肚皮,原来她把胖子写成了肚子。”

她就是这样辛苦地拿着她所不太熟悉的笔在耕耘,用比别人多出几倍的努力去写文章。写了一篇又一篇，书出了一本又一本。她写的是自己生命河流里的浪花，因此写起来思绪奔涌，就像山中清泉一样，哗啦啦地永远也流不完。她书中所展现的世界，奇花异草，五彩斑斓，有血有泪，感人至深。

我为她的这种精神所感动。为了写好这篇文章，我与新凤霞做了广泛的接触。有一天我突然心血来潮，提出来要请他们一家人出去吃饭。得到应允后，我便向饭店预订了座位。当时，正好是上海旅游学校的学生在北戴河实习，领班老师知道消息后很高兴，说："在上海时，我们就很熟悉吴祖光和新凤霞，大家都喜欢新凤霞的戏。听说她'文革'期间病残了，都很关心她，都为她难过！"我听了，心里又是一番感慨。

去饭店吃饭时，是儿子吴刚将她背上楼去的。她虽为病魔纠缠而苦恼，但脸上照样开朗，说说笑笑，豁达大度，表现出一种乐观主义精神，陌生的人根本看不出她是个病残的人。饭店领班老师专门过来向他们夫妇问好，那些学生服务员不管有没有服务项目的，全都过来向新凤霞问好。我感到，是她的那种乐观主义精神感动了周围的人。

吃饭时，吴祖光颇有兴味地说："记者请采访对象吃饭，这还是很少见的！"

"噢！"我倒没想到这一层。

"不过，你并不是第一个。过去，我当记者时，就是采写新凤霞后请她吃了饭，而后谈起恋爱的。"

"嗯，嗯，请您说下去！"他的话引起我极大的兴趣，我希望他再说得详细点，这将又是我的一篇好文章。可惜，吴祖光没有说下去。

“不过，我请你们吃饭完全没有别的意思，只有敬佩你们夫妇的为人。”

饭后，我国著名画家黄苗子、郁风（作家郁达夫的侄女）夫妇过来看她。原来，新凤霞是个闲不住的人。自从病残之后，除了费劲地拿起她所不善操作的笔来写书之外，她还作画，黄苗子、郁风夫妇便是她的老师，经常来辅导她。我看了她画的那些梅花、藤萝、南瓜、葡萄和桃子。她心灵手巧，又有这些名师在身边随时请教，因此，几笔疏疏淡淡的水墨丹青还真有些韵味。我问她：“你曾跟齐白石老人学过画，为什么不和他一样画些螃蟹呢？”她说：“我喜欢美，追求生活中美的东西。螃蟹这东西叫我看起来总有些不愉快。我最喜欢画那表皮已经变成桔红色的老南瓜。”接着，她又另有一番感悟地说：“南瓜越经风霜越成熟、越甜。送一幅开着黄花、枯藤下面结着一对南瓜的画给饱经风霜的老朋友，或者是桑榆晚霞中的老伉俪，会使他们更能品味出生活中的甘甜来。”她曾要送我一幅紫色南瓜，因为我那时年纪还不算太大，所以只要了一幅葡萄。

她也常向年轻演员传经授艺，在北京、天津、河北、辽宁、吉林都有她的学生。我看见她不厌其烦地教年轻演员怎样用嗓子、亮身段、用扇子、甩袖子、掌握行腔、吃透剧情。每次她都向年轻演员嘱咐，要修养艺德。我常听她说的一句话：“德多有高，艺有多高。”这恐怕是她从艺多年最深刻的体会。

从那以后，我和新凤霞、吴祖光的过往便一直很深厚，他们两人都给了我许多的帮助。我还记得新凤霞很友善地对我说："有时间，你就到我家里来喝酒。祖光在，由祖光陪着你喝；祖光不在，我看着你喝，因为我不会喝酒。"这几句话，让我感到特别的温暖，多少年过去了，一直记在心里边。

现在，新凤霞像一泓林中溪水静静地流淌过去了，但是留下来的声音却永远响在人们的耳畔。当报上发表她去世消息的那天，我听到不少的人随口唱着她生前唱过的那几句最响亮的段子。歌德曾经说过："人活到七十五岁，总不得不时时想到死，我们不会因此而感到不安。太阳看起来，好像是沉下去了，实际不是沉下去，而是不断地辉耀着。"新凤霞就是这样。

（原载1999年8月10日《人民政协报》）

我为六小龄童写传

他还在拍摄电视连续剧《西游记》时，我就与一位女记者约好要为六小龄童写传。这样，我们就经常地在拍摄现场里与他见面；有空的时候，他也常到我的家里来，说话时他经常做出些戏剧动作来，惹得我们一家人都对他有着良好的印象。妻子和儿女们常说："除了六小龄童，谁演孙悟空我都不看！"

电视连续剧《西游记》一播出，这部在民间流传千百年的神话故事又在人们的心中活了起来。浓郁的神话情节，奇妙的特技镜头，真善美与假丑恶之间的激烈斗争，演出了人们心目中一个了不起的英雄形象——齐天大圣孙悟空来。同时，也推出了一个过去鲜为人知的名字——六小龄童。

1987年9月12日的《新民晚报》上，有一则谜语。谜面是："婴婴婴婴婴婴"。谜底，打一人名。

他是谁？不少人一下子就猜中了，因为，这时六小龄童已经成了家喻户晓、尽人皆知的一个人物了。

一个人被编成谜语，而又为社会上众多的人猜识出来，可见他的知名度之高。事实上，也正是如此。自从1986年春节期间，中央电视台播出了《西游记》的前十一集后，一时间，《人民日报》、《光明日报》、《文汇报》等二十几家报刊，都接连不断地发表文章评论孙悟空这个角色和这个角色的扮演者——六小龄童，国内许多名家学者，也都纷纷题诗作画，称赞他的表演技艺高超。著名戏剧家吴祖光题词说："六小龄童主演的电视剧《西游记》，震惊当代。"著名作家冯骥才说："活脱脱一真猴也。"著名导演舒强说："感谢你塑造了一个聪明机智、勇敢而美丽的猴王形象。孩子们热爱你！大人们热爱你！老头老婆婆也热爱你！"

那时，他在人们心目中声望是极高的，每天都要收到几十封乃至上百封的信，一年到头下来，竟有上万封信。不仅有一般的戏迷、文艺爱好者与追星族，甚至还有不少幼儿园里的孩子。我真服了，真心地倾倒于这个戏剧界里如此腾耀闪出的一颗新星。

感动之余。我和我的搭档私下里商定，一定要把这本《六小龄童传》写好。

通过多次的交谈，我才知道六小龄童原名章金莱，是家中最小的一个孩子，出生在一个猴王世家里。父亲六龄童是绍剧班主。他的猴戏精绝国内外，与京剧行里的李少春，被人合称为"南北猴王"。他在1961年演出的电影《三打白骨精》，曾经轰动一时，惹得毛主席和郭沫若连续地写诗唱和。除了父亲之外，他的伯父七龄童也是名噪一时的绍剧演员，他演的猪八戒拙中见巧、憨中有乖，让人笑破肚皮，被誉为"天下第一猪"。他的哥哥小六龄童三岁就到绍剧团里演戏，十一岁时在上海戏台上扮演机灵乖巧的小罗猴，很为周总理所喜爱,谢幕时周总理走上台去,将他抱到怀里与之合影,那张照片已成为摄影艺术中的珍品,至今广为流传。他的堂兄小七龄童和七小龄童,也都是绍剧团中的主要演员,七小龄童扮演的猪八戒也是憨直可爱,颇有其父的风度。

章金莱自小便跟随父亲到各地,坐在台口上看他们舞枪弄棒地演戏。他的童年,几乎就是在那悠扬的丝竹声和铿锵的锣鼓铙钹声中度过的。他从小就酷爱上戏剧这门艺术。

等他上小学时,正赶上文化大革命那场闹剧开始。父亲自知自己必将受到冲击,便将他托付给上海戏校已经退休了的武功教师薛德春。薛老先生教出的学生,有的已成为国内外闻名的演员,像中国京剧院的杨春霞和中国歌剧舞剧院的李元华等。现在他虽然退休了,可身板还很硬朗,他让金莱每天五点钟到人民公园,下雨天到上海服装公司门前长廊里等他。见面后,他便一招一式地教他练功。每天练两个小时,练后回家吃饭,然后跟其他孩子一起,收拾书包上学。在寒暑假里,老先生还要给他集中补课,除了早起继续练之外,上午或下午还要增补一场。金莱风雨不误地跟他练了四、五年。有一天,金莱起得早了一些,赶到公园门前,老先生还没来。金莱心想,等着也是等着,不如自己先把先生教过的从头至尾复习一遍。做单手前扑动作,过去都是先生抄着他翻的。现在先生没来,能不能自己做呢?他大胆地做起来,谁知一个不慎,翻转过猛,头便直接扑落到地上来,顿时前额正中摔出一道二寸多长的大口子。后来被人送到医院缝了八针;拆线后,脑门中间留了一条长长的伤疤。邻居们见了都逗趣地说:“这么好的小孩,在脑门子上给打了个补丁!”

后来他入了浙江昆剧团,又在老师的指导下勤学苦练,终于练成了一个武功基础坚实、一气能打二十个旋子的好手。在演戏中他力战那么多妖魔鬼怪,虽然舞台上并非真打,但他那棍底生风的硬劲和闪展腾挪的灵活,连武林中行家里手也都称赞不已。

1982年中央电视台《西游记》剧组导演杨洁来到绍兴,物色孙悟空与猪八戒的表演者。经过各有关方面人士的推荐,杨洁看好了刚刚二十岁出头的六小龄童。

在桔黄色的灯光下,六小龄童手持棍棒,微躬身躯,碎步疾步,只走了一两圈,便把人带入到一个艺术境界里。他忽地来一个转身亮相,猴形毕肖。一忽儿频频眨眼,一忽儿转颈回顾,用鼻子嗅东西,并发出嘶嘶的声响,真是妙趣横生。接着,他又招数娴熟地耍起金箍棒来。棍花缭绕,腕底生风,打出了一个威镇三界的齐天大圣形象来。

导演心中暗自欢喜,当机立断,就把独挑大梁的重担子交给了章金莱。

金莱来到《西游记》摄制组后,走进了一个完全陌生的领域,有许多东西需要从头学起。

因为《西游记》讲的是唐僧去西天取经的故事,这本是佛教门中一件非常重大的事件,而孙悟空又是先由道教高人菩提祖师传授的本领,后来改信佛教保唐僧取经,因此,要拍《西游记》而不熟悉佛、道两家的戒坛法事及其起居行动,是根本拍不好的。

为此,金莱到北京后不久,便与饰演唐僧的汪粤一道去法源寺，与和尚们同吃同住，向他们学习佛家的礼数，熟悉僧人的坐禅、诵经和行走起居。其中有位印心法师，年轻时也是唱京戏的，他对下来体验生活的两位年轻演员更是处处关心，尽量为他们提供方便，细心地给他们讲解佛门的清规戒律。

他们每天四、五点钟就起床，同和尚一起诵经做法事；夜里守禅打坐，直到二更多天。他们每天伴着暮鼓晨钟，过着严守法戒的苦行僧日子。他们都把头剃得光光的，甚至连出外办事，也穿着僧衣僧鞋，完全是和尚打扮，为的是找感觉，找艺术上的真实感受。在公共汽车里人们都用诧异的目光望着他，心想，哪来的这样年轻俊秀的和尚？

后来，金莱又到了白云观。道观的主持曹震阳道长很喜欢这个年轻人，他常对金莱说："孙悟空是我们道家培养出来的人才，他后改信佛教，保护唐僧去西天取经。这次取经，实际上是我们佛、道两家合作的结果，《西游记》正体现着这种精神！"

曹道长不厌其烦地向金莱传习道家的礼数，向他解释说：佛家伸出左手至胸前，称为"合十"，走路时两腿摆八字形。道家的见面礼是合双手，称为"擎拳"。擎拳不过眉，手放下时摆在胸部，左手压右手，走路时两脚直来直去。佛家多用少林拳，道家常用的是鹤形拳与猴形拳。

由于电视剧不采取戏剧形式，在武打方面要求逼真，更接近于实际生活，因此，摄制组又请北京体育学院武术系讲师夏伯华来作章金莱的武打教练。金莱和夏老师住在一个房间里，天天聆听夏老师的教授，每天早早就起床，跟夏老师学习长拳、查拳、三节棍、九节鞭、单刀、长枪等拳械套路。

最使金莱下苦功去练的,是那一双眼。他是近视又加散光。在戏剧舞台上,演员和观众是处于远距离的眼神交流中,没有近景,更没有特写镜头,因此,他的一双近视眼的缺欠还容易掩饰。可上电视就不行了,观众几乎是脸对脸地望着你,目光的聚散,眼神的运用,是一忽儿都瞒不过人的。况且,他的脸现在全用面套给罩起来,只露一双眼睛在外面。人们都称眼睛是心灵的窗口,其实在一般情况下,心灵的窗口不止眼睛一处,面部任何一个部位的活动都能透露人们的内心活动。可现在,他只剩下惟一的一个窗口了,通过眼睛既要反映出人物的一般内心活动,还要表现出孙悟空的火眼金睛来,这真是难呀!

“猴子,你的眼神不对!再重拍一遍!”导演在摄影机前经常这样提醒他。

他自己也知道自己的眼神有问题,比谁都着急!可急有什么用呢?不用导演提醒,他自己就在提醒自己。眼睛有问题,是不能把戏拍好的。有位著名电影演员曾对他说过:“一身之戏在于脸,一脸之戏在于眼!”眼里没戏,戏就全没了。父亲六龄童演电影《三打白骨精》能够博得那样的好评,他的那双神采奕奕的眼睛起了关键作用。今天自己面临着这样一个情况,该怎么办?出路只有一条:下苦功夫去练!

清晨起来,他早早地站到岗坡上和屋顶上去望日出。别人望了几眼便要转换一下目光,因为太阳光线太强,刺人眼睛。可是金莱却不顾这些,一直目不转睛地望着,两眼被刺得酸痛流下泪来,也不肯放弃着意追逐的目标。白天，他有意地去看别人打乒乓球，眼睛随着那白色的小球飞快转动。有时，他也去追逐天上的飞鸟，看它们飘忽地来去，一直盯着它们变成一个小黑点为止。夜里，他点燃一根香火，让眼睛紧随着香火上下左右地转动。

每次电视开拍时，别人都避开聚光灯，因为灯光刺人眼睛。唯独他不但不怕，还要去追逐那灯光，一动不动地盯着，直到望得两眼酸痛流出来泪水为止。他掌握一条很关键的窍门：眼睛里一有水，就显得灵活有神。此外，他还请化妆师在他的眼圈上用金纸贴一条金边，这样，火眼金睛的气魄就出来了。

电视剧《西游记》的成功是空前的，自从1986年春节开始试播以来，至今已经有足足的四分之一世纪了。这中间，四大名著《三国》《水浒》《红楼梦》也相继推出，各自取得了辉煌灿烂的成就，但是，有哪一部戏播出时间之长、之频、之广，有《西游记》那样效果呢？可以说，每年暑假，《西游记》都要重播一遍，而且每次收视率都很高，观众热情一直不减，常看常新。

后来，听说要重拍《西游记》了。我老伴说："除了章金莱，谁演孙悟空我都不能接受。"这可能是因为人熟而产生的一种偏见吧？但是，从后来播出的效果来看，新版《西游记》确实没有超出原版的水平，人们还是愿意收视六小龄童扮演的孙悟空。

（与武勤英合写）

李谷一与《乡恋》

时针指向午夜，录音室里灯火辉煌。电视片《三峡传说》的编剧兼导演马靖华焦躁地踱来踱去："这难道是歌唱离别故乡的感情吗？太激烈了。我需要的是轻柔的、自然的……就像说话一样。现在这个片子我情愿不播出，也决不迁就这音乐！"

作曲家张丕基，也是一副毫不妥协的神情："我情愿不要音乐，也决不修改！"

这是艺术问题的争吵，互不相让，火气冲天，复杂又单纯。如果没人来打破僵局，看样子要吵到大天亮。于是，双方都把求援的目光一齐投向李谷一的身上。

李谷一刚刚唱完这首歌，单就个人的情趣来说，她喜欢它，因为它容纳了丰富的声乐技巧，感情庄重，曲调高亢，为演唱者展开广阔的音域，适合她的胃口。录音工作已经完成，按说，可以交差了帐，心安理得，又何必给自己找什么麻烦呢？须知，这些天来她实在是太累了。但她凭直觉感到，这首歌很难在群众当中流行。干脆一句话，除去她和某些专业演员，别人谁也唱不了。这不能不算做一点遗憾，导演的意见也不无道理。于是她向作曲家说："老张，再写一个吧。这是我们第一次合作，我保证给你唱好。"

编导和作曲家达成协议：由编导改写歌词，作曲家重新谱曲。

李谷一返回中央乐团住处，马靖华留在办公室里赶写歌词。张丕基回家休息时，已是凌晨两点多钟了。辛苦的夜晚，短暂的宁静，这就是后来音乐界、评论界、观众中一场轩然大波的序幕。

有人说，李谷一不唱《乡恋》是不是更好？或者，《乡恋》的第一稿不作修改，原样播出，是不是就能避免造成这不良的"社会效果"，并躲过这一场灾祸？

——不见得。

在当今的歌坛新星中，很少有人像她那样引起众多的争议，也很少有人像她那样曲折的艺术经历。她生长在湖南长沙岳麓山下一个知识分子的家庭，十五岁考进湖南艺术学院学习舞蹈，接受严格的身体训练，至今的两肩肌肉仍很发达，还能拿大顶。她在舞蹈学校学了两年，又被花鼓戏剧团招为演员，打下民族戏曲的功底。不久适逢中南地区会演，剧团报上去的剧目是《补锅》，开演前一个星期，团里发生人事变动，匆忙决定由她来顶替主要角色，虽然是临阵磨枪，她却演得维妙维肖，一鸣惊人。此外，她还唱过民歌，唱过京剧。从1967年开始学习西洋发声技巧，十年寒窗，磨砺精深，形成了自己的艺术风格。中央乐团的一位同志说："她很会唱歌，很会表演，行腔咬字清楚，高音明亮结实，台风很可爱，一举一动都恰到好处，这和她从小学习戏曲、舞蹈有关系。她的声域宽，上得去，下得来，真声假声连接自然，流畅贯通，嗓子甜，有才华，音乐感很强。确实是个难得的人才……”

一个人倘若出了名，她所得到的赞扬和非议历来都是成正比的。三年前，她在首都舞台上初露头角时，一时间还没有听到什么争议。因为，当时她用浓郁的民歌情调演唱《夫妻识字》，使老一辈人闻到了陕北高原的气息，唤起温暖的回忆；对于遭到十年禁锢而不知世上还有音乐艺术的年轻一代，听来也觉得耳目一新。人们从各自角度出发，关心她，期待她，注视着她的发展，有人希望她永远像可爱的延安小妞那样亲，有人盼望她冲破一切羁绊，也有人要求她走严肃音乐的传统之路。而她就是她，众口难调，她决定走自己的路，因而每迈出一步，也就失掉一部分听众，但同时也赢得了一些新的听众。当她唱到《边疆的泉水清又纯》时，有人就发出刹车的信号——“到此为止”。当她唱到电影《小花》的插曲时，有人几乎不能容忍了。总之，她自觉又不自觉地卷入了一场艺术的、政治的、社会的旋涡，在演唱《乡恋》之前，围绕她的“倾向”问题，正在酝酿着一场争论，已成一触即发之势。

次日清早，作曲家张丕基还在酣沉的梦中，有人来敲家门。睁眼一看，小女儿把一张纸放在床前。他匆匆浏览一遍，这是《乡恋》歌词的修改稿，写得很顺，他便不由自主地靠在床头上轻声地哼吟起来。这位作曲家本是革命烈士子弟，五十年代在哈尔滨上学期间接受苏联音乐理论的系统教育，后来又读过两次大学，毕业于上海音乐学院和中央音乐学院，二十年来致力于严肃音乐的创作，从精神气质到艺术个性都趋于高雅、凝重。他的作品在文化大革命中，无一例外地被划为“大洋古”之类。而这次，他也变得身不由己，好像被施了魔法似的，一反常态，从心中流淌出来松弛的、平易的、低回的旋律。八点钟，他准时来到办公室上班，半小时后谱好《乡恋》的第二稿。

编剧惊异地说："呵，这么快！"

作曲家说："词顺就谱得快。"

两人相视而笑，昨日的一场争论已经释然。这天大雪纷飞，他们当即派人前往中央乐团，把词谱送到李谷一的手里。

晚上，中央广播电台的录音室里，米黄色的天花板和深褐色的墙壁散射着柔和的灯光。李谷一站在房间的一角，穿一件绛红色的毛衣，身段轻盈，举止从容，而脸色显得很疲惫。当管弦乐器和电吉它奏出过门的一刻，人们都屏住了呼吸。这支歌将引起什么样的"社会效果"？谁也没有去预测。人们担心的是，李谷一接到词谱只有一天的时间，毕竟太仓促了。她能够表达导演和作曲家所期待的要求吗？

她唱了。编剧和导演所规定的情景，作曲家所描绘的意境，她都表达出来了，而且唱得比想象中的更好：

你的身影，
你的歌声，
永远印在我的心中，
昨天虽已消逝，
分别难重逢，
怎能忘记你的一片深情……

这是一首面对着绮丽的三峡风光倾诉思乡离愁的抒情歌曲。姑且不去评价它在艺术上的高低、演唱方法的优劣，只说说录音室里的气氛，就已经是十分动人的了。这是一首表达个人情绪的小品，如同悲欢离合构成了唐诗宋词中百读不厌的题材一样，它是最容易牵动人心的常情。同时，这首歌也触发了埋藏在李谷一心中的感受。她唱得真挚，凄婉，平白如话，如泣如诉，忧悒中怀有美好的憧憬。唱到动情之处，两颗晶莹的泪花夺眶而出。在场的导演、编辑、作曲家和技术人员傻傻地听着，如醉如痴，浑然忘机，在每个人的心中都勾起一段往事的回忆。乐曲结束时，导演竟然忘记发出指令，去关掉录音机的按钮。

"刚才你哭了!"作曲家对李谷一说。

她揩了下泪痕说:"我想起了我的家乡岳麓山……"

时值新年前夕，李谷一回到中央乐团后一片忙碌。联欢会、茶话会、演唱会……累得她喘不过气来。《乡恋》一事，早忘在了脑后。在她的节目单上，《乡恋》只是一个即兴小品，唱过去就完了，并没有打算把它保留下来。如果不是后来一点火星引爆了一场争论，也许这支曲子，将会是无声无息地自行消逝的。

1979年2月，《北京音乐报》率先对《乡恋》发起讨论。随后，读者的信件如雪片般飞来，展开热烈的争论，众说纷纭，莫衷一是。有人认为这首歌是"灰暗、颓废的"，"低沉缠绵的靡靡之音";有人认为是"明朗、健康的"，"优美动人的佳作"。有人认为它是"毫无价值地模仿外来的流行歌曲和香港歌星的唱法”，有人认为“要允许模仿，学习的法则就是从模仿别人开始进而创新”。更有人认为，西方和港澳的流行音乐甚至包括轻音乐在内，“多数是同那里的咖啡馆、酒吧间、跳舞厅、夜总会等资本主义社会的娱乐生活密切相连的”。有人认为，流行歌曲也有其最为可贵的一点——“易记易唱，未必没有存在的价值”。还有人对演唱时离麦克风的远近，喘气次数的多少，打击乐器的伴奏，也都一一地提出商榷……翻阅这些争论文章，令人惊异的是，对于同一首歌曲在听众当中有着如此截然不同的感受、理解和反映，却是史无前例的。不仅是唱法上，甚至对歌词含义的理解也都相去甚远。有人认为歌词中的“你”指的是情人，因此断定这是消极的情歌；有人认为作者把家乡比做爱人，感情真挚而朴实。有人认为歌词中的“我”系指王昭君，让古代的王昭君唱今日的流行歌曲，与人物的身份不符；也有人认为“我”就是“我”，作者与演唱者的第一人称，跟王昭君毫无关系……

叽叽喳喳的，七嘴八舌的，甚至立论和命题都缺乏同一性的争执，展现了文艺界清新的气象——大搞“一言堂”的岁月已一去不复返了。

这时的李谷一在做什么？她忙得焦头烂额，疲于奔命。自从中央乐团部分地实行经济核算制以后，浩繁的、沉重的演出任务加在她的身上，加在全体演职员的身上。而她所在的综合乐队更是负重如山，她已经累得两次声带出血了。第一次是在前年的一场内部演出之后。她在去年整整一年的时间里，并没有得到休息和恢复。她的负担是一般人难以想象的。拿《小花》来说，为这部影片演唱插曲的前夜，她还站在秦皇岛的舞台上为观众演出，她的节目被安排提前两个小时，以便演唱后能够及时脱身。深夜十二时她要赶到火车站，以便清晨六时能够抵达北京，八时出现在北京电影制片厂的录音棚里，上午录制《妹妹找哥泪花流》，下午录制《绒花》。第二天又要登上火车，前往北戴河，六时下火车，剧场七时开演，中间还要包括在后台化妆的时间。她把轻松的歌声送到听众的耳中，而她的身心又是多么劳累呵！她是三月杜鹃，声声啼血。声带出血，肾脏尿血，心脏也出现早搏的症状。去年她为十部电影片、电视片配制插曲，仅此一项就为乐团挣得好几千元的收入，而她付出的代价却是声带再一次受伤。难道她不能减少一点演出任务吗？指标完不成，领导有难处，观众不答应。她在北戴河少演了一场，失望的观众就向台上丢桃子，众怒难犯呀！她处在一场灼热的旋风之中，艺术需要搜索，经济需要改革，“四人帮”摧残音坛所造成的青黄不接现象，需要有人来填补，听众的饥渴需要得到满足……成堆的问题落在一个年轻的女演员的双肩，这副沉重的担子够她挑的。

3月，李谷一在报纸上发表文章：《在实践中探索》，是答谢，也是答辩，说清了一些问题，另一些问题则说不清。她对演唱中运用轻声和气声的处理而引起的不同看法，发表了自己的见解。她认为，轻声和气声的运用是表现歌曲内容和情绪的手段之一，这种手段在西洋唱法和我国戏曲、民歌的演唱中，都是存在的，不能与外来的音乐以及港台流行歌曲相提并论。

至此，围绕《乡恋》问题的争论基本上是限于艺术范畴。但在善良平和的争论声中，有人奏起尖锐的音符，对艺术家进行人身攻击，把李谷一比做“酒吧歌女”，说她“格调低下”，“对观众的庸俗趣味曲意奉迎”，这些同志是以维护民族风化、抵御西方侵蚀为己任的，但是他们针对一个女歌唱家使用的挖苦性语言，在西方的文艺评论中却不多见。还有的同志把当今社会上出现的喇叭裤、港式头，也与音乐牵连在一起，甚至把艺术问题和青少年犯罪现象也混为一谈。进而有人疾呼：“亡国之音唱不得！”于是，艺术问题化为政治问题，过分夸大音乐的社会功能，更是把问题尖锐化起来。

4月，李谷一正在南方巡回演出的途中，接到召开音乐座谈会的通知，从上海坐飞机赶回北京。会上，音乐界一位负责人点名提到《乡恋》。其他从事轻音乐创作的同志也人人自危。李谷一的性格是泼辣的，她像诉说委屈的孩子，情绪激动：“说我拚命地学港台歌星，我怎么学呢？我的工资只有四十九块五，连一台录音机都没有，忙得又没有时间，拿什么去学！我在《乡恋》中主要用的是轻声，不是气声，能不能搞清楚了再批！我在《绒花》中是用了轻声和气声。但为什么用？因为我想到了革命先烈为了解放全中国付出鲜血的代价，他们的精神感动了我，觉得这是表达我的感情的需要。我唱的歌有歌颂党的领导的，有赞美军民关系的，有表现兄妹之情的，有歌唱祖国山河的……说我是黄色歌女，我的歌黄在哪里？我的有些歌是带有忧伤色彩的，因为我是经过了文化大革命的人。我同情惨遭迫害的革命的老前辈和那些无辜的人们，我有作为一个人的正直的良心。如实地表达人们的爱憎，这就是我歌唱的灵魂！我今后倒要好好研究研究外来的音乐，我要买一台录音机，搞声乐的人能不研究吗？提起来我都脸红……”

李谷一是坚强的。音乐座谈会散了，与《乡恋》有关的人员仍然背着卸不掉的包袱，李谷一匆匆地离开了北京，继续到南方演出去了。这一年的上半年，她总的演出共二百多个场次。返回北京的第二天，当她拿起扫帚清扫宿舍时，忽然打了一个喷嚏，试了试嗓子，竟然沙哑失声，一个音也说不出来了。经过医生诊断，血管破裂，鲜血外溢，染红了整个声带。

这是她第三次出血。

养病期间她的心情是焦急的，烦闷的。她是为声乐艺术，为广大群众，也为她所在的乐团而效力泣血的。有人曾开玩笑地说她是团里的“摇钱树”，她的确是尽力地支持领导的工作。即使在身体不支的情况下，听到领导的动员或接到催促的电报，她也置病情于不顾，积极投身于演出。人是需要得到一点儿照料的，起码是精神的安慰。而她得到的是什么呢？她的手里保存着一封信，那是中央乐团的一位领导同志的几个月前写的，是《乡恋》受到公开批判以后，经过别人之手交到她的手中的。这封信对她的艺术倾向给予否定，指出她没有第二条路可走，只有改正，否则，只有到她适合的土壤上去发展了。很明显，这是动用行政手段进行干涉，既像是最后通牒，也像是逐客令！

这封信，与多次要她投入繁重演出的指令，出自同一位领导同志之手，未免太有些不近情理。鞭笞一个演员的心灵，同时要求她发出优美动听的歌声，这是多么让人难以忍受的辛酸和刑罚呵！

和这封信形成对照的是,来自全国各地的听众的信。仅就《乡恋》一事,她就收到上千封来信,其中九百九十几多封,都是对她表示热切的同情和支持的。也许有人会说,这些信多出自异端青年的手笔吧。实际情况可不是这样的。写信的有工人、农民、解放军战士、大学生、教师、上了年纪的老人、严肃的工程师、文艺界的同行…… 自从李谷一被点了名,一时间她成了人们口头流传的新闻人物。在当今生活中人们普遍地奉行一条准则——从道义上同情弱者。人们在剧场里,在电视机旁,关切地注视着她的举手投足和微末细节,神经变得极为敏感。人们关注的是,她在压力面前是不是有所畏缩?请看这样一封来信:"你好!不久前看了《歌曲之友》电视节目之后,很多人便言论开了:'她这是怎么啦,唱得都不敢动情了''……跟中学生背课文一样,放不开了!'我也有同感,觉得很不安,便决意写这封信给你……多么令人费解!当我们一些年轻的作曲家、歌唱家,刚刚试图探索和吸取异国歌曲的长处时(当然,开始时总不免幼稚,甚至摹仿多于创造),就有同志说东道西起来,甚至对新近评选出来的听众喜爱的十五首歌曲也横加指责,我认为这样不一定妥当。为了四化建设,我们当然需要响彻云霄的好的进行曲,但也不应排斥带有中国民歌风味的健康有益的流行抒情曲。从某种意义说,车尔尼雪夫斯基的话是对的:一代人有一代人的美!从这种意义上说,你的探索是可贵的,有前途的……"还有的信更加直言不讳:"李谷一同志,要顶住!我支持你,一定要顶住!"

上千封支持的信件,也有几封反对的信件,这是多么地不成比例呀！它展示了当前文艺评论界的特异现象：一旦某作品受到干涉和指责，人们就对它兴趣盎然，价值倍增。即使它还有缺点，批评得有些道理，也不能摆脱这个反常的逻辑。而另一些作品一旦列为样板，并用行政手段加以推广，它的吸引力就骤然下降，或者干脆不听。奇怪吧？

更奇怪的事发生在体育馆的大厅里。当中央乐团来到上海演出时，深夜两点钟就有人冒雨排队买票。一万八千人的体育馆，全场爆满。李谷一几次谢幕，几次返场。最后一个节目报出《乡恋》时，看台上掌声雷动。唱完后群众的情绪达到沸点，仍不放她走。结果，这个歌唱演员不得不借鉴运动员的仪式，在体育馆绕场一周，向观众招手告别……

音乐界有的领导同志惊叹：《乡恋》不能再演下去了，因为这当中派生了其他因素！

“其他因素”怎么产生的？音乐界的领导担负着党所赋予的联系群众的枢纽作用。但在三年多来，音乐界的某些同志和群众之间隔着一堵墙——声音之墙。演员的歌声、群众的呼声和掌声都被反射回去，充耳不闻，却一味追究所谓“社会效果”。而那些不受群众欢迎的作品效果，为什么不首先追究？于是，隔阂日益加深，这就是“其他因素”产生的原因。

“其他因素”，在天津演出时表现得更加突出。李谷一在天津体育馆里，原定的节目单上没有《乡恋》。观众高喊：“《乡恋》！《乡恋》！”呼声潮起潮伏。乐队奏出了过门，李谷一开口演唱了，但是，观众的兴趣并不完全是为着欣赏艺术，因此演唱中间全场观众都和着音乐的节拍齐声鼓掌，直至曲终。他们的掌声既是对李谷一的支持，也是对那些横加干涉艺术的做法的抗议！

生活在变迁，艺术在发展，观众的心理也在转移。用音符去体现政策，用旋律去区分路线，用节奏去转变立场，有人试图这样做过，但收效甚微。那些为“四人帮”高喊“就是好！就是好！”的乐章，从内容到形式都被群众抛弃了。人们在饱受十年噪音的折磨之后，神经需要松弛。目前对流行歌曲和轻音乐所表现出的过于热衷，便是对十年浩劫的惩罚。

李谷一和歌坛一代新秀们所做的探索，其效果是积极的。我们盼望她能从前辈的指教中和各种不同的评论中吸取营养，开拓一条更加宽广的创新之路。当然，对她的实践需要加以引导，广大听众的艺术修养有待进一步提高，而音乐界的领导也有改善的必要。文艺界也应吸取“沉船”事件的教训，人才价值决不低于物质的价值。

她在扬帆起航，祝愿她能经住风浪。

（原载1980年10月8日《光明日报》，
与理由合写；选入1980年第11期《新华文摘》）

叶佩英与《我爱你,中国》

自从我和理由写的《李谷一与〈乡恋〉》一文在社会上产生强烈影响后,报社里有人便说:“你怎么净写那些走红的歌星,而不写科班出身、正宗正份儿的歌唱家呢?”我说:“那你说写谁呢? 她说,叶佩英就是一个正宗正份儿的歌唱家。”叶佩英刚刚为电影《海外赤子》演唱出插曲《我爱你,中国》,得到人们普遍地喜爱,我则是尤甚,因为多年的国外生活,使我对美声唱法情有独钟。我说:“行,那你就带我去吧!”于是,她便带我走进中央音乐学院,谁知一交谈起来才知道,她的丈夫还是我留苏时期的同学,不过,他是在莫斯科柴柯夫斯基音乐学院,我是在莫斯科财经学院。因为有她的丈夫在一旁插话,我与叶佩英的访谈和沟通也就更是十分顺畅。后来在一些公众场合里见面,彼此交谈起来也都很友好。她是广东客家人,一次客家人聚会,我们俩分坐在两桌上,她还专门走到我们这个非客家人的餐桌来,应我之约,即席为我们唱了那首《我爱你,中国》。下边,就是我当时写的一篇采访报道:

“我爱你,中国”,是电影《海外赤子》中一首动人心弦的歌曲。

看了这部电影的人,没有一个不为黄思华一家人眷恋祖国的一片赤诚之心所感动。巧得很,为《海外赤子》配唱的叶佩英同志,也是一个还在少年时代就满怀爱国热忱的海外赤子。那年她才十五岁,就同一批与她年龄相仿的小伙伴,回到刚刚升起五星红旗的祖国怀抱里来。

人们都称赞叶佩英的《我爱你,中国》那支歌子唱得好,倾注着对祖国的深切怀念和激动人心的滚烫热情,听起来就像故乡的小河淌水一样清亮流畅,同时,又像茅屋顶上升起的袅袅炊烟一样轻轻荡漾,不绝如缕。人们都说叶佩英能够恰如其分地掌握感情,在艺术上达到了精娴纯熟的地步。我国著名歌唱家周小燕在听了她的演唱会之后说:“你们听,叶佩英唱得多么可爱!”

但是人们并不知道,叶佩英推开艺术之门并不是轻松的,她走过了许多艰苦曲折的道路。在她刚刚考进中央音乐学院时,辨音的能力较差,别人从几个音中能够听出是什么大和弦、小和弦,以及音色的明暗和音质的刚柔来,而她却觉得生疏难辨,感到“唱歌容易练耳难”。后来她的音乐理论基础提高了,但由于练唱过多,没有注意适当地保护嗓子,结果声带上生了小结,严重时一天只能唱二十分钟。有什么能比这种打击更为沉重呢?就像一个长跑运动员折断了腿,一个刺绣女王伤了手指一样,一个歌唱家哑了嗓子就是失去了战斗的武器呀!这时她的情绪很低沉,望着中学时期的“三好”学生奖状,开始怀疑自己走错了道路。她在中学时候数理化课程学得是很好的,也许当初进入工科学院可能路子走得更为顺当一些。在这关键时刻，组织上和师友们及时给予她以热诚的帮助，特别是她的辅导老师汤雪耕老师，更是耐心地开导她，细心地帮助她解决练唱中的一些具体困难，给了她继续前进的信心和勇气。她开始认识到，消沉和动摇都是弱者的表现，在坚强的爱国者面前，不应当有克服不了的困难。当初选择这条道路的时候，她就曾暗暗地下定了决心，不管山多么高，路多么远，也要坚定地走下去，把嗓子练好，把歌子唱好，用自己的歌声为亲爱的祖国服务。今天，怎能因为遇到困难而松懈自己的斗志呢？

意志坚定了，她便坚持着别人无法想象的苦学苦练。嗓子不能多唱，她就用短短的二十分钟做有声的练唱，其余的时间她就用脑子想，在心里边唱。她是广东人，普通话说得不好，于是她就在吐字咬词方面狠下功夫，一个字一个字地练习拼音。凭着对祖国的赤诚和对音乐的热爱，她竟然能够在这样极端困难的条件下，练出一身过硬的功夫来，在毕业考试时获得优秀的成绩。

要想歌声打动人，必须把歌儿唱到人们的心眼里去。一个热恋祖国的人，他总是处处想到怎样能够更好地为祖国和人民服务。叶佩英本来是学西洋唱法的，为了探索音乐民族化的道路，她决心把中西唱法的长处揉合到一起。当时，她冒着完全失败的危险和某些人闲言碎语的讥讽，毫不动摇地一直坚持下去。直到她毕业的前一年，她唱出歌来还是中不中、西不西的，经常是真假声、高低音、土洋唱法直打架。经过多少年苦心孤诣的琢磨，经过虚心地向专家和群众请教，她终于在音乐民族化方面做出了新的突破。人们听叶佩英的演唱会，或者是欣赏她最近为《丫丫》、《海外赤子》、《苦难的心》和《排球之花》等影片的配唱，便不难发现，她在行腔上的抑扬顿挫，用声方面的刚柔并蓄上，都有她自己的独到之处。再加上她演唱时感情充沛、激扬、热烈，与观众感情交流，使得她的歌能够做到声情并茂，扣人心弦。

真挚，是她可贵的演唱风格与气质。一首歌到手，她总是反复地揣摩感情，揆度情理，然后根据自己对艺术的感受，对生活的态度，一丝不苟地表演出来。她不去追逐风尚，不为迎合某些观众的心理和博得更多的掌声而矫揉造作，故意唱得柔弱缠绵。她认为，应当使自己的歌声让观众得到真正的美的享受，应当让观众在歌声中能够吸到清新的空气，找到激情、喜悦、理想和力量。她愿为我们祖国阳光灿烂的春天唱出更多的优美而又健康的歌曲来。

（原载1981年4月26日《光明日报》，与彭惕强合写）

蒋大为，一个大有作为的人

我应《中国青年》杂志社的邀请，采写一篇当时已经很为走红、并已身任东方歌舞团团长的蒋大为的文章。为什么说是“特邀”呢？因为当时我已不是记者，而是到北京经济学院教书去了。与我一同去采访的韩华，是著名歌唱家程琳的亲朋好友，所以很容易地敲开了蒋大为的家门。

十五年前，一个穿着补丁衣服的中学生找到天津市和平区文化馆，要求参加该区的文艺宣传队。主考人是一个同样年龄的女中学生，名叫张佩君。她让他唱两首歌。没想到这个看上去朴实沉静的陌生男同学音量却很大，在他那粗犷质朴的歌声里蕴藏着某种闪光的素质，一下子就把她吸引住了。她以宣传队队长的身份接受他参加宣传队。两个人都没有料到，后来他们的命运会发生那么密切的联系，直到结成伉俪；而那次简单的“考试”，也竟然成了蒋大为艺术生涯的开端。

中学时代，蒋大为更喜爱的是美术和体育。他是天津十六中的体育尖子，百米冠军，区赛获奖者。1966年高中毕业时，他立志要当一个画家，报考了中央工艺美术学院。可惜报名后不久，所有的学校都停课闹革命了。他不得不根据当时的客观条件，对自己的兴趣和精力进行了重新的排列组合，参加了文艺宣传队。通过演出实践，在能歌善舞的张佩君的影响下，蒋大为越来越喜欢声乐这门艺术了。他的良好歌唱素质，很快便为人们所赏识。不久，他的演唱节目便开始出现在天津电台和电视台上。

1968年，蒋大为和张佩君一道，到内蒙插队。在农忙的间隙，他们把一支支优美的歌唱给青山，唱给绿野，唱给周围的乡亲们。乡亲们高兴地说："快听，活电台又广播了！"村子里有什么婚迎喜庆之事，乡亲们都要请他们去演唱。方圆几十里的人们都知道，他们是天津飞到内蒙草原上来的一对会唱歌的夜莺。可是，蒋大为并没有因此而满足，他利用每个冬天回家探亲的机会，都争分夺秒地去向天津的一位声乐教师学习科学发声的基本方法。

1970年，吉林省森林警察部队文艺宣传队发现了蒋大为和张佩君这两棵艺术新苗。从此，他们便走上了专业文艺工作者的道路。后来，成为蒋大为妻子的张佩君说："在我的记忆里，蒋大为只有从这个时候起，才不穿带补丁的衣服了！"他穿上绿色的军装，在长白山林和松花江畔到处演唱。艺术的实践和雄伟的大自然景色，扩展了他的眼界视野和生活内涵，也扩展了他声音的容量。但他知道，要真正成才，还要通过孜孜不倦的学习。他拜吉林艺术学院的高慧菊同志为师，一有时间便去求教。那时，长春街头很不安定，他有时学习得很晚，就请团里一位演杂技的大力士作"保镖"。高老师对虚心求教的蒋大为一片诚心，常对他说，一个歌唱家首先应当是自己民族的歌手，在吐字、发音和韵味上要体现出我们民族的特点来。但不能满足于此，还要学习和借鉴国外一切好的东西。可那时候，唱外国歌是会遭到批判的。师生两人不得不躲进斗室里，紧闭门窗，偷偷地教，偷偷地学。不敢唱歌词，就用咿咿呀呀的虚字来代替。盛夏，屋里闷得透不过气来，汗水湿透了衣衫。蒋大为顽强地练唱老师指定的曲目，一首歌，有时甚至某一个音，都要反复练唱几十遍。

蒋大为脱颖而出，是在1974年为电影《青松岭》配唱插曲的时候。他那嘹亮遒劲的歌声，随着山谷里清脆的鞭响，带着浓郁的乡土气息，紧紧抓住了观众，一下子震动了大江南北、长城内外。以后，他又为不少影片配唱了插曲，并且参加了1975年的全国独唱独奏调演。蒋大为以自己声情并茂、富有独特色彩的演唱，赢得了听众，也引起音乐界的关注。1975年底，他被调到中央民族歌舞团担任演员。

进京后，他在声乐艺术上给自己提出了更高的要求。他把许多音乐界的老前辈和有造诣的歌唱家都当作自己的良师益友，演出后如有机会总要认真听取他们的意见。为了加强各方面的素养，他还练习写歌词、谱曲、绘画。他虽已成名，却仍然在一点一滴地积累着，探索着，追求着。他自己作词、谱曲和演唱的《骏马奔驰保边疆》一歌，可以说是他十多年积累的结晶。1979年3月，他到广西前线慰问，沿途听了许多军民鱼水情深的故事。他很激动，创作的欲望撞击着他，一个跃马扬鞭的骑兵战士形象渐渐在他脑海里形成。这首歌用了蒙族音乐的旋律，伴奏欢快热烈，间或可以听到哒哒的马蹄声，而演唱起来则又非常抒情、辽阔、雄健，形成紧拉慢唱的效果，十分鲜明地描绘出一个心肠火热、感情朴实、豪迈警惕的骑兵战士形象。这首歌一经演出，立刻受到听众的热烈欢迎，很快就在青年中间广为传唱。

“啊！牡丹，百花丛中最鲜艳。啊！牡丹，众香国里最壮观……”《牡丹之歌》是蒋大为配唱、很为群众喜爱的又一首电影插曲。透过瑰丽的画面，传出清亮、甜美、深情的歌声，带着美好的憧憬和热切的神思，直叩人们心灵的门扉。

凭着智慧、专心、真挚和意志，蒋大为在音乐艺术上已经闯出路子，建立起自己的风格。作为一个有着比较全面的表现能力的男高音歌唱家，他不但为国内听众喜爱，也开始为国外观众所熟悉。最近，他随中国民族歌舞团到日本进行了访问演出，这是他第三次访问日本。蒋大为今年三十四岁，正是大有作为的年华，又适逢这样一个大有作为的春天。我们祝愿他的花儿（当然不限于牡丹，还有盛开的桃花、缅桂花等）开得更鲜艳，更壮观。

（原载1980年第10期《中国青年》，与韩华合写）

第八辑

异域情怀

二战后的莫斯科记忆

阳光，是太阳对大地的凝视；青春，是时光对生命的凝视；回忆，是人们对昔日的凝视。每当我凝视六十多年前莫斯科战后的记忆时，便会让我想到那些让我心灵得到净化、良知受到启蒙的往事，感触到了那到处充满着温情、善良、和谐、友爱的氛围，和正义终于战胜邪恶、真理终于战胜强暴的人间最大喜悦。英国有位诗人曾说：“一个人的一生中有一个时刻，你如果能够找到它，或许就会是你终身的幸福。”我觉得，我能够在那个时候来到它的身旁，或许，这就是我一生找到幸福和认识到幸福是什么的“那一个时刻”。因为，那里是一个用几千万人勇敢的牺牲和这些勇敢牺牲者的鲜血洗得格外清净明亮的天地。

那时候，好像太阳离我们特别的近，天空好像也特别的蓝，周围的一切都是那样的新鲜、靓丽。人们的精神都很充实饱满，心情都很明朗愉快，因为那场整个大地都在燃烧的战争刚刚结束，每个人都经历了后人无法想象的苦难和悲伤，心中痛苦的烙印和眼角上擦也擦不去的泪痕，都留得很深很深，所以觉得眼前的这一切一切都很可爱，都值得特别地珍惜，对于许多不可理解的事情，都用善意的心情去理解；对于许多不尽人意的地方，都用善意的心情原谅了它的存在。大家都知道，经历了那样一场毁灭而生存下来，本身就是很不容易的。所以，每个人都在努力地工作，努力地学习，都用微笑迎接每一个黎明，都用诚实的劳动去打扮生活。

那时候，人们最喜欢说的一个词，就是"诚实的劳动"。人们都把它看作是无上光荣的事，也认为这就是生者对于死者的最好奉献和永恒的怀念。大家之所以同具这样一个心理，那是因为平均每个家庭里都有一个人在战火中牺牲。所以那时，不论是车床旁边的工人，还是做着尖端科学试验的学者，都在不计报酬地诚实劳动着。正是靠着这诚实的劳动，在战后短短的几年时间里，便有了古比雪夫水电站、伏尔加、顿河运河和地铁网络那样震惊世界的辉煌杰作，不断在最新出版的地图上闪亮出新的标名。离我最近的是莫斯科大学，它是1949年才破土动工，但只用了两年多的时间，就在列宁山上耸立起一座辉煌壮丽、气度非凡的世界第一流学府。为了体现对于诚实劳动的尊重，不少参加建筑的青年，都直接地被录取为莫大的学生。

在我们学校里，当然，在别的学校里也有几个年纪很大的学生，他们都是刚刚复员下来的军人。人们都用一种特殊的感情看待这些当年被人们称之为"走向亲人千里万里，而走向死亡只有半步"的人。他们现在离开硝烟弥漫战场走向科学宫殿时，自然要比一般的人困难多些，因此，也得到学校格外的优待。当时大学生宿舍紧张，不是每个人都能得到，而他们总是可以分到一间离学校最近的宿舍。

那时候,在青年学生中间,经常荡漾着的还是那些怀念战争岁月的歌:《喀秋莎》《小路》《遥远,遥远》《再见吧,妈妈》等。那悠扬的旋律总会带我们找回那个年代,也会更增加对今日生活的幸福感。不过我回头看看,那几个年纪大的同学,身穿着绿色军装的复员军人,总是面孔严肃地站在我们身旁。

一次,学校共青团组织我们去到离莫斯科有一百公里的毕谢里谢沃特村,去参观卓雅的故居和她牺牲地的纪念馆,我们自然又是一番无以言表的激动,有些女同学还流下泪,可是我回头看看那几位复员军人,仍然是那样面孔严肃,像是几尊活的雕像。

更让我永远记在心头里的,是那个暴风雪之夜。

我是学金融的,也是受那种蓬勃朝气精神的鼓舞,主动提出要到最艰苦的远离莫斯科的偏远农村去实习农业信贷。于是,我就有机会住进了森林边缘的俄罗斯式木头房子里。

没有走进这种木头房子里的人不知道,你别看它外面那么粗糙,里面却是非常温暖舒适的。一般人家都是刨花地板;好一点的,墙上还有壁毯挂画,再配上琉璃吊灯和质地优良的家具,不论是从观感上还是从实用上,都是上乘的,惹人喜爱的。

当一个人在深秋淋着冷雨的夜里,脚下是一片铺满落叶的泥泞,艰难地迈着疲倦的步子时,或者是在苍茫的暮色里,冒着风雪跋涉在荒凉的小径上时,从遥远的地方望见森林边缘的桔黄色灯光,满心喜悦地迎着灯光走进那木头房子里时,它会让你感到满屋子都是温柔的光线和春意融融的暖流。

可是,有一次我却险遭不测,在变化诡谲的天气里几乎回不了那温暖的木头房子。事情是这样的,那天,我到离镇较远的一个集体农庄里去考察奶牛饲养情况。农庄主席让我详细地看了他们的牛棚和在当时来说已算是先进的饲养设备,看了几个妇女用挤奶器为乳牛挤奶的全部过程。等到这一切都结束时,苍白的黄昏已经悄然临近。冬季日短,而地势越北越甚,有些地方差不多四点钟天就黑了。

农庄主席本是要送我回去的,我执意不肯。自觉道路还熟,时间又不算太晚,于是,便一个人顺着傍靠铁路线的那条公路急匆匆地向回走去。越走天色越黑,路边的树木一片寂静。云杉和冷杉伸出一条条绿色巨臂,承受着悄然落下的雪花。白桦树则像一群仙女,窈窕淑静地在暮雪里凝思。月光从云缝里披露出来,周围是银白色的童话世界。可是,当我走了将近一半路的时候,忽然听到林子后面有像狼嗥的呼啸声。我有些机警起来。

这时,月色已经没有方才那么明亮了,天空呈现出晕黄而又发灰的颜色,空气渐渐湿暗,弥漫着像烟雾似的雪沫。

我预感到有什么不祥就要降临,于是赶紧加快了脚步。不一会儿,两鬓已经是汗水津津的了。这时,树林后边的狼嗥声越来越大,空气中的烟雾也越来越浓,渐渐模糊了视线。雪花越来越密,四面八方都是落雪积成的帷幕。不好,可能遇上暴风雪了,这在荒僻的森林旷野里那是很可怕的,对于我这个非本地人来说,它的突然降临更是危险。这时,我倒希望方才那嗥叫声真是野狼,而不是别的什么东西。不幸的是,来的不是野狼,恰恰是那个最让人担心的暴风雪。

不久，眼前的一切景物全部消逝了，天地都溶化于白茫茫、灰蒙蒙的飞雪和烟雾中。狂风肆虐，疯狂地撕扯它所能碰到的一切，震得耳鼓嗡嗡作痛。我扭过头去寻找我所傍依的铁路线，铁路线却不见了踪影，再低头看看脚下的路，路好像变得越来越不踏实。我可能是走错了路，陷进漫无边际的雪原之中了。

正当我陷入绝境、四顾茫然失措的时候，突然听到身后传来了叮咚悦耳的马铃声，透过风雪的缝隙似乎还听到几声呼喊。我停了下来，转过身细心地倾听着，辨认着，果然过了不久，就在一片混沌的雪墙后边晃动出一个黑影，而且逐渐听清是在呼喊我的名字。啊，天啊，是他，真的是他赶着大马爬犁追赶我来了。

"快坐上去！"他跳下来将我扶到马爬犁上，又将身上的皮大衣脱下来裹到我的身上，然后"叭"的一声鞭响抽着两匹大马向前直冲过去。原来，农庄主席一见变天就为我担心，马上套好爬犁亲自追赶上来。

"你在风雪中辨路的本领真强呀！"已经望到了木头房子和桔黄色灯光时，我由衷地钦佩说。

"风雪地里走惯了，"他闷声闷气地说，"在前线的时候，经常碰到这样的坏天气！"我知道，他在卫国战争期间，在部队里就是个运输兵。

后来我知道，卫国战争期间他应征上了前线，还参加了斯大林格勒战役。应征前他是个开车的，在部队里是个运输兵，什么样的暴风雪都没有把他困住过。

在那太阳初升的岁月里，我有很多美好的回忆，它让我感到生活充实，感到世界上存在着那么多有价值的东西，值得我们去追求、争取和奋斗。

（原载2015年8月30日《光明日报》）

奔驰在西伯利亚的国际列车上

中国倒爷

当火车一开进那块辽阔的土地，大自然便用她最雄浑宏阔的体魄，展现着“无垠”两个字。森林、雪原、穹庐、天野，茫茫苍苍，无边无际。火车就在这辽阔和无垠中奔驰着，日以继夜，夜以继日。

“我们赚的是绿钞票……”

“什么？”

“嘿，哥儿们，连什么是绿钞票都不懂？真是个雏儿！”坐在我对面床铺上的几个年轻人围着一个什么热点话题议论起来。

“都管我们叫倒爷，甚至还加上‘国际’两个字，真有意思，或者说真没意思！可倒爷又怎么样？我们给国家倒回来的是外汇，是绿色钞票！”

“靠我们这一倒，搞活了市场，救活了多少个快要倒闭的企业。靠我们这一倒，给苏联人送去了温暖，送去了新潮……”

“现在不叫苏联,叫独联体!”

“叫什么都一样,反正是这块地方……”

几个倒爷大侃起其国际贩运的贡献来。他们极不甘心人们送给他们的这个多少带有嘲讽意味的称号。说话的是一个三十多岁留着小黑胡子的汉子,他原是某机关干部,自修了大学课程,拿到了毕业文凭,评上了专业技术职称,但现在却毅然辞职下海,跟随那些哥儿们、姐儿们做了倒爷。这种精神正与他那强壮的体格相符,好像也只有他这种类型的人,才会产生这样大的决心。

“是的,你说得不错,我是不会忘记那些淘金者流浪汉们的足迹的!”说实在的,我很欣赏他的这种胆识和气魄。

“我们不也是那些淘金的流浪汉吗?所不同的是,我们穿着皮夹克和耐克鞋罢了!”一个生得文质彬彬的倒爷插过来说。

“都说倒爷挣的钱多,可谁知道我们倒爷付出了多么大的辛苦,花费了多大的代价!”小黑胡子接过来说,“干我们这一行的,可真是不容易啊!豁出去的东西太多了,包括自己这条小命在内。有人把我们闯荡国外的生活,归结成为三个千万,那就是:千山万水、千辛万苦、千难万险。”

嗬,还真行!倒爷也倒出个四六八句来!真不知这里边包含有多少酸咸苦辣和炎暑寒冬呢?

“你就说这千山万水吧,”他开始向我倾诉起来,“国内的人有谁尝过我们这么长的旅途生活?前几年人们跑匈牙利,一趟车板就是九天九夜,现在又转到罗马尼亚来,时间更长,要十天十夜。过去人们常说:百里不贩草,千里不贩粮。我们这一趟要走几百个千里百里呀！坐这么长时间的车，走这么远的路，所受的苦，所遭的罪，不用说，也是人们完全可以想像得到的！要说风险，我们每个倒爷都是一部惊险小说！”

车过伊尔库斯克之后，倒爷们开始沿途售货了。每到一个大站，他们就将带去的皮夹克、羽绒服、旅游鞋等物拿出来叫卖。有的人拿着货物到站台上去卖，但大多数人是在窗口上抛售。因此，事先抢占一个便利的窗口是非常重要的。这样卖，既可不受顾客纷扰免去被偷被抢之患，而且又占据了主动权，你递上钞票，我扔给你衣服。大编织袋就放在身边，你买多少我拿多少，操作起来得心应手，随意方便。所以还没等火车进站，倒爷们就想方设法把好的窗口抢占了，这里难免有你争我斗，有时为了多打开一个窗口，还要把大把的钞票塞给列车员。为着一个窗口，挖空了多少心思呀！不过也有智高一筹的人。他上得车来，先对车上倒运过来的货物做一番调查，然后根据来货情况做出相应对策。如果他贩来的是皮夹克，别人上的都是羽绒服和羊毛衫之类的东西，与他的货物没有冲突，各招一方卖主，他便不紧不慢地抛售自家货物。如果别人也都贩运的是皮夹克，他便要审时度势，另做一番最为有利的打算了。当别人都争着抢占窗口时，他却拖拖拉拉甘拜下风。一路上，别人把货物都抛售光了，他却一件也没卖出去。而正当别人洋洋得意地数着大把钞票暗自庆幸自己又赚了多少钱的时候，他这才不慌不忙地走到窗口前一件一件地向外甩。一般说来，越是靠近莫斯科，货物价格越高，而这时别人的存货已经卖完，车厢已经无人可与他竞争了，因之他的皮夹克也就由六千卢布涨到八千或一万。别人只能看着眼馋或后悔得直跺脚,除此之外是一点办法也没有了。

也还有另外一种情况,有人也跟着他学,沿途一点也不抛售,一心只想卧底,好等到莫斯科时赚大钱。可是卧底的人多了,莫斯科市场上一下子增加了那么多货物,价格又降下来了,还不如在路上卖的钱多。而那智高一筹的人,又采取了另外一种策略,早在沿途兜售一空,他又赚了大钱。

列车又驶进下一站,每个窗口前面都密密匝匝地围着一群人,伸着脖子贪婪地望着车窗里伸出来的衣物。但是围着的人多,真正解囊购买的人却很有限:因为物价上涨得厉害,工资没有跟着物价指数上调,居民的购买力普遍降低,对于这些高档商品都有力不从心、囊中羞涩之感。迫于此,要求以货易货的人很多。他们各自拿出自己的优势产品来:呢子大衣、毛皮、照相机、手表、冰鞋和各种手工艺制品等,同“倒爷们”进行着等价的、实际上是不等价的交换。由于两国的价格结算不同,各自都觉得对方的商品便宜,生意一旦做成,都乐不可支地捧着换来的货物,庆幸自己赚了大便宜。住在我隔壁包厢里的一个倒爷,用一件一百五十元的皮夹克,换来一件上好的呢子大衣、外加一套西服。他得意地捧着呢子大衣让我看成色,夸奖呢子手感是如何的细腻。我再看看窗外换得皮夹克的汉子,同样是眉飞色舞,喜形于色。怎么会双方都赚了呢?天晓得,这里边是个什么经济数学?价值和交换价值是怎么发生如此神奇的错位?实际上,这里边的神秘就在于打的是地区差,就像排球上打的时间差一样。中俄之间这种换货贸易的地区差是很大的，互补性很强，所以自古以来就很发展，马克思早在一百多年前写《政治经济学批判》时就曾这样地描写过："西伯利亚和中国之间的商品交换，事实上虽然纯粹是物物交换，但是以银为价格尺度的。"

为了进行换货贸易，西伯利亚的俄国人、布里亚特人、鞑靼人、涅涅茨人，还有吉尔吉斯人和乌兹别克人，常常提着一个大兜子登上列车挨车厢地推销自己的商品。他们大多数人是不买车票的，与列车员把关系搞熟了，坐一两站下车，然后再乘返程车回来。他们虽然只会说一两句中国话，但随身都带着一个计算器，要卖多少钱就把价格按在计算器上。对方还价，也按到计算器上。没有计算器的，就用手指头比划，夹杂着说上几句中文、英文。反正货物就摆在眼前，彼此双方都有了底。如你看好了这个望远镜，就伸出四个指头，对方觉得多了，就上前去给你拨回一个指头。真想不到，这现代化的商品竟采取了最原始的交换形式。

俄罗斯倒爷

第二天的行程上，我又结识了隔壁包厢新上来的一对俄国父子。给我印象最深的是那位老人。他虽然已有六、七十岁了，可是身材粗壮魁梧，面孔红润，蓄一脸密匝匝的大胡子，嗓门浑厚有力，震得车厢直响。我们很快就混熟了，原来这老汉是个猎人，就来自当年我在苏联留学时曾去实习过的那个区，他此行是去莫斯科出卖兽皮的。

开始谈话时他便问我是哪国人，朝鲜人还是日本人？我告诉他都不是，我是中国人。他爽直地对我说："中国人狡猾！"我问他为什么？他蛮有根据地说："我买了一件你们的羽绒服，说是羽绒，可拿回去拆开一看，里面全是鸡毛和棉絮，甚至还有些稻草！"他这么一说，不由得让我记起三十多年前初来苏联时候的一件事。有一次，也是在去莫斯科的列车上，坐在身边的一个老太婆问我："你是哪国人？"听说我是中国人时，她非常高兴，对我非常友好亲切，竖起大拇指来说："中国人好！中国人对我们最好，中国人给我们送来大米、苹果和茶叶。德国人送给我们什么？送来的是炸弹！"那时，卫国战争刚刚结束不久。

想不到几件"假冒伪劣"产品，会起到那么坏的作用。我望了望身边的"小黑胡子"说："你们说为国家赚回了绿钞票，搞活了市场，这都是对的！可把这假冒伪劣商品送给我们'老大哥'，总不太好吧！"听我这么一说，小黑胡子忙用眼光扫了扫坐在对面的两个浙江人。

"也不能这么说！什么叫假冒伪劣？一分钱一分货嘛！他们喜欢新潮服装又贪便宜，可不就得买这冒牌货吗？再说了，人们的消费观念已经改变了，追求的只是个新、时髦，并不是经久耐用。人们买了件新装阔气了一阵子就满足了，有谁还像从前那样，哥哥穿了给弟弟穿？"生得纤巧灵秀的浙江人辩诘地说。

他们也有他们的理论依据。反正是，百货中百可嘛！果然没过多久，有人便走到隔壁老猎人包厢里去，要买他的兽皮（还有禁猎的羚羊角），他也居然同几个被他称为狡猾的中国人做起生意来。倒爷中没有几个会说俄国话的。有人闯东欧已经三年多了,可是迄今还是个语盲。不过,话虽不会说,买卖却照样做,而且一点也不会因此而吃亏的。只要掌握几个关键的字就有了砍价的资本。当下,老猎人就用五张兽皮换了浙江倒爷的一件羽绒服,他可能怕里面又是鸡毛和稻草,所以用手揉了又揉,捏了又捏,他年轻的儿子也细心地帮助他挑选。砍价时,双方啪及(啪及是俄文的5)来、啪及去地折腾了好几个回合。

"我们西伯利亚是个富饶的地方,你在这里呆过,你是知道的!"老猎人做完了生意,像其他做过了换货贸易的人一样,怀着庆幸赚了大便宜的得意心情,喝着加糖的红茶同我闲聊起来:"我们欢迎你们过来与我们合作,一起来开发!你们中国人有脑子!"老猎人说着用手拍了拍头顶。

"目前这种换货贸易就很好,虽然它是一种很原始的交换形式……"年轻人说。

"不过,应当尽量去掉夹杂在中间的鸡毛和稻草!"我补充了一句,大家都哈哈地笑了起来。火车又进站了。这是一个大站,站台上人群熙来攘往。有不少人挤到车窗和车门跟前,叫卖他们能够拿得出来的各种货物:面包、牛奶、酸黄瓜、鱼罐头、排骨斧、切菜刀、水壶和房中各种小摆设,有人还拿出政府刚刚发下的十万卢布面值的私有化股票来卖。可惜中国倒爷都不认这玩艺儿,不然的话,他们只要拿出一件皮夹克或者是羊毛衫来,就足可以换到一张那个玩艺儿。

在几个大站上,我还看见有的俄国小伙子胸前挂着一张纸板做成的牌子，上面写着“我买机会”几个字。那个样子使我想起文化大革命中挂牌游斗，上写“我是牛鬼蛇神”一样滑稽可笑。我一直悟不出这是干什么的？买什么机会？机会多少钱一个？直到后来我与老猎人身边的年轻人闲谈时才知道，这是当前很时髦的一种行为。

“过去，人们的一切行为，包括他们的生活、工作、学习都是由政府给规定好了的。一个人从上小学到中学、大学，工作，退休，都是由政府给安排定了的，谈不上什么个人的机遇和个人的奋斗。现在，国家不包了，完全放开了，把命运和机会都交给每个人。”年轻人耐心地给我解释说。可我还是不明白？这些年轻人冒着风寒站在街头挂上牌子到底是要买什么？总不至于要一声祝福或者是什么空头应允，就心满意足了吧？在长街一站，也不是很好受的差事！原来，所谓购买机会，就是想找到一个就业机会，或者是找到一个可以发财赚钱的信息。

“你相信这种机会吗？也就是说，你肯站到街上购买机会？”我问那个年轻人。

“怎么说呢？我自然不会挂个牌子到街上去买机会。但是我相信并希望有这个机会。现实生活是：如果你有能力，你就可以获得成功！”

“如果没有能力呢？或者是逢不到机会呢？”我反问道。

他笑了笑，想了一想，但终于没有找出合适的答案。老猎人不满地瞪了儿子一眼，气嚷嚷地说：“什么机会？我就不相信这一套！”

“可是,现在小型企业像雨后春笋般地发展起来了!”年轻人好像不对任何人的话做正面回答,只管自言自语地说:“莫斯科北面的伊万诺沃州,在1990年6月到11月的半年时间里,注册的小企业就由十三家增到三百家。在哈萨克斯坦,到1991年7月底为止,注册的小企业已经有八百二十家,注册的合作社已有一千八百四十二家了!每一个星星都会出发亮光的!这不都是机会嘛!”父子俩的争议让我看到两代俄国人的不同个性,而从这不同个性中又可看到不同时代的价值观念和审视角度。

雾升起来了,这是黄昏来临时林中常见的景象。雾很快在林中弥漫开来,一点点地升高,像波浪一般地沉落起伏着。发蓝的天空已经开始黯淡朦胧,苍茫的暮色很快就托出几颗闪亮的星星。有人喊道:“快到莫斯科了!”

(原载1994年第1期、第2期《消费者》)

又见莫斯科，又见喀秋莎

一

又见到了她，又见到了莫斯科！

我的心脏止不住激烈地跳动起来，嘭嘭的响声连自己都能听到。已经阔别三十多年了，想不到今生今世还能再见到它。虽然早已记不清它的面庞了，但是它的影子不管什么时候从未从我的记忆中抹去。因为那是我生命之旅的开头，我对世界、对人生、对自我所产生的种种认识，都是在它的身边形成的。莫斯科，不管它以后经历了怎样的沧海桑田、陵谷交替，可它在我记忆的时刻表里，永远是早晨八九点钟，永远是那样一副不容改变的面容。

一出机场，洁净宽广的柏油马路便笔直地延伸在一片树林中间。土地潮湿泥泞，覆盖着欲化未化的积雪。林中丛生着椴树、榕树和白桦树，金色的、橙色的、褐色的叶子挂在枝头，还没落尽。

穿过树林，便是一幢幢撑天拔地的高楼大厦，结构新颖，造型精巧别致，中间有着许多惊人的构思和匠心独运的线条，透露着欧洲各种建筑风格的神韵。我惊讶这些楼群是在什么时候建筑起来的？在我的记忆里，这里的过去，只有普希金的抒情诗和列维坦的风景画，那时，这里是由优美的自然景观统治着的。不知是哪年哪月，发生了这种转换？

它告诉我，应当重新好好地认识认识这不同寻常的、被第三次浪潮猛烈冲击着的三十年！

“看起来您很激动！您对莫斯科好像并不陌生？”汽车司机坐在我的身旁，他从我的神情举止中猜测到我的不同一般人的感受。

“是的，你说得很对！它对于我来说，是很陌生但又不陌生。已有三十多年没有来过了！”

“变化很大？”

“是的，应当说世界任何地方变化都很大！但是——莫斯科毕竟是莫斯科！”我一下子很难说清楚自己的感情。

许多已经褪了颜色的梦，又恍惚而又非常现实地浮现到眼前来，特别是当汽车经过红场又听到克里姆林宫塔楼上传来那深沉古老的钟声时。阳光，是太阳对大地的凝视；青春，是时光对生命的凝视；回忆，是人们对往昔的凝视。当我凝视着这古老的城堡、古老的塔楼、古老的时钟时，我感到了时空的绝对的神秘和奥妙。三十年来，世上发生了多少数得出来的和数不出来的变化呀，虽然克里姆林宫古老的城墙和红场上那用石块砌成的路面，仍如过去那样呈现着凝重、湿暗、阴郁、冷峻的色调。而最圣洁不变的、一直在燃烧着的，只有克里姆林宫苍褐色城墙下边那座无名英雄纪念碑前的圣火。那一天天非常的阴冷，北风凄厉，街上行人很少，且都匆匆而过，听说，莫斯科的年轻人结婚时一定要到烈士墓前献上花圈，穿着结婚礼服在碑前留影纪念。可惜今天天气不好，没有人选择这样的日子结婚，因而来的大多数是老人和孩子。他们的面孔是严肃的，同时也满怀着虔诚和期冀。碑前有一块空地，火焰从地心里喷射出来。钢蓝色的火花映照着参谒者严肃的面孔，也映照着碑前的两行字："你们的名字虽然无人知晓，但你们的业绩却万古长存"。

"八千卢布！八千！"中国倒爷在人群中兜售皮夹克。可惜俄国人不懂得两指一撇的八，因而倒爷只能伸出一个巴掌外加另一只手的三个指头。有时他们也用电子计算器示价，对方还价也把数字按到计算器上。他们大多数不会俄语，有人闯东欧已经有二三年了，却至今连一句俄国话也不会说。

我们在一个民贸集市上，又见到了离境办理托运时见到的那两个倒爷。他们一个是北京某高级宾馆的厨师，另一个是街头练摊的眼镜王。厨师在那样一个单位里挣的钱自然不会太少，但是拿死工资、受人管的日子过得并不开心。后来他听一个表弟说，去国外闯的人都已经发了，而且不是一般地发了；有的人已经海了。别人能出去闯，自己就不能？于是他向经理提出辞职，托人情去申办出国护照。当然，事情并不那么简单，不论哪个人要把全部手续办下来都得耗个一年半载的，都得付出相应的铺路费，他当然也不能例外。但当那红本子一拿到手，他便感到了一种空前未有的解脱，就好像是花钱赎了个自由身似的。

他们把两个大编织袋摞在一起,一个人两手捂着袋子,一个人连说带比划地同顾客砍价。他们不得不这样严加防范,因为围过来的人太多,稍不留心便有被拿走一件的危险。需要特别加以防范的是吉普赛人(在俄国叫茨冈人),他们惯于在杂乱的集市上做手脚。有一次,上海来的两个倒爷在这摆摊,过来一群吉普赛人七手八脚地翻着衣服,七嘴八舌地同他们砍价,女人的大裙子在编织袋上飘忽来飘忽去,急得他们也不敢多说话,忙用双手按住编织袋说:“不卖了！不卖了!”可是等那些人走后,他们发现下边那个编织袋还是被人给划了个大口子,从里边抄走了两件皮夹克。

“现在的生意不好做了!”闲下来时他们对我说,“好时候已经过去了！去年开春到今年七八月份,是黄金季节,赶在那时候出来闯的,都把钱挣下了！可惜我们没能赶上那个好时候！等我们拿到护照出来,好戏已经散了,能够看到的只有一个背影!”

我问他们:“为什么现在生意不好做了?”

“出来的人太多了！开始,人们跑匈牙利,有二、三万人,接着又去波兰和罗马尼亚。后来匈牙利采取了收缩政策,在那里不好混了,现在又赶上俄国经济政策开放,就都返回莫斯科来了。再说,人家的倒爷也成群结队地窜到中国来。在秀水街里你仰脸去看一看,每走十步就是一个俄国人,他们也是来回地倒呀!”

“你们这次倒得怎么样?”我问。

“别提了！叫警察给讹了一下,损失了二十多万卢布!”厨师不住地咂嘴叹息说。

“怎么会呢?”我半信半疑地说。

事情发生在前天下午。当时,他们俩正在市场上练摊,忽然过来两个警察,都是身材高大、膀大腰圆、胳膊伸出来像牛腿一般的粗。站在你身后就像站着两个黑铁塔似的。哥俩一看这架势没说的,赶紧听命吧,让上哪儿就跟着上哪去。否则,让他抓住脖领子还不像拎个小鸡似的。警察将他们带到派出所里去,问他们有无证件到此来卖货。接着,又让他们把手举起来面对墙壁站着,然后伸手搜身将其兜里的钱都掏出去。以后,警察又问了他们一些别的问题,遗憾的是他们大部分都没听懂。他们比划着说,他们是卖皮夹克的,进市场大门时付了交易费,并把护照和收据翻找出来给他们看。警察看了那些证件和从他们身上搜出的钱,然后气哼哼地将原物甩给了他们。开头他们很高兴,可把钱拾起来一数,发现短了许多张五千卢布和一千卢布的大票,加到一起足有二十多万卢布。他们急了,与警察据理力争,要求把扣下的大票还给他们。警察蛮横无理,硬是把他们推出到门外。

“黑社会的人暗算我们还情有可原,现在,警察也出来公然洗劫了。你说这天底下还有个理字吗?”厨师越说越有气,用木棍敲得栅栏嘭嘭直响。

二

我们踏着一路泥水,去看我们读书时的学校。方位还是那个方位,街名还是那个街名,可是昔日印象中的景物已经完全变了。一住四年的大学生宿舍楼,连同它周围的栅栏、庭院、庭院后边的面包房、水果蔬菜店、书报亭和亭子后边的体育场,都连影子也找不见了。代之而起的是一片摩天高楼,在两面高楼对峙之下的街道也显得比过去窄多了。那座小教堂,昔日荒凉破败,很少见到人的影子,今日却金碧辉煌,远远就看到它那闪闪发光的圆顶子了。学院就在教堂附近,找到了教堂,自然也就找到学院了。向人一打听,果然附近新建的那座高耸云天的大楼便是。

我们激动而又惊奇地走进大楼里。我在怀疑,这就是我多少年来一直梦寻的那座科学的庙宇、圣殿,那个曾经属于我们的教室、课桌和试验室吗?我今天被人称作经济学家,不就是从那张课桌上获得的知识开始学习走步的吗?可惜,它现在已经完全变了样子。虽然教室还是教室,课桌还是课桌,可是从里面走出来的却完全是另外一批青年。他们夹着书本走出来,在楼梯口跑上跑下,丝毫没有介意在走廊里站着一个毫不相干的老年人。我从来没有感到生活会变得如此的陌生和孤零,如此的不可思议。

我走到课程表前,细心地阅读着各个系所排定的课程。这里,同样使我产生陌生之感:一是今日的课程完全不同于昔日的那些课程,不用说"马列主义基础""联共(布)党史"这些政治课没有了,就连过去的那些主体课程——国民经济和各部门经济的计划学也都没有了;普遍设立的是另一门新课——"市场经济条件下国民经济的预测和计划";二是讲课教师完全是一代新人。我努力地在课程表上去找寻,虽然我明明知道三十多年过去那些知名的教授和副教授早已走下讲台了,但我还是固执地搜索着,期望有所发现有所收获。然而奇迹却真的发生了,我简直不大敢相信我自己的眼睛。在一大群陌生的名字中间,居然还列着一个多年来我一直尊敬的名字——玛丽娅·阿特拉斯。不知道她现在该有多大年纪了? 可她却还在执教,课程表上明明白白地写着! 而且讲的是主课,课时也很多,几乎每个系里都有她的课。

我望望身旁的刘工,刘工望望我,两个都像从梦中走出来复又进入梦中似的。

这时,一扇用人造革镶包的门打开,从里边走出一个姑娘,一手提着硬壳书包,一手捧着一大摞子刚刚借到的书。那一闪而过的背影,立即使我回想到了一个人;而顺着她打开的门缝我立即看出这个房间就是学校的阅览室。那些桌子的排列,借书柜台的摆放,资料的陈列和学生伏案读书的情景,同三十年前一模一样。我毫不迟疑地跨进门去。

"你猜,我看到方才开门走出来的那个姑娘时想到了谁?"我悄声地向身边刘工问。

"谁?"听声音他好像也产生与我同样的感应。

"喀秋莎!"

他沉默着,很明显他早已知道了我的答案,因之没有任何震动。

"你还记得,就是在那个座位吧?"我指了指紧靠窗户那排最后一张桌子说,"是喀秋莎每天同你坐在那里,帮助你抄写课堂笔记的。"

他两眼呆呆地望着那个已经空了的座位。往事如烟,朦胧迷茫地飘忽过去。

不过，眼前出现的他俩（刘工和喀秋莎），不是坐在课桌前一起复习功课的一男一女两个学生，而是一起坐在一张木板床沿上，做十天一次的、时间被限定得很短很短的会面的夫妻。为了防备他们谈话时串通消息，特派懂俄语的红卫兵在一旁监听。因之，夫妻俩虽然还能会上一面，但却只能默默厮守着，连一句带感情的话都不能说，说了，便会被扣上不知是什么罪名的帽了（那时候“政治罪名学”最为发达，稍微罗织一下便可构成一顶压死人的帽子）。哪里还有什么夫妻生活呢？他被关押在牛棚里已经有两年多了，而她因为还保留着本国国籍，造反派不敢动她，但因此对她比对于任何阶级敌人都更恨，更刻薄。她走到哪里，哪里便有愤怒的眼睛，仇恨的眼睛，恫吓的眼睛。还有些不懂事的孩子，会不时地从背后飞过来小石块，举起让人哭笑不得的小拳头。“打倒苏修”“打倒苏修特务”的口号，随时都会在你耳畔响起。后来，就连这样一种苟且偷生的生活权利也被剥夺了。有一天。喀秋莎抱着刚刚生下来的女儿娜佳来看他时，他满脸悔愧、满脸忧伤地拿出一张纸来，怯生生地递给了她。她一看惊呆了，浑身颤抖，脸色像纸一样的苍白，说：“刘，你发疯了？平白无故为什么要离婚？”

他的脸色更加阴暗，神情更加沮丧，空气像凝固了似的窒息。他无力吐出一个字来，只有转过脸去把哀怨痛绝的双眼盯向窗外。可窗外立即射过来凶狠严厉的目光，逼得他惊悸地抖动了一下，不得不忍着酸楚、背着良心地说：“为了划清界限，我们还是永远脱离关系为好！”他没敢对她说出，这纸离婚书是造反组织下达的命令。

她满腔悲愤、一脸泪水地在离婚书上签了字。

1968年冬，有几百个像喀秋莎这样的女人，差不多都带着一两个孩子，乘坐199次国际列车离开了北京。不幸的是，每个人口袋里都揣着那样一纸离婚书。当列车一开过满洲里离开国境时，车厢里是一片啜泣之声，有的人甚至忍不住放声大哭起来。在多少个日子里，她都不敢想象这样一个现实，她都无法忍受那啃噬灵魂的痛楚。每当深夜醒来，发现身边空落落的没有了他，没有了构成一个家庭、一场爱情的另一个重要角色时，她的心便像刀扎一般的难过，全身痉挛地收缩到一起。漫漫长夜，惨淡人生，她真不知道以后的日子该怎么过？人生旅程该怎么走下去？很长时间内，她都觉得身边的东西都在飘动，黑夜和白天都恍惚成为一种颜色。直到女儿娜佳会喊妈妈，可以在她膝前牙牙学语时，她才算稍微地清醒过来一些。但清醒的理智又使她陷进另一种境界的无边酸楚里。

以后，她便用那只一直颤抖的手抚摩着女儿娜佳的一头乌黑卷发，带着半是凄凉半是温存的目光看着女儿一天天长大。

三

我，还有身旁的几个人，沿着一条在积雪中踏出来的弯弯曲曲的小路向前走着。“真没想到，今天我们又走到一起来了！”身边的瓦西里无限感慨地说。

真没想到，我们要来寻找的贸易伙伴，今天与我们进行洽谈的，竟是我们往日的校友。我们虽然不在一个年级里，但彼此都认识，是一个学校一个系里的，毕业证书上签着同一个系主任的名字。他俩毕业后长期在经济部门里工作：国家银行、外经部、外贸部、国家计委。去年国家计委撤销，他们便和机关里其他同事一样，仨一群俩一伙地各自集资办起了公司、商社、饭店、基金会等中小企业。现在，瓦西里和阿列克两人共在一个企业里，一个任总经理，一个任副总经理。瓦西里曾经到过越南、朝鲜、印度，两次路经中国，这次洽谈时阿列克便意味深长地对我们说："瓦西里都两次去中国了，而我……"

"不是去，而是路过！"瓦西里校正他说。

"反正一样。你到过那里，而我没去过！"我很清楚，他是想让我们邀请他来中国，那是他久已向往的。

"我想，我们总经理会邀请你去的，只要我们合作得好，生意做得顺利！"我向这位既是新交又是旧友的贸易伙伴说。

这次双方洽谈进行得确实很顺利，从开始坐下来到草拟出意向书，双方在上面签字，总共只用了两个半小时。

"真是巧得很，我们能有今天这样的合作！"在他们送我们返回的小路上，我深有感触地说。

"这也不偶然！我们能够坐到一起洽谈，还不是因为有个喀秋莎！有她这样一个特殊身份的人从中给联系的吗？"阿列克说。

喀秋莎？当然是她！有谁比她做这中间人更具备有利条件呢？现在，正是应该感谢她的无私帮助的时候了。

"卡吉诺！""卡吉诺！"在莫斯科各大饭店里都见到这种怪房

子，门前的霓虹灯管盘曲成扑朔迷离的图案，像是美女和毒蛇扭绞在一起，闪烁出一种不可抗拒的诱惑之光。

开始我不知道这是个什么所在，后来一打听才知道是赌场。

赌场，好像已在现代化的高雅文明生活中抢占了一席之地，虽然它过去是、现在也难免不能不是那些肮脏、污浊、邪恶、罪孽、酿成许许多多流血和堕落的悲剧的地方。

现在，它已用闪光的色彩冠冕堂皇地招徕四方游客了，好像已与文艺沙龙、摇滚乐舞、卡拉OK厅并列在一起组成那种让人唾弃不得而又垂涎不已的生活旋律。进进出出它的门口的人，都是些衣冠楚楚的头面人物和腰缠万贯的大款。在那些比较讲究的赌场里，衣冠不整的人是禁止入内的。领带要打得直，皮鞋要擦得亮，起码要穿着法国或意大利的时装。要有绅士风度，不准有小家子气，不准带寒酸相。鬼知道现代文明怎么会在这里着意地涂抹颜色！

“可惜，像我们这把年龄的人还从来没有迈进过这个门坎！”刘工不无感慨地说。他抬眼望着那由美女与毒蛇扭曲成的图案，出神了好大一阵子又说，“也许，这正是我们这代人的悲哀。”

“我们不妨也进去看看！”我倡议说。

“那怎么行呢？”刘工像被蛇给咬了一口似的，立即把头缩回去说。

“那有什么，我们只是开开眼界，见见世面，又不是去真赌。说实在的，要想真赌也赌不起来，各种赌法我们都是擀面杖吹火，一窍不通！”我说。

刘工也不禁哑然地笑了。说实在的，别看他当了教授、高级工程师，能够看懂各种图纸，编制各种程序，可是他连中国土著的牌九都不会计算点儿，就更甭说那些洋玩艺了！

我们在那霓虹灯下踟蹰了半天，最后终于乍起胆子走了进去，像偷了谁的东西似的，心里怦怦直跳。进门掏五美元换赌场码子（这是最低的门票，低于五美元的赌注是不让进的）时，手直颤抖，好像手里攥的不是码子，而是火炭。

赌场大厅豪华气派，设有好多的赌台，几种赌具同时进行，钩心斗角，各抱其势：有押宝的，抢五子的，争二十一点的，但最多的是轮盘赌。那是一个很大的圆盘，上面用等分线划成了三十七个格子，其中十八个格子为红区，十八个格子为黑区，中间还有一个空档。你可以把码子押到任何一个格子里，如果轮盘指针正好转到你的格子上，押一赢三十，一百美元就可赢三千美元。如果指针没有落到你的格子上，而是落在你押的小区里（每四个格子又组成一小区），庄家就要赔你三倍；如果落在你押的大区里，押一赔一。

赌场有条规矩，你买的码子必须在场上赌过，见过输赢，剩余下来的，出门时才能换回现钱。很明显，这是闲人免进、光看热闹是不准进来的地方。因此，我们只好把五美元的码子胡乱地押了押，赌场果然欺生，没出几个回合就都输光了。好在事先已打定了主意，只是为了开眼界付学费的，所以输也就输了，没有什么悻悻不快的感觉。谁知回去之后经人一说，倒有些后悔起来，原来这里面还有许多名堂。

有个去过德国的人对我们说，德国的赌场比俄国的讲究，档次也高，场面也阔，有警察和黑势力两方面的人在维持，绝对保证你的安全。你赢了钱，会有保镖送你回到住处。不过话说回来了，赌局的钱也不是那么好捞的。他不怕你赢，只怕你不下大的赌注。左右是有输有赢，按照一般的概率计算，有利的机遇是主方大于客方。他们最讨厌的是看热闹的，不，准确一点来说是看门道的。前年，曾有两个中国人在德国赌场里看热闹，看了几天之后竟看出了个门道，找到了一个十拿九稳的办法，准赚赌场的钱，当然只是几个小钱。按照德国赌场的规矩：进门换码子时赌场给你让出一些利来，出十马克换给你十五个码子。当然，这十五个码子必须在赌场上见过输赢方可换回现金。想不到，两个中国人合到一起也产生了一个没有多大浪漫味道的狡黠。他们每次走到轮盘赌前比任何算卦先生都灵（也就是比任何人都笨），他们约定各把十五个码子分别押到黑区和红区里。轮盘一转，百分之九十几的机遇就被他们给保住了。因为指针在三十七个格子上旋转，不是落到红区就是落到黑区。我说的是百分之九十几而不是百分之百，因为中间还有个空档。不过，落到空档上的机遇太小了，只有三十七分之一的可能性。这样，他们便总是一输一赢，不是红区的赌注赔给黑区，便是黑区的赌注赔给红区。只要指针不是落到空档上（我说过了，这种可能性很小），他们每天都能从赌场赚到一笔钱（虽然只是个小钱），因为，用十马克换进来的十五码子，经过轮盘赌上这么一搏，出门时就可以换回十五马克了。这样，两个中国人每天都有五马克的收入。据说，这五马克足够一个人的一天生活费了。

“这样一来，赌局不是要赔光了吗？人们都要跑去净赚那五马克了!”我问。

那位朋友笑了笑说:“事情没有那么简单! 开始,赌局没有防备这一招,因为在德国没有人花那么大功夫,绞那么多脑汁去赚那五马克。可是日子长了,赌场的人便起了疑心:怎么这两个中国人每天都来赌场,每天只赌一次便换了码子就走。后来经过察访才知道,他们就是靠吃这五马克的码子过生活的。于是在一天黄昏里,当两个中国人乐呵呵地揣着赢得的小钱从赌场里走出来时,有一个穿得非常绅士的人从他们身旁经过,在他们身上各捅了一刀,两个人还没等回到家便都咽了气!”

四

“为喀秋莎干杯!”

签订了意向书后,大家约定一起到喀秋莎家里欢聚一次:一来祝贺我们这些校友重逢;更重要的是,为刘工和喀秋莎创造一次见面的机会。

自从两国关系改善以来,喀秋莎一直在努力寻找重新见面的机会。她曾以旅游者、访问学者和贸易团队翻译的身份多次来到北京,最后托人在师范学院里寻到一个俄语教师职务,一住就是半年。她总在寻觅,但始终没有找到见面的机会。

刘工已重新娶了妻子,妻子又为他生了儿子女儿。妻子担心这种会面会引起旧情复发、旧梦重圆。即使是一场伤心的话别、无可奈何的叙旧,她都感到是一种侵犯、一种割爱、一种难以忍受的刺伤。刘工无法违背妻子的意愿，更不愿意因此而引起家庭的纠纷与不合，已经尝过家庭破裂的痛苦的他，绝不敢再尝一次这种痛苦滋味。

也许，她是有道理的！

也许，他是有道理的！

但是我们更多的人却是同情喀秋莎，认为她完全有权利去寻找，有权利去追回被痛苦淹没掉的一切。

“娜佳，把做好的牛排再端上一份来！”母亲对在厨房里的女儿吩咐道。

女儿的今日，就是母亲的昨日。

娜佳好像很害羞同爸爸说话，虽然看得出来，她是很想同爸爸多说几句话的。

她的未婚夫米沙坐在我的身旁，蓝眼球，栗色头发，留有短短胡髭，是个典型的俄国小伙子。

“你的未婚夫很不错，是什么时候选定的？”我有意地逗她说话。

她没有回答，只是满意地望了未婚夫一眼。

“是去年，快一年了！”母亲代她回答说。喀秋莎虽然是望着我说，但看得出她的眼光更多地分散在刘工的脸上。“前年大学生夏令营时，她结识了一个捷克青年，小伙子长得很帅，从言谈举止中看出是个很有教养的人。可是我坚决地反对，硬是软硬兼施地给搅黄了。我不能让女儿再走我这条路！不论是哪个国家的，都不能结婚。政治上的风云变幻谁也说不定，今天两国好好的，明天就可能吵翻了。而国家的事又常常要波及到家庭生活上。多么深厚的爱情,多么牢固的结合,都抗拒不了政治上的地震……”她用两手捂住了脸,声音喑哑,身子在微微地颤抖。

“我们为今日的欢聚干杯! 为我们能够再次见面干杯! 为我们善良的女主人干杯!”我为了打破这痛楚尴尬局面,首先把杯子举起来,并转了话题。

“我最明显的印象,就是你们的那个公用电话!”我笑着说:“街头电话都是投进十五戈比通话。可现在连十五卢布都买不到什么东西了,你还上哪儿去找那十五戈比? 有时在街上为打一电话憋得团团转,前后左右也找不到带硬币的人。这种新鞋旧袜子的不配套情况,真叫人哭笑不得!”

“你看,你们外来的人一眼就看到了这种失衡,我们住久了的倒习以为常了!”喀秋莎接过来说。

“听说你们的农村还是集体农庄和国营农场?”

“是的,还是在大拨哄地干活,农民没有积极性!”瓦西里说。

“为什么不把土地分下去呢?”我问。

“那些农庄主席、总会计师、总农艺师想不通呀! 当然情况还是比较复杂的,一下子也说不清! 好了,我们不说这些了! 还是为我们难得的见面干杯吧!”阿列克说。

五

真是巧得很,在回国的途中,我们又同离境办理托运手续时见到的那几位倒爷见了面，而且又同坐在一个车厢里，还多了一个挺机灵的矮个子和他的搭档倒姑。

说起“倒姑”这个名字，还是她自己起的呢。前次大家在一起议论倒爷的酸甜苦辣时，她谈笑风生，讲得很多。有人开玩笑地说：“你口口声声倒爷长倒爷短的，可你是个女的，应当叫倒奶奶呀！”她说：“什么倒奶奶？难听死了！就叫倒姑吧！”

倒姑发表宏论说：“开始人们都去美国、加拿大和西欧。什么曼哈顿的中国女人呀，东京的中国女人呀，轰动一时，那股热潮搅动了每个年轻人的心。可是最近几年变了，人们逐渐东移：由美国到西欧，由西欧到东欧，由东欧到独联体。现在，人们都纷纷转到莫斯科来了。去美国和西欧的人，奋斗了几年之后终于发现，他们尽管已经积蓄了几十万美元，但还是得给人家打工。可到东欧来就大不相同了，只要有一两万美元就可以自己开个公司，自己当老板，雇上好几个伙计！”

我已经开始认识到她的性格、勇气、价值取向和内心世界。后来，果然听到了这样一段冒险故事：

“有一天，我卖完货炒回了美金，兴高采烈地回到了住处，顺路买了两个大西瓜和其他一些好吃的，准备为自己好好庆贺一番。黄昏时候，我的傍肩儿出外办事去了，我一个人坐在床上数钞票，突然门被踹开，进来两个干我们这个行当的哥儿们，一屁股就坐到桌子上。一边糟蹋那些吃食，一边骂骂咧咧地朝我来浑的。有一个说：他妈的，今晚上我不走了，就睡在你这个床上！在这个时候，我若是稍微一软下来，便什么都完了。我知道对这些人不能来软的，但也不能太硬。我便毫不相让地对他们说：你们想要睡在我的床上也可以，你们也知道我是练过武功的，别一脚把你们踹到地上去！他们多少知道我一些底细，知道我不全是拿大话吓唬他们的；同时，听到我又报出了几个名字来，那几个名字都是响当当的，他们自知惹不起便退缩下来。我看他们退下来，便给他们个台阶说：你们如果缺钱花可以说话，我怎么也想法子给你们凑个过河钱！就这么软硬兼施，算是把他们给打发走了。”

我听着，好像眼前又出现了个阿信，自己开超市的阿信。

“你方才说的傍肩儿，是什么意思？”我问，出于我这个年龄段的人对于新鲜名词的无知。

“在这里，我也是个借用了一个代名词。它不是一般小青年讲的那个意思，而是泛指。”她说：“像我们这些女的出来，总要结个伴儿合伙来搞。当然也有两个女人搭伙的。不过两个女人在一起，是弱点加弱点，短处加短处，有许多困难不好克服。如果是一男一女在一起，就容易采长补短各自发挥自己的优势了。女的精细，选货和算账比男人更经心、细致，不会丢三落四出大纰漏。而男的呢，力气大，能吃苦，背背扛扛大有用处，而且男人肩膀宽扛得住歹人的暗算。所以有个道士给我们算命说：你们肯定会发财，发大财！因为你们懂得阴阳互济、刚柔互进的道理。阳刚过胜，易暴殄；阴柔过胜，易沉溺。你们俩合伙搭档是深得阴阳之道的。财运还有个不兴旺的吗！所以，我就寻了这个傍肩儿。”她望着那个机灵的矮个子笑了笑，接着又说，“不过话又说回来了，要找个好的傍肩儿也不容易，彼此要完全信任、信赖；不然常年在外，有许多事情很难说清。最好是我们这种结构——大姐姐配个小弟弟!”

“你们出来几年了?”我问。

“快两年了。”

“那你们赚的钱已经相当可以了?”我说。

他们只是笑了笑,没有回答。

列车进入我国边境,时间立即转换成北京标准时间,由原来的晚八点一下子进入到凌晨一点。人间岁月在一皱眉的时间里增加了五个小时。我总有这种神奇的感觉:每出一次国,经过一番时间差的大转换,人好像一下子就老了许多。一进国境,便蓦地增加了许多自豪感、亲切感和安全感,心便不知不觉地向祖国母亲紧紧靠过去。身在异乡是异客,不论得到了怎样的礼遇和待敬,但仔细咀嚼一下总不如在自己的国门里、家门里是滋味。月是故乡明呀!这是我小时候就爱唱的歌儿。

“这一趟算是亏了!”厨师对他身边的人说。

“我们也不顺,至少有几千美元贴进去了!”上海人也遗憾地说。

“再也不去了吧?”我问他们。

“怎么会呢? 好容易起下了护照!”厨师立即回驳我说,好像我提出个不可思议的怪问题。

“你们不是都亏了吗? 而且大家都说,那边的生意越来越不好做了!”我说。

“亏几千,这没啥,权当付了学费,或者是花钱出国旅游了一趟。这年头,干什么不得花钱呀? 再说了,哪丢了哪找回来嘛!”厨师说。

我再打听一下,那些说是生意不好做的,竟没有一个说是从此罢休,下次不来了。

莫斯科,最新的一个经济热点嘛!

在北京下车时,我见到一个十八九岁的小姑娘,她像位凯旋归来的将军似的得意洋洋地向前来接她的父亲指点着几个大口袋,一面骄矜地说:"详细情况,等我回家后对你们细说!"

多少人,都把更多的热情倾注到莫斯科。那里潜藏着许多的渴望与追求。

北京——莫斯科;莫斯科——北京。列车上还一直播放着这支古老的曲子。

(原载1993年第3期、第4期《追求》)

难忘的萨格勒布之夜

近日，国家领导人频频出访巴尔干半岛与中东欧各国，电视荧屏上连连出现亚得利亚海岸各地优美如画的风光，这就更加勾惹起我对萨格勒布那难忘之夜的永恒思念。我作为一个记者，曾经到了世界许多地方，见到了许多恢宏壮丽的城市和无数激动人心、如歌如潮的场面；但是，像克罗地亚的萨格勒布、萨格勒布的七月不眠之夜，却是我第一次见到的，给我留下了永生难忘的印象。

七月（按法国大革命时的历法，它被称之为“热月”）的一个夜晚，我住在萨格勒布市中心广场附近的一家宾馆里。睡梦中，一阵美妙的声音将我惊醒。声音是那样的兴奋，又是那样的悠扬；是那样的庞杂，又是那样的和谐，如同宽阔无边的欢乐的海潮，一浪拥着一浪，一波推着一波。我连忙披衣从床上爬起来，走到窗前，窗外的景象立时把我惊呆了。按照纬度来说，这里不应当有白夜，但此时的夜晚却亮得像银子一般，每个窗口都闪亮着璀璨的灯光，每条街、每个店铺都汇聚着灯火的海洋。灯光把一切都显示了，把一切都述说了，萨格勒布正沉浸在欢乐沸腾的不眠之夜里。这天，是他们民族风俗的舞蹈节，而此时，又正在这里举行世界大学生运动会，因而，全城一时间都为青春的旗帜覆盖起来，都狂欢在阿波罗和缪莎的神座之下。

我敢说，几乎是全城的人，起码来说，有百分之九十以上的青年人，都走上了街头，都来到了共和国广场上，穿着鲜花一般鲜艳的衣服，唱着热情洋溢的歌曲，载歌载舞，如醉如痴。在这里，谁都是演员，谁又都是观众。只要你有兴趣，你就可以走进圈子里，唱你最心爱的歌，跳你最得意的舞，尽情恣意，无拘无束，无尽无休。每个人的眼睛里都泛溢着热情，脸上都含着微笑，聚会的盛况比聚会中表演的歌舞更有魅力，更加动人。悠扬的琴声彻夜地响着，直到夜色深得不能再深，熹微的晨光已经从地平线下泛溢出来的时候。

在商店的橱窗和马路的转角之处，常设有小小的茶座，上了年纪的人喜爱恬静地坐在这里，充分地享受着温馨的夜色和节日的快乐。一杯清凉的饮料会帮助他们找到许多的话题，远的近的，天南地北，海阔天空，完全随着各自的兴趣。还有那随风飘逸过来的花香，从每块街心绿地里，从每一家的阳台上，都喷吐出浓郁的花草的芳香，让人更加感到陶醉，让人感受到了一年四季的全部温馨：既有春天的和煦，夏天的热烈，也有秋天的风采，冬天的纯洁……

远处，青山默默，绵延逶迤，各以其模糊的身影证示着哲理的深邃。山下，萨瓦河水泛着霎眼的星光，静谧地流淌着，粼粼波光，微微涟漪，温柔神秘得像是一个梦。教堂的高高尖顶，直耸向幽蓝发亮的天空，庄严肃穆，不断从大地上召唤出更多的生命的热流。街心处有水花四溅的喷泉，在五颜六色的灯光照射下、喷吐出来的就不仅仅是一串串耀眼闪亮的水花，而且还有流淌不尽的欢乐和笑声，还有那奔流不息的青春的涌动。

让游人更加感到有一种特殊依恋情感的，是萨格勒布的那些小动物、小生灵。你随便在哪个广场里，都可以看到有成群羽毛洁白（当然也有银灰色和麻栗色）的鸽子。它们总是那样温顺地在人们身边盘旋飞翔，有的就落到你的肩上，或者落在你的脚边，随心恣意地蹀躞徘徊，对你有说不尽的小鸟依人之感。公园里也有许多小松鼠，时常机敏灵巧地来到你的跟前，一点也不怕人，老人和孩子都把手中的面包和其它食物掰碎扔给它，它不但灵巧地捡拾起来吃了，而且还用小爪子摸摸嘴，向你做出滑稽的嘴脸，以表示谢意。松鼠成了萨格勒布人宠爱的小动物，难怪在这里举行的世界大学生运动会，就用小松鼠作为吉祥物，就像北京的亚运会推出大熊猫盼盼一样。

萨格勒布之夜在美妙的歌舞里旋转着，在玫瑰色的氤氲中旋转着，色彩炫目，情景销魂，人们各个满面光彩，身心欢畅，尽可能地敞开自己的心怀，尽情地享受生活，拥抱生活，拥抱这欢乐的七月之夜，拥抱通夜闪亮的璀璨灯光，拥抱通夜载歌载舞的不眠的萨格勒布之夜。

（选自时代出版社2002年7月出版《邓加荣诗文选》）

编后：诉衷肠的话

本书所收集的，都是多少年来发表在全国各家报纸杂志上的文章，是我呕心沥血、直面惨淡人生的阅历。其中，有的篇章被收入大学语文教科书（如《咬定青山不放松的孙冶方》被收入到江西财经大学《语文教科书》，近又被收入沪教版二期课改初中语文教材七年级上册，定名为《孙冶方印象》）；有的被收入中学语文课余辅导材料之中（如《北戴河记游》《西湖夜色》）；有的被收入《中学生新读写丛书（名家推荐100篇）》和《影响你一生的经典美文》（如《寻找尘封的轨迹》）；有的被选入《新华文摘》（如《昆明石林》《新凤霞写书》《李谷一与乡恋》《寻找尘封的轨迹》等）。

这些文章，都是我在漫长的生命之旅中，凝聚起全部生命的热忱与渴望，燃烧起生命中最炽烈的激情火花写作出来的，因此在此次集结成篇时，我打乱了从前的编排，完全按照哲理的方位和我人生历程的时空顺序进行排列的，期冀脉络分明地镂刻出一条清晰可辨的生命轨迹。编成之后，我又从头至尾地看了一遍，忽地发现，它已从一本散文集，变成了我的一本自传体长篇小说，带着无限深情地回忆着，娓娓而谈地述说着我的童年、青年、壮年和老年，毫不掩饰地吐露着的心灵的历程，无怨无悔地倾诉着那春蚕吐丝的无情岁月。

使我伤情的是，至今为止，我仍然是《飞鸟对老树说》中那棵村外路旁、面对黄昏喁喁独语的老榆树，虽然用我不断向上伸长的枝丫将多少只俊秀的黄鹂鸟都托起来了，托向了星光灿烂、彩霞满天的长空，靓丽得差不多就像银河中的一颗颗闪光的星辰，但是我，那一棵村外路旁的老榆树，却仍然只能是寂寞地在凄凉月光下踯躅荒原，在朦胧的夜色里暗自絮聒。不过，最近我倒是听到了一个令人振奋的消息，知道我的一些学生正在网上举行互联互通，讨论我的那篇《飞鸟对老树说》，还将我当年讲课时的照片也传发到网上，大家共同追忆那往昔的岁月。

我平生没有什么夙愿，更不要说什么宏伟的志向了，只是一片痴情地期盼着，期盼着有人，期盼有更多的人，不论是我熟悉的人，还是与我素昧平生的人，都能够顾盼与怜悯一下村外路边的这棵老榆树，能够与它产生心灵上的沟通，感情上的共鸣。

2015年冬月之夜